MOEWIG BEI Ullstein

ZUM BUCH:

»Ich schwöre, daß ich von diesem Tag an nie mehr den Namen eines Mannes führen will, sei er Vater, Vormund, Liebhaber oder Gatte, sondern einzig und allein als die Tochter meiner Mutter bekannt sein werde.« Dies ist nur ein Teil des Eids der Freien Amazonen, die im Mittelpunkt dieses Romans stehen, mit dem Marion Zimmer Bradley ihren Ruf als Science-Fiction- und Fantasy-Autorin festigte. Die Freien Amazonen von Darkover, die keine Gefahr scheuen, fordern die völlige Gleichberechtigung mit den Männern. Und sie sind bereit, für ihre Überzeugung jedes Opfer zu bringen.

ZUR AUTORIN:

Marion Zimmer Bradley, Jahrgang 1930, entdeckte ihre Liebe zur Science-Fiction-Literatur bereits im Alter von 16 Jahren. Ihre erste eigene Story erschien 1953, und schon ihr erster Kurzroman BIRD OF PREY (1957) war ein Volltreffer und legte den Grundstein für den großangelegten Zyklus um DARKOVER, den Planeten der blutroten Sonne, mit dem die Autorin zu Weltruhm gelangte.
Mit zunehmendem Erfolg konnte Marion Zimmer Bradley die Qualität ihrer Romane immer weiter verbessern und auf die Probleme eingehen, die ihr am Herzen lagen – so die Stellung der Frau in der SF und die Beziehungen der Geschlechter unter völlig neuen Bedingungen. Heute ist Marion Zimmer Bradley die bekannteste, erfolgreichste und beliebteste SF-Autorin der Welt. Um ihre DARKOVER-Romane hat sich inzwischen ein Kult gebildet, der auch in Deutschland immer mehr Anhänger gewinnt.

MARION ZIMMER BRADLEY

Die zerbrochene Kette

ROMAN

MOEWIG BEI Ullstein

Moewig bei Ullstein
Amerikanischer Originaltitel:
The Shattered Chain
Übersetzt von
Rosemarie Hundertmarck

Ungekürzte Ausgabe

Umschlaggestaltung:
Theodor Bayer-Eynck
Illustration:
Silvia Christoph

Printed in Germany 1994
Gesamtherstellung:
Ebner Ulm
ISBN 3 8118 2862 2

November 1994
Gedruckt auf alterungs-
beständigem Papier mit
chlorfrei gebleichtem Zellstoff

Von derselben Autorin
in der Reihe
Moewig bei Ullstein:

Hasturs Erbe (63515)
Die Flüchtlinge des Roten Mondes (63540)
Reise ohne Ende (63548)
Der verbotene Turm (63553)
Die Zeit der hundert Königreiche (63584)
Landung auf Darkover (63653)
Zauberschwestern (63884)
Die Monde von Darkover (63883)
Herrin der Falken (63886)
Das Schwert des Chaos (63702)
Die Winde von Darkover (62803)
Das Zauberschwert (62807)
Die blutige Sonne (62822)
Rote Sonne über Darkover (62827)
Die Schwarze Schwesternschaft (62846)

Die Deutsche Bibliothek –
CIP-Einheitsaufnahme

Bradley, Marion Zimmer:
Die zerbrochene Kette : Roman / Marion
Zimmer Bradley. [Übers. von Rosemarie
Hundertmarck]. – Ungekürzte Ausg. –
Rastatt : Moewig bei Ullstein, 1994
Aus dem Amerikan. übers.
ISBN 3-8118-2862-2

Der Eid der Freien Amazonen

Von diesem Tag an entsage ich dem Recht zu heiraten, außer als Freipartnerin. Kein Mann soll mich *di catenas* binden, und ich werde in keines Mannes Haushalt als *barragana* leben.

Ich schwöre, daß ich bereit bin, mich mit Gewalt zu verteidigen, wenn man mich mit Gewalt angreift.

Ich schwöre, daß ich von diesem Tag an nie mehr den Namen eines Mannes führen will, sei er Vater, Vormund, Liebhaber oder Gatte, sondern einzig und allein als die Tochter meiner Mutter bekannt sein werde.

Ich schwöre, daß ich mich von diesem Tag an einem Mann nur hingebe, wenn ich den Zeitpunkt bestimmen kann und es mein eigener freier Wille ist.

Ich schwöre, daß ich ein Kind nur dann gebären will, wenn es mein Wunsch ist, das Kind von diesem Mann und zu diesem Zeitpunkt zu empfangen. Weder die Familie noch der Clan des Mannes, weder Fragen der Erbfolge noch sein Stolz oder sein Wunsch nach Nachkommenschaft sollen dabei Einfluß auf mich haben.

Von diesem Tag an enden für mich alle Verpflichtungen, die ich gegenüber Familie, Clan, Haushalt, Regent oder Lehnsherr hatte. Achtung schulde ich wie jeder freie Bürger nur den Gesetzen des Landes, dem Königtum, der Krone und den Göttern.

Ich werde an keinen Mann Rechtsansprüche stellen, daß er mich beschütze, mich ernähre oder mir helfe. Eine Treuepflicht habe ich nur gegenüber meiner Eidesmutter, meinen Schwestern in der Gilde und meinem Arbeitgeber, solange ich bei ihm beschäftigt bin.

Und weiter schwöre ich, daß jedes einzelne Mitglied der Gilde freier Amazonen für mich sein soll wie meine Mutter, meine Schwester oder meine Tochter, geboren aus einem Blut mit mir.

Ich schwöre, daß ich von diesem Augenblick an den Gesetzen der Gilde Freier Amazonen und jedem rechtmäßigen Befehl meiner Eidesmutter, der Gildenmütter und meiner gewählten Anführerin gehorchen werde. Und wenn ich ein Geheimnis der Gilde verrate oder meinen Eid breche, dann werde ich mich der Strafe unterwerfen, die die Gildenmütter über mich verhängen, und wenn ich das nicht tue, dann möge sich die Hand jeder Frau gegen mich erheben, sie sollen mich erschlagen dürfen wie ein Tier und meinen Körper unbeerdigt der Verwesung und meine Seele der Gnade der Göttin überlassen.

I. Teil
ROHANA ARDAIS,
Comynara

1

Die Nacht senkte sich zögernd über die Trockenstädte, als widerstrebe es der großen roten Sonne zu dieser Jahreszeit, unterzugehen. Liriel und Kyrrdis, blaß im verweilenden Tageslicht, standen niedrig über den Mauern von Shainsa.

Innerhalb der Tore, am Rand des großen, windgefegten Marktplatzes schlug eine kleine Gruppe von Reisenden ihr Lager auf, nahm den Reittieren die Sättel und den Packtieren die Lasten ab.

Es waren nicht mehr als sieben oder acht Personen, und alle trugen sie die Kapuzenmäntel, die schweren Jacken und Reithosen des Berglandes, der weit entfernten Sieben Domänen. Zu dieser Stunde, wenn die Sonne immer noch einige Kraft hatte, war es heiß im Wüstengebiet von Shainsa, aber die Reisenden zogen ihre Kapuzenmäntel nicht aus. Jeder von ihnen war mit Messer und Dolch bewaffnet, doch nicht einer trug ein Schwert.

Das genügte, eine Reihe müßiger Trockenstädter, die den Fremden beim Lageraufbau zusahen, neugierig auf sie zu machen. Da warf einer, schwitzend unter dem Gewicht der Satteltaschen, die Kapuze zurück und enthüllte einen wohlgeformten kleinen Kopf mit kurzgeschnittenem dunklem Haar, wie es kein Mann – und keine Frau – der Domänen oder der Trockenstädte trug. Weitere Gaffer strömten zusammen. Für gewöhnlich passierte so wenig in den Straßen der Trockenstädte, daß die Zuschauer sich benahmen, als sei die Ankunft der Fremden ein für sie veranstaltetes kostenloses

Schauspiel, und alle hielten sich für berechtigt, ihre Bemerkungen über die Darbietung zu machen.

»He, komm her, sieh dir das an! Freie Amazonen sind das, aus den Domänen!«

»Schamlose Dirnen, das sind sie, so wie sie herumlaufen und keinem Mann gehören! Ich würde sie aus Shainsa hinausjagen, bevor sie unsere anständigen Frauen und Töchter verderben!«

»Was, Hayat, du kannst deine eigenen Frauen nicht im Zaum halten? Also, meine würden um alles Gold der Domänen nicht weglaufen ... Wenn ich sie losschnitte, kämen sie weinend zurück. Sie wissen, wo es ihnen gutgeht ...«

Die Amazonen hörten diese Reden, aber sie waren gewarnt worden und darauf vorbereitet. So verrichteten sie ruhig ihre Arbeiten, als sähen und hörten sie die Zuschauer nicht. Das machte die Männer der Trockenstadt kühner. Sie rückten näher heran und warfen mit schmutzigen Witzen um sich, von denen jetzt einige direkt an die Frauen gerichtet wurden.

»Nicht wahr, ihr habt alles, Mädchen – Schwerter, Messer, Pferde, alles, bis auf das, worauf es ankommt!«

Eine der Frauen errötete, drehte sich um und öffnete den Mund, als wolle sie antworten. Die Anführerin der Gruppe, eine hochgewachsene, schlanke Frau mit flinken Bewegungen, sagte mit leiser Stimme in dringendem Tonfall etwas zu ihr. Die Frau senkte den Blick und fuhr fort, Heringe in den groben Sand zu treiben.

Einer der Trockenstädter, der die kleine Szene beobachtet hatte, schob sich an die Anführerin heran und murmelte herausfordernd: »Du hast die Mädchen alle fest im Griff, wie? Warum läßt du sie dann nicht allein und kommst mit mir? Ich könnte dir Sachen beibringen, die du dir nie hast träumen lassen ...«

Die so Angesprochene drehte sich um, schob die Kapuze zurück und enthüllte unter ergrauendem, kurzgeschnittenem Haar das hagere, sympathische Gesicht einer Frau mittleren Alters. Mit heller, deutlich zu verstehender Stimme erwiderte sie: »Alles, was du mir möglicherweise beibringen könntest, habe ich gelernt, lange bevor du dressiert worden bist, Tier. Und was Träume betrifft, so habe ich Alpträume wie jedermann, aber den Göttern sei Dank, bisher bin ich immer noch daraus erwacht.«

Die Umstehenden grölten. »Das hat gesessen, Merach!« Jetzt, da sie sich gegenseitig mit ihren humoristischen Einfällen bedachten, statt die Frauen zu belästigen, widmete sich die kleine Schar Freier Amazonen eifrig ihrer Arbeit: Sie schlugen eine Bude auf, die offensichtlich dem Verkauf von Waren dienen sollte, zwei Schlafzelte und einen Unterstand, dazu bestimmt, ihre in den Bergen aufgewachsenen Pferde vor der heißen, ungewohnten Sonne der Trockenstädte zu schützen.

Einer der Zuschauer trat vor. Die Frauen machten sich auf neue Beleidigungen gefaßt, aber er fragte nur ganz höflich: »Darf man sich erkundigen, welche Geschäfte ihr hier machen wollt, *vahi domnis?*« Er sprach mit starkem Akzent, und die angesprochene Frau blickte verständnislos drein. Doch die Anführerin antwortete für sie: »Wir haben Lederwaren aus den Domänen mitgebracht, Sättel, Geschirre und Kleidung. Morgen früh bei Tagesanbruch öffnen wir unsern Stand.«

Ein Mann aus der Menge rief: »Es gibt nur eins, was ich von Frauen kaufen würde!«

»Nimm es dir, zum Donnerwetter! Laß sie dafür bezahlen!«

»He, Lady, wollt Ihr die Hosen verkaufen, die Ihr anhabt, damit Ihr Euch wie eine Frau kleiden könnt?«

Die Freie Amazone ignorierte die höhnischen Rufe. Der Mann, der sich erkundigt hatte, fragte: »Können wir euch heute abend zu irgendeiner Unterhaltung in der Stadt führen? Oder ...« Er zögerte, sah sie forschend an und setzte hinzu: »... können wir selbst euch unterhalten?«

Sie erwiderte mit schwachem Lächeln: »Nein, vielen Dank«, und wandte sich ab. Eine der jüngeren Frauen bemerkte mit leiser, entrüsteter Stimme: »Ich hatte keine Ahnung, daß es so werden würde! Und du hast ihm *gedankt*, Kindra! Ich hätte ihm seine dreckigen Zähne in den Hals gerammt!«

Kindra lächelte und klopfte der anderen beschwichtigend den Arm. »Harte Worte brechen keine Knochen, Devra. Er machte ein Angebot mit so viel Höflichkeit, wie ihm zu Gebote steht, und ich antwortete ihm ebenso.«

»Kindra, werden wir wirklich mit diesen *gre'zuin* Handel treiben?«

Ein leichtes Stirnrunzeln Kindras rügte die Obszönität. »Natürlich! Wir müssen irgendeinen Grund haben, uns hier aufzuhalten, und Jalak kommt vielleicht noch tagelang nicht zurück. Wenn wir keinen offensichtlichen Geschäften nachgehen, fordern wir den Verdacht geradezu heraus.«

Sie ging weiter zu einer Frau, die innerhalb des Unterstands Satteltaschen aufstapelte, und fragte mit gedämpfter Stimme: »Noch kein Zeichen von Nira?«

»Bisher nicht.« Die Frau warf nervöse Blicke umher, als fürchte sie, belauscht zu werden. Sie sprach reines *casta*, die Sprache der Aristokraten aus Thendara und den Ebenen von Valeron. »Sicher stößt sie nach Dunkelwerden zu uns. Sie wird wenig Lust haben, zwischen diesem Volk Spießruten zu laufen, und wenn jemand, der als Mann gekleidet ist, unser Lager betritt, ohne auch nur angerufen zu werden ...«

»Genau.« Kindra sah zu den Neugierigen hinüber.

»Und sie kennt die Trockenstädte. Trotzdem bin ich ein bißchen ängstlich. Es geht mir gegen den Strich, eine meiner Frauen in Männerkleidung auszuschicken, aber hier war das ihre einzige Chance.«

»In Männerkleidung ...« Die Frau wiederholte die Worte, als meine sie, Kindra mißverstanden zu haben. »Tragt ihr denn nicht alle Männerkleidung, Kindra?«

»Hier verratet Ihr nur Eure Unkenntnis unserer Sitten, Lady Rohana«, erklärte Kindra. »Ich bitte Euch sehr, leise zu sprechen, wenn man uns hören könnte. Glaubt Ihr wirklich, ich trüge Männerkleidung?« Sie schien gekränkt zu sein, und Lady Rohana sagte schnell: »Ich wollte Euch nicht beleidigen, glaubt mir, Kindra. Aber Euer Anzug ist gewiß nicht der einer Frau – wenigstens nicht der einer Frau aus den Domänen.«

Ehrerbietung und Verärgerung mischten sich in der Stimme der Freien Amazone. »Ich habe jetzt keine Zeit, Euch alle Sitten und Vorschriften unserer Gilde zu erklären, Lady Rohana. Im Augenblick genügt es ...« Sie brach ab, weil die Zuschauer von neuem in wieherndes Gelächter ausbrachen; Devra und eine zweite Freie Amazone führten ihre Sattelpferde zu dem öffentlichen Brunnen inmitten des Marktplatzes. Eine von ihnen bezahlte das Wassergeld mit den Kupferringen, die überall östlich von Carthon als Währung galten, während die andere die Tiere zum Trog brachte. Als sie zurückkehrte, um Devra beim Tränken zu helfen, faßte sie einer der Tagediebe um die Taille und zog sie grob an sich.

»He, Hübsche, willst du diese Schlampen nicht im Stich lassen und mit mir kommen? Ich kann dir vieles zeigen, und ich wette – *aua!*« Seine Bemerkung ging in einem Wut- und Schmerzgeheul unter. Die Frau hatte einen Dolch aus der Scheide gerissen und von unten nach oben seine schmutzige, zerlumpte Kleidung aufgeschlitzt. Auf seinem ungesunden Fleisch kroch eine rote Linie vom Unterbauch bis zum Schlüsselbein.

Der Mann, der mehr vor Schreck als vor Schmerz stöhnte, wurde von seinen Freunden weggezerrt. Kindra trat auf die Frau zu, die ihr Messer abwischte.

»Verdammt, Gwennis! Jetzt hast du uns alle verdächtig gemacht! Dein Stolz auf deine Fertigkeit im Messerkampf kann unsere Mission vereiteln! Als ich nach Freiwilligen für diese Reise fragte, dachte ich an *Frauen*, nicht an verzogene Kinder!«

Gwennis' Augen füllten sich mit Tränen. Sie war noch ein Mädchen, fünfzehn oder sechzehn. Mit zitternder Stimme antwortete sie: »Es tut mir leid, Kindra. Was konnte ich machen?«

»Glaubst du wirklich, du seist in Gefahr gewesen, am hellen Tag und vor so vielen Augen? Du hättest dich ohne Blutvergießen befreien und ihn lächerlich machen können, ohne das Messer auch nur zu ziehen.« Kindra nahm das Messer vom Boden auf und wischte das restliche Blut von der Klinge. »Wenn ich es dir wiedergebe, kannst du es dann da lassen, wo es hingehört, bis es gebraucht wird?«

Gwennis senkte den Kopf und murmelte: »Ich schwöre es.«

Kindra gab ihr das Messer und meinte freundlich: »Es wird bald genug gebraucht werden, *breda.*«

Sie überließ es den Frauen, die Pferde fertigzutränken, und stellte mit grimmigem Lächeln fest, daß die Menge aus Müßiggängern sich wie durch Zauberei verflüchtigt hatte.

Die Sonne versank hinter den niedrigen Hügeln, und die kleinen Monde erstiegen das Himmelsgewölbe. Der Marktplatz lag eine Weile verlassen da. Dann tauchten einige der Trockenstädterinnen auf, eingehüllt in ihre unbequemen Röcke und Schleier, um an dem öffentlichen Brunnen Wasser zu kaufen. Jede von ihnen bewegte sich unter leisem Kettengeklirr. Nach der Sitte der Trockenstädte trugen sie um die Handgelenke metallene Reifen. Sie waren mit einer langen Kette verbunden, die durch einen Ring im Gürtel lief. Wenn nun eine Frau eine Hand ausstreckte, wurde die andere eng gegen den Ring an ihrer Taille gezogen.

Das Lager der Freien Amazonen füllte sich mit den Düften des Essens, das an ihren kleinen Feuern kochte. Einige der Trockenstädterinnen kamen näher und betrachteten die fremden Frauen mit Neugier und Verachtung: ihr kurzgeschnittenes Haar, ihre schmucklose männliche Tracht, ihre ungebundenen Hände, die Hosen und die flachen Sandalen! Die Amazonen starrten, sich dieser Blicke bewußt, mit ebensolcher Neugier, die nicht ohne Mitleid war, zurück. Schließlich ertrug es die Rohana genannte Frau nicht länger. Sie stellte ihren fast unberührten Teller hin, stand auf und ging in das Zelt, das sie mit Kindra teilte. Kurz darauf folgte die Anführerin der Amazonen ihr und sagte erstaunt: »Ihr habt ja gar nichts gegessen, meine Dame. Darf ich Euch etwas bringen?«

»Ich habe keinen Hunger«, stieß Rohana hervor. Sie warf ihre Kapuze zurück. In dem dämmerigen Licht zeigte sich Haar von der feuerroten Farbe, die sie als Mitglied der telepathischen Kaste der Comyn auswies, der Kaste, die die Sieben Domänen seit undenklichen Zeiten regierte. Zwar war es geschnitten worden, aber nichts konnte seine Farbe verbergen. Kindra runzelte die Stirn, als die Comyn-Frau fortfuhr:

»Der Anblick dieser Trockenstädterinnen hat mir den Appetit verdorben. Wie ertragt Ihr es, das anzusehen, Kindra, die Ihr so für die Freiheit der Frauen eintretet?«

Kindra zuckte leicht die Schultern. »Ich empfinde keine große Sympathie für sie. Jede einzelne von ihnen könnte sich befreien, wenn sie nur wollte. Wenn sie lieber Ketten tragen, als das Interesse ihrer Männer zu verlieren oder sich von ihren Müttern und Schwestern zu unterscheiden, werde ich mein Mitleid nicht an sie verschwenden und mir erst recht nicht Schlaf oder Appetit vergehen lassen. Sie nehmen ihre Gefangenschaft hin wie ihr von den Domänen die eure, und um die Wahrheit zu sagen, ich sehe da keinen großen Unterschied. Vielleicht sind die Trockenstädterinnen sogar ehrlicher, denn sie bekennen sich zu ihren Ketten und tun nicht, als seien sie frei. Eure Ketten dagegen sind unsichtbar – und lasten doch mit dem gleichen Gewicht auf euch.«

Rohanas blasses Gesicht wurde rot vor Zorn. »Dann frage ich mich, warum Ihr dieser Mission überhaupt zugestimmt habt! Geht es Euch nur darum, Eure Bezahlung zu verdienen?«

»Darum natürlich auch«, erwiderte Kindra ungerührt. »Aber es geht mir hier noch um mehr«, setzte sie in sanfterem Ton hinzu. »Lady Melora, Eure Verwandte, wurde gegen ihren Willen gefangengenommen und hat ihre Form der Dienstbarkeit nicht selbst gewählt. Wie Ihr mir berichtet habt, überfiel Jalak von Shainsa – möge seine Mannheit verdorren! – ihre Eskorte, erschlug ihre Leibgarde und entführte sie mit Gewalt, weil er aus Rache oder aus purer Lust an der Grausamkeit eine *Leronis* der Comyn als seine Frau – oder seine Konkubine, da bin ich mir nicht sicher – versklaven wollte.«

»In den Trockenstädten scheint es so gut wie dasselbe zu sein«, bemerkte Lady Rohana bitter, und Kindra nickte.

»Einen sehr großen Unterschied erkenne ich nirgends, *vai domna*, aber ich erwarte nicht, daß Ihr mir beipflichtet. Wie dem auch sei, Lady Melora wurde in eine Sklaverei geführt, die sie nicht gewählt hatte, und ihre überlebenden Verwandten konnten oder wollten sie nicht rächen.«

»Einige haben es versucht.« Rohanas Stimme bebte. »Sie verschwanden spurlos, der erste, der zweite und der dritte. Dieser war meines Vaters jüngster Sohn, mein Halbbruder, und er war Meloras Pflegebruder und als ihr Spielgefährte aufgewachsen.«

»*Die* Geschichte habe ich gehört. Jalak schickte den Ring zurück, der noch am Finger saß, und brüstete sich, ebenso oder schlimmer mit jedem anderen zu verfahren, der käme, sie zu rächen. Aber das ist zehn Jahre her, Lady, und wenn ich in Lady Meloras Schuhen stände, würde ich nicht am Leben bleiben, um weitere Verwandte in Gefahr zu bringen. Inzwischen hat sie zwölf Jahre lang in Jalaks Haushalt gelebt, und da kann ihre Sehnsucht nach Rettung heute nicht mehr groß sein. Man könnte sich vorstellen, daß sie sich mit ihrem Schicksal abgefunden hat.«

Rohana errötete. »Das haben wir tatsächlich geglaubt. Cassilda erbarme sich meiner, auch ich machte ihr in Gedanken Vorwürfe und wünschte ihr eher den Tod als ein Leben zu unser aller Schande in Jalaks Haus.«

»Und doch seid Ihr jetzt hier«, stellte Kindra fest, und obwohl es keine Frage war, antwortete Lady Rohana. »Ihr wißt, was ich bin: Eine *Leronis*, eine im Turm ausgebildete Telepathin. Melora und ich waren als junge Mädchen zusammen im Dalereuth-Turm. Keine von uns wollte fürs ganze Leben dort bleiben, aber bevor ich den Turm verließ, um zu heiraten, lernten wir, gegenseitig unsere Gedanken zu lesen. Dann kam ihre Tragödie. In den darauffolgenden Jahren hatte ich die Sache so gut wie vergessen; für mich war Melora tot oder doch wenigstens völlig außerhalb der Reichweite meiner Gedanken. Dann – es ist nicht länger als vierzig Tage her – kam Melora über die große Entfernung zu mir, kam zu mir im Geist, wie wir es zu tun lernten, als wir junge Mädchen im Turm von Dalereuth waren . . .«

Ihre Stimme klang wie von weit weg; Kindra merkte, daß die rothaarige Frau nicht mehr zu ihr, sondern zu einer Erinnerung sprach. »Ich hätte sie fast nicht wiedererkannt«, berichtete Rohana, sie hatte sich so sehr verändert. Nein, sie hatte sich nicht damit abgefunden, Jalaks Frau und Gefangene zu sein. Es war einfach so, daß sie . . .« – Rohanas Stimme schwankte – ». . . nicht die Ursache von noch mehr Tod und Qual sein wollte. Nun erfuhr ich, daß mein Bruder, ihr Pflegebruder, vor ihren Augen zu Tode gefoltert worden war, als Warnung für sie, damit sie keinen Retter mehr herbeirufe . . .«

Kindra verzog das Gesicht vor Entsetzen und Abscheu. Rohana brachte ihre Stimme mit großer Anstrengung wieder unter Kontrolle und fuhr fort: »Melora sagte mir, daß sie endlich, nach so vielen Jahren, mit Jalaks Sohn schwanger sei und daß sie lieber sterben als ihm einen Erben aus Comyn-Blut schenken wolle. Sie bat nicht für sich selbst um Befreiung. Ich glaube – ich glaube, sie möchte sterben. Doch sie will ihr anderes Kind nicht in Jalaks Händen lassen.«

»Ein anderes Kind?«

»Eine Tochter«, erklärte Rohana leise, »die sie gleich nach ihrer Gefangennahme empfangen hat. Zwölf Jahre alt. Alt genug . . .« – sie schluckte – ». . . alt genug, um Ketten angelegt zu bekommen.« Sie schluchzte und wandte das Gesicht ab. »Für sich selbst bat sie um nichts. Sie flehte mich nur an, ihre Tochter wegzuholen, von Jalak weg. Nur dann . . . nur dann könne sie in Frieden sterben.«

Kindras Gesicht war grimmig. *Bevor ich eine Tochter gebären würde, damit sie als Gefangene, in Ketten in den*

Trockenstädten lebt, dachte sie, *würde ich Hand an mich selbst und an das Leben in mir legen oder das Kind erwürgen, wenn es meinen Leib verließ! Die Frauen aus den Domänen sind weich, Feiglinge sind sie alle!* Nichts davon klang in ihrer Stimme mit, als sie die Hand auf Rohanas Schulter legte und ruhig sagte: »Ich danke Euch, daß Ihr mir das erzählt habt, Lady. Ich hatte es nicht verstanden. Also geht es bei unserer Mission weniger darum, Eure Verwandte zu retten ...«

»Als ihre Tochter zu befreien; das ist es, um was sie bat. Obwohl – wenn Melora befreit werden kann ...«

»Nun, meine Gruppe und ich haben gelobt, alles zu tun, was wir können«, sagte Kindra. »Ihr werdet bald Eure ganze Kraft brauchen, Lady, und es ist weder Mut noch Klugheit in einem leeren Bauch. Es schickt sich nicht, daß ich einer *Comynara* Befehle erteile, aber wollt Ihr Euch jetzt nicht meinen Frauen anschließen und Eure Mahlzeit beenden?«

Rohana verließ das Zelt, und Kindra, die im Eingang stehenblieb, beobachtete, wie sie sich ans Feuer setzte und einen Teller mit dem Eintopf aus Fleisch und Bohnen entgegennahm.

Kindra folgte ihr nicht gleich; sie dachte darüber nach, was vor ihnen lag. Wenn es an Jalaks Ohren gelangte, daß Leute aus den Domänen in seiner Stadt waren, mochte er bereits auf der Hut sein. Oder verachtete er die Freien Amazonen so, daß es ihm nicht der Mühe wert schien, sich gegen ihren Angriff zu rüsten? Sie hätte darauf bestehen sollen, daß sich Lady Rohana das Haar färbte. Sollte einem Spion Jalaks eine rothaarige Comyn-Frau auffallen ... *Ich hätte nie gedacht, daß sie bereit wäre, es abzuschneiden.*

Mit einer unbewußten Geste berührte Kindra ihr kurzes, ergrauendes Haar. Sie war nicht in die Gilde der Freien Amazonen hineingeboren worden; sie war ihr beigetreten, und die Erinnerung an das, was sie dazu veranlaßt hatte, schmerzte immer noch so sehr, daß ihre Lippen schmal wurden und ihre Augen sich grimmig in weite Fernen richteten. Sie sah zu Rohana hin, die im Kreis der Amazonen am Feuer saß, ihre Suppe löffelte und dem Gespräch der Frauen lauschte. *Ich war früher einmal ganz wie sie: gefügig mich einordnend in das einzige Leben, das ich kannte. Ich faßte den Entschluß, mich selbst zu befreien. Rohana hat eine andere Wahl getroffen. Auch mit ihr habe ich kein Mitleid.*

Melora hatte jedoch keine Wahl. Ihre Tochter ebensowenig. Sachlich dachte sie, daß es für Melora wahrscheinlich zu spät sei. Nach zehn Jahren in den Trockenstädten konnte nicht mehr viel von ihr übrig sein. Aber offenbar war noch genug von dem übrig, was sie gewesen war, um sie zu einer ungeheuerlichen Anstrengung zur Rettung ihrer Tochter anzuspornen.

Lady Rohana hat gut daran getan, zu mir zu kommen. Nach so vielen Jahren haben ihre Comyn-Verwandten zweifellos gewünscht, Melora sei tot, und den Gedanken an ihre Versklavung, die für sie ein Vorwurf war, verdrängt. Das ist letzten Endes der Grund, warum es die Freien Amazonen gibt. Jede Frau weiß zumindest, daß es eine Alternative für sie gibt... Wenn sie die den Frauen auf Darkover auferlegten Einschränkungen akzeptieren, tun sie es aus eigener Wahl und nicht, weil sie sich nichts anderes vorzustellen vermögen.

Kindra wollte gerade das Zelt verlassen, ans Feuer zurückkehren und selbst auch essen, als sie einen leisen, seltsamen Laut vernahm: das Pfeifen eines Regenvogels, der sich hier in den Trockenstädten niemals hören ließ. Alarmiert fuhr sie herum und sah die kleine, schmächtige Gestalt, die sich unter der rückwärtigen Zeltklappe durchwand. Es war sehr dunkel, aber sie wußte, wer das war. »Nira?« flüsterte sie.

»Falls du nicht glaubst, ein Regenvogel sei verrückt geworden und hierhergeflogen, um zu sterben.« Nira stellte sich auf die Füße.

Kindra sagte: »Schnell, zieh diese Sachen aus. Eine Frau mehr am Feuer wird niemand bemerken, während du in Männerkleidung eine zweite Menschenmenge anlocken würdest. Davon hatten wir schon genug, als wir abluden.«

»Hab' ich gehört«, meinte Nira trocken, und schlüpfte aus ihren Stiefeln. Sie faltete ihre Verkleidung zusammen und zog die anderen Sachen an.

»Hast du Probleme gehabt?« erkundigte Kindra sich flüsternd. »Gibt es Neuigkeiten, Kind?«

»Keine Probleme; man hat in mir nichts anderes gesehen als den Lehrling irgendeines Händlers aus den Bergen, einen noch bartlosen Jungen vor dem Stimmbruch. An Neuigkeiten habe ich nur den Klatsch auf dem Marktplatz und etwas von dem, was die Diener vor Jalaks Tür geredet haben. Die ›Stimme‹ Jalaks, ein Mann, der das Große Haus beaufsichtigt, wenn der Lord verreist ist, hat die Nachricht erhalten, Jalak, seine Frauen und Konkubinen und sein ganzer Haushalt kämen vor morgen mittag zurück. Eine der Sklavinnen erzählte mir, sie kämen nur deshalb nicht schon heute abend, weil seine Lady hochschwanger sei. Irgendeine alte Hebamme behauptet, aus der Art, wie Lady Melora ihr Kind trage, tief und breit, erkenne sie, daß es ein Junge ist, und solange Jalak darauf hofft, wird er nichts tun, was sie in Gefahr bringen könnte ...«

Kindras Gesicht verzog sich vor Abscheu. »Also lagert Jalak in der Wüste? Wie weit von hier entfernt?«

Nira zuckte die Schultern. »Nicht mehr als ein paar Meilen, wie ich gehört habe. Vielleicht hätten wir einen Angriff auf seine Zelte durchführen sollen ...«

Kindra schüttelte den Kopf. »Wahnsinn. Hast du es

vergessen? Die Trockenstädter sind paranoid; ihr Leben besteht aus Fehden und Kämpfen. Glaub mir, unterwegs wird Jalak so bewacht sein, daß drei Abteilungen der Garde von Thendara nicht an ihn herankommen könnten. In seinem eigenen Haus mag er ein bißchen sorgloser sein. In keinem Fall dürfen wir einen offenen Angriff wagen. Wir müssen schnell zuschlagen, einen oder zwei Wachposten töten und höllisch schnell davonreiten. Sonst haben wir keine Chance.«

»Das stimmt.« Nira trug wieder ihre eigenen Sachen, und sie wollten schon das Zelt verlassen, als Nira die Hand auf Kindras Arm legte und sie zurückhielt. »Warum müssen wir Lady Rohana mitnehmen? Sie reitet erbärmlich, sie wird uns in einem Kampf überhaupt nichts nützen.«

»Lady Melora muß benachrichtigt werden«, erwiderte Kindra, »daß sie sich bereithält, jeden Augenblick mit uns die Stadt zu verlassen. Die geringste Verzögerung könnte uns alle verderben. Lady Rohana ist imstande, ihre Gedanken zu erreichen, ohne Jalak zu warnen oder seinen Argwohn zu erwecken, wie es auch die allervorsichtigste Botschaft täte.« In der Dunkelheit des Zelts grinste Kindra schief. »Außerdem, wer unter euch möchte die Aufgabe übernehmen, auf der Rückreise für eine schwangere Frau zu sorgen? Daran fände keine von uns viel Geschmack – und hätte auch kein Geschick, sollte die Dame Pflege brauchen. Oder möchtest du es versuchen?«

Nira lachte verlegen. »Avarra und Evanda mögen es verhüten! Ich nehme alles zurück!« Damit ging sie zu den anderen Frauen ans Feuer.

Kurz darauf folgte Kindra ihr, nahm den Teller, den man ihr aufgehoben hatte. (Das Essen war kalt geworden, aber sie aß es, ohne es zu merken.) Die Frauen unterhielten sich leise, während sie das Geschirr einsammelten und eine Wache aufstellten. Im Geist ging Kindra ihre Liste durch.

Diese Gruppe hatte sie selbst aus Freiwilligen ausgewählt, und mit allen außer dem jungen Mädchen Gwennis hatte sie früher schon gearbeitet. Nira, die sich als Mann ausgeben konnte, wenn es sein mußte, und die sogar gelernt hatte – die Gesegnete Cassilda allein wußte, wie –, ein Schwert zu benutzen. *Gegen Trockenstädter mögen wir es brauchen.* Nach der Charta der Gilde Freier Amazonen war es einer Amazone nicht erlaubt, ein Schwert zu führen. *Die Männer der Domänen fühlen sich zu sehr bedroht, wenn Frauen mit ihren kostbaren Spielzeugen umgehen!* Aber dies Gesetz wurde nicht immer beachtet. Kindra hatte keine Gewissensbisse, daß sie Nira gestattet hatte, den anderen Unterricht im Schwertkampf zu geben.

Dann war da Leeanne, die mit vierzehn zum Neutrum gemacht worden war und wie ein schlanker Junge aussah: ohne Brüste, mit einem harten, schmächtigen Körper. Eine andere, an der diese Operation vorgenommen worden war – sie war illegal, tauchte aber immer wieder als *fait accompli* auf –, war Camilla, die einer guten Familie in den Kilghardbergen entstammte. Ihren Familiennamen Lindir benutzte sie nicht mehr, denn sie war schon vor langer Zeit enterbt und verstoßen worden. Camilla näherte sich dem mittleren Alter, und wie Kindra hatte sie den größten Teil ihres Lebens als Söldnerin verbracht; sie trug zahlreiche Narben von Messerstichen. Lori war in den Hellers geboren und kämpfte nach der Sitte der Bergvölker mit zwei Messern, und dann war da Rafaella, Kindras eigene Verwandte. Natürlich waren nicht alle Freien Amazonen Kämpferinnen, aber für diese Mission hatte Kindra hauptsächlich Frauen ausgesucht, die sich im Kampf auszeichneten. Devra gehörte nicht dazu, doch Kindra hatte nie jemanden kennengelernt, der sich in den weg- und steglosen Bergen und Wüsten besser zurechtfand. Deshalb hatte Kindra auch sie mitgenommen und ihr gesagt, sie solle sich aus Nahkämpfen heraushalten. Die Dicke Rima war in ihrer äußeren Erscheinung und ihrem Benehmen ganz und gar weiblich und so schwer, daß nur die größten Pferde sie tragen konnten. Kindra wußte jedoch, daß sie geschickt darin war, es den anderen im Lager gemütlich zu machen, und so war sie auf einer Reise wie dieser eine wertvolle Gefährtin. Selbstverständlich konnte auch Rima sich wie alle Amazonen verteidigen. *Und sie hat noch andere Fähigkeiten, die wir vielleicht brauchen werden, bevor wir Thendara erreichen!* überlegte Kindra. Zu der Gruppe gehörten außerdem noch das Mädchen Gwennis und Lady Rohana.

Jeder, der die Freien Amazonen kannte, dachte Kindra, würde sofort merken, daß die Lady keine von ihnen war: ihr Gang, ihre Sprache, ihr Reiten. Aber es war niemand hier, die Göttin sei gelobt, der so viel über sie wußte!

Die Frauen waren fertig damit, das Geschirr wegzuräumen. Kindra gab ihnen ihren leeren Teller, den die Dicke Rima mit Sand scheuerte. Rafaella holte ihre kleine *rryl*, legte sie sich über die Knie und schlug ein paar einleitende Akkorde an. »Kindra, willst du für uns singen?«

»Nicht heute abend, Rafi.« Sie lächelte, um ihrer Ablehnung die Schärfe zu nehmen. »Ich muß Pläne machen; ich werde euch übrigen zuhören.«

Devra begann ein Lied, und Kindra saß mit dem Kopf in den Händen da, in Gedanken nicht bei der Musik. Sie wußte, daß sie jeder dieser Frauen ihr Leben anvertrauen konnte. Lady Rohana war eine Unbekannte, aber sie hatte mehr Gründe als die anderen, sich nach Kindras Befehlen zu richten. Die Freiwilligen hatten sich zumindest teilweise aus dem Grund gemeldet, daß sie wie jede Freie Amazone von Dalereuth bis zu den Hellers den Trockenstädtern einen tödlichen Haß entgegenbrachten. Die Domänen selbst hatten mit den Trockenstädtern einen Friedensvertrag geschlossen und hielten ihn. Aber es gab keine Liebe zwischen Domänen und Trockenstädten, nur die bittere Erinnerung an die langen Kriege, die keiner von beiden Seiten einen endgültigen Sieg gebracht hatten. Aus politischer Klugheit mochten die Domänen den augenblicklichen Waffenstillstand akzeptieren und ihre Frauen mit ihnen. *Die Domänen leben unter den Gesetzen von Männern. Sie nehmen die Versklavung der Trockenstädterinnen hin, weil ihnen der Gedanke guttut, wie gütig sie im Vergleich dazu zu ihren eigenen Frauen sind. Sie sagen, alle Menschen müssen ihren eigenen Lebensstil wählen.*

Keine Frau, die ihr Haar geschnitten und den Eid der Freien Amazonen abgelegt hatte, würde diesem Kompromiß jemals zustimmen!

Kindra hatte sich frühzeitig von einem Leben losgerissen, das ihr jetzt als Sklaverei vorkam. Die unsichtbaren Fesseln wogen ebenso schwer wie die Armbänder und Ketten, die die Trockenstädterinnen als Besitztum eines Mannes kennzeichneten. Jede Frau konnte sie abschütteln, dachte Kindra, wenn sie bereit war, den Preis dafür zu zahlen.

Ob ich ihnen meine Pläne jetzt mitteile? Sie hob die Hand und lauschte. Lady Rohana, die eine süße, kleine, unausgebildete Stimme hatte, und Gwennis mit ihrem hellen Sopran sangen ein Rätsellied aus den Domänen. Kindra entschloß sich, sie nicht zu stören. *Sollen sie diese Nacht noch ruhig schlafen.* »Stellt Wachen um das Lager auf«, sagte sie. »Einige dieser Trockenstädter könnten merkwürdige Vorstellungen darüber haben, wie Freie Amazonen gern ihre Nächte verbringen, und ich bezweifle, daß uns ihre Gedanken interessieren würden.«

2

Mittags brannte die Sonne erbarmungslos auf den Marktplatz von Shainsa nieder, und die ausgebleichten Häuser wandten dem Licht blinde Gesichter zu.

Trotz der Beleidigungen und Hohnreden, die sich die Freien Amazonen von den Eckenstehern hatten gefallen lassen müssen, hatten sie den ganzen Vormittag an ihrer Bude, einem leichten Korbgeflecht, das auf Pferderücken transportiert werden konnte, glänzende Geschäfte gemacht. Das in den Bergen gegerbte Leder erzielte in den Trockenstädten gute Preise, denn dort ließen sich nur wenige Haustiere halten, und Leder und Tuch waren knapp. Bewegung entstand auf dem Marktplatz, ein beinahe sichtbares Gemurmel klang auf, und Müßiggänger, Passanten und Kinder strömten auf die großen Tore zu. *Jalak*, dachte Kindra. *Es muß Jalak sein, der zurückkommt. Nichts anderes könnte soviel Unruhe erregen.*

Sie übergab die Bude der Obhut Devras und der Dikken Rima und ließ sich zusammen mit Rohana innerhalb der Menschenmenge auf die Tore zutreiben. So leise, daß man sie in sechs Zoll Entfernung nicht mehr hören konnte, flüsterte sie: »Jetzt oder nie ist der Augenblick, wo Ihr eine Botschaft an Eure Verwandte durchbekommen müßt. Sagt ihr, sie soll sich bereithalten, jede Sekunde mit uns aufzubrechen. Es mögen uns für den Überfall nur ein paar Minuten zur Verfügung stehen, und wir müssen handeln, wann immer sich uns die Gelegenheit dazu bietet. Vor dem Dunkelwerden geht es nicht; danach kann es jederzeit sein. Findet auch genau heraus, wo sie schläft, ob sie bewacht wird und von wie vielen, auch wo ihre Tochter schläft, ob allein oder mit anderen königlichen Töchtern zusammen.«

Rohana stützte sich auf den Arm der Freien Amazone; die ungeheure Verantwortung machte sie krank und schwach. Nun lag plötzlich alles auf ihren Schultern.

Hörner erklangen in einem seltsamen, heiseren Tusch. Zuerst kam ein Dutzend seiner Leibgardisten in einem so fremdartigen Aufputz, daß Rohana nur den allgemeinen Eindruck von barbarischer Pracht empfing: Schärpen und Wehrgehenke, kunstvoll vergoldete Tuniken, hohe Aufbauten als Kopfschmuck. Dann *cralmacs*, bepelzte und geschwänzte Humanoide mit großen, goldfarbenen Augen, die nur ihr eigenes Fell und juwelenbesetzte Schärpen trugen. Sie ritten auf den großen, schwankenden *oudhraki* der fernen Wüsten, und sie schienen eine ganze Legion zu sein. Weitere Gardisten, diesmal weniger prunkvoll und zeremoniell gekleidet, aber mit den langen, geraden Schwertern und Dolchen der Trockenstädter bewaffnet. Rohana dachte: *Nur gut, daß Kindras Gruppe nicht versucht hat, ihn des Nachts in seinem Lager zu überfallen.* Und dann kam Jalak selbst.

Rohana mußte sich abwenden, bevor sie mehr als einen flüchtigen Blick auf sein mageres, falkenkühnes Gesicht, sonnengebleicht unter dichtem hellem Haar, geziert mit einem sich grimmig sträubenden Schnurrbart, erhascht hatte. Sie fürchtete, ein Haß von so ungeheuerlicher Gewalt *müsse* sich seinem Objekt mitteilen, und er könne gar nicht umhin, ihre Gedanken wahrzunehmen. Für Rohana, seit ihrer Kindheit Telepathin, war die Gedankenübertragung eine Realität. Aber Jalak ritt ungerührt mit starrem Gesicht inmitten seiner Leibgarde und sah weder rechts noch links.

Neben ihm ritten zwei seiner Favoriten, so vermutete Rohana, Sklavinnen oder Konkubinen, ein schlankes

Mädchen mit weißem, wattigem Haar. Ihre Kette war mit Juwelen besetzt. Sie beugte sich zu Jalak hinüber und zwitscherte und säuselte ihm etwas zu, als sie vorüberritten. Der dünne, elegante Junge an Jalaks anderer Seite war zu gelockt, zu geschmückt und zu parfümiert, um etwas anderes als ein Lustknabe zu sein.

Hinter Jalak und seinen Favoriten kam eine Reihe von Frauen, und unter ihnen, auffallend durch ihr feuerrotes Haar (jetzt leicht von Grau durchzogen), war Melora. Rohana schwindelte. Sie war darauf vorbereitet gewesen; Melora war in Gedanken zu ihr gekommen. Aber sie jetzt im Fleisch zu sehen, zur Unkenntlichkeit verändert ... *(Und doch, Cassilda erbarme sich unser, ich hätte sie überall wiedererkannt ...)* Rohana wurde so von Schmerz und Mitleid überwältigt, daß sie im nächsten Augenblick ohnmächtig werden mußte.

Kindras Hand schloß sich schmerzhaft um ihren Arm, die Nägel gruben sich ins Fleisch, und Rohana riß sich zusammen. Dies war ihr Beitrag zu der Rettung, dies konnte nur sie allein vollbringen. Entschlossen griff sie hinaus und stellte den Kontakt mit dem Geist ihrer Verwandten her.

– Melora!

Sie spürte den Schrecken, das Zusammenzucken und Herzklopfen. Wenn Melora sie nur nicht sah und durch irgendein Zeichen verriet, daß sie sich kannten!

– Laß dir nichts anmerken; halte nicht nach mir Ausschau, Liebling. Ich bin dir nahe, zwischen den Freien Amazonen.

– Rohana! Rohana, bist du es?

Rohana sah von ihrem Platz in der Menge – und sie war plötzlich sehr stolz auf ihre Verwandte –, daß Melora weiterritt, als sei nichts geschehen. Ihre Augen blickten ins Leere. Sie saß ein bißchen zusammengesunken im Sattel. Das angespannte, dünne, vergrämte Gesicht unter dem ergrauenden roten Haar zeigte nichts als Müdigkeit und Schmerz. Von Furcht und Gewissensbissen gepackt, dachte Rohana: *Sie ist so dick, so nahe ihrer Zeit, das Kind beschwert sie so sehr. Wie können wir sie nur in Sicherheit bringen?* Sie sandte Melora die konzentrierte Frage.

– *Kannst du reiten, Melora, kannst du bei so weit fortgeschrittener Schwangerschaft reisen?*

Die Antwort klang apathisch ... *Man merkt gleich, daß du die Trockenstädte nicht kennst. Von mir würde verlangt, daß ich reite, auch wenn ich meiner Zeit noch näher wäre.* Dann wurden Meloras Gedanken grimmig vor Haß. – *Ich kann, was ich muß! Um frei zu werden, würde ich durch die Hölle reiten!*

Mühsam, Stückchen um Stückchen, gab Rohana die Botschaft Kindras weiter, erhielt Meloras Antwort, während die Karawane weiterzog und den Marktplatz überquerte. Kindra und Rohana beobachteten das peinliche Schauspiel nicht länger, sondern gingen zu ihrer Bude zurück. Sobald sie sicher drinnen waren, berichtete Rohana über die erhaltenen Informationen.

»Jalak schläft in einem Zimmer an der Nordseite des Gebäudes, zusammen mit seinen Favoriten und Melora. Nicht etwa, daß er zur Zeit Interesse daran hätte, ihr Bett zu teilen, so sagte sie mir, aber sie ist augenblicklich sein kostbarster Besitz, da sie seinen Sohn trägt, und er läßt sie nie aus den Augen. Innerhalb des Raums sind keine Wachen, jedoch zwei Wachen und zwei *cralmacs*, mit Messern bewaffnet, im Vorzimmer. Bis zu dieser letzten Schwangerschaft schlief Jaelle – das ist ihre Tochter – im Zimmer ihrer Mutter, dann wurde sie zu den anderen königlichen Töchtern umquartiert. Sie beklagte sich, bei dem Lärm, den die Jüngeren machen, könne sie nicht schlafen. Jalak ist nachsichtig mit kleinen Mädchen, wenn sie hübsch sind, und wies ihr ein eigenes Zimmer zu. Es befindet sich eine Kinderfrau bei ihr. Das Zimmer liegt am hinteren Ende der Suite für die königlichen Kinder und sieht auf einen Innenhof voller Schwarzfruchtbäume hinaus.«

Kindras nächste Frage vorwegnehmend, erklärte Rohana: »Ich habe den Plan des Gebäudes so genau im Kopf, daß ich ihn aus dem Gedächtnis zeichnen könnte.«

Kindra lachte. »Lady, Ihr würdet keine schlechte Amazone abgeben! Vielleicht ist es unser Schade, daß Ihr Euch nicht für unsern Weg entschieden habt.« Sie trat zu der Frau, die sich noch in der Bude befand, und sagte mit leiser Stimme: »Verkaufe, was du kannst; was bis Dunkelwerden nicht verkauft ist, müssen wir liegenlassen. Baut die Bude nicht ab. Wenn sie stehen bleibt, glauben die Leute, daß wir morgen früh noch hiersein werden. Sorgt dafür, daß die Pferde, die wir als Packtiere benutzt haben, jederzeit für Melora und ihre Tochter gesattelt werden können ...«

Langsam, langsam sank die rote Sonne auf die Hügel hinab. Rohana meinte, in ihrem ganzen Leben habe sich noch kein Tag so in die Länge gezogen, jede Stunde wurde zu Menschenaltern. *Nicht einmal der Tag; als mein zweiter Sohn geboren wurde, als ich stundenlang auf einem Streckbett des Schmerzes lag und mein Körper zerrissen wurde ... da konnte doch wenigstens noch etwas getan werden. Jetzt kann ich nur warten ... und warten ... und warten ...*

Kindra ging an ihr vorüber und sagte leise: »Dieser Tag muß Eurer Verwandten noch länger vorkommen, Lady.« Rohana versuchte zu lächeln. Das stimmte.

»Betet zu Eurer Göttin, daß bei Lady Melora nicht heute die Wehen einsetzen«, fuhr Kindra fort. »Das wäre das Ende unserer Hoffnungen. Wir könnten immer noch ihre Tochter retten, aber wenn das Große

Haus hell erleuchtet ist und Hebammen hin und her rennen ... dann mißlänge uns vielleicht auch das.«

Rohana holte tief Atem. *Und sie ist ihrer Zeit so nahe* ... dachte sie, böser Vorahnungen voll.

Und doch fand auch dieser Tag, wie es allen Dingen dieser Welt bestimmt ist, sein Ende. Die Trockenstädterinnen kamen, verschleiert und kettenklirrend, um Wasser am Brunnen zu kaufen. Wieder blieben sie ein Weilchen, trotz ihrer Verachtung fasziniert, und beobachteten, wie die Amazonen umhergingen, die Pferde fütterten, ihr Essen kochten. Rohana half, so gut sie konnte; es war leichter, wenn ihre Hände eine Beschäftigung hatten. Sie sah die Trockenstädterinnen kommen und gehen und dachte an Melora, die das Gewicht der juwelenbesetzten Kette an ihren Händen und das Gewicht von Jalaks verhaßtem Kind in ihrem Leib trug. *Sie war als Mädchen so leicht und flink, immer zum Tollen und Lachen aufgelegt* ...

Die Mahlzeit war zu Ende. Kindra machte Rafaella ein Zeichen, ihre Harfe zu nehmen und ein paar Akkorde zu greifen. Mit gedämpfter Stimme sagte sie: »Kommt nahe heran und paßt auf. Tut, als ob ihr nur der Musik zuhörtet.«

Rohana fragte: »Könnt Ihr ›Die Ballade von Hastur und Cassilda‹ spielen?«

»Ich glaube schon, Lady.«

»Ich will sie singen. Sie ist sehr lang, und meine Stimme«, setzte sie ehrlich hinzu, »ist so schwach, daß kein Vorübergehender es seltsam finden wird, wenn ihr sehr leise seid, damit ihr mich versteht – sie ist jedoch stark genug, daß Kindra noch leiser sprechen und doch verstanden werden kann.«

Kindra nickte. Es freute sie, daß Rohana ihren Plan so schnell begriff. Rafaella spielte eine kurze Einleitung, und Rohana begann:

»Der See erglänzt in Sternenpracht,
Die Heide lag in dunkler Nacht,
Still waren Feld und Baum und Stein ...«

Die anderen Frauen scharten sich dicht um sie, als lauschten sie der alten Ballade. Rohana merkte, daß ihre Stimme schwankte, und kämpfte darum, sie ruhig zu halten. Es mußte ihr irgendwie gelingen, sich an all die endlosen Strophen zu erinnern und sie vorzutragen, während Kindra jeder einzelnen der Amazonen eingehende Anweisungen gab. *Nimm dich zusammen*, befahl sie sich. *Das ist etwas, das du kannst, während die anderen die eigentliche Arbeit tun ... die gefährliche Arbeit, das Kämpfen ...*

Und doch sind sie Frauen. Ich bin mit der Vorstellung aufgewachsen, der Kampf sei für Männer; ich könnte niemals ein Messer ziehen, zustechen, Blut fließen sehen, vielleicht selbst verwundet werden, sterben ...

Sing, verdammt noch mal, Rohana! Hör auf zu denken, sing!

»Am Strand strahlt auf ein heller Schein.
Der Gott wie in Juwelen lag;
Cassilda sah es und erschrak.«

Während sie in ihrem Gedächtnis nach den nächsten Zeilen suchte, hörte sie Kindra mit leiser, angespannter Stimme die Informationen wiederholen, die sie ihr gegeben hatte. Dabei zeigte die Anführerin auf den Plan, den sie beim Schein des Feuers in den Sand gekratzt hatte.

»Jalak schläft hier, zusammen mit seinen Favoriten und Melora. Im Zimmer sind keine Wachen, aber gleich vor der Tür ...«

»Im Morgenlicht Camilla kam ...«

»Nein, verdammt noch mal, ich habe eine Strophe ausgelassen.« Ärgerlich auf sich selbst brach Rohana ab. Dann wurde ihr klar, daß es nicht darauf ankam. Es hörte ihr sowieso niemand zu.

»Im Morgenlicht Camilla kam;
Der Gott die ird'sche Speise nahm
Aus Kirschen, Wein und weißem Brot,
Da schwand der Glanz, der ihn umloht.
Cassilda Scheu nicht mehr empfand,
Sie kam und legt' in seine Hand
Die Sternenblume gold und blau,
Da ward er sterblich wie die Frau.«

»Sind die Fenster über Leitern erreichbar?« erkundigte sich Gwennis, und Kindra fuhr sie an: »Gut möglich, wenn wir Leitern *hätten*! Nächste Frage, aber bitte keine dummen mehr! Wir haben genug Zeit, um zu töten, aber *so viel* Zeit wieder nicht!«

»Von einem bösen Wahn getrieben
Hat Alar Zandru sich verschrieben
Und schmiedete in Höllennacht
Ein Schwert mit dunkler Zaubermacht.«

»Devra und Rima, ihr bleibt hier, und in dem Augenblick, da wir in Sicht kommen, brecht ihr auf. Achtet darauf, daß die Wächter am Tor nicht aufschreien ...« Kindra sah Rima bedeutungsvoll an.

Die dicke Frau legte die Hand auf ihr Messer und nickte grinsend. Kindra fuhr fort: »Camilla, du reitest leichter als jede andere von uns; du nimmst das Kind auf deinen Sattel. Lady Rohana – *nein, singt weiter!* Ihr reitet neben Melora, für den Fall, daß sie irgend etwas braucht. Wir werden genug damit zu tun haben, Verfolgern auszuweichen und uns derer anzunehmen, die uns vielleicht einholen.«

Rohana fühlte sich von Entsetzen gepackt und am ganzen Körper geschüttelt wie ein Rabbithorn im Griff eines Wolfs. Ihr versagte die Stimme. Sie versuchte, es mit einem Husten zu bemänteln, und sang entschlossen weiter:

»Verborgen blieb vor seinem Blick
Der Plan, der menschliches Geschick
Gestaltete an Halis Strand,
Indem er Gott und Weib verband.
Ohn' einen Laut Camilla fiel . . .«

Verdammt, verdammt, schon wieder habe ich zwei ganze Strophen ausgelassen . . .

»Sie bot ihr Herz dem Schwert als Ziel,
Das Alar hielt in seinen Händen,
Um Hasturs Leben zu beenden.«

»Lori, du befaßt dich mit den *cralmacs*; du kennst ja ihre Art zu kämpfen. Diese langen Klingen . . . sonst noch etwas? Leeanne?«

»Vergeßt nicht, daß die Trockenstädter ihre Schwerter manchmal vergiften. Vernachlässigt nicht einmal einen Kratzer. Ich habe eine Salbe dabei, die ihre stärksten Gifte neutralisieren soll . . .«

»Vernichtet war durch ihn ein Leben,
Und Hastur hatt' sein Wort gegeben
Dem Herrn des Lichts, daß dann sogleich
er heimkehr' in sein eignes Reich.«

»Bereiter als jetzt werden wir nie sein«, sagte Kindra

leise. »Beende das verdammte Lied, Rafaella, und hol deinen Dolch.«

Dankbar begann Rohana die letzten Strophen:

»Die Wolkenwellen in dem See
Singen ein Lied von altem Weh,
Und in der feuchten Nebel Weben
Immer noch die Tränen schweben.«

Es war ein scheußliches Gefühl zu wissen, daß sie jetzt alle zuhörten, über jeden Ton ungeduldig waren und nur darauf warteten, daß sie zum Schluß kam. *Verdammt, nicht ungeduldiger als ich selbst!*

»Für Hasturs Sohn in wildem Land
Die königliche Stadt entstand,
Und für Camillas Tat ein Mal
Errichtete man aus Opal.«

Sie verzichtete auf das kurze Nachspiel, sprang auf und überließ es Rafaella, die Harfe wegzubringen. Schon am Nachmittag hatte sie die wenigen Gegenstände, die sie auf diese Reise mitgenommen hatte, zu einem kleinen Bündel verpackt. Innerhalb des Zeltes verstauten die Amazonen Lebensmittel und notwendige Ausrüstungsgegenstände schnell und zielstrebig beim Licht einer einzigen abgeschirmten Kerze in ihren Satteltaschen. Rohana sah zu und blieb ihnen aus dem Weg. Devra und die Dicke Rima gingen in Richtung der Stadttore davon, und Rohana erschauerte von neuem: Diese beiden Frauen hatten dafür zu sorgen, daß die Tore unbewacht waren, wenn die anderen in eiliger Flucht zurückkehrten . . .

Sei nicht so zimperlich! Die Wachen dort sind Trockenstädter; wahrscheinlich haben sie den Tod dutzendfach verdient . . .

Aber sie haben mit keiner von uns Streit! Es müssen ein paar gute Männer unter ihnen sein, die nichts verbrochen haben, als daß sie so lebten, wie ihre Vorfahren jahrhundertelang gelebt haben ...

Ärgerlich auf sich selbst, unterdrückte Rohana den Gedanken. *Ich habe Kindras Schar angeworben, um Melora und ihr Kind hier herauszuholen. Habe ich wirklich geglaubt, das könne ohne Blutvergießen geschehen? Man kann keine Falken aus dem Nest nehmen, ohne Klippen zu erklettern!*

Kindra winkte die rothaarige Frau zu sich und flüsterte: »Ich hatte daran gedacht, Euch auch zurückzulassen. Wir werden Euch jedoch brauchen, falls Eure Verwandte Hilfe nötig hat – oder Trost. Kommt mit uns, Lady, nur gebt auf Euch acht, wenn gekämpft wird. Keine von uns wird Zeit oder Gedanken übrig haben, um Euch zu beschützen, und Jalaks Männer könnten Euch für eine von uns halten und Euch angreifen. Habt Ihr irgendeine Waffe?«

»Hier.« Rohana zeigte den kleinen Dolch vor, den sie wie alle Comyn-Frauen zum Schutz ihrer eigenen Person bei sich trug. Rohana zitterte leicht. Die hartknochige Hand der Amazone legte sich auf ihre Schulter, nur leicht und für einen Augenblick, zögernd, als fürchte Kindra, die Edelfrau könne ihr Mitgefühl zornig zurückweisen. »Meine Dame, glaubt Ihr, wir hätten keine Angst? Wir haben nicht gelernt, uns nicht zu fürchten, sondern mit unserer Angst weiterzumachen, was die Frauen auf unserer Welt selten lernen.« Sie wandte sich ab, und ihre Stimme klang brüsk aus der Dunkelheit. »Komm, Nira, du gehst voran. Du kennst den Weg Schritt für Schritt, wir kennen ihn nur aus Lady Rohanas Zeichnungen und Karten.«

Rohana, ans Ende der kleinen Gruppe von Frauen gedrängt, fühlte ihr Herz so laut klopfen, daß sie meinte, man müsse es in den staubigen, verlassenen Straßen hören. Sie bewegten sich wie Geister oder Schatten, hielten sich im Lee der Gebäude, stahlen sich auf lautlosen Füßen vorwärts.

Die Stadt war ein Labyrinth. Und doch dauerte es nicht lange, bis die Frauen vor Rohana stehenblieben und dichtgedrängt über einen offenen, windgefegten Platz zu dem Großen Haus hinübersahen, wo Jalak von Shainsa herrschte. Das Haus war ein großes, viereckiges Gebäude aus hellgebleichtem Stein und schimmerte schwach im Licht eines einzelnen abnehmenden Mondes: eine blinde, fensterlose Front, eine Festung, die beiden Türen von hochgewachsenen Posten in Jalaks barbarischer Livree bewacht. Die Amazonen schlichen durch die Schatten und an dem Gebäude entlang. Rohana hatte Kindras Plan gehört und hielt ihn für gut. In den Trockenstädten wurde jede Außentür eines Hauses bewacht; zwei Posten konnten sie gegen einen direkten Angriff für unbegrenzte Zeit halten. Aber wenn sie irgendwie durch das kleine Seitentörchen in den Hof gelangten, den Garten – der zu dieser Stunde hoffentlich verlassen war – durchquerten und in das Haus durch die unbewachten Innentüren eindrangen, mochten sie auch in Jalaks Schlafzimmer gelangen.

Während Rohana sang, hatte sie Kindra sagen hören: »Hoffen wir, daß in den Trockenstädten viele Monde lang Frieden geherrscht hat. Vielleicht haben die Posten dann Langeweile und sind nicht so wachsam wie gewöhnlich.«

Rohana konnte den Posten an der Seitentür jetzt sehen. *Evanda sei gelobt, nicht mehr als einer*. Er lümmelte sich gegen die Wand. Sein Gesicht erkannte sie nicht, aber Rohana war Telepathin, und obwohl sie sich gar keine Mühe gab, empfing sie seine Gedanken deutlich: Langeweile, Überdruß, das Gefühl, ihm sei alles willkommen, sogar ein bewaffneter Angriff, was die Monotonie seiner Wache unterbrechen würde.

»Gwennis«, flüsterte Kindra. »Du bist dran.«

Absichtlich stieß Gwennis mit dem Fuß einen Stein gegen die Wand, und Rohana hörte die Anführerin der Amazonen denken: *Dies ist der Augenblick des höchsten Risikos ...*

Der Posten richtete sich auf, von dem Geräusch alarmiert.

Er ist wachsam, wir können ihn nicht überraschend angreifen. Deshalb müssen wir ihn von dem Tor weglocken, ihn mitten auf den Platz bringen, dachte Kindra.

Gwennis hatte Messer und Dolch abgelegt und den Verschluß ihrer Jacke ein Stückchen geöffnet. Sie schlenderte auf den mondbeschienenen Platz hinaus. Der Posten stand sprungbereit. Gleich darauf entspannte er sich. Es war ja nur eine Frau.

Wir übertölpeln ihn, ja. Wir ziehen Vorteil aus der jahrhundertelangen Verachtung der Trockenstädter für Frauen als hilflose, harmlose Haustiere. Opfer, dachte Kindra bitter.

Der Posten zögerte nicht länger als eine halbe Minute, bis er seinen Platz an der Tür verließ und entschlossen auf das junge Mädchen zuging. »He, Hübsche – fühlst du dich einsam? Eine von den Amazonen, wie? Hast du sie satt bekommen und siehst dich nun nach besserer Gesellschaft um?«

Gwennis hob den Blick nicht. Er kam schnell näher. »Ha – habe ich dich ohne das Messer erwischt, das ihr immer tragt? Jetzt wirst du erleben, was es bedeutet, in Wirklichkeit eine Frau zu sein. Wer weiß, vielleicht gefällt dir das sogar besser. Komm her, ich will dir was zeigen ...« Er faßte nach dem Mädchen, zog es grob an sich und schleuderte es herum. Eine Hand preßte er Gwennis auf den Mund, um sie am Schreien zu hindern ...

Seine Rede brach in einem erstickten Keuchen ab. Loris langes Messer, mit tödlicher Zielsicherheit geworfen, fuhr ihm in die Kehle. Gleich darauf beugte Lori sich über ihn und gab ihm den Todesstreich in die große Vene unterhalb des Ohrs. Kindra und Camilla zerrten ihn in den Schatten der Mauer, außer Sicht von zufällig Vorüberkommenden. Gwennis raffte sich auf und wischte sich angeekelt den Mund, als könne sie die rüde Berührung des Mannes abwischen. Kindra suchte an dem Gürtel des Toten, fand seine Schlüssel und probierte sie einen nach dem anderen an dem schweren Schloß aus. *Von außen verschlossen, nicht von innen. Es soll eher seine Frauen an der Flucht hindern, als Eindringlinge abwehren.*

Das Schloß ging schwer. Rohana kam es vor, als quietsche es in der stillen Straße laut genug, um die ganze Stadt aufzuwecken. Doch einen Augenblick später gab es nach, und die Tür schwang geräuschlos nach innen. Die Amazonen drängten sich hinein, drückten sich gegen die Hofmauer und schoben das Tor wieder zu.

Sie standen in einem stillen, leeren Garten. Hier im Trockenland wuchs wenig außer Dornbüschen, wenn es nicht eigens angepflanzt wurde. Aber Jalak, Tyrann von Shainsa, hatte keine Kosten gescheut, um für sich und seine verwöhnten Frauen und Favoriten eine Oase zu schaffen. Eine Vielzahl von Springbrunnen sprudelte, hohe Bäume reckten sich zum Himmel, Blumen im Überfluß verströmten einen süßen, feuchten, erdigen Geruch. Von der Skizze geleitet, die Rohana nach dem Rapport mit Melora angefertigt hatte, schlichen sich die Frauen den Ziegelweg entlang und blieben im Schatten einer Gruppe aus Schwarzfruchtbäumen stehen.

»Leeanne«, wisperte Kindra.

Die schlanke, geschlechtslose Gestalt entfernte sich in Richtung des Zimmers, wo Meloras zwölfjährige Tochter mit ihrer Kinderfrau schlief. Rohana ertappte sich bei der Überlegung, wie eine zum Neutrum gemachte Amazone von sich selbst denken mochte. *Sicher empfindet sie sich nicht als Frau. Als Mann? Als etwas undefinierbares Drittes?* Ungeduldig verscheuchte sie den Gedanken. *Welcher Unsinn, mir darüber jetzt den Kopf zu zerbrechen!*

Die Gartentür war nicht bewacht, und dann waren sie innerhalb des Hauses. Rohana, die den Plan aus ihrem Rapport mit Melora genau im Gedächtnis hatte, ging sicher auf den bewachten Raum zu, in dem Jalak schlief.

War Melora wach, hielt sie sich bereit, wartete sie auf sie? Den ganzen Nachmittag hatte Rohana der Versuchung widerstanden, einen telepathischen Kontakt mit ihrer Cousine herzustellen; jetzt gab sie ihr nach. Die lange brachgelegene Fähigkeit kehrte zurück, so daß es diesmal leichter ging.

– *Melora, Melora!* Und plötzlich überkam sie das halbvergessene Gefühl der Verschmelzung. Sie *war* Melora, sie ...

... Sie lag mit dem Gesicht zur Wand und zwang sich, ihre verkrampften Muskeln zu entspannen, geduldig zu sein, zu warten ... Das schwere Kind in ihrem Leib strampelte heftig, und sie dachte müde: *Du bist so stark und lebhaft, kleiner Sohn, und, Avarra erbarme sich meiner, ich wünsche dir nichts als den Tod. Es ist nicht deine Schuld, sondern dein Unglück, daß du Jalaks Sohn bist ...*

Ob es wirklich heute nacht geschieht? Und die Wachposten ... wie, wie? Seit nun mehr als zehn Jahren verfolgte sie die Erinnerung an ihren Pflegebruder Valentin, dem man nach unsagbaren Scheußlichkeiten bei lebendigem Leib die Finger abgeschnitten hatte ... Sie sah ihn zerbrochen, sich windend, blutbedeckt ... *Oh,*

Evanda und Avarra, Aldones, Herr des Lichts, nicht auch noch Rohana ...

Nein! Daran darf ich jetzt nicht denken! Ich muß stark sein.

Mit aller Willenskraft zwang sie sich zur Ruhe.

Jalak lag im ersten, tiefen Schlaf. Neben ihm erkannte sie im blassen Mondschein, der durch das Fenster zum Hof fiel, die undeutlichen Gestalten seiner beiden Favoriten, die sein Bett teilten: Danette – nackt in ihr langes, aufgelöstes Haar eingehüllt, und Garris. Der Junge lag auf dem Rücken, an Jalaks langen Körper geschmiegt, und schnarchte ein bißchen. Anfangs hatte diese Demütigung sie zu Tränen und heftiger Auflehnung aufgeregt. Nach zehn Jahren war sie nur noch erleichtert, daß sie selbst sein Bett nicht mehr zu teilen brauchte.

Arme Danette, wie sie mich haßt, wie sie triumphierte, als sie meinen Platz in Jalaks Bett einnahm! Sie ahnt ja nicht, wie gern ich ihn ihr schon vor Jahren abgetreten hätte – und mein Kind haßt sie noch mehr als mich; sie weiß, daß sie unfruchtbar ist. Wenn ich es nur wäre ... Garris wünsche ich nichts Böses. Seine Eltern haben ihn an die Bordelle in Ardcarran verkauft, als er noch nicht älter als Jaelle war ... er liebt Jalak nicht mehr als ich. Wie langsam diese Nacht vergeht ...

Sie fuhr zusammen, jeder Nerv in ihrem Körper prikkelte.

Was war das für ein Geräusch? Im nächsten Augenblick flog die Tür krachend nach innen, und sofort war der Raum voll von ... von Frauen? Jalak wachte mit Gebrüll auf, faßte nach seinem Schwert, das Tag und Nacht griffbereit neben ihm lag, und rief nach den Wachen ... ein Ruf, der ohne Antwort blieb. Schon auf den Füßen, rief er noch einmal. Nackt sprang er die erste Frau an, die auf ihn eindrang. Rohana, die jetzt mit ihren eigenen Augen sah, obwohl sie Meloras Gedanken *Wo sind die*

Wachen? teilte, beobachtete, wie die Amazonen ihn gegen die Wand drängten, wie er hinter einem Wall aus Frauen verschwand, die mit ihren Messern zustachen, wie Kindra ihm weit ausholend die Sehnen in den Kniekehlen zerschnitt. Er fiel heulend, um sich schlagend. Danette kniete mit großen Augen aufrecht im Bett und kreischte.

»Garris! Garris! Nimm sein Schwert! Das sind nur *Frauen* ...«

»Bring diese Hure zum Schweigen«, sagte Kindra, und Camillas rauhe Hände erstickten Danettes Geschrei mit einem Kissen. Garris hatte sich hochgesetzt und blickte mit böser Freude auf den sich windenden, heulenden Jalak nieder.... Rohana riß einen pelzbesetzten Mantel vom Fußende des Bettes, warf ihn über Meloras dürftiges Nachtgewand. »Komm – schnell!«

Rohana zog Melora eilig in den stillen Garten hinaus. Er war so friedlich, daß es ihr den Atem benahm. Springbrunnen sprudelten, Bäume rauschten ungestört im Wind. Kein Laut, kein Licht verriet, daß irgendwo innerhalb des Großen Hauses acht oder zehn von Jalaks Kämpfern und vielleicht auch Jalak selbst tot dalagen.

Kein Mann außer Jalak hatte Gelegenheit gehabt, einen einzigen Streich zu führen. Der aber war in Niras Oberschenkel gegangen. Sie hinkte und stützte sich schwer auf Camillas Arm. Lori kam, bückte sich, verstopfte die Wunde provisorisch mit ihrem Taschentuch und band das Bein hastig mit dem Gürtel ihrer Jacke ab. Leeanne tauchte aus der Dunkelheit auf. In ihren Armen trug sie eine kleine Gestalt in einem langen Nachthemd. Sie stellte das Mädchen auf die bloßen Füße, und in dem trüben Licht erhaschte Rohana einen Blick auf ein überraschtes, verschlafenes Gesichtchen.

»Mutter ...?«

»Es ist alles gut, mein Liebling, das sind meine Verwandten und unsere Freunde«, erklärte Melora in singendem Tonfall.

»Könnt Ihr gehen, Lady? Wenn nicht, werden wir Euch irgendwie tragen ...«

Der Schmerz stach ihr wie mit Messern in Seite und Rücken, das ungeborene Kind zerrte an ihr, aber es kümmerte sie nicht. *Frei. Ich bin frei. Jetzt könnte ich glücklich sterben. Aber ich darf nicht sterben und sie aufhalten ...*

Der verlassen daliegende Marktplatz war eine Wildnis aus leeren Ständen und Buden. Rima und Devra tauchten aus der Dunkelheit auf, nahe der Stelle, wo die Pferde warteten. »Das Tor ist frei«, meldete Rima mit bedeutungsvoller Geste – einen Finger über die Kehle ziehend.

»Dann kommt. Laßt alles liegen bis auf eure eigenen Satteltaschen und die Lebensmittel für die Reise.« Kindra führte Melora zu einem Pferd. »Bevor Ihr aufsteigt, *domna*, zieht diese Sachen an. Auch wenn sie Euch nicht gut passen werden, eignen sie sich zum Reiten doch besser als dies Nachtgewand.«

Rohana streifte Melora im Schutz der Dunkelheit das Nachthemd über den Kopf, half ihr in eine lange, weite Hose, band sie ihr um die Taille fest, zog ihr eine pelzgefütterte Jacke an. Melora nahm den schwachen Duft in dem Stoff wahr und hätte vor Wiedersehensfreude und Dankbarkeit am liebsten geweint. Das war der Duft nach Gewürzen und Weihrauch, mit dem in jedem Haus der Domänen die Luft parfümiert wurde. Sie unterdrückte ein Schluchzen und ließ sich von Rohana in den Sattel helfen. Nun steckte Rohana ihre Füße noch in – viel zu große – Wildlederschuhe.

Ängstlich sah sich Melora nach Jaelle um und entdeckte, daß eine der Amazonen sie in einen Mantel wikkelte und hinter sich in den Sattel hob.

Kindra ergriff die Zügel von Meloras Stute. »Haltet Euch im Sattel, so gut Ihr könnt, Lady, ich werde das Pferd führen.« Melora hielt sich am Sattelknopf fest (wie seltsam, nach so vielen Jahren wieder im Herrensitz zu reiten!) und verbiß den Schmerz, den ihr die Bewegung verursachte. Kindra nahm sie mit sich an die Spitze der kleinen Truppe. Mit leiser, angespannter Stimme sagte sie: »Nun reitet alle wie der Teufel. Vielleicht haben wir ganze fünf Stunden, bevor die Sonne aufgeht und irgendwer Jalak in seinem Blut liegend findet. Aber mehr Zeit bleibt uns nicht, ganz gleich, wieviel Glück wir haben, und von diesem Tag an wird in den nächsten drei Dutzend Jahren die Haut einer Freien Amazone nirgendwo in den Trockenstädten mehr einen *sekal* wert sein. Los!«

Und fort ging es. So sehr der Ritt sie anstrengte, merkte Melora doch, daß Kindra für sie ein Pferd mit einem weichen Gang ausgesucht hatte, das beste, das für eine schwangere Frau zur Verfügung stand. Sie warf einen kurzen Blick auf die schwarzen hohen Mauern von Shainsa zurück.

Es ist vorbei, dachte sie, *der Alptraum ist vorbei. Dreizehn Jahre. Jalak ist verkrüppelt fürs Leben, stirbt vielleicht.*

Ich hoffe, er stirbt nicht. Für ihn ist es schlimmer, oh, viel schlimmer, am Leben zu bleiben und zu wissen, daß Frauen ihm das angetan haben!

Ich bin gerächt und Valentin auch! Und Jaelle wird in Freiheit aufwachsen!

Sie ritten in die Nacht hinein, ohne verfolgt zu werden.

3

Bis ans Ende ihres Lebens vergaß Lady Rohana Ardais diese wahnsinnige Flucht aus Shainsa nicht. Die ganze Zeit horchten sie, ob hinter ihnen irgendein leises Geräusch verriet, daß Jalak – oder seine Leiche – gefunden worden war und die Jagd auf sie begonnen hatte.

In der ersten Stunde war es sehr dunkel, und Rohana folgte blindlings den donnernden Hufen und den undeutlichen Schatten vor sich. Dann erschien Kyrrdis als leuchtender Halbkreis über dem Horizont. Er war so hell, daß Rohana erkannte, er war der Sonne nicht mehr als eine oder zwei Stunden voraus. In seinem blaugrünen Licht erkannte sie die anderen Pferde und Reiterinnen.

Jetzt mäßigten sie ihre Geschwindigkeit. Nicht einmal die schnellen Pferde aus den Ebenen von Valeron konnten den anfänglichen Galopp länger beibehalten. Rohana wunderte sich darüber, daß Leeanne den Weg im Dunkeln gefunden hatte; offenbar war der Ruf der Amazone als Pfadfinderin wohlverdient. Sie sah Jaelle, die sich schläfrig an Camillas Rücken lehnte. Was mochte sich das Kind bei alldem denken?

In der Stunde vor der Morgendämmerung hielten sie an, um die Pferde wieder zu Atem kommen zu lassen. Leeanne stieg auf einen nahe gelegenen Hügel und hielt Ausschau nach Anzeichen für eine Verfolgung. Rima kam, drückte Rohana Brot und Trockenfleisch in die Hand und goß Wein in den Becher an ihrem Sattelknopf.

»Eßt und trinkt, solange Ihr es noch könnt, Lady. Sollten wir verfolgt werden, bleibt uns keine Zeit zum Frühstücken. Es gibt ein paar Verstecke zwischen hier und Carthon, und Kindra kennt sie alle, aber unsere Sicherheit liegt hauptsächlich in einem guten Vorsprung. Deshalb eßt jetzt.«

Rohana kaute gehorsam einen Bissen, obwohl ihr

Mund trocken war und das Zeug wie Pergament schmeckte.

Dann führte Rohana ihr Pferd langsam ein paar Schritte, bis seine keuchenden Atemzüge sich normalisierten. Geistesabwesend rieb sie ihm den Kopf und lehnte sich an den warmen, schwitzenden Körper. Nicht zum erstenmal seit Beginn dieser langen Reise dachte sie, welch ein Glück es sei, daß sie bei der Falkenjagd in ihrer fernen Bergheimat lange Ritte unternommen hatte und deshalb abgehärtet war. *Wenn ich zu den Frauen gehörte, die kaum mehr tun, als über ihren Strickrahmen zu sitzen, hätte ich mich so wundgeritten, daß ich halbtot wäre.* Der Gedanke brachte sie wieder auf Melora *(wie müde sie sein muß!)*, und sie bahnte sich einen Weg durch die Amazonen, die abgestiegen waren, sich ausruhten, aßen und leise Unterhaltungen führten. Jaelle war aus dem Sattel gehoben worden und schlief fest, eingewickelt in irgend jemandes Mantel und zugedeckt mit einem anderen. *Wenigstens sorgen sie gut für sie. Ich nehme nicht an, daß eine von ihnen viel über Kinder weiß.*

Rohana hielt Ausschau nach Melora und sah, daß Kindra ihr eben aus dem Sattel half. Bevor sie bei ihnen angekommen war, fing Nira sie ab, der der provisorische Verband locker um den Oberschenkel hing. »Könnt Ihr diese Wunde bei Mondschein verbinden, *vai domna*? Sie behindert mich beim Reiten mehr, als ich dachte, sonst würde ich auf Tageslicht warten.«

Einen Augenblick lang empfand Rohana Ungeduld. Dann erinnerte sie sich daran, daß Nira die Wunde im Einsatz für sie erhalten hatte, und schämte sich. »Ich will es versuchen. Kommt hierher, heraus aus den Schatten, wo das Licht am hellsten ist.« Sie suchte in ihrer Satteltasche nach den paar weiblichen Kleidungsstücken, die sie mitgenommen hatte, fand ein noch nicht getragenes Hemd und riß es in Streifen. Wie alles andere knirschte es von dem Sand der Trockenstädte, war jedoch sauber.

Sie mußte den alten Verband und dann das Hosenbein mit einem Messer aufschneiden, weil beides mit verklumptem Blut an der Wunde klebte. Nira fluchte halblaut, zuckte jedoch nicht zusammen, als Rohana die häßliche Schnittwunde mit saurem Wein auswusch – *wenigstens ist das Zeug zu irgend etwas gut*, dachte sie –, ein zusammengelegtes Stück Stoff dagegendrückte und sie fest verband. »Das müßte genäht werden, aber das traue ich mich bei Mondschein nicht. Wenn die Wunde von neuem zu bluten beginnt, werde ich tun, was ich kann, sobald es hell wird.«

Nira dankte ihr. »Wenn dieser Schurke Jalak bloß seine Waffen nicht vergiftet – man hört solche Dinge von den Trockenstädtern . . .«

»Das tut er nicht«, sagte Melora neben ihnen leise, und Rohana, die gerade die Überreste des zerrissenen Hemds faltete, blickte auf und sah ihre Cousine dort stehen. Sogar bei Mondschein war zu erkennen, daß ihr Gesicht gedunsen und ungesund wirkte. »Jalak hält das für den Brauch von Feiglingen; es würde bedeuten, daß seine Streiche nicht die Kraft haben zu töten, und damit verlöre er *kihar* – Prestige, würdet ihr sagen. Wenn er sich herabließe, eine Klinge zu vergiften, stände er vor Männern seines eigenen Ranges beschämt da.«

Nira stand mühsam auf und schnitt eine Grimasse, als sie das verwundete Bein belastete. Sie zog den Stiefel an, der voller Sand war. »Das ist ein tröstlicher Gedanke, Lady«, meinte sie trocken. »Ich wüßte allerdings gern, ob es eine Tatsache oder nur ein Gefühl ist, das sich für eine liebende Ehefrau ziemt.«

»Es ist die Wahrheit, bei der Ehre meines Hauses«, erklärte Melora ruhig, wenn auch mit zitternder Stimme,

»und nur meine eigenen Götter wissen, wie wenig liebende Ehefrau ich Jalak war. Ich war nichts anderes als eine Schachfigur für seinen schmutzigen Stolz.«

»Ich wollte Euch nicht beleidigen«, erwiderte Nira, »aber ich entschuldige mich auch nicht, Lady. Ihr habt volle dreizehn Jahre in seinem Haus gelebt, und Ihr seid nicht gestorben. Ich wäre nicht zur Schande meiner Verwandten am Leben geblieben, obwohl mein Vater kein großer Comyn-Lord, sondern nur ein Kleinbauer in den Kilghardbergen ist.«

»Ihr habt Blut in meinem Dienst vergossen, *mestra*. Fühlte ich mich von Euch beleidigt, wäre mein Stolz ebenso groß und so schlecht wie der Jalaks. Und was mein eigenes Leben betrifft – könnt Ihr in der Dunkelheit sehen?« Sie streckte die Arme aus, faßte Niras Hände und leitete sie. Auch Rohana sah und fühlte die rauhen Schwielen von den metallenen Armbändern an der Kette, und über ihnen saß an beiden dunkelgebräunten Handgelenken eine lange, gezackte, wulstige Narbe. »Ich werde diese Narben bis zu meinem Tod tragen«, sagte Melora. »Ich wurde bei Tag und auch bei Nacht angekettet – so fest, daß ich nicht einmal allein essen konnte und von den Frauen gefüttert und ins Bad und zur Latrine getragen werden mußte.« Ihre Stimme bebte vor Zorn über die erlittenen Demütigungen. »Als die Wunden geheilt waren, bewegte sich das Kind in mir schon, und ich wollte das Ungeborene nicht gleichzeitig mit mir töten.« Sie sah zu ihrer schlafenden Tochter hin. »Wie ist es euch gelungen, sie herauszuholen? Jalak hatte sie in die Obhut seiner grimmigsten Wächterin gegeben . . .«

Leeanne war rechtzeitig von der Hügelkuppe zurückgekehrt, um das zu hören. Sie berichtete: »Bisher gibt es kein Anzeichen für eine Verfolgung. Nicht einmal eine Sandratte scheint sich zwischen hier und Shainsa zu bewegen. Was die Kinderfrau Eurer Tochter angeht, Lady, so wird sie aus ihrem Schlaf nicht wieder erwachen. Ich liebe es nicht, Frauen zu töten, aber sie griff mich mit einem Dolch an. Es tat mir leid, sie vor den Augen des Kindes niederstechen zu müssen, doch ich hatte keine andere Wahl.«

»Ich werde nicht um sie weinen.« Melora verzog das Gesicht. »Tatsächlich glaube ich, daß sogar in Jalaks Haus wenig um sie geweint werden wird. Sie war meine oberste Gefängniswärterin, bevor Jaelle geboren wurde, und ich haßte sie mehr als Jalak selbst. Er war grausam, weil es seine Art und er so erzogen worden war; sie dagegen war grausam, weil sie Freude am Schmerz anderer hatte.« Sie wandte sich Rohana zu; erst jetzt fanden sie Zeit für eine schnelle, verlegene Umarmung. *»Breda* . . . ich bin mir immer noch nicht sicher, ob es kein Traum ist, daß ich nicht in Jalaks Bett erwachen werde.«

Die körperliche Berührung von Meloras angeschwollenen Händen und ihrem tränennassen Gesicht stellte den Rapport wieder her. Meloras Geist lag offen vor Rohana, und mehr: quälendes Unbehagen, Schmerz. Angstvoll fragte sich Rohana: *Kann sie reiten? Wird sie hier in der Wüste Wehen bekommen, weit entfernt von jeder Hilfe, wird sie uns aufhalten . . .?*

Sanft löste Melora die Hände ihrer Verwandten, und der Kontakt schwächte sich ab. »Man merkt gleich, daß du wenig über die Trockenstädte weißt. Mögest du niemals Gelegenheit haben, mehr zu erfahren! Von mir wäre verlangt worden zu reiten, auch wenn ich meiner Zeit noch näher wäre. Mach dir keine Gedanken über mich, *breda.* Ihre Stimme brach in Schluchzen. »Oh, es tut so gut, mit dir in unserer eigenen Sprache zu reden . . .«

Rohana machte sich verzweifelte Sorgen um sie. Sie verstand nicht viel von Geburtshilfe, doch als Herrin von Ardais war sie bei vielen Geburten zugegen gewesen und wußte, Melora brauchte Ruhe und Pflege. Dabei stiegen die Amazonen auf Kindras Zeichen hin bereits wieder auf, und es blieb ihnen ja auch wohl nichts anderes übrig.

Kindra kam und sah sich kurz Niras bandagierte Wunde an.

»Bisher gibt es kein Zeichen von einer Verfolgung, aber bei Tagesanbruch wird man Jalak bestimmt finden – oder seine Leiche. Und ich bin gar nicht wild darauf, gegen Jalaks Männer zu kämpfen oder mein Leben angekettet in einem Bordell von Shainsa zu beenden.«

Meloras Lächeln war sogar in dem schwachen Licht zu erkennen. »Es kann durchaus sein, daß wir überhaupt nicht verfolgt werden. Höchstwahrscheinlich haben Jalaks Erben ihn tot aufgefunden und streiten bereits über sein Eigentum und seine Frauen und die Herrschaft über das Große Haus. Sie hätten nicht das geringste Interesse daran, einen Sohn von ihm zurückzuholen, der einen legitimen Anspruch erheben könnte!«

»Aldones gebe es«, erwiderte Kindra. »Immerhin könnte ein Verwandter Jalaks *kihar* suchen, indem er ihn rächt – oder irgendein Rivale mag dafür sorgen wollen, daß kein Sohn, der einen legitimen Anspruch stellen könnte, ihn überlebt.«

Melora drückte krampfhaft Rohanas Hände, doch ihre Stimme klang ruhig. »Ich kann so weit reiten, wie ich muß.« Ihr Blick wanderte zu ihrer schlafenden Tochter. »Darf ich sie zu mir aufs Pferd nehmen?«

»Lady, Ihr seid schwer; Euer Pferd sollte keine zweite Person tragen«, meinte Kindra. »Diejenigen von uns, die am leichtesten reiten, werden sie abwechselnd zu sich nehmen, damit sie ein bißchen länger schlafen kann. Hat sie das Reiten gelernt? Wir haben ein übriges Pferd für sie, wenn sie fähig ist, sich allein im Sattel zu halten.«

»Sie konnte fast ebenso früh reiten wie laufen, *mestra.*«

»Dann wird sie ein eigenes Pferd bekommen, sobald sie aufwacht; lassen wir sie vorerst noch schlafen.« Damit hob Kindra die ruhig weiterschlafende Jaelle in ihren eigenen Sattel und stieg auf, während Rohana ihrer Cousine half. Melora war schrecklich unbeholfen und schwankte im Sattel, aber Rohana sagte nichts. Es gab nichts zu sagen; Kindra hatte recht, und das wußten sie beide. Mit ihren eigenen Zügeln ergriff Rohana auch die von Meloras Pferd, um es durch die Wüste zu führen.

Melora sah verlangend der aufgehenden Sonne entgegen. »Zu dieser Stunde sehne ich mich immer nach – oh, ich weiß nicht – nach Schnee oder Regen, nach irgend etwas anderem als dem ewigen Sand und dem heißen, trockenen Wind.«

Rohana sagte leise: »Wenn die Götter wollen, *breda*, wirst du innerhalb von zehn Tagen wieder in unsern Bergen sein und den Schnee bei jedem Sonnenaufgang sehen.« Melora lächelte, doch sie schüttelte den Kopf. »Ich kann mein Pferd jetzt selbst lenken, wenn du das für besser hältst.«

»Laß es mich lieber führen, wenigstens noch für eine Weile«, antwortete Rohana. Melora nickte, lehnte sich im Sattel zurück und ertrug die Bewegung des Tieres, so gut es gehen wollte.

Die Sonne ging auf, und während Meile auf Meile unter den Hufen der Pferde verschwand, sah Rohana, daß der Charakter der Landschaft sich veränderte. Die flache, unfruchtbare Sandwüste war niedrigen, welligen Hügeln gewichen, die sich erstreckten, so weit das Auge reichte, und der Boden war mit verkrüppelten Dornbäumen und grauen, federigen Gewürzbüschen bedeckt. Anfangs war der Geruch angenehm; nach ein paar Stunden meinte Rohana jedoch, sollte sie jemals wieder beim

Mittwinterfest Gewürzbrot essen, müsse sie daran ersticken. Ihre Kehle war trocken; beinahe bedauerte sie, den sauren Wein nicht getrunken zu haben. Jede Stunde saß Melora unsicherer im Sattel, aber sie beklagte sich nicht mit einem einzigen Wort. Tatsächlich sprach sie überhaupt nicht. Sie ritt mit gesenktem Kopf, das Gesicht steingrau vor Anstrengung.

Die Sonne stieg höher, das Licht wurde greller, und die Hitze nahm zu. Einige der Amazonen zogen Hemd oder Jacke höher und bedeckten ihre Köpfe damit. Rohana tat es ihnen nach, denn die Hitze war der gleißenden Helligkeit vorzuziehen. Immer wieder fragte sie sich, wie lange Melora noch werde reiten können – und sie selbst war so müde und wund, daß sie Gefahr lief, aus dem Sattel zu fallen. Da wandte sich Leeanne, die vorausritt, zurück, hob die Hand und rief Kindra. Die Anführerin rückte schnell zu ihr auf, während die anderen Frauen nach und nach anhielten.

Nach kurzer Zeit kam Kindra zurückgeritten. »In der nächsten Schlucht gibt es ein Wasserloch und Felsen zum Schutz vor der Sonne. Dort können wir die größte Hitze abwarten.« Die Frauen folgten ihr den Pfad entlang, den Leeanne ihr gezeigt hatte. Kindra ließ sich zurückfallen, bis sie neben Rohana und Melora angelangt war.

»Wie steht es mit Euch, Lady?«

Meloras Versuch zu lächeln zog nur ihren Mund ein bißchen in die Breite. »Mir geht es so gut, wie ich hoffen kann, *mestra*. Aber ich leugne nicht, daß ich froh sein werde, wenn ich mich eine Weile ausruhen kann.«

»So geht es uns allen. Ich wünschte, ich könnte Euch dies ersparen. Aber ...« Melora wehrte ihre Entschuldigungen mit einer Geste ab. »Ich weiß ganz genau, daß Ihr und Eure Frauen das Leben für mich riskiert habt, und mehr. Die Götter verhüten, daß ich mich über etwas beschwere, das ihr für Eure und meine Sicherheit tun müßt.«

Es lag etwas in diesen Worten, das Rohana den Atem stocken ließ. Einen Augenblick lang hatte sich Melora wie ihr altes Selbst angehört: anmutig, sanft, mit der gewinnenden Höflichkeit, die sie Hoch und Niedrig gleichermaßen erwiesen hatte. *So hat sie gesprochen, als wir in Dalereuth Mädchen waren. Gnädige Evanda, besteht wirklich Hoffnung, daß sie eines Tages wieder sie selbst sein und ihr Leben glücklich und frei zu Ende führen wird?*

Das Wasserloch war eine trüb schimmernde Fläche von weniger als zwanzig Fuß Durchmesser. Es sah ungesund aus, aber Kindra behauptete, das Wasser sei gut. Dahinter erhob sich eine Gruppe von schwärzlich-roten, abweisenden Felsen, die purpurne Schatten auf den Sand warfen und die allgegenwärtigen Gewürzbüsche zu lavendelfarbenen Flecken auf dem trockenen Boden machten. Rohana mußte bei diesem Anblick mehr an Schlangen und Skorpione als an einen kühlen, einladenden Ruheplatz denken, aber dem sengenden Glast der Trockenlandsonne zur Mittagszeit war dieser Ort vorzuziehen.

Rohana half Melora beim Absteigen und stützte sie bei ihren unsicheren Schritten. Als sie sie im Schatten der Felsen untergebracht hatte, wollte sie ihr Pferd ans Wasser bringen. Kindra hielt sie zurück. »Sorgt für Eure Verwandte, Lady.« Sie ergriff die Zügel beider Pferde und senkte die Stimme. »Wie geht es ihr tatsächlich?«

Rohana schüttelte den Kopf. »Bis jetzt kommt sie zurecht. Mehr kann ich wirklich nicht sagen.« Sie wußte recht gut, daß jeder, der etwas von diesen Dingen verstand, gesagt hätte, Melora dürfe nicht reiten. Aber auch Kindra wußte es, und es gab einfach nichts, was sich hätte tun lassen.

»Gibt es Anzeichen für eine Verfolgung?« erkundigte sich Rohana.

»Bisher keine«, antwortete Leeanne. Jaelle war von ihrem Pferd gerutscht, näherte sich ihnen und blieb schüchtern in einiger Entfernung stehen. »Woher wißt Ihr, daß wir nicht verfolgt werden, *mestra*?« Sie sprach die Sprache des Berglandes mit einem leichten Akzent, aber sie war zu verstehen. Kindra lächelte das Kind an.

»Ich höre keinen Hufschlag, wenn ich mein Ohr auf den Boden lege, und so weit ich sehen kann, erhebt sich keine Staubwolke, die mir verraten würde, daß dort Männer reiten.«

»Ihr seid ja ebenso gut wie Jalaks beste Pfadfinder!« rief das kleine Mädchen erstaunt. »Ich wußte nicht, daß Frauen Pfadfinder sein können.«

»Da du in Shainsa gelebt hast, kleine Lady, wird es vieles geben, was du über Frauen nicht weißt.«

»Wollt Ihr es mir erzählen?« fragte Jaelle eifrig.

»Wenn ich Zeit habe. Weißt du denn soviel über Pferde, daß sie getränkt und abgekühlt werden müssen?«

»Oh, entschuldigt – halte ich Euch auf? Kann ich Euch helfen?«

Kindra gab dem kleinen Mädchen die Zügel der Stute, die Melora geritten hatte. »Geh mit ihr langsam auf und ab, bis ihr Atem ruhig wird und der Schweiß um den Sattel fast trocken ist. Dann führst du sie ans Wasser und läßt sie trinken, soviel sie will. Meinst du, das bringst du fertig?«

»O ja!« Jaelle ging davon, den Zügel in der Hand. Kindra folgte ihr mit Rohanas Pferd. Rohana blieb zurück und sah Jaelle nach. Sie war groß für ihr Alter, schmächtig gebaut, mit zarten Knochen. Ihr Haar war feuerrot und reichte bis zur Mitte des schmalen Rückens. Sie trug das Nachtgewand, in dem sie aufgeweckt worden war –

feingesponnenes Trockenlandleinen, glatt gewebt und bestickt. Eine der Amazonen hatte ihr eine kurze Jacke, für sie viel zu groß, um die Schultern gelegt. Ihre Füße waren bloß, aber sie ging über den heißen Sand, ohne daß es ihr etwas auszumachen schien. Bis auf das flammende Haar entdeckte Rohana an dem Kind keine Ähnlichkeit mit Melora. Allerdings hatte es auch keine ins Auge springende Ähnlichkeit mit Jalak.

Sie kehrte zu Melora zurück, die ihren schweren Körper auf ihrem Reitumhang ausgestreckt und die Augen geschlossen hatte. Rohana betrachtete sie voller Sorge. Dann öffnete Melora die Augen, und Rohana zwang schnell einen gleichmütigen Ausdruck auf ihr Gesicht.

»Wo ist Jaelle?« fragte Melora.

»Sie hilft Kindra, die Pferde zu tränken«, antwortete Rohana. »Glaub mir, es geht ihr gut, und der Ritt scheint sie nicht übermäßig angestrengt zu haben.« Rohana ließ sich im Schatten neben ihrer Cousine nieder. »Ich wollte, ich hätte nur ein bißchen von ihrer Energie.«

Melora ergriff Rohanas Hand, als gebe ihr die Berührung Trost. »Ich sehe, wie auch du dich meinetwegen verausgabt hast, Cousine ... Wie bist du in die Gesellschaft dieser – dieser Frauen geraten? Du hast doch Mann und Kinder nicht verlassen, wie sie es tun ...?«

Rohana lächelte ihr beruhigend zu. »Nein, Liebes. Meine Ehe ist in Ordnung, wie ich es von Anfang an erwartet hatte. Gabriel und ich sind so glücklich miteinander, wie man nur sein kann.«

»Wie kam es dann, daß ...«

»Das ist eine lange Geschichte und nicht leicht zu erzählen. Ich hatte den Eindruck, alle hätten dich vergessen, und fast hatte auch ich dich vergessen. Ich nahm an, du seist tot oder – oder hättest dich mit deinem Leben abgefunden.« Sich verteidigend, setzte sie hinzu: »Es war so lange her.«

»Ja, ein Menschenalter«, meinte Melora seufzend.

»Als du zu mir kamst, dachte ich anfangs, es sei ein Traum. Ich reiste nach Thendara und sprach mit einigen vom Rat. Sie sagten jedoch nur, sie könnten nichts tun, es sei nicht die richtige Zeit für einen Krieg mit den Trockenstädtern, und sie würden keinen weiteren Mann zum Sterben hinschicken. Fast glaubte ich selbst schon, es könne nichts unternommen werden, als ich durch Zufall – oder wer weiß, vielleicht durch das Werk einer Göttin – unterwegs einer kleinen Gruppe Freier Amazonen begegnete. Es waren Jägerinnen und Händlerinnen, und sie hatten zwei oder drei Kämpferinnen zu ihrem Schutz dabei. Im Gespräch mit ihnen erfuhr ich, daß zwar ihre Gruppe sich nicht in die Trockenstädte wagen würde, daß sie jedoch von einer anderen Gruppe wußten, die es täte. Also suchte ich ihr Gildenhaus auf und sprach mit Kindra, und sie erklärte sich bereit, die Rettung zu versuchen. Und so . . .«

»So bist du hier«, sagte Melora ergriffen, »und ich bin hier. Es stimmt, ich hatte mich mit meinem Leben abgefunden, und als ich wußte, daß ich zum zweitenmal von Jalak schwanger war und daß es ein Sohn werden würde – da war ich bereit zu sterben.« Sie sah zu ihrer Tochter hin. Jaelle war fertig damit, das Pferd umherzuführen, und sah ihm zu, wie es aus dem Wasserloch trank. »Sie ist zwölf; mit dreizehn wäre sie angekettet worden. Ich glaube, wenn du nicht gekommen wärst, hätte ich sie getötet, und dann mich selbst . . .«

Rohana sah, daß ihre Cousine erschauerte. Schnell legte sie ihre Hand auf die Meloras. »Es ist vorbei, Liebes. Alles vorbei. Jetzt kannst du beginnen zu vergessen.«

Vergessen? Während ich Jalaks Sohn trage? Melora sprach es nicht laut aus, aber Rohana hörte die Worte auch so. Sie sagte sehr sanft: »Nun, vorerst kannst du dich ausruhen, und du bist frei und für den Augenblick in Sicherheit. Versuch zu schlafen, Liebes.«

»Schlafen.« Melora lächelte schief. »Ich kann mich nicht erinnern, wann ich zuletzt richtig geschlafen habe. Und es wäre doch ein Jammer, würde ich jetzt schlafen, wo ich wieder mit dir zusammen und in Sicherheit bin ... und ich bin glücklich ... Erzähl mir alle Neuigkeiten über unsere Verwandten, Rohana. Regiert Marius Elhalyn noch in Thendara? Was ist mit unseren Leuten, unseren Freunden – erzähl mir alles«, bat sie sehnsüchtig, und Rohana brachte es nicht übers Herz, ihr diese Bitte abzuschlagen.

»Das ist eine lange Geschichte, und ich würde viele Stunden und Tage dazu brauchen. Dom Marius ist ein Jahr nachdem du entführt wurdest, gestorben. Aran Elhalyn hält ein Jahr um das andere den Thron warm, und wie üblich ist der Lord von Hastur der eigentliche Herrscher – nicht der alte Istvan, der ist senil, sondern Lorill Hastur, sein Erbe. Du erinnerst dich doch, daß Lorill und seine Schwester Leonie mit uns im Dalereuth-Turm waren? Ich dachte, vielleicht würde Lorill deinetwegen gegen Jalak ziehen ...«

Melora seufzte. »Sogar ich hätte das besser gewußt. Die Hasturs haben an wichtigere Dinge zu denken als die Pflichten, die sie gegenüber ihrer Sippe haben. Und sind sie vielleicht besser als die Trockenstädter mit all ihren Fehden und kleinen Kriegen? Herrscht ansonsten Frieden?«

»Frieden, ja ... Lorill hat die Terraner von Aldaran nach Thendara gebracht. Sie bauen dort einen Raumhafen, und Lorill hat seine Handlung vor dem Rat verteidigt. Einige waren entschieden dagegen, aber letzten Endes setzte Lorill sich durch, wie es die Hasturs für gewöhnlich tun.«

»Die Terraner«, sagte Melora langsam. »Ja, ich habe

von ihnen gehört: Menschen wie wir von einer anderen Welt, die mit großen Schiffen von den Sternen gekommen sind. Jalak erzählte solche Geschichten nur, um über sie zu lachen; in den Trockenstädten weiß man nicht, daß die Sterne Sonnen wie die unsere darstellen und Welten erhellen, die unserer eigenen nicht unähnlich sind. Jalak machte sich gern über solche Geschichten lustig und sagte, diese sogenannten Außenweltler müßten wirklich schlaue Betrüger sein, wenn sie die Sieben Domänen zum Narren hielten, aber kein vernünftiger Mann aus dem Trockenland ließe sich so einwickeln ...« Sie schloß die Augen. Rohana dachte zuerst, sie schlafe, und war dankbar dafür. Sie wollte versuchen, ebenfalls zu schlafen, aber ein Schatten fiel über ihr Gesicht, und als sie die Augen öffnete, sah sie Jaelle vor sich stehen. Das Mädchen flüsterte: »Seid Ihr es, die meine – unsere Verwandte ist, Lady Rohana?«

Rohana setzte sich hoch und streckte die Arme aus, und Jaelle umarmte sie rasch und schüchtern. »Wie geht es meiner Mutter, Verwandte? Schläft sie?«

»Sie schläft, und sie ist sehr müde.« Rohana stand schnell auf und zog das Kind beiseite, damit ihre Stimmen Melora nicht störten.

»Ich will sie nicht aufwecken, ich wollte nur wissen ...« Jaelles Stimme zitterte. Rohana blickte auf das ernste Gesichtchen und die großen grünen Augen nieder.

Comyn, dachte sie. *Sie sieht nicht wie Melora aus, aber ihr Comyn-Blut ist unverkennbar. Es wäre unrecht, sehr unrecht gewesen, sie in Jalaks Gewalt zu lassen, nicht nur unmenschlich, sondern verkehrt!*

Jaelle sagte ganz leise: »Sie sollte jetzt nicht reiten; das Kind wird bald geboren werden ...«

»Das weiß ich, Liebes. Wir sind hier jedoch nicht sicher, außer für eine kleine Ruhepause. Wenn wir Carthon erreichen, sind wir wieder in den Domänen und für immer außerhalb von Jalaks Reichweite«, antwortete Rohana ruhig.

»Aber – was wird es ihr antun? Das Reiten, die Müdigkeit . . .«, begann Jaelle zögernd, dann wandte sie den Blick ab. Rohana dachte: *Hat sie Laran?* Auch in der Telepathenkaste der Comyn zeigte die Gabe sich erst kurz vor der Pubertät. Eine ausgebildete Leronis vermochte ein Kind in Jaelles Alter mit ziemlicher Sicherheit einzuschätzen. Rohana selbst hatte von ihrem Training so lange keinen Gebrauch mehr gemacht, daß sie im Falle Jaelles nicht einmal raten konnte. *Gerade jetzt, da ich sie nötig habe, läßt mich die Gabe im Stich . . . Warum müssen Frauen immer zwischen ihrem Laran und allen anderen Dingen im Leben einer Frau entscheiden?*

Sie blickte auf Melora nieder, die in tiefem Erschöpfungsschlaf dalag, und dachte an die Zeit, als sie beide junge Mädchen im Turm von Dalereuth gewesen waren und den Gebrauch der Matrixsteine lernten, die Energien umwandelten. Sie hatten als Monitoren in den Relaisnetzen gearbeitet, die die Kommunikation in den weiten Gebieten Darkovers aufrechterhielten, und die Technologie der Sieben Domänen studiert.

Sie waren drei gewesen, alle im gleichen Alter: Rohana, Melora und Leonie Hastur, Schwester jenes Lorill Hastur, der jetzt die Macht hinter dem Thron von Thendara verkörperte. Rohanas Familie hatte darauf bestanden, daß sie heiratete. Nicht ohne Bedauern hatte sie ihre Arbeit im Turm verlassen und war die Frau des Erben der Domäne Ardais geworden, um die großen Güter zu beaufsichtigen und diesem Clan Söhne und Töchter zu gebären. Leonie war zur Bewahrerin erwählt worden. Sie, eine Telepathin von überragenden Fähigkeiten, herrschte nun im Turm von Arilinn und kontrollierte alle aktiven Telepathen auf Darkover. Aber Leonie hatte den Preis der Bewahrerin gezahlt; sie hatte auf Liebe und Ehe verzichten müssen und verbrachte ihr ganzes Leben in Abgeschlossenheit und als Jungfrau ...

Melora hatte keine freie Wahl gehabt. Jalaks bewaffnete Männer hatten sie ergriffen und als Gefangene in Ketten weggeführt ... zu Vergewaltigung und Sklaverei und langem Leiden.

Jaelles kleine Hand berührte leicht die ihre, und das Mädchen sagte: »Verwandte ... Ihr seid so bleich ...«

Schnell kehrte Rohana in die Wirklichkeit zurück und erklärte sachlich: »Ich habe nichts gegessen. Und bald muß ich deine Mutter wecken und dafür sorgen, daß auch sie etwas zu sich nimmt.« Sie ging mit Jaelle dahin, wo die Amazonen das Essen austeilten. Diesmal mischte Rohana den Wein mit Wasser aus dem Brunnen und fand ihn sauer, aber trinkbar. Kindra ging, um sich die schlafende Melora anzusehen, kehrte zurück und meinte: »Sie braucht die Ruhe notwendiger als Nahrung, Lady; sie kann essen, wenn sie aufwacht.« Zu Jaelle sagte sie: »Du wirst in diesem Nachthemd einen Sonnenbrand bekommen und dich wundreiten, *chiya*. Gwennis, Leeanne, Devra, ihr seid die Kleinsten, könnt ihr ein paar Sachen für das Mädchen finden?«

Jaelle ließ es zu, daß Rohana ihr das Nachthemd aus- und die fremdartigen Kleidungsstücke anzog. Zwar sah sie zögernd zu ihrer Mutter hin, wollte sie aber offenbar nicht stören. Als Rohana die weiten, langen Hosen mit dem Gürtel zusammenzog und die hübschen Stiefel aus gefärbtem Leder zuschnürte, erklärte sie mit zitternder Stimme: »Mir ist immer gesagt worden, es schicke sich nicht für eine Frau, Hosen zu tragen, und – und ich bin doch *beinahe* alt genug, daß man mich eine Frau nennen könnte.«

»Besser in Hosen als nackt, Jaelle«, bemerkte Rohana kurz.

Camilla sah nach, ob die Stiefel paßten. »Wenn sie zu locker sitzen und Blasen machen, sag es mir, Kind, dann gebe ich dir ein zusätzliches Paar dicke Strümpfe.«

Gwennis fuhr mit der Hand über Jaelles langes, wirres Haar. »Es ist ein Jammer, daß es so verfilzt.«

Jaelles Augen füllten sich mit Tränen. Mit einem Blick auf Rohanas kurzgeschnittenes Haar fragte sie: »Müßt ihr es abschneiden?«

Rohana erklärte fest: »Nein! Laß es mich kämmen und fest einflechten, damit es sich beim Reiten nicht verwirrt.« Jaelle mußte sich hinsetzen, und Rohana begann, das taillenlange, feuerrote Haar zu kämmen. Wieder tat es ihr leid um ihr eigenes, das ihr Stolz, ihr einziger Anspruch auf Schönheit gewesen war. *Gabriel wird zornig werden, wenn er sieht, daß man mir das Haar abgesäbelt hat wie einer Amazone.* Als antworte sie ihrem Mann, verteidigte sie sich: *Es blieb mir nichts anderes übrig, es war um Meloras willen.* Doch Jaelles Haar durfte nicht geopfert werden.

Kindra trat zu ihnen. Sie betrachtete Jaelle in den zu großen Kleidungsstücken der Amazonen, bemerkte jedoch nichts dazu. Sie zog Rohana beiseite. »Sagt dem Kind nichts davon und stört Eure Verwandte nicht – am Horizont ist eine kleine Staubwolke zu sehen. Wahrscheinlich geht sie uns nichts an – es ist nicht die Richtung nach Shainsa, von wo Verfolger kommen würden. Trotzdem muß ich meine Frauen warnen, und Ihr, Lady, solltet vorbereitet sein.«

»Müssen wir gleich wieder aufbrechen?«

Kindra schüttelte den Kopf. »Nein. Es wäre in der größten Tageshitze unsinnig; wir würden an der Hitze ebenso schmerzhaft sterben wie durch das Schwert eines Trockenstädters. Wir wollen uns zwischen den Felsen verstecken und hoffen, daß diese Staubwolke nichts mit uns oder mit Jalak und seinen Männern zu tun hat.

Schlaft, wenn Ihr könnt, Lady, nur bleibt in der Nähe Meloras und der Kleinen.«

»Darf ich mein Brot mitnehmen und es aufessen, bevor ich schlafe?« fragte Jaelle.

»Natürlich«, antwortete Kindra und zog sich zurück. Gwennis faßte in ihre Tasche und fragte lächelnd: »Hast du Hunger, *chiya*? Hier ist etwas Süßes für dich. Lutsche es, bevor du einschläfst, dann wird dein Mund in dieser Hitze nicht zu trocken.«

Jaelle lächelte Gwennis an. »Du wärest schön, wenn du dein Haar wachsen ließest.«

Rohana hatte das selbst schon gedacht. Gwennis antwortete mit freundlichem Lächeln: »Das mag sein, kleine Schwester, aber warum sollte ich schön sein wollen? Ich bin keine Tänzerin oder Schauspielerin oder Sängerin, daß ich auf Schönheit so sehr angewiesen wäre!«

»Aber wenn du schön wärest, könntest du eine gute Heirat machen«, behauptete Jaelle, »und dann brauchtest du dir deinen Lebensunterhalt nicht als Soldat oder Jäger zu verdienen.«

Gwennis lachte. »Ich möchte doch gar keine Heirat machen, nicht einmal eine gute.«

»Oh?« Darüber mußte Jaelle erst nachdenken. Es war ihr anzusehen, daß das ein ganz neuer Gedanke für sie war. »Warum nicht?«

»Aus vielen Gründen. Unter anderem«, erklärte Gwennis mit voller Absicht, »damit ich nicht in Ketten gelegt werde.«

Rohana empfand es wie einen Schlag. Jaelle hob die Hand an den Mund und biß sich in die Knöchel. Ihr Gesicht wurde erst weiß, dann färbte es sich mit einem verzweifelten, qualvollen Rot. Sie gab einen erstickten Laut von sich, drehte sich um, lief zu ihrer Mutter, warf sich auf der Decke neben ihr nieder und vergrub den Kopf in den Armen.

Gwennis sah fast ebenso bestürzt wie das Kind aus. »Meine Dame, es tut mir leid, ich hätte das nicht sagen sollen.«

Rohana schüttelte stumm den Kopf. Nach einer Weile erwiderte sie: »Es mußte ihr gesagt werden.«

Plötzlich hat Jaelle erfaßt, um was dies alles geht. Vorher war es für sie ein Abenteuer, ungefährlich, weil ihre Mutter dabei ist. Richtig verstanden hatte sie es nicht. Und jetzt – jetzt weiß sie es.

Und ein solcher Schock könnte bei einem Mädchen auf der Schwelle zur Frau . . . bei einem Mädchen mit einem außergewöhnlichen telepathischen Potential . . . Rohana war sich nicht sicher, wie sie zu dieser Überzeugung gekommen war. *Was wird es ihr antun?* Sie legte sich zu Melora und Jaelle in den Schatten. Melora schlief fest. Jaelle versteckte das Gesicht in der Decke; ihre Schultern bebten heftig. Rohana streckte den Arm aus, um sie an sich zu ziehen, um sie zu trösten, wie sie es bei einem ihrer eigenen Kinder gemacht hätte, aber Jaelle versteifte sich abwehrend. Da ließ Rohana sie in Ruhe. *Ich bin ihr so gut wie fremd*, dachte sie traurig. *Ich kann nichts für sie tun. Noch nicht.*

4

Drei Tage und Nächte waren vergangen, und Rohana hatte aufgehört, sich vor einer Verfolgung oder Gefangennahme zu fürchten. Wenn sie überhaupt verfolgt worden waren, hatten die Männer entweder die falsche Richtung eingeschlagen oder waren hoffnungslos zurückgeblieben. Vielleicht hatte auch Melora recht, und Jalaks Erben, die ihn tot oder verkrüppelt aufgefunden hatten, waren zu sehr damit beschäftigt, seine übriggebliebenen Frauen und sein Eigentum unter sich aufzuteilen.

Der Charakter der Landschaft hatte sich allmählich verändert: Am ersten Tag hatten sie trockenen, brennenden, knirschenden Sand gesehen, unterbrochen nur von verkrüppelten Dornbäumen und federigen Gewürzbüschen; jetzt ritten sie durch endlose, weglose Meilen rollender Dünen, die von gräulichem Trockenland-Farnkraut bedeckt waren, aus dem hin und wieder ein scharfer schwarzer Fels hervorstach. Rohana erinnerte sich an die alte Sage. *Als Zandru das Trockenland schuf, rebellierten sogar die Steine und durchbrachen die Oberfläche ... genauso sieht es hier aus. Die Knochen der Welt weigern sich, in dieser kahlen Wüste bedeckt zu bleiben ...*

Es war kurz vor der Dämmerung, und die länger werdenden Schatten milderten die Sonnenglut. Den ganzen Tag hatten sie kein lebendes Wesen gesehen, und Kindra hatte ihnen empfohlen, sparsam aus den Wasserschläuchen zu trinken. »Sollte uns irgend etwas aufhalten«, warnte sie mit einem Blick auf Melora, »erreichen wir das nächste Wasserloch heute abend vielleicht nicht mehr ... und zuviel Vorrat mitnehmen können wir auch nicht.«

Melora ritt unmittelbar vor Rohana, den Kopf gesenkt, schwer im Sattel hängend. Sie hatte kein Wort mehr gesprochen, seit sie den Ort ihrer Mittagsrast verlassen hatten, und als Rohana ihr die Stirn fühlen wollte, ob sie Fieber habe, hatte sie den Kopf weggedreht. Sie war nicht nur der Berührung, sondern auch Rohanas forschendem Blick ausgewichen, und Rohana machte sich große Sorgen um sie. Diese Reise war viel zu lang, viel zu anstrengend für jede schwangere Frau.

Die Sonne ging als große blutfarbene Scheibe unter, und am Horizont sammelten sich die ersten Wolken, die Rohana seit der Überquerung des Flusses bei Carthon gesehen hatte. Kindra, die an der Spitze ritt, hielt an, bis

Rohana sie erreicht hatte, und wies auf den purpurnen Sonnenuntergang. »Diese Wolken hängen über Carthon, und hinter Carthon sind wir wieder in den Domänen. Wenn Jalak so weit käme, müßte er mit einer Armee kommen. Dort liegt die Sicherheit. Wie geht es Lady Melora?«

»Nicht gut, fürchte ich«, antwortete Rohana ernst. Kindra nickte.

»Um ihretwillen werde ich froh sein, wenn wir den Fluß überquert haben und mit einer Geschwindigkeit reisen können, die ihrem Zustand besser Rechnung trägt. Es widerstrebt mir, so zur Eile zu drängen, aber in diesem Land sind wir alle ständig in Gefahr.«

»Ich weiß«, sagte Rohana, »und ich bin überzeugt, Melora versteht es. Sie kennt die Gefahren, die Frauen aus den Domänen hier im Trockenland drohen, besser als wir.«

Kindra zeigte auf einen der großen schwarzen Felsen, die wie zerklüftete Zähne vor dem Horizont aufragten. »Dort werden wir lagern und, wenn die Göttin uns gnädig ist, warmes Essen kochen und vielleicht sogar den Staub von unsern Gesichtern waschen können.«

»Kennt Ihr jedes Wasserloch in diesem Gebiet, Kindra?«

Die Frau schüttelte den Kopf. »Ich bin zuvor noch nie hiergewesen, aber ich sehe die *kyorebni* kreisen, wie sie es nur über Wasser tun. Und vielleicht setzen wir morgen noch vor Mittag über den Fluß und sind sicher in Carthon.« Sie verzog das Gesicht. »Ich lechze nach heißem gebratenem Fleisch und guter warmer Suppe anstelle dieses endlosen Breis mit Trockenfleisch und nach frischem Brot anstelle des Reisezwiebacks.«

»Ich auch«, gestand Rohana, »und ich garantiere für die beste Mahlzeit, die in der besten Garküche von Carthon zu bekommen ist!«

Kindra blickte zurück und meinte bedächtig: »Betet zu Eurer Göttin, Lady, daß *domna* Melora imstande ist, diese Mahlzeit zu genießen. Reitet zurück zu ihr, Lady Rohana, und sagt ihr, daß wir ein kleines Stück weiter unser Lager aufschlagen werden. Sie macht den Eindruck, als könne sie jeden Augenblick aus dem Sattel fallen.« Kindras Gesicht sah in der zunehmenden Dunkelheit sehr besorgt aus.

Melora ritt neben der Dicken Rima. Als Rohana näher kam, sagte die Amazone mit gedämpfter Stimme: »Kümmert Euch um Eure Verwandte, Lady. Nein, sie hat sich nicht beklagt, aber ich habe mein Brot eine Zeitlang als Hebamme im Seenland verdient, und ihr Aussehen gefällt mir gar nicht.«

Es ist gut, zu wissen, daß wir eine Hebamme unter uns haben. Rohana lenkte ihr Pferd neben das von Melora. Melora hob langsam und müde den Kopf, und ihr Aussehen entsetzte Rohana. Ihr Gesicht war gedunsen und bleich, sogar die Lippen waren farblos. Sie versuchte, Rohana zuzulächeln, brachte es jedoch nicht ganz fertig. Ihr Gesicht verkrampfte sich plötzlich vor Schmerz, und Rohana erkannte sofort, was ihre Verwandte hatte verbergen wollen.

»*Breda*, die Wehen haben eingesetzt!«

»Vor ein paar Stunden leider schon«, antwortete Melora kleinlaut. »Ich hatte gehofft, wir könnten einen Lagerplatz in der Nähe einer Wasserstelle erreichen. Ich habe großen Durst, Rohana.« Es war die erste Andeutung einer Beschwerde, die Rohana von ihr hörte.

Sie beugte sich hinüber und ergriff Meloras Hände. »Wir sind einer Wasserstelle sehr nahe, Liebes. Kannst du noch ein kleines Stückchen reiten, nur noch ein paar hundert Schritte? Siehst du?« Sie zeigte in die zunehmende Dunkelheit hinein. »Die ersten steigen schon ab; siehst du sie? Horch! Ich höre Jaelle lachen.«

Melora sagte leise: »Sie ist wie ein Tierchen, das man aus dem Käfig gelassen hat. Ich bin froh, daß sie so gut zu ihr sind. Armes Häschen, ich hatte auf dieser Reise so wenig Kraft für sie übrig . . .«

»Ich bin sicher, sie versteht es«, beruhigte Rohana sie.

»Ich hoffe, sie versteht es nicht.« Meloras Gesicht zuckte. Sie waren der Stelle nahe, wo die anderen abstiegen; wieder hörte Rohana das helle, fröhliche Lachen Jaelles. Sie war in diesen Tagen zum Liebling der Amazonen geworden, lachte, plauderte, war voll von endlosen Fragen über die Welt und das Leben, das vor ihr lag. Die Frauen hatten darin gewetteifert, sie zu sich auf den Sattel zu nehmen, wenn sie müde wurde, hatten ihr von ihren spartanischen Mahlzeiten die besten Bissen aufgehoben, ihr Geschichten erzählt und Lieder vorgesungen, um die Eintönigkeit der Reise aufzulockern, und ihr sogar Spielzeuge aus allen möglichen Gegenständen hergestellt.

Rohana glitt von ihrem Pferd, überließ es der herbeieilenden Rima, es wegzuführen, und half Melora fürsorglich aus dem Sattel. Meloras Knie knickten ein, und Rohana mußte sie auffangen und das ganze Gewicht ihrer Cousine stützen. Ängstlich rief sie nach Kindra. Die Anführerin der Amazonen tauchte aus dem Schatten auf und überblickte die Situation sofort. »Also ist Eure Zeit gekommen, *domna*? Ja, nur zwei Dinge auf dieser Welt sind sicher, Geburt und der Schnee des nächsten Winters, und beide kommen, wann sie wollen, und nicht, wann es uns paßt. Der Göttin sei Dank, daß wir Wasser in der Nähe haben. Ein Jammer, daß wir das Zelt im Stich lassen mußten; kein Kind sollte mit dem Himmel als einzigem Dach über sich geboren werden.«

»Besser unter freiem Himmel als in Jalaks Großem Haus«, stieß Melora hervor, und Kindra drückte ihr kurz die Hand. »Könnt Ihr ein bißchen gehen, Lady? Wir werden einen Platz herrichten, wo Ihr Euch hinlegen könnt.«

»Ich kann, was ich muß«, erklärte Melora, aber sie stützte sich schwer auf ihre Verwandte, und Rohana hatte furchtbare Angst. Hier, in finsterer Nacht, mitten in der Wüste, ohne fachkundige Hilfe ... *Rima mag Hebamme gewesen sein, aber die Freien Amazonen entsagen der Weiblichkeit ...*

»Ich hatte gehofft, durchzuhalten, bis wir Carthon erreichen«, flüsterte Melora, und Rohana gestand sich ein, daß sie Meloras böse Vorahnungen teilte. Es mußte ihr gelingen, stark und zuversichtlich zu erscheinen.

»Sieh, sie machen Feuer«, sagte sie. »Wir werden Licht haben und warmes Essen, und es ist Wasser in der Nähe.« Damit führte sie Melora in Richtung der aufzüngelnden Flammen. »Und wir haben Glück, eine dieser Frauen ist früher Hebamme gewesen!«

Dann fiel der Schein des Feuers auf Melora, und Rohana entsetzte sich: Handgelenke und Knöchel waren geschwollen, die Augen rot und fiebrig. *Sie hätte es uns schon vor Stunden sagen sollen, dann hätten wir angehalten ... aber dann wäre das Kind geboren worden, wo es kein Wasser gab ...*

Dankbar sank Melora auf die Decken nieder, die die Amazonen für sie ausgebreitet hatten. Für einen Augenblick vergrub sie das Gesicht in den Händen; Rohana hörte sie laut und schwer wie ein Tier atmen. Dann hob sie den Kopf und klagte: »Ich habe Durst, Rohana – willst du mir etwas zu trinken bringen?«

»Natürlich.« Rohana wollte aufstehen, doch Melora hielt sie fest. »Nein, nein, bleib bei mir. Habe ich dir erzählt, warum ich plötzlich entschlossen war, zu fliehen und Jaelle wegzubringen oder sie mit eigenen Händen zu töten, bevor dies Kind geboren würde?«

»Nein, Liebes, das hast du mir nicht erzählt ...«

»Als ich sie sah – wie sie mit Jalaks anderen Töchtern spielte – sie hatten sich alle, auch Jaelle, Bänder um die Handgelenke gebunden und spielten, erwachsen und angekettet zu sein . . .«

Rohana erschauerte bis ins Mark. Schnell fiel sie ein: »Liebes, laß mich gehen. Ich hole dir etwas zu trinken. Meinst du, du könntest auch ein bißchen essen?« Sie ließ Melora auf dem Deckenstapel liegen, ging an das Wasserloch, kniete nieder und spülte zitternd den Becher aus. Sie war froh, ihr Gesicht im Dunkeln verstecken zu können.

Nach einer Weile gewann sie die Beherrschung zurück und erhob sich. Kindra rief vom Feuer her: »Sagt ihr, es gibt bald warmes Essen und etwas zu trinken; es wird sie stärken für das, was vor ihr liegt. Und wir können später Fackeln anzünden, wenn es nötig sein sollte.«

Irgendwie brachte Rohana es fertig, ihr zu danken. Sie kehrte zu Melora zurück, die mit geschlossenen Augen dalag, kniete neben ihr nieder und hielt ihr den Becher an die Lippen. Melora trank durstig. »Bald bekommst du warmes Essen«, versprach Rohana, »ruh dich jetzt aus.« Sie redete weiter, sprach über alles, was ihr in den Sinn kam, und versuchte, einen zuversichtlichen Ton beizubehalten. Nach ein paar Minuten hob Melora die Hand, um diesen Redefluß einzudämmen.

»*Breda* . . .« Sie benutzte das Casta-Wort für »Schwester« in der intimen Form, die auch »Liebling« bedeutete. »Lüg mich nicht an. Denke daran, was wir beide einst waren, und behandele mich nicht wie eine Außenseiterin. Was wird geschehen?«

Mit wehem Herzen sah Rohana die kranke Frau an. *Also ist sie nach allem immer noch Comyn, immer noch Telepathin; sie liest meine Gedanken mühelos.* »Was kann ich dir sagen, Melora? Du weißt ebenso gut wie ich, daß eine Frau in diesem Stadium der Schwangerschaft nicht mehr so weit und so schnell reiten sollte. Aber andere Frauen haben Schlimmeres als das überlebt, um ihre Enkelinnen mit Geschichten über das, was sie durchgemacht haben, das Gruseln zu lehren. Und ich werde bei dir sein.«

Melora umklammerte ihre Hand. »Besser du als das schlechte Weib, das Jaelle ans Licht der Welt geholt hat. Sie wollte mir nicht einmal die Hände losbinden . . .« Ihre Fingerspitzen glitten wie in alter Gewohnheit über die zackigen Narben an ihren Handgelenken. »Jalak schwor, wenn ich ihm einen Sohn schenkte, würde er mir geben, was ich verlange, ausgenommen meine Freiheit. Ich dachte daran, den Kopf der Alten zu verlangen.«

Rohana grauste es. Dankbar sah sie die Dicke Rima näher kommen und sagte: »Hier ist unsere Hebamme; sie wird für dich ihr Bestes tun, *breda*.«

Melora blickte zu Rima hoch, skeptisch und mehr als nur ein bißchen verängstigt, wie Rohana deutlich spürte. Aber sie sagte (und wieder erinnerte sie Rohana schmerzlich an das fröhliche, anmutige Mädchen, das Melora einmal gewesen war): »Ich danke Euch, *mestra*; ich wußte nicht, daß es Freie Amazonen gibt, die einen so weiblichen Beruf ergreifen.«

»Wir verdienen unser Brot mit jeder ehrlichen Arbeit, Lady«, erwiderte Rima. »Habt Ihr wirklich geglaubt, wir seien alle Soldatinnen und Jägerinnen? Das Gildenhaus in der Stadt von Arilinn, wo ich gelernt habe, ist auf die Ausbildung von Hebammen spezialisiert. Auch vergleichen wir alles, was über die Probleme der Geburtshilfe bekannt ist, von Temora bis zu den Hellers, so daß wir die besten Hebammen sind; sogar die Frauen von den großen Gütern schicken manchmal nach uns. Und nun, Lady, laßt mich sehen, wie weit die Sache gediehen ist und wie lange Ihr voraussichtlich hier warten müßt.« Kniend fühlte sie Meloras ganzen Körper mit sanften, geschickten Händen ab. »Nun, es ist ein kräftiges Kind, und auch ein großes.«

Sie brach ab, weil Jaelle gerannt kam. Beim Schein des Feuers war zu sehen, wie blaß und angespannt das Gesicht des Kindes war. »Mutter – oh, Mutter!« Sie brach in Tränen aus.

Rima sagte fest: »Komm, mein Kind, das hilft deiner Mutter nicht. Du bist schon fast selbst eine Frau; du darfst dich nicht wie ein Baby benehmen und uns stören.«

Melora richtete sich mühsam auf und stützte sich schwer auf Rohana. »Komm, Jaelle. Nein, laßt sie zu mir kommen, ich weiß, sie wird brav sein.«

Gegen ihr Schluchzen ankämpfend, kniete Jaelle sich neben ihre Mutter. Melora nahm sie fest in die Arme und sagte: »Es ist das alles wert gewesen. Du bist frei, du bist frei!« Sie küßte wieder und wieder das tränennasse Gesichtchen. Dann legte sie Jaelle die Hand unter das zitternde Kinn und sah sie in dem wabernden Feuerschein lange an. »Du mußt jetzt gehen, mein Liebling, und bei den anderen Frauen bleiben. Du kannst mir nicht helfen, da überläßt du mich besser denen, die es können. Geh, mein geliebtes Kind, versuche, ein bißchen zu schlafen.«

Weinend ließ sich Jaelle von Gwennis in die Dunkelheit jenseits des Lagerfeuers führen. Rohana hörte das Kind noch lange Zeit leise schluchzen. Dann war sie ruhig, und Rohana hoffte, sie habe sich in den Schlaf geweint. Langsam verging die Nacht. Rohana blieb bei Melora, hielt ihre Hände, wusch ihr ab und zu mit kaltem Wasser den Schweiß vom Gesicht. Melora war still und geduldig, tat, was ihr gesagt wurde, versuchte, sich zwischen den Wehen auszuruhen. Manchmal redete sie ein bißchen, und nach einer Weile merkte Rohana zu ihrem Schrecken, daß Melora nicht mehr wußte, wo sie war und was geschah. Sie sprach mit ihrer eigenen Mutter, die seit Jahren tot war; einmal fuhr sie mit einem Aufschrei hoch und schrie Flüche in der Sprache der Trockenstädter; wieder und wieder schluchzte sie und flehte, sie nicht anzuketten, oder rief: »Meine Hände! Meine Hände!« Und ihre Finger wanderten zu den langen zackigen Narben an ihren Handgelenken. Rohana hörte ihr zu, murmelte beschwichtigende Worte, machte immer neue Anstrengungen, das Delirium zu durchdringen ... *Wenn Melora nur erkennen würde, daß sie hier und frei ist, hier bei mir* ... Sie setzte ihre ganze telepathische Kraft ein, um den Geist ihrer Cousine zu erreichen, aber alles, was sie empfing, waren Angst und Entsetzen.

Gesegnete Cassilda, Mutter der Domänen ... Evanda, Göttin des Lichts, Göttin der Geburt ... gnädige Avarra ... was muß sie erlitten, welche Schrecken muß sie erlebt haben ...

Keine der anderen Frauen schlief, obwohl Kindra ihnen befohlen hatte, sich hinzulegen. Rohana spürte ihre Sorge, ihre Wachsamkeit wie Schwingungen der Luft. *In Zeiten wie dieser ist es ein Fluch, die Gedanken anderer zu lesen ...*

Einmal, als Melora in einen kurzen Erschöpfungsschlaf gefallen war, sah Rima über den kämpfenden Körper hinweg Rohana an und schüttelte kurz den Kopf. Rohana schloß die Augen. *Noch nicht! Gib jetzt noch nicht auf!*

Voller Mitleid sagte Rima: »Sie hat keine Kraft mehr übrig, um das Kind auszustoßen. Wir können nichts tun als warten.«

Plötzlich merkte Rohana, daß sie selbst in hysterisches Schreien und Schluchzen ausbrechen würde, wenn sie auch nur einen Augenblick länger blieb. Mit schwerer Zunge stieß sie hervor: »Ich bin gleich wieder da«, stand auf und stürzte an dem Lagerfeuer vorbei zu der primitiven Latrine, die Amazonen in der Nähe ihrer Lager zu graben pflegen. Sie lehnte sich gegen den harten Felsen, bedeckte das Gesicht, kämpfte darum, sich nicht zu erbrechen oder zu schreien. Als sie die Beherrschung in etwa zurückgewonnen hatte, ging sie ans Feuer, wo noch ein Topf mit dem heißen Getränk aus fermentiertem Korn, das die Amazonen anstelle von Rindentee oder *jaco* verwenden, leise kochte. Sie schöpfte sich einen Becher voll, trank ihn und versuchte, sich zu beruhigen. Kindra, fast unsichtbar in der Dunkelheit, blieb neben ihr stehen und legte ihr die Hände auf die Schultern.

»Steht es schlimm, Lady?«

»Sehr schlimm.« Rohana glaubte für einen Augenblick, an dem heißen, bitteren Gebräu ersticken zu müssen. »Sie ist – keine Frau, die überhaupt leicht Kinder zur Welt bringt, und hier, ohne fachkundige Hilfe, nachdem sie soviel erlitten hat – nach diesem harten Ritt – ohne jede Fürsorge oder Bequemlichkeit . . .«

Kindras Seufzer kam aus der Tiefe ihres Herzens. »Es tut mir leid, wirklich leid. Es ist grausam, daß sie für ihre Freiheit so leiden muß und sich ihrer nicht mehr wird erfreuen können, nachdem sie soviel Mut gezeigt hat. Der Gedanke, daß niemand da ist, das Kind zu nähren oder zu versorgen, falls es lebend geboren wird, muß sehr zu ihrem Unglück beitragen.«

In Rohana stieg ein Groll, dessen sie sich bisher nicht bewußt gewesen war, gegen diese Frauen auf, die sich den Qualen des Frauenlebens entzogen. Es kostete sie Mühe, der anderen Frau den brühheißen Inhalt ihres Bechers nicht ins Gesicht zu schleudern. Bitter sagte sie: »Ihr! Was wißt *ihr* von dieser Angst um ein Kind?«

»Nun, ebensoviel wie Ihr, Lady«, erwiderte Kindra. »Ich habe vier Kinder geboren, bevor ich zwanzig Jahre alt war. Ich war sehr jung verheiratet, und mein erstes Kind starb vor der Geburt. Die Hebammen meinten, ich dürfe kein zweites bekommen, aber mein Mann wünschte sich einen Erben. Das zweite und das dritte Kind waren Mädchen, und er verwünschte mich. Bei meinem vierten Kind wäre ich beinahe gestorben – die Geburt dauerte drei Tage lang –, und diesmal, als er unsern Sohn sah, überschüttete er mich mit Geschenken und Juwelen, statt mich zu beschimpfen. Und da erkannte ich, daß das Los einer Frau in unserer Welt verflucht ist. Ich war für ihn nicht von Wert, die Töchter, die ich ihm unter Lebensgefahr geboren hatte, waren für ihn nicht von Wert; ich war nichts als ein Instrument, um ihm Söhne zu geben. Deshalb verließ ich, als ich wieder laufen konnte, eines Nachts meine schlafenden Kinder, schnitt mir das Haar ab und suchte mir allein den Weg zur Gilde der Freien Amazonen. Und dort begann mein Leben.«

Rohana starrte sie entsetzt an. Ihr fiel nichts ein, was sie hätte sagen können. Endlich stammelte sie: »Aber ... aber alle Männer sind nicht so, Kindra.«

»Nicht? Es freut mich, daß Ihr andere Erfahrungen gemacht habt, Lady, aber das ist nur Glück und ein günstiges Geschick, mehr nicht.« Sie blickte zum sich rötenden Himmel auf. »Still!« In den letzten paar Minuten waren aus den langen, geduldigen Seufzern harte, keuchende Atemzüge und heisere, kurze, angestrengte Grunzlaute geworden. »Geht zu ihr, Lady«, drängte Kindra. »Es kann nicht mehr lange dauern.«

Der Himmel war jetzt hell genug, daß Rohana das gedunsene Gesicht ihrer Verwandten erkennen konnte. Melora rang keuchend nach Atem.

»Rohana ... Rohana ... versprich mir ...«

Rima befahl: »Nicht sprechen, Liebes. Paßt jetzt genau auf. Ihr holt ganz tief Atem und haltet die Luft an.

So ist es richtig, Liebes, noch einmal, schön tief Atem holen. Und nun – festhalten – und einfach drücken ...«

Melora griff nach Rohanas Händen und klammerte sich mit verzweifelter Kraft daran fest, während der unvermeidliche Prozeß der Geburt ihren Körper ergriff und sie in Krämpfen schüttelte. Rima sagte in dem singenden Ton, den, wie Rohana vermutete, alle Hebammen anwandten: »Nun komm, komm, Herzchen, ja, so ist's brav, noch einmal drücken, kräftig jetzt. Richtig, so ein braves Mädchen, nun komm, noch ein kleines bißchen ...«

Meloras Fingernägel bohrten sich in Rohanas Handflächen; der Kontakt überflutete sie mit Pein. Da sie ihrer Cousine ihren Geist weit geöffnet hatte, spürte sie die reißenden Schmerzen in ihrem eigenen Körper. *Zuviel, zuviel ... schlimmer als bei Kyrils Geburt* ... Der Schrei, den Melora erstickte, brannte in ihrer eigenen Kehle. Verzweifelt dachte sie: *Gabriel war damals bei mir, jetzt weiß ich, was er empfunden hat ... ich weiß jetzt, daß er alle meine Schmerzen mit mir geteilt hat. Das war mir bisher nicht klar ... zuviel, zuviel ...*

Sie fühlte, daß der Schmerz nachließ. Melora entspannte sich für einen Augenblick. Rima redete ihr zu: »Und nun tief atmen, bereitet Euch auf die nächste Wehe vor, noch ein paar von dieser Sorte, und es ist alles vorbei.« Melora ignorierte sie und umklammerte Rohanas Hände. Sie keuchte: »Rohana, versprich mir ... versprich mir ... wenn ich sterbe ... sorge für meine Kinder. Mein Baby, nimm mein Baby zu dir ...«

Sie stöhnte, und von neuem wölbte sich ihr Körper unter dem heftigen, zerrenden Schmerz. Rohana konnte nicht sprechen. Doch jetzt gelang ihr der direkte Gedankenkontakt mit Melora.

– Ich schwöre es, Liebling, bei der Gesegneten Cassilda und beim Herrn des Lichts ... Sie sollen wie meine eige-

nen Kinder sein, und die Götter mögen mich hinwegraffen, wenn ich einen Unterschied zwischen ihnen und den Kindern mache, die ich selbst geboren habe ...

Melora hauchte: »Ich danke dir ... ich wußte ...« Sie verlor wieder das Bewußtsein. Über ihren Kopf hinweg hob Rima, dunkel vor Schweiß, den Blick. Rohana sah Kindra neben ihnen stehen. Die Anführerin der Amazonen bemerkte ruhig: »Ich sollte jetzt besser Jaelle holen.«

Rohana sah auf den geschwollenen Leib der bewußtlosen Melora, die sich ausbreitende Blutlache, sie spürte die zurückkehrenden Qualen, und sie wand sich selbst unter dem entsetzlichen Angriff auf Körper und Geist. In heftiger Entrüstung fuhr sie auf: »Wie könnt ihr? Ist dies ein Anblick für ein kleines Mädchen ...?«

Kindra antwortete unerbittlich: »Es ist ihr Recht, Lady. Würdet Ihr den Tod Eurer Mutter verschlafen wollen? Oder belügt Ihr Euch immer noch selbst, Lady Rohana?« Sie wartete nicht auf Rohanas Antwort. Rohana kniete neben Melora, achtete nicht darauf, daß sich Meloras Fingernägel in ihre Handflächen bohrten, bis sie bluteten, wurde wieder von diesem Entsetzen ergriffen, das sie auf dem Höhepunkt der Geburt ihrer eigenen Kinder erfahren hatte ... *Brechen, reißen, spalten, klaffen ... sterben ...* Rohana kämpfte darum, sich von Meloras Entsetzen ein bißchen abzusondern, ihrer Verwandten Kraft zu geben, etwas, woran sie sich außerhalb ihrer eigenen Qual und Angst halten konnte. Sie murmelte Melora zu: »Wir sind bei dir, Liebes, wir sind hier, wir werden gut für dich sorgen ...« Sie wußte nicht mehr, was sie sagte.

Zum ersten- und zum letztenmal schrie Melora laut auf. Es war ein langer, fürchterlicher Schrei voller Verzweiflung und Not. Und dann, gerade als die Sonne aufging, war in dem schrecklichen Schweigen ein neuer

Laut zu hören: ein seltsamer, scharfer, schriller Ton, das Weinen eines neugeborenen Kindes.

»Evanda sei Dank.« Rima hielt das nackte, blutige Kind an den Füßen hoch. »Hört nur, wie kräftig er ist! *Den* brauche ich nicht mit einem Klaps ins Leben zu rufen . . .«

Melora flüsterte fast unhörbar: »Gib ihn mir«, und streckte die Hände nach ihm aus. Ihr Gesicht veränderte sich. *Das niemals versagende Wunder*, dachte Rohana. Immer, ganz gleich, wie schwer und furchtbar die Geburt gewesen war, gab es diesen Augenblick der Freude, wenn das Gesicht sich veränderte, hell und strahlend wurde. *Melora sieht so glücklich aus, so glücklich. Wie ist das möglich?* fragte sich Rohana, ohne sich an ihr eigenes Glück zu erinnern. Rima wickelte das Kind in ein sauberes Handtuch, das sie bereitgehalten hatte, und legte es auf Meloras schlaffen Leib. »Ein gesundes Kerlchen«, stellte sie fest.

»Jalaks Sohn«, wisperte Melora, und das selige Lächeln verschwand. »Was soll aus ihm werden, dem armen Kleinen?«

Rima begann scharf: »Meine Dame . . .«

Melora streckte die Hände aus. »Jaelle . . . Jaelle, komm und küß mich . . . oh, Jaelle . . .«

Rima schrie bestürzt auf. Blut schoß in einem starken Strahl hervor. Melora seufzte und sank zurück, das Gesicht weiß und leblos. Und unter der aufgehenden Sonne war kein Laut zu hören außer dem Weinen von Meloras mutterlosen Kindern.

»Wollt Ihr tatsächlich Jalaks Sohn aufziehen, Lady Rohana?« fragte Kindra.

Die Sonne stand hoch über dem Lager. Jaelle hatte bis zur Erschöpfung geweint und lag zwischen ihnen auf dem Sand, schlaff und schmutzig wie ein kleines Tier.

Rohana lehnte halb sitzend, halb liegend an einem Stapel von Satteltaschen. Sie hatte das nackte Kind gewikkelt und unter ihrer Jacke an die Brust gelegt, wo es zappelte und mit seinem Mund nach der Nahrung suchte, die ihm verweigert wurde. Zärtlich streichelte Rohana das warme Bündel. Sie antwortete: »Was kann ich anderes tun, Kindra? Ich habe Melora geschworen, ihre Kinder sollen in allen Dingen wie meine eigenen sein.«

Kindra empörte sich: »Er ist ein männliches Wesen aus Jalaks Blut – schreit das Blut Eurer Verwandten und Eures Pflegebruders nicht nach Rache? Steht nicht eine Blutfehde und ein Leben zwischen Euch und Jalaks Sohn, meine Dame?« Sie zog ihr Messer und reichte es Rohana mit dem Heft voran. »Er hat Melora das Leben gekostet, so daß sie nie zu ihrer schwer errungenen Freiheit gelangt ist, und er ist Jalaks Sohn. Rächt Eure Verwandten, Lady.«

Krank vor Entsetzen erkannte Rohana, daß Kindra nichts als die Wahrheit sprach. Die Männer der Domänen von Ardais und Aillard hätten ihre Worte wiederholt: Jalaks Sohn muß für Jalaks Verbrechen bezahlen.

Sie fühlte, wie sich das Kind an ihrem Körper bewegte, warm und kräftig. *Meloras Kind, und ich habe es von ihrer Leiche aufgehoben.* Sie sah zu Jaelle hin, die sich neben ihr zusammengerollt hatte, die Augen abwehrend geschlossen. *Auch sie ist Jalaks Kind. Muß sie bezahlen?*

Kindra erklärte ernsthaft: »Rohana, er wird sterben, ganz gleich, was Ihr jetzt tut. Wir haben keine Amme für ihn, keine Nahrung, wir können ihn nicht richtig versorgen. Zerreißt Euch nicht das Herz seinetwegen; laßt ihn hier neben seiner Mutter liegen.«

Langsam schüttelte Rohana den Kopf. Sie gab das Messer zurück und sah der Amazone gerade in die Augen. »Blutfehde und Rache sind für Männer, Kindra.

Ich bin froh, eine Frau zu sein, die von solchen grausamen Gesetzen nicht gebunden ist. Laßt das Leben dieses Kindes, nicht seinen Tod, für den Tod meines Pflegebruders bezahlen. Ardais hat mit Valentin einen Sohn verloren, deshalb soll dieser Junge Valentin heißen.« Sie legte die Hände wie in einem Ritual auf den kleinen, zappelnden Körper. »Und er soll Pflegesohn von Ardais sein anstelle desjenigen, der von Jalaks Händen gestorben ist.«

Kindra steckte das Messer weg und hob das Gesicht mit grimmigem Lächeln. »Gut gesprochen, meine Dame. Tatsächlich würde eine Amazone so sprechen, aber ich hätte nicht gedacht, daß Ihr es wagen würdet, die Gesetze Eures Clans und Eurer Kaste beiseite zu schieben.«

Rohana erwiderte heftig: »Ich hoffe, ich werde es immer wagen, ein so grausames Gesetz zu ignorieren! Es mag sein, daß er stirbt, wie Ihr sagt, aber nicht von meiner Hand und nicht, wenn ich ihn retten kann!«

Kindra nickte. »So sei es. Ich will mit Rima reden; sie hat schon früher mutterlose Säuglinge großgezogen. Auch unsere Frauen sterben manchmal bei der Geburt, und Rima ist in alle Geheimnisse des Gildenhauses von Arilinn eingeweiht.« Sie stand auf. »Da ist noch ein Kind Meloras, das Eure Fürsorge braucht. Kümmert Euch um sie, Lady.«

Sie ging zu den anderen Amazonen, die Melora an dem Hang hinter dem Wasserloch begruben. Rohana wandte sich Jaelle zu und begann, sanft ihr Haar zu streicheln.

»Jaelle«, bat sie, »weine nicht mehr, Liebling. Ich weiß, nichts kann deinen Kummer heilen, aber du darfst dich nicht mit Weinen krank machen. Ich schwöre dir, daß ich dir immer eine Mutter sein will. Komm, Liebling, sieh mich an. Möchtest du deinen kleinen Bruder nicht sehen? Auch er braucht jemanden, der ihn liebt und tröstet.« Sie setzte hinzu: »*Du* hast deine Mutter zwölf Jahre lang gehabt, Jaelle; dieser arme Kleine hat sie verloren, bevor sie ein einziges Mal in sein Gesicht sehen konnte. Er hat niemanden als seine Schwester. Willst du nicht kommen und mir helfen, ihn zu trösten?«

Jaelle erschauerte vor Widerwillen und versuchte, sich Rohana zu entwinden. Ihr Schluchzen wurde noch wilder, und Rohana ließ sie traurig los. Jaelle hatte seit Meloras Tod nicht gesprochen; Rohana fürchtete, in diesen letzten paar fürchterlichen Augenblicken von Meloras Leben sei der Geist des Kindes gewaltsam dem telepathischen Kontakt geöffnet und die latente Gabe unter dem Eindruck der Agonie geweckt worden.

Niemand konnte es Melora zum Vorwurf machen, daß sie mit ihrem letzten bewußten Gedanken auf die einzige Art, zu der sie noch die Kraft besaß, einen letzten, verzweifelten Versuch gemacht hatte, ihr geliebtes Kind zu berühren. Doch was hatte das Jaelle angetan?

Als spüre es Rohanas Sorgen, wurde das Baby unruhig und begann, unter ihrer Jacke zu wimmern. Sie streichelte es und dachte an die vielen Meilen, die noch zwischen ihnen und Carthon lagen, wo sie zumindest eine Amme für das Kind finden konnte. Für das Kind ging es allein um das Überleben; richtig gefüttert und versorgt, würde es überleben. Aber was war mit Jaelle? Sie würde nicht sterben, aber was hatte dieser Schock ihr angetan? Die Zeit mußte es lehren.

Vielleicht können die Amazonen mehr für sie tun als ich. Ich bin in ihren Gedanken Teil jenes Augenblicks von Entsetzen und Tod. Sie jedoch können Jaelle vielleicht trösten und ihr helfen.

Sie mußte es ihnen überlassen, wenigstens bis Jaelle sich beruhigt hatte und wieder bei Sinnen war. Danach – Rohana sah sehnsüchtig auf Jaelles weiches, verwirrtes

Haar, wagte es jedoch nicht, sie zu berühren –, danach mußte man abwarten.

5

Zwölf Tage später blickte Rohana von der Höhe des Passes nieder, der ins Tal von Thendara hinabführte.

»Jaelle«, rief sie, sich zurückwendend, »komm und sieh dir die Stadt deiner Vorfahren an!«

Gehorsam ritt das junge Mädchen nach vorn und blickte auf die alte Stadt nieder, die in dem Tal unter ihnen lag. »Dies ist die Stadt der Comyn? Ich habe noch nie eine so große Stadt gesehen; Shainsa ist nicht halb so groß.« Fasziniert und, wie es schien, ängstlich betrachtete sie die breit hingelagerten Gebäude und die sie überragende Comyn-Burg. »Sag mir, Verwandte, ist es wahr, daß die Comyn von den Göttern abstammen? Mein . . . – ich habe es sagen hören, und ich habe es abstreiten hören. Was ist die Wahrheit?«

Wie geschickt sie es vermeidet, ihren Vater oder ihre Mutter zu nennen! In zwölf Tagen hat sie nicht einmal von ihnen gesprochen. Rohana antwortete: »Ich kann dir nur erzählen, was ich selbst gehört habe. Es heißt, Hastur, Sohn von Aldones, dem Herrn des Lichts, kam bei Hali auf unsere Welt. Er umwarb und gewann Cassilda, Robardins Tochter, die Mutter der Domänen, und deshalb sind alle vom Blut Hasturs mit den Göttern verwandt. Ob es wahr oder nur eine hübsche Geschichte ist, weiß ich ebensowenig wie du. Soviel unterliegt keinem Zweifel: Alle vom Blut Hasturs, alle Sippen der Sieben Domänen haben die Laran-Kräfte, die Psi-Gaben, die sie von den anderen auf dieser Welt geborenen Menschen unterscheiden.«

»Dann sind alle Comyn von Hasturs Blut?«

»Im Anfang ja, obwohl sie sich in den großen Tagen der Türme in die sieben Familien aufteilten, die wir heute die Domänen nennen. Alle sind vom Blut Hasturs und Cassildas. Aber es steht fest, daß wir keine Götter oder etwas Ähnliches sind, mein Kind.«

Ich wollte, wir wären es. Dann wüßte ich eher, was ich mit dir anfangen soll, Kleines. Rohana seufzte und berührte die Stelle, wo unter ihrer Jacke warm geborgen Meloras Baby schlief. Es war kalt in dieser Höhe, sogar im Sommer. Jaelle benahm sich gegen Rohana nicht mehr offen feindselig, aber sie hatte sich auch nicht um Trost an sie gewandt. Ebensowenig war sie bereit gewesen, einen Blick auf ihren kleinen Bruder zu werfen.

Als hätten ihre Gedanken ihn erreicht, wurde der kleine Valentin unruhig, und Rohana winkte die Amme aus Carthon heran. Sie ritt vor, nahm Rohana das Kind ab, öffnete ihr Kleid und legte das Kind faul an ihre Brust. Rohana hielt sie für eine einzigartig stupide Frau *– die würde ich kein Hündchen großziehen lassen, ganz zu schweigen von einem Kind –*, aber Valentin gedieh von ihrer Milch, und nur darauf kam es im Augenblick an.

Dürfte man irgendeiner Frau erlauben, so unwissend zu bleiben, daß sie nicht besser als ein Milchtier ist? Die Freien Amazonen verachteten sie offen, und mit dem Stolz der unbesieglich Dummen behandelte die Amme sie von oben herab. Rohana – die die Verachtung der Amazonen für die Frau teilte, aber ihre Dienste brauchte – versuchte, einen labilen Waffenstillstand aufrechtzuerhalten.

Rohana streckte den Rücken (von der Schlinge, in der sie das Baby tagsüber trug, bekam sie Krämpfe in den Schultern) und versuchte, vorauszudenken. Sie hatte Melora gelobt, die Kinder als ihre eigenen aufzuziehen. Ihr Mann würde keinen Einspruch erheben; er sagte oft, er hätte gern mehr Kinder als die drei, die Rohana geboren hatte. Doch jetzt setzte nach der ersten Hochstimmung über die Rettung von Meloras Sohn die Reaktion ein. *Was habe ich da auf mich genommen? Mein Ältester ist schon fast erwachsen, meine Tochter ist fünf, und da zwei von unsern Kindern Söhne sind, stimmte Gabriel mir zu, daß wir mehr nicht brauchen. Und jetzt, da ich meinte, damit fertig zu sein, kommen von neuem alle Sorgen und Mühen auf mich zu, ein ganz Kleines aufzuziehen! Zweifellos wird Gabriel wieder davon anfangen, er hätte gern noch ein Kind, damit Valentin nicht allein aufwachsen muß.*

Bin ich nur ein Instrument, um ihm Söhne zu geben? dachte sie und entsetzte sich über sich selbst. Schnell wandte sie ihre Gedanken anderen Dingen zu: *Welchen Platz können wir in den Domänen für den Sohn eines Trockenstädters finden? Und Jaelle, so kalt und in sich gekehrt, wird sie mich jemals akzeptieren?*

Es war zuviel von ihr erwartet, daß sie Trost in dem Gedanken an den neugeborenen Bruder finden sollte. Ich bin Mutter, für mich war es der größte Trost, daß etwas von Melora übriggeblieben war ... aber Jaelle ist ein Kind. Sie sieht nur, daß der arme kleine Val ihr ihre Mutter geraubt hat.

Kindra lenkte ihr Pferd dicht an das Rohanas heran. »Lady, ist das da der Ort, wo die Terraner ihren Raumhafen bauen? Was wollen sie hier, diese Männer von einer anderen Welt?«

»Ich weiß es nicht.« Rohana blickte auf die große, schmutzfarbene Schlucht jenseits der Stadt Thendara, wo anscheinend mehrere Meilen des Tals von den gewaltigen Maschinen der Terraner aufgerissen und zu einer unheimlichen, unnatürlichen Fläche geglättet worden waren: Einen Teil des Gebiets hatte man gepflastert, und in fremdartigen, unschönen Formen schossen

Gebäude in die Höhe. »Ich habe gehört, unsere Welt liege an einem Knotenpunkt ihrer Reiserouten zwischen den Sternen; sie scheinen Karawanen von Stern zu Stern zu schicken wie wir zwischen den Städten im Seenland. Ich weiß nicht, welchen Geschäften sie nachgehen, niemand hat sich die Mühe gemacht, es mir zu erzählen, obwohl ich vermute, Gabriel weiß es.« Sie bildete sich ein, Kindra streife sie mit einem verächtlichen Blick. *Warum verzichte ich friedlich auf Wissen? Oh, verdammt seien diese Amazonen, sie bringen mich dazu, alles in Frage zu stellen: mich selbst, Gabriel, mein ganzes Leben!*

Es machte ihre Stimme scharf. »Diese Leute – sie nennen sich das Terranische Imperium – kamen zuerst nach Caer Donn in der Nähe von Aldaran und richteten einen Raumhafen ein – einen kleinen, sie konnten dort in den Bergen nicht so großzügig bauen – und handelten mit den verfluchten Aldarans. Hastur bot ihnen diesen Ort hier für einen Raumhafen an, wo das Klima ihnen besser entspräche. Wie ich gehört habe, kommt ihnen unsere Welt kalt vor. So können wir ihr Tun und Treiben jetzt im Auge behalten, aber natürlich haben wir nichts mit ihnen zu schaffen.«

»Warum nicht?« wollte Kindra wissen. »Ich würde meinen, von einer Rasse, die von Stern zu Stern so einfach reist, wie wir von hier nach Nevarsin, müßten wir eine Menge lernen können.«

Rohana erklärte steif: »Ich weiß es nicht; Hastur hat es so gewollt.«

»Wie glücklich sind die Menschen der Domänen, daß sie den Sohn Hasturs haben, der sie belehrt.« Kindras Augenbrauen wanderten in die Höhe. »Eine dumme Frau wie ich hätte angenommen, eine Rasse, die Karawanen zwischen den Sternen umherschickt, überträfe vielleicht sogar einen Hastur an Weisheit.«

Rohana ärgerte sich über den Sarkasmus, aber sie

fühlte sich zu sehr in Kindras Schuld, um ihn ihr anzurechnen. »Ich habe folgende Erklärung gehört: Hastur ist der Ansicht, daß vieles an ihrem Lebensstil eine größere Bedrohung darstellen könnte, als wir im ersten Augenblick erkennen. Für den Anfang haben sie den Raumhafen hier auf fünfhundert Jahre gepachtet, so daß uns viel Zeit bleibt zu entscheiden, was wir von ihnen lernen wollen.«

»Ich verstehe«, sagte Kindra und verstummte. Sie dachte darüber nach, betrachtete den gewaltigen Einschnitt am Horizont, wo fremdartige Maschinen umherkrochen und unbekannte Strukturen zum Himmel aufwuchsen.

Auch Rohana schwieg. Auf dieser letzten Meile ihres Ritts kam es ihr vor, als wechsele sie auf merkwürdige Weise die Welten. Fast vierzig Tage lang hatte sie in einer Welt gelebt, die ihr so fremd war, wie es ihr die Welt der Terraner da unten sein würde. Dann hatte sie sich ihr angepaßt, und nun mußte sie sich darauf vorbereiten, wieder in ihre eigene einzutreten.

Anfangs war ihr die Welt, in der die Amazonen lebten, hart und jeder Bequemlichkeit bar, seltsam und einsam vorgekommen. Dann hatte sie gemerkt, daß die Seltsamkeit nicht in erster Linie von dem Mangel an Bequemlichkeit herrührte. Es war ganz anders. Man konnte sich leicht an lange Stunden des Reitens, an ungewohnte und häßliche Kleidung, an das Baden in einem Bach oder Fluß, wo es eben möglich war, und an das Schlafen in Zelten oder unter freiem Himmel gewöhnen.

Dagegen war es längst nicht so leicht, die Geborgenheit und den Schutz und die eingefahrenen Denkweisen aufzugeben. Bis zu dieser Reise war ihr nie bewußt geworden, wie viele ihrer Entscheidungen, selbst über kleine persönliche Angelegenheiten, sie Vater und Brüdern oder, seit sie verheiratet war, ihrem Mann überlassen hatte. Sogar Fragen wie *Soll ich ein blaues oder ein grünes Kleid anziehen? Soll ich für das Essen heute abend Fisch oder Geflügel bestellen?* waren weniger nach ihrem eigenen Geschmack entschieden worden als nach Gabriels Wünschen. Bis Jaelle und der neugeborene Val in ihre Obhut gekommen waren, hatte sie nie darüber nachgedacht, wieviel von dem, was sie zu den Kindern gesagt oder für sie getan hatte, direkt oder indirekt davon abgehangen hatte, ob es Gabriels Billigung finden würde.

Immer wieder kehrte ein seltsamer, schmerzlicher, beinahe verräterischer Gedanke zurück: *Werde ich mich jetzt, da ich gelernt habe, eigene Entscheidungen zu treffen, jemals wieder damit zufriedengeben, Gabriel für mich bestimmen zu lassen?*

Oder, wenn ich mich doch wieder unterordne, tue ich es dann nur aus dem Grund, weil es soviel leichter ist, genau das zu tun, was von einer Frau meiner Kaste erwartet wird?

Sie hatten die großen Stadttore von Thendara passiert, und Leute blieben stehen und starrten die Comyn-Dame in der Gesellschaft einer Amazonengruppe an. Innerhalb der Stadt schickte Kindra die meisten Freien Amazonen in das Gildenhaus von Thendara. Nur von Kindra, Jaelle und der Amme mit dem Säugling begleitet, ritt Rohana zur Comyn-Burg weiter.

In der Suite, die seit unzähligen Jahren dem Ardais-Clan gehörte, rief Rohana die wenigen Diener zusammen, die das ganze Jahr über dortblieben – die meisten kehrten mit ihren Herren nach Burg Ardais heim, wenn die Ratssitzungen vorüber waren –, und ordnete an, man solle die Amme und das Kind gut unterbringen und Kindra als geehrten Gast behandeln. Für Jaelle, die sie als ihre Pflegetochter vorstellte, ohne in Einzelheiten zu gehen, sei ein bequemes Zimmer in der Nähe ihres eigenen einzurichten sowie passende Kleidung zu besorgen.

Sie schickte eine Botschaft, in der sie ihre Rückkehr bekanntgab, an die Prinzessin. Dann bereitete sie sich seelisch auf das Unvermeidbare vor: die schockierte Reaktion ihrer Zofe auf das abgeschnittene Haar, die ganz und gar unschickliche Kleidung, den Zustand ihrer Hände und ihres Teints, vom Reiten und Leben im Freien rauh geworden.

Noch schlimmer wird es sein, wenn ich nach Ardais zurückkehre. Warum muß ich eigentlich immer schön sein? Ich bin weder Tänzerin noch Sängerin. Und meine gute Heirat habe ich vor langer Zeit gemacht. Aber es gibt Leute, deren Meinung nach die Rettung Meloras mit meinem Haar und meinem Teint zu teuer erkauft sei!

Und trotzdem, wenn sie sich auch über das Zungenschnalzen und Schelten der Zofe ärgerte, tat es doch gut, wieder der Länge nach in einem heißen Bad, mit Balsam parfümiert, zu liegen, die rauhe, aufgesprungene Haut mit Cremes und heilenden Lotionen zu pflegen und weiche, weibliche Kleidungsstücke anzuziehen.

Als sie fertig war, traf eine Nachricht von Lady Jerana ein, daß sie sie empfangen wolle und daß Lord Lorill Hastur auch die Anführerin der Freien Amazonen zu sehen wünsche. Rohana gab diesen königlichen Befehl – denn obwohl mit exquisiter Höflichkeit verschleiert, war es ein Befehl – weiter, und Kindra lächelte schief.

»Zweifellos möchte er sich vergewissern, daß ich die Domänen nicht in einen Krieg mit den Trockenstädtern verwickelt habe.«

»Unsinn«, erwiderte Rohana gereizt. »Er ist ebenfalls Meloras Verwandter; ich bin sicher, er möchte Euch danken.«

»Nun, Lady, was es auch sein mag, ich muß Lord Hastur gehorchen«, sagte Kindra. »Dann wird es sich herausstellen.«

Jaelle wurde ihnen gebracht, und Rohana hielt vor Erstaunen den Atem an. Die Schönheit des Kindes war zuvor durch den Reiseschmutz und die nicht zusammenpassenden, abgelegten Kleidungsstücke nicht zur Geltung gekommen. Jaelle war groß für ihr Alter, ihre Haut war sehr hell und mit ein paar schwach bernsteinfarbenen Sommersprossen bestäubt. Ihr Haar war gewaschen worden und hing ihr bis über die Taille hinunter; seine Farbe war die von frisch gemünztem Kupfer. Man hatte sie hübsch angezogen. Ihr zartgrünes Kleid hatte genau die Farbe ihrer Augen. Wirklich, dachte Rohana, eine Tochter, auf die jeder Comyn-Haushalt stolz sein könnte. Aber würden sie es sehen? Oder würden sie nur sehen, daß sie Jalaks Tochter war?

Lady Jerana, Gemahlin des Prinzen Aran Elhalyn (sie war eine geborene Aillard und Rohanas Cousine), eine schlaffe, hellhaarige, verwöhnt wirkende Frau, begrüßte Rohana mit der Umarmung, die einer Verwandten zustand, küßte Jaelle kühl und sprach leutselig mit Kindra.

Warum soll sie auch nicht leutselig sein? Es ist alles, was sie in ihrem Leben zu tun hat, dachte Kindra.

»Das ist also das Kind unserer lieben Melora.« Jerana musterte das Mädchen von oben bis unten. »Ein Jammer, daß sie ebenso Jalaks Tochter ist; es wird schwer werden, eine Heirat zu arrangieren, die ihrem Stand entspricht. Hat sie Laran?«

»Ich weiß es nicht. Ich habe sie noch nicht testen lassen«, antwortete Rohana kalt. »Ich hatte an anderes zu denken.«

Lorill Hastur fiel ein: »So leuchtendrotes Haar ist oft ein Hinweis auf Psi-Kräfte außergewöhnlichen Grades.

Falls sie sie besitzt, könnte sie in einen Turm geschickt werden, und die Frage nach einer Heirat würde sich gar nicht erst stellen.«

Rohana dachte, in jedem Fall sei es zu früh, sich über die Heirat einer erst zwölf Jahre alten Waise, die sich von mehreren Schocks noch nicht wieder erholt hatte, Sorgen zu machen, aber sie sprach es nicht aus. Wahrscheinlich nahm Lorill den Gedanken sowieso wahr. Er war ein schmächtig gebauter, ernst dreinblickender Mann etwa in Rohanas Alter. Wie bei vielen Hasturs begann sein flammendes Haar bereits weiß zu werden. Stirnrunzelnd blickte er in Jaelles Richtung und bemerkte taktlos: »Es gibt wohl keinen Zweifel daran, daß sie tatsächlich Jalaks Tochter ist? Wenn Melora bereits schwanger gewesen wäre, als sie gefangen wurde, oder wenn wir so tun könnten . . .«

Jaelle biß sich auf die Unterlippe; Rohana fürchtete, sie werde zu weinen beginnen. Unglücklicherweise, erklärte Rohana knapp, gebe es keinen Zweifel an der Abstammung des Mädchens.

»Ich nehme an, Jalak ist tot?«

Kindra antwortete, das wüßte sie nicht genau. »Aber wir sind nicht verfolgt worden, Lord Hastur, und als wir Carthon erreichten, gingen bereits Gerüchte über einen Wechsel im Großen Haus von Shainsa um.«

»Natürlich wißt ihr, was mich beunruhigt«, sagte Lord Hastur. »Dein übereiltes Handeln – ich spreche mit dir, Rohana, denn die Freie Amazone hat nur das getan, wozu du sie angeheuert hattest –, dein übereiltes Handeln hätte uns in einen Krieg mit den Trockenstädten stürzen können.«

Kindras Blick suchte den Rohanas mit einem kurzen, triumphierenden Grinsen. Sie hätte ebensogut laut sagen können: »Hab' ich's nicht gewußt?«

»Lorill, auch du bist Meloras Verwandter! Sollte ich

sie in der Sklaverei sterben und ihr Kind in Jalaks Gewalt lassen?«

Der Mann sah tief beunruhigt aus. »Wie könnte ich dem zustimmen? Ich liebte Melora; ich finde keine Worte für meinen Kummer darüber, daß sie ihre Freiheit nicht mehr hat genießen können. Was könnte ich als Mann und ihr Verwandter anderes empfinden? Aber der Friede der Domänen liegt in meinen Händen. Ich darf keinen Krieg anfangen, weil einer einzigen Person Unrecht geschehen ist.«

»Verwandter, das ist jetzt von geringer Bedeutung. Worüber wir sprechen müssen, ist die Vormundschaft für Meloras Kinder.«

»Kinder?« fragte Jerana. »Hat sie noch andere?«

»Den Sohn, bei dessen Geburt sie gestorben ist.« Rohana sah voller Unbehagen zu Jaelle hinüber. Jerana hätte Takt genug haben müssen, das Kind hinauszuschicken, bevor über seine Zukunft diskutiert wurde, aber es stand Rohana nicht zu, das vorzuschlagen.

Jerana meinte: »Oh, sie können irgendwo in Pflege gegeben werden. Wäre Melora am Leben geblieben, hätten wir vermutlich irgend etwas für sie tun müssen. Aber es ist nicht zumutbar, daß wir die Verantwortung für die Kinder irgendeines Trockenstadt-Tyrannen übernehmen. Bringe sie irgendwo unter und vergiß sie.«

Sogar Lorill fuhr bei dieser brutalen Bemerkung zusammen. Rohana erklärte fest: »Ich habe Melora vor ihrem Tod gelobt, daß ich ihre Kinder wie meine eigenen aufziehen werde.« *Melora kannte unsere Verwandten anscheinend besser als ich.*

Jerana zuckte die Schultern. »Nun ja, du wirst es am besten wissen. Wenn Gabriel nichts dagegen hat, überlasse ich es dir.« Rohana sah, daß Jerana froh war, so anstandslos davonzukommen.

Lorill Hastur wandte sich Kindra zu. »Habt Ihr die Rettung ins Werk gesetzt, *mestra*?«

Kindra antwortete mit Würde: »Mein Lord, Lady Rohana hat meine Frauen großzügig bezahlt; Ihr schuldet mir nichts.«

»Trotzdem steht ein Leben zwischen uns«, sagte Lorill.

»Nein, denn ich habe versagt. Meine Aufgabe war es, Lady Melora ihren Angehörigen zurückzugeben«, stellte die Freie Amazone fest.

Rohana schüttelte den Kopf. »Ihr habt nicht versagt, Kindra; Melora ist in Freiheit gestorben und glücklich gestorben. Aber es ist meine Sache, nicht deine, Lorill, sie zu fragen, welche zusätzliche Belohnung sie haben möchte.«

Kindra sah beide an und stellte sich dann neben Jaelle.

»Wenn Ihr mir beide ein Geschenk anbietet, bitte ich um dies: Gebt mir Jaelle als Pflegetochter.«

Lorill Hastur war schockiert. »Unmöglich! Ein Kind aus Comyn-Blut kann nicht unter Freien Amazonen aufwachsen!«

Auch Rohana war im ersten Augenblick über diese Forderung erschrocken – welche Vermessenheit! Aber Lorills Worte erzürnten sie ebenso wie vorhin Jeranas Grobheit. »Gut gesprochen, Lorill. Du warst jedoch willens, seelenruhig in Thendara zu sitzen und sie von Jalak in Ketten legen zu lassen.« Sie winkte Jaelle zu sich. »Jaelle, bevor deine Mutter starb, schwor ich ihr, ich würde dich wie meine eigene Tochter, aus meinem Leib geboren, aufziehen. Ich weiß, sie hat das so verstanden, daß ich dich mit zu mir nach Hause nehme und du dort lebst als mein eigenes Kind. Aber du bist zwölf Jahre alt, und wenn meine eigene Tochter in diesem Alter zu mir käme und sagte: ›Mutter, ich möchte nicht bei dir leben, ich möchte bei der und der in Pflege gegeben werden‹, dann würde ich, vorausgesetzt, ich könnte der genannten Pflegemutter vertrauen, die Wünsche meiner Tochter sorgfältig in Erwägung ziehen. Du hast gehört, daß Kindra um dich gebeten hat, und ...« – herausfordernd blickte sie über Jaelles Kopf Lorill Hastur an – »... mir steht die Entscheidung darüber zu. Aber willst du nicht mit mir nach Ardais kommen und *meine* Tochter sein?« bat sie. »Ich habe deine Mutter geliebt, und ich will dir eine Mutter sein. Du wirst meine Tochter und ihre Freundinnen als Spielgefährtinnen und Schwestern haben, und du wirst erzogen werden wie deine Mutter und ich, als *Comynara*, wie es sich für unsere Kaste schickt.«

Jaelle. Liebling, du bist alles, was ich von Melora habe ...

Jaelles kleines Gesicht blieb hart. »Und wenn ich erwachsen bin, Verwandte?«

»Dann, Jaelle, werde ich für dich, als wessen Tochter du auch geboren sein magst, eine ebenso gute Heirat arrangieren wie für meine eigene Tochter ...« Und plötzlich erkannte sie, daß sie verloren hatte.

Jaelle erklärte bestimmt: »Ich möchte nur da leben, wo ich niemals irgendeinem Mann unterworfen sein werde. Wenn Kindra mich haben will ...« Sie trat zu ihr und legte ihre Hand in die der Freien Amazone. »Ich bitte darum, Verwandte.«

Rohana dachte beinahe verzweifelt: *Es ist zu spät, sie als kleines Kind zu behandeln. Sie hat so vieles erlebt, das sie vor der Zeit hat reif werden lassen.*

Trotzdem war sie eine Comyn-Tochter und mochte Laran haben. Ernst sagte Rohana: »Kindra, sie darf nicht zum Neutrum gemacht werden. Versprecht mir das.«

Kindras Gesicht zeigte, wie entrüstet sie war. »Ich sehe, Ihr wißt noch gar nichts über die Amazonen, Lady. Wir machen Frauen nicht zu Neutren.«

»Ich habe die beiden in Eurer Gruppe gesehen – Leeanne und Camilla.«

»*Wir machen unsere Frauen nicht zu Neutren!*« wiederholte Kindra mit Nachdruck. »Hin und wieder gerät eine Frau in einen solchen Haß auf ihre eigene Weiblichkeit, daß sie einen Heiler überredet oder bestícht, ihretwillen das Gesetz zu brechen. Oft kommen sie danach zu uns, und wir können sie nicht abweisen; für gewöhnlich gibt es keinen anderen Ort mehr, an den sie gehen könnten, die Armen. Aber Frauen, die statt dessen zuerst zu uns kommen, lernen bei uns Selbstachtung und nicht Selbsthaß. Ich glaube nicht, daß in Jaelle – wenn sie bei uns aufwächst – ein solcher Haß entstehen wird.« Sie legte die Arme leicht um Jaelles Schultern und sprach zu ihr, aber nicht wie zu einem Kind, sondern wie zu ihresgleichen. Rohana überkam ein seltsames Gefühl, das sie einen Augenblick später ungläubig als *Neid* identifizierte.

»Du mußt wissen, Jaelle, daß du nach den Gesetzen unserer Gilde nicht gleich als Amazone aufgenommen werden kannst. Auch unsere eigenen Töchter müssen warten, bis sie alt genug sind, um als Frauen zu gelten, und sich zwischen einer Heirat und dem Leben bei uns entscheiden können. Wenn du fünfzehn bist, wird dir erlaubt werden, diese Wahl zu treffen. Bis dahin bist du nur meine Pflegetochter.«

Lady Jerana warf zänkisch ein: »Ich finde diese ganze Sache widerwärtig; kannst du ihr kein Ende machen, Lorill?«

Rohana dachte mit einem Zorn, dessen sie sich nicht fähig geglaubt hatte, widerwärtig sei es gewesen, die Diskussion vor dem Mädchen zu führen, als sei es taub, stumm, blind und schwachsinnig. Lorill Hastur ließ etwas von ihrer eigenen Entrüstung erkennen, als er antwortete: »Es ist Rohanas Recht, darüber zu beschließen, wo Jaelle aufwachsen soll, Jerana. Sie hat zuerst dich um Rat gefragt, und du hast auf dein Privileg, die Entscheidung zu treffen, verzichtet. Jetzt werde ich Rohanas Recht verteidigen.«

Oh, gut für dich, Lorill! Sie sah ihn dankbar an und dachte bei sich, den Ersten Ratgeber zu spielen könne nicht die angenehmste aller Beschäftigungen sein. Jeranas hübsches, geistloses Gesicht verzog sich höhnisch.

»Nun, Rohana, wenigstens brauchst du dir keine Mühe mehr zu geben, einen Mann zu finden, der Jalaks Tochter heiratet. Ich habe immer gehört, daß die Freien Amazonen eifrig nach hübschen jungen Mädchen suchen, um sie zu ihrem unnatürlichen Leben zu bekehren, sie gegen Ehe und Mutterschaft aufzuhetzen und sie zu lehren, Männer zu hassen und Liebhaberinnen von Frauen zu werden. Es war klug von dir, Jaelle ihnen zu überlassen ...«

Beinahe liebenswürdig entgegnete Rohana: »Es tut mir leid, daß du so darüber empfindest, Jerana, aber für Jaelle scheint es mir eine gute Wahl zu sein. Du hast sie nicht selbst als Pflegetochter verlangt, und da du sie nicht liebst, ist es auch ganz gut so. Und ich wäre in der Tat selbstsüchtig, würde ich Jaelle an mich fesseln, nur um einen Trost in meiner Trauer um Melora zu haben.«

»Du willst sie dieser ... dieser Freien Amazone geben, diesem Schandfleck für alle Frauen?«

»Ich kenne sie, Jerana«, erwiderte Rohana ruhig, »und du kennst sie nicht.« Sie breitete für Jaelle die Arme aus. »Ich habe dir gesagt, träfe meine eigene Tochter eine solche Wahl, würde ich auf sie hören. Es sei, wie du es möchtest.« Sie zog Jaelle an sich, und zum erstenmal umarmte das kleine Mädchen sie fest und küßte sie mit strahlenden Augen auf die Wange. Rohana erklärte: »Ich gebe dich Kindra als Pflegetochter, Jaelle, und ich bitte dich, ihr eine pflichtbewußte Tochter zu sein und mich nicht zu vergessen.«

Dann ließ sie Jaelle los und streckte der Freien Amazone die Hände entgegen. Mit ihren schwieligen, sonnenbraunen Händen ergriff Kindra sie; mit ehrlichen grauen Augen sah sie sie an und sagte: »Lady, möge die Göttin an mir tun, was ich an Jaelle tun werde.«

Rohanas Geist war weit offen. Wieder und zum letztenmal spürte sie die große Güte und Zuverlässigkeit der Amazone. Sie wußte, Kindra konnte sie ihr Leben – oder das Leben eines anderen ihr kostbaren Menschen anvertrauen. Zu ihrer Überraschung merkte sie, daß ihre Augen sich mit Tränen füllten.

Sie dachte: *Fast wünsche ich mir, auch mit dir zu gehen ...*

»Das wünsche ich auch, Rohana«, sagte Kindra leise. Es gab kein formelles »Meine Dame« mehr, dafür war die Verbindung zwischen ihnen zu stark geworden. Rohana konnte nicht sprechen, nicht einmal Lebewohl sagen. Sie legte Jaelles Hand in Kindras und wandte sich ab.

Das letzte, was Rohana hörte, als Jaelle neben Kindra aus der Audienzkammer hüpfte, war die eifrige Frage des kleinen Mädchens: »Pflegemutter, willst du mir die Haare schneiden?«

II. Teil
MAGDA LORNE,
Terranische Agentin

6

Zwölf Jahre später . . .

Wenn es irgendwo in der Galaxis eine geräuschvollere Tätigkeit gab als den Bau eines Raumhafens, hoffte Magda Lorne, sie sich nie anhören zu müssen.

Und eine *langwierige* Tätigkeit. Diese hier hatte den größten Teil von Magdas Leben ausgefüllt. Sie war in Caer Donn geboren worden, dem ersten Stützpunkt des Terranischen Imperiums auf Darkover, und acht Jahre alt war sie gewesen, als das HQ hierher nach Thendara verlegt worden war. Seitdem war der Raumhafen im Bau.

Die heftigen Herbststürme hatten das Dröhnen der Baumaschinen nur gedämpft, nicht zum Schweigen gebracht. Die Berge jenseits der Stadt waren hinter einem weißen Vorhang aus Schnee verschwunden, und nicht einmal die dem HQ benachbarte Altstadt war noch deutlich zu sehen. Magda betrat das Quartier der unverheirateten Frauen durch die schweren Sturmtüren, und sofort waren Wind und Lärm ausgeschaltet. Das Innere des Gebäudes war schalldicht. Die Beleuchtung war gelb, Erde-normal. Wenigstens war dieses Haus fertig, dachte sie, und ruhig. Während ihrer kurzen Ehe mit Peter hatte sie im Quartier des verheirateten Personals gelebt, dessen Schallisolierung noch nicht fertig war. Wieder einmal fragte sie sich, wieviel die unablässige Lärmbelästigung zu dem Zusammenbruch ihrer Ehe beigetragen haben mochte. Mit einem Schulterzucken tat sie den Gedanken ab und öffnete die Tür ihres Zimmers. *Es hätte nie funktioniert, ganz gleich, unter welchen Umständen. Ich glaube, ich habe Peter nie wirklich geliebt, und daß er mich nicht geliebt hat, dessen bin ich sicher. Wir sind einfach zuviel zusammen gewesen*, liefen ihre Gedanken auf der eingefahrenen Spur weiter, *und mußten es irgendwie abreagieren. Als sich das abgenutzt hatte, erkannten wir, daß es sonst nichts gab, uns zusammenzuhalten.*

Es half nichts, sie mußte immer wieder an Peter denken. *Wo ist er? Er ist noch nie so lange weggewesen. Ich hoffe, es ist ihm nichts zugestoßen.*

Streng ermahnte sie sich, nicht so ängstlich zu sein. Wie sie selbst hatte Peter das Examen als Fremd-Anthropologe an der Imperiums-Universität gemacht, wie sie selbst lebte er seit seiner Kindheit auf Cottman IV, dem Planeten, den die Eingeborenen Darkover nannten, und wie sie selbst war er sofort nach der Rückkehr auf den Planeten, der ihre Heimatwelt war und nicht war, in den Nachrichtendienst des Imperiums eingetreten. Das Imperium mochte die Arbeit, die sie taten, *Nachrichtendienst* nennen und darin eine bessere Spionage sehen, aber für Magda und Peter und andere wie sie – es waren nicht viele, hier auf Darkover – war sie das beste Training für einen Fremd-Anthropologen: sich unter das Volk dieser Welt zu mischen, es auf eine Weise kennenzulernen, die nicht hier aufgewachsenen Anthropologen unmöglich gewesen wäre. Peter befand sich offenbar in einem langwierigen Einsatz. Nur war er diesmal so *lange* fort!

Und da waren die *Träume* ...

Magda wußte, sie müßte die Träume melden. Während des Kurses in Fremd-Psychologie war sie auf ihr Psi-Potential hin getestet worden, und der Wert war sehr hoch gewesen. Trotzdem widerstrebte es ihr, einen offiziellen Bericht über ihre wiederkehrenden Träume abzugeben – die sie ausnahmslos warnten, Peter Haldane befinde sich in Schwierigkeiten –, als gäbe das ihnen erst Realität. *Träume sind Schäume, mehr nicht ...*

Trotzdem trat sie, sobald sie ihre schweren Überkleider abgelegt hatte, an den Kommunikationsknopf.

»Personalabteilung? Lorne hier. Bist du das, Bethany? Haldane hat sich vermutlich in den letzten achtundzwanzig Stunden noch nicht zurückgemeldet oder Nachricht gesandt?«

»Kein Wort, Magda«, antwortete die Frau im Büro des Koordinators. »Ich weiß, du hast für Peter immer noch eine Schwäche, nicht wahr? Alle achtundzwanzig Stunden hast du nachgefragt.«

»Zum Teufel mit der Schwäche«, sagte Magda gereizt. »Falls du es vergessen hast, ich kenne Peter, seit er fünf Jahre alt war, wir sind zusammen aufgewachsen, und ich mache mir Sorgen.« *Und das*, dachte sie, die Verbindung unterbrechend, *ist der Grund, warum ich die Träume nicht melde. Es steht mir bis zum Hals, daß jede gelangweilte Frau hier laut Spekulationen darüber anstellt, wie lange es dauern wird, daß Peter und ich wieder zusammenfinden!*

Immer noch gereizt, zog sie die darkovanischen Kleider aus, die sie bei ihrer Arbeit außerhalb des HQ trug. Es war die übliche Tracht einer Frau aus Thendara: ein langer, weiter Rock aus schwerem, kariertem Tuch, eine hochgeschlossene, langärmlige Jacke, am Hals bestickt, und knöchelhohe Sandalen aus dünnem Leder. Magdas Haar war lang und dunkel, tief im Nacken geknotet und mit der Schmetterlingsspange gehalten, die jede Frau in den Domänen trug. Magdas bestand aus Silber. Eine Edelfrau hätte eine kupferne, eine arme Frau eine aus Holz geschnitzte oder auch nur eine lederne Spange gehabt, aber keine anständige Frau zeigte in der Öffentlichkeit ihren entblößten Nacken.

Bevor sie die darkovanischen Kleider weghängte, rieb sie sie mit einer aromatischen Gewürzmischung ein. In der Altstadt war es ebenso wichtig, richtig zu riechen, wie richtig auszusehen. Sie duschte und zog terranische Kleidung an, eine rote Strumpfhose und eine Jacke mit dem Emblem des Imperiums auf dem Ärmel. Es war ihr kühl darin, und sie dachte, wie sinnlos es doch sei, hier dünne Synthetiks zu tragen und die Gebäude bis zu einer Temperatur aufzuheizen, die leichte Sachen praktisch machte. Das hinderte die Terraner nur daran, sich dem Klima anzupassen.

Genau wie die gelben Erd-normal-Lampen, die überall im HQ brennen. Sie machen es jedermann unmöglich, sich an die rote Sonne zu gewöhnen. Ich weiß, das ist allgemeine Imperiumspolitik, und wenn Raumhafen-Personal innerhalb von ein paar Tagen quer durch die Galaxis versetzt werden kann, ist es natürlich nur vernünftig, überall die gleichen Standardbedingungen zu schaffen.

Aber für uns, die wir wirklich hier leben, ist es schwer...

Sie versuchte, einen Entschluß zu fassen, ob sie sich eine Mahlzeit auf ihr Zimmer schicken lassen oder in die HQ-Cafeteria gehen und in Gesellschaft essen sollte, als der Kommunikator sie rief.

»Lorne hier«, meldete sie sich, nicht in der besten Laune. »Ich habe dienstfrei, wie Sie wissen.«

»Ja, ich weiß – Montray hier. Magda, Sie sind Expertin für darkovanische Sprachen, nicht wahr? Gibt es nicht eine spezielle grammatikalische Form, wenn man mit einem Adligen spricht, und einen weiblichen Modus der Anrede?«

»Sowohl als auch. Möchten Sie eine Unterrichtskapsel oder einen Literaturnachweis?«

»Nein, ich möchte, daß Sie zum Übersetzen herkommen«, sagte der Koordinator. »Sie sind unsere einzige hier wohnende weibliche Fachkraft, und ich habe Todesangst davor, die Dame durch eine unschickliche Redewendung zu beleidigen.«

»Die Dame?« Magdas Neugier war geweckt; Edelfrauen ließen sich selten auf den Straßen Thendaras sehen.

»Eine Dame von den Comyn.«

»Guter Gott«, entfuhr es Magda. Sie hatte nur gelegentlich einen Blick auf ein Mitglied dieser königlichen und hochmütigen Kaste erhascht. Schon die Männer der Comyn zögerten nicht, einen Vertreter des Imperiums zu sich in die Stadt zu zitieren, wenn sie das Bedürfnis verspürten, mit ihm zu sprechen – was nicht häufig vorkam. »Eine der Comyn-Frauen hat Sie rufen lassen?«

»Nichts da! Die Dame ist im Augenblick hier in meinem Büro«, stellte Montray fest, und Magda riß die Augen auf.

»Ich bin in drei Minuten da.« Ihre Pflichten schlossen eine Tätigkeit als Dolmetscherin nicht ein, aber sie konnte verstehen, warum Montray den regulären Stab nicht bemühen wollte.

Das hat es wirklich noch nie gegeben! Eine Frau der Comyn in Montrays Büro . . .

Magda nahm ihre Schmetterlingsspange ab und steckte sich das lange Haar auf dem Kopf auf. Die Darkovaner wußten bestimmt, daß Terraner in darkovanischer Kleidung in die Altstadt gingen, genau wie die Terraner wußten, daß eine beträchtliche Anzahl der Darkovaner, die mit Bauarbeiten auf dem Raumhafen beschäftigt waren, dafür bezahlt wurden, die darkovanischen Machthaber über die Außenweltler zu informieren. Offiziell nahm jedoch keine Seite davon Notiz.

Ich muß mich benehmen, als wüßte ich nicht einmal, daß diese Entblößung für eine darkovanische Frau unschicklich ist. Trotzdem fühlte sie sich nackt und unanständig. Sie zog die Nadeln wieder heraus und ließ den Zopf den Rücken hinunterhängen.

Der Lärm war jetzt zum Brummen der Nachtschicht abgesunken. Magdas Füße in den dünnen Schuhen glitten auf den vom Schneematsch schlüpfrigen Gehsteigen aus. Sie war froh, als sie das Vorläufige HQ-Gebäude erreichte, wo der Vorläufige Koordinator Russ Montray im Vorzimmer auf sie wartete. Darkover war im Imperium noch nicht wichtig genug, daß ein richtiger Legat zum Verbindungsmann mit den Eingeborenen ernannt worden wäre.

»Lieb von Ihnen, daß Sie das für mich tun, Magda«, empfing Montray sie. »Es kann nicht schaden, wenn sie merken, daß wir ein paar Leute haben, die die Sprache so sprechen, wie sie gesprochen werden sollte.« Er war ein dicker, kahl werdender Mann in den Vierzigern mit einem gewohnheitsmäßig besorgten Blick. »Ich habe die Dame in mein Büro gebracht.« Er hielt Magda die Tür auf.

In seinem schlechten, holperigen *cahuenga* (der lingua franca der Handelsstadt) sagte er: »Lady Ardais, ich stelle Euch meine Assistentin Magdalen Lorne vor, die müheloser mit Euch sprechen wird, als ich es kann.« Zu Magda gewandt, setzte er hinzu: »Sagen Sie ihr, daß wir uns durch ihren Besuch geehrt fühlen, und fragen Sie, was wir für sie tun können. Sie muß etwas wollen, sonst hätte sie nach uns geschickt, statt selbst hier zu erscheinen.«

Magda sah ihn warnend an. Das Aufblitzen in den Augen der Dame verriet ihr, daß sie Terra-Standard verstand – oder daß sie zu den Telepathen gehörte, die, wie das Gerücht ging, gelegentlich auf Darkover zu finden waren. Sie begann: »*Domna*, Ihr erweist uns Gnade. Wie können wir Euch am besten dienen?«

Die Frau hob den Kopf und begegnete Magdas Blick.

Magda, die ihr Leben auf Darkover verbracht hatte und die Nuancen kannte, dachte: *Diese Frau stammt aus den Bergen; die Frauen des Tieflandes sind scheuer mit Fremden.* Wie es der Brauch von allen Comyn verlangte, hatte sie eine Leibwache mitgebracht und eine Anstandsdame, aber sie achtete auf keinen von beiden und erklärte ruhig: »Ich bin Rohana Ardais; mein Gatte ist Gabriel-Dyan, Regent von Ardais. Ihr sprecht unsere Sprache gut, mein Kind. Darf ich fragen, wo Ihr sie gelernt habt?«

»Ich habe meine Kindheit in Caer Donn verbracht, Lady, wo die Bürger der Stadt mehr mit den Terranern zusammenkamen, als es hier der Brauch ist.«

»Ah, das erklärt, warum Ihr mit dem Akzent der Hellers sprecht«, meinte Rohana. Magda, die sie mit den Augen der ausgebildeten Beobachterin studierte, sah eine kleine, zartgebaute Frau, bei weitem nicht so groß wie Magda selbst. Es war schwer, ihr Alter zu schätzen, denn ihr Gesicht zeigte keine verräterischen Falten, doch jung war sie nicht mehr. Das schwere, kastanienbraune Haar, das tief im Nacken zum Knoten geschlungen und von einer teuren Schmetterlingsspange aus Kupfer mit grünen Steinen gehalten wurde, war reichlich mit Grau durchsetzt. Ihre Haltung war sehr würdevoll, aber sie rieb die Hände, die sie im Schoß gefaltet hielt, nervös gegeneinander.

»Ich bin gegen den Willen meiner Verwandten hergekommen, um von euch Terranern einen Dienst zu erbitten. Vielleicht ist es töricht, eine sinnlose Hoffnung ...« Sie zögerte, und Magda versicherte ihr, es wäre ihnen eine Ehre, der Lady Ardais gefällig zu sein.

»Es geht um meinen Sohn«, erklärte Rohana. »Er ist verschwunden. Wir befürchteten ein Verbrechen. Dann kam ein Arbeiter zu uns, der hier in eurem Hafen an einem eurer großen Gebäude beschäftigt ist. Sicher ist es euch kein Geheimnis, daß viele dieser Arbeiter von uns bezahlt werden, daß sie uns berichten, was wir über euer Volk zu erfahren wünschen. Dieser Mann nun, der meinen Sohn flüchtig kennt, meldete, er habe ihn hier gesehen, und er arbeite hier. Das ist ein paar Monate her; ich habe mich erst jetzt zu dem Entschluß durchgerungen, jedem Gerücht nachzugehen . . .«

Verblüfft gab Magda diesen Bericht an den Koordinator weiter. »Es stimmt, daß wir viele Darkovaner beschäftigen. Aber – Euer Sohn, Lady? Die meisten sind einfache Arbeiter, die Maschinen bedienen oder Zimmerleute und Maurer sind.«

»Unser Sohn ist jung und brennt auf Abenteuer wie alle Männer seines Alters«, erwiderte Rohana. »Ihm käme es bestimmt wie ein großes Abenteuer vor, sich unter Menschen von einer anderen Welt zu mischen. Er würde nicht zögern, dafür als Maurer oder Pflasterer zu arbeiten. Und wie ich sagte, er wurde hier gesehen und erkannt.« Sie überreichte Montray ein in Seide gewikkeltes Päckchen. Er öffnete es langsam und sah dabei Magda an, die Rohanas Worte übersetzte.

»Ich habe ein Bild meines Sohns mitgebracht. Vielleicht könnt Ihr diejenigen Eurer Leute, die für darkovanische Arbeiter zuständig sind, fragen, wann er zuletzt hier beschäftigt war.«

Unter der Seide kam ein kupfernes Medaillon zum Vorschein. Montray öffnete den Verschluß und enthüllte ein Miniaturgemälde. Seine Augenbrauen wanderten in die Höhe.

»Sehen Sie sich das an, Magda.«

Er gab es ihr, und sie blickte auf ein naturgetreu gemaltes Bild von Peter Haldane.

»Ich sehe es euren Gesichtern an, daß ihr beide meinen Sohn erkennt«, sagte Lady Rohana. Magdas erster Gedanke war: *Das ist unmöglich, das ist Wahnsinn!*

Dann meldete sich der gesunde Menschenverstand. *Eine zufällige Ähnlichkeit, mehr nicht. Ein phantastisches Zusammentreffen.*

Montray war schon am Kommunikator. »Bringen Sie mir einen Personal-Solido und Fotos von Peter Haldane, Bethany. Magda«, er drehte sich zu ihr um, »erklären Sie es ihr.«

Magda versuchte es. Sie entdeckte Schweißtröpfchen am Haaransatz der Lady; ob sie von Nervosität oder der Hitze in Montrays Büro – oder von beidem – herrührten, konnte sie nicht entscheiden.

»Eine zufällige Ähnlichkeit? Unmöglich, mein Kind. Er ist an der Farbe seines Haars erkannt worden, und diese Farbe kommt nur bei Comyn oder solchen aus Comyn-Blut vor.«

»Sie ist bei Terranern nicht selten, meine Dame«, versicherte Magda. (Sie hatte es gewußt; Peter pflegte Witze darüber zu reißen. »Auf der darkovanischen Seite halten sie mich für den Bastard irgendeines Edelmannes!«) »Bei uns bedeutet es keinen Anspruch auf edle Abstammung, sondern nur, daß die Eltern rotes Haar und ein bestimmtes rassenbedingtes Erscheinungsbild hatten.« Sie unterbrach sich, weil Bethany hereinkam und ihr den kleinen Solido und den Ausdruck der Personalakte reichte, der ein Farbfoto von Peter Haldane enthielt. Ohne Kommentar gab sie beides Lady Rohana.

Rohana betrachtete das Bild kurz. Dann blickte sie auf; ihr Gesicht war weiß geworden. »Das verstehe ich nicht. Seid ihr ganz sicher, daß er nicht einer von uns ist, in einer Verkleidung, die euch irregeführt hat?«

»Ganz sicher, meine Dame. Ich kenne Peter Haldane seit meiner Kinderzeit.«

»Wie ist das möglich? Einer von euch Terranern, der einem von uns so ähnlich sieht ...« Ihre Stimme schwankte. »Jeder könnte getäuscht werden, wenn dieser Mann darkovanische Kleidung trüge. Und euer Mann wird ebenfalls vermißt?« Erst Stunden später fiel Magda auf, daß sie Rohana nichts davon gesagt hatte. »Merkwürdig. Nun, ich sehe, daß ich anderswo nach Nachrichten über meinen Sohn suchen muß.«

Nachdem sie sich förmlich von Montray verabschiedet hatte, wandte sie sich Magda zu und berührte leicht ihre Hand. Sie sah sie mit einem langen, forschenden Blick an. »Irgendwie habe ich das Gefühl, ich werde von neuem über diese Angelegenheit hören«, sagte sie. »Ich danke dir für deine Freundlichkeit. Vielleicht kommt ein Tag, an dem ich dir helfen kann, meine Tochter. Bis dahin wünsche ich dir alles Gute.«

Magda war so überrascht, daß sie kaum fähig war zu sprechen. Sie stammelte ein paar Worte des Dankes. Rohana wehrte freundlich ab, rief ihre Anstandsdame und den schwitzenden Gardisten und ging.

Mit Magda allein gelassen, explodierte Montray: »Also, was halten Sie denn davon?«

»Ich denke, die arme Frau ängstigt sich um ihren Sohn zu Tode.«

»Beinahe so, wie Sie sich um Haldane ängstigen, wie?«

»Sehr viel mehr. Peter ist ein erwachsener Mann und kann auf sich selbst aufpassen. Warum sollte ich . . .«

»Verdammt will ich sein, wenn ich wüßte, warum Sie es sollten, aber Sie tun es«, behauptete Montray. »Und ich nehme an, auch ihr Sohn ist ein erwachsener Mann. Aber auf einer verdammten Feudalwelt wie dieser, wo das Ausfechten von Duellen die populärste Sportart ist, muß man sich wohl um einen Mann Sorgen machen, der nicht nach Hause gekommen ist.«

»Feudalwelt ist kaum die richtige Beschreibung für . . .«

»Okay, okay, Magda, Sie sind Expertin für all die kleinen Nuancen und Feinheiten; ich bin es nicht, ich will es gar nicht sein. Ich wünsche mir nur, von diesem verdammten Planeten wegzukommen. Sie können meinen Job jederzeit haben, sobald ich meine Versetzung durchdrücken kann – oder vielmehr, von mir aus könnten Sie ihn haben, nur wird man ihn auf einer Welt wie dieser einer Frau nicht geben. Ich könnte mir vorstellen, daß auch Sie gern anderswo arbeiteten. Aber Tatsache ist: Ich habe das meiste von dem, was die Lady Ihnen sagte, verstanden. Es sieht ganz so aus, als hätten Sie einen nützlichen Kontakt hergestellt. Für eine Frau ist es auf dieser Welt nicht leicht, etwas Vernünftiges zu tun. Wenn Sie jedoch einen Draht zu jemandem auf der obersten Ebene, bei den Comyn haben ...«

Magda hatte im Augenblick keine Lust, diesen Punkt zu ventilieren. Ziemlich gereizt erinnerte sie Montray daran, daß sie in ihrer Freizeit hergekommen war. Er sagte ihr, sie solle einen Beleg für Überstundenbezahlung einreichen, und entließ sie.

Wieder in ihrem eigenen Zimmer, dachte Magda über Montrays Worte nach. Rohana hatte anfangs förmlich mit ihr gesprochen, und wenn sie »mein Kind« sagte, so benutzte sie die Form, mit der sie eine Dienerin oder eine im Rang unter ihr stehende Frau angeredet hätte – oder jemanden wie eine Dolmetscherin. Aber zum Schluß hatte sie Magda im intimen Modus »meine Tochter« genannt, als sei sie eine junge Frau ihrer eigenen Kaste. War das nur eine Freundlichkeit gewesen, die nichts weiter zu bedeuten hatte?

Draußen war aus dem Schneefall ein schwerer Graupelschauer geworden. Magda trat ans Fenster, zog die Vorhänge zurück und blickte durch die schalldichten Doppelscheiben hinaus in das stumme Toben des Sturms.

Du bist irgendwo da draußen, Peter, dachte sie. *Was*

treibst du? Wenn es wirklich so etwas wie übersinnliche Wahrnehmung gibt, sollte ich imstande sein, dich irgendwie zu erreichen. Verdammt noch mal, Peter, komm nach Hause, ich mach' mir Sorgen!

Sie dachte: *Wie würde Peter über mich lachen! Er ist bestimmt auf irgendeine obskure Spur gestoßen und folgt ihr nun.* Magda wußte, daß sie eine gute Agentin war und daß Peter als genial galt. Eine Frau konnte auf einem Planeten wie Darkover im Nachrichtendienst nicht viel tun, denn strenge Moralvorschriften und Tabus beschränkten sie auf ein bestimmtes Verhalten. Anderswo, auf weniger patriarchalischen Planeten, wo Männer und Frauen gleichberechtigt waren, hätte Magda mehr Spielraum für ihre Talent gehabt. *Aber Darkover ist meine Heimat . . .*

In den angespannten Wochen vor dem endgültigen Zusammenbruch ihrer Ehe hatte Peter ihr in einer scheußlichen Szene vorgeworfen, sie sei eifersüchtig, weil ihm hier auf Darkover wichtigere Aufgaben anvertraut wurden als ihr. Und das stimmte natürlich . . .

Oh, Peter, komm nach Hause! Ich mache mir Sorgen. Obwohl sie sich dumm dabei vorkam, konzentrierte sich Magda – wie sie es im New-Rhine-Rakakowski-Institut auf Terra getan hatte, um mit den ESP-Karten ein signifikant besseres als ein Zufallsergebnis zu erzielen – und versuchte, eine Botschaft hinauszusenden. *Peter, Peter, wir alle machen uns Sorgen. Gib uns wenigstens Nachricht, daß du in Sicherheit bist.*

Sie spürte nichts von einem Kontakt; schließlich gab sie es erschöpft auf und ging zu Bett.

In der Nacht träumte sie von Peter Haldane, aber er lachte sie aus.

7

Das Jahr schritt weiter vor, und die Kälte nahm zu. Magda, die in den Bergen geboren war, machte die Kälte nichts aus, zumindest dann nicht, wenn sie zweckentsprechende Kleidung tragen durfte. Die meisten Terraner vergruben sich in ihren Quartieren wie Tiere in ihren Winterhöhlen und wagten sich nur hinaus, wenn sie mußten. Die Mannschaften der Sternenschiffe, die hier landeten, beschränkten ihren Aufenthalt auf das Minimum. Selten sahen sie sich im Hafen um, und in die Altstadt gingen sie nie. Immer häufiger trug Magda, ohne sich um die offizielle Mißbilligung zu kümmern, ihre darkovanische Kleidung auch im HQ; die langen Röcke und schweren Unterröcke mochten unbequem sein, aber sie hielten warm. Eines Nachmittags, als sie nach einem in der Altstadt verbrachten Tag zurückkehrte, schneite es so heftig, daß ihr der Gedanke verrückt erschien, die terranischen Synthetiks anzulegen. Wie sie war, ging sie in die Personalabteilung und zu der Stelle, wo ihre Beobachtungen aufgezeichnet wurden. Montrays hübsche Assistentin, die einen dicken Pullover trug, sah sie neidisch an. »Ich kann es dir nicht verübeln, daß du Eingeborenenkleidung trägst. Fast bin ich versucht, mich in deine Abteilung versetzen zu lassen, damit ich mich dem Klima entsprechend anziehen kann. Ich weiß nicht, wie du es fertigbringst, dich in dem Zeug zu bewegen – aber warm sieht es aus!«

Magda grinste sie an. »Die übliche Frage.«

»Die übliche Antwort. Tut mir leid«, antwortete Bethany, ernst werdend. »Keine Nachricht von Peter. Heute morgen hat der Chef ihn von der Liste der aktiv Diensttuenden gestrichen. Er gilt jetzt als vermißt. Die Gehaltszahlung wird eingestellt, bis er sich offiziell meldet, und so weiter.«

Magda zuckte zusammen. Der nächste Schritt würde sein, ihn als *vermißt, vermutlich tot* zu erklären.

Bethany versuchte, sie zu trösten. »Bis jetzt ist noch nichts endgültig. Vielleicht hat er einen sicheren Ort gefunden, wo er überwintert. In diesem Wetter könnte er niemals reisen, auch wenn sonst alles in Ordnung wäre.«

Magdas Lächeln zog nur ihren Mund in die Breite. »Der Winter ist noch längst nicht da. Bis zu dem Zeitpunkt, da das Reisen unmöglich wird und alle Tätigkeiten bis zur Frühjahrsschmelze eingestellt werden, ist es noch beinahe vier Monate. Die Pässe in die Hellers sind immer noch offen.«

»Du machst Witze!« Erschauernd sah Bethany in den tobenden Sturm hinaus. »Aber du müßtest es wissen, du bist bei dem Wetter draußen gewesen. Im Sommer, finde ich, ist dein Job das reinste Zuckerlecken – nichts zu tun, als sich in der Stadt unter die Menschen zu mischen und ihren Gesprächen zuzuhören. In einem solchen Wetter dagegen – es wundert mich, daß man diesen Planeten nicht *Winter* genannt hat.«

»Das ging nicht, einen mit diesem Namen gibt es bereits. Lies irgendwann einmal die Berichte. Da wir von Berichten sprechen, ich sollte meinen jetzt abfassen.«

»Ist das wirklich alles, was du tust – daß du Gesprächen zuhörst?«

»Das und eine Menge mehr. Ich achte auf die Moden, die die Frauen tragen, mache linguistische Notizen über neue Ausdrücke und Veränderungen im lokalen Slang . . . Sprachen ändern sich immerzu, weißt du.«

»Tatsächlich?«

»Benutzt du noch die gleichen Slangausdrücke wie mit sieben Jahren? Es ist nicht schlimm, wenn ein Agent ein paar überholte Ausdrücke gebraucht; Menschen übernehmen Redewendungen von ihren Eltern, und alle neigen dazu, diejenigen beizubehalten, die in ihrer

Jugend modern waren, als man Beziehungen zu seinesgleichen anknüpfte. Aber auf gar keinen Fall darf ein Undercover-Agent sprechen, als habe er die Sprache aus einem Buch gelernt. Deshalb arbeite ich ständig daran, uns auf dem laufenden zu halten. Montray kommt damit durch, weil er gegenüber Darkovanern als Terraner auftritt. Für ihn ist es schon allerhand, daß er die Sprache überhaupt beherrscht. Spräche er sie zu gut, würde er damit auf subtile Weise eine Überlegenheit demonstrieren, die in den Darkovanern, mit denen er zusammentrifft, Widerstand erzeugen müßte. Es ist doch selbstverständlich, daß sie besser sprechen als er! Aber der Agent, der auf der darkovanischen Seite arbeitet, darf im Slang keine Fehler machen. Deshalb muß sich jeder der Sprachentwicklung anpassen.«

Bethany blickte verwirrt drein. Magda erläuterte: »Paß auf. Da gibt es zum Beispiel einen Ausdruck, der wörtlich übersetzt ›Entertainer‹ oder ›Sängerin‹ bedeutet. So steht es in den Standardtexten. Aber wenn ein Mann eine Balladensängerin oder eine Sopransolistin von einem Orchester in Thendara mit diesem Wort bezeichnete, würde er von ihrem Vater oder Bruder zum Duell gefordert.«

Bethany kicherte. »Kein Wunder, daß Montray sich von seinem eigenen Privatlinguisten die Ansprachen schreiben läßt!« Die Frauen tauschten ein verschwörerisches Lächeln; Montrays Ungeschick in der darkovanischen Sprache war ein stehender Witz im HQ. »Und deshalb siehst du alle seine Ansprachen persönlich durch? Du weißt alles über Darkover, nicht wahr, Magda?«

Abwehrend schüttelte Magda den Kopf. »Nein, bestimmt nicht. Das ist einem Terraner nicht möglich.« *Und wenn es einem Terraner möglich wäre, dann immer noch keiner Terranerin.* Der Gedanke war so bitter wie immer. Sie schob ihn beiseite.

»Ganz anders wäre es, wenn das terranische HQ in Caer Donn geblieben wäre. Dort kamen Terraner und Darkovaner mehr oder weniger als Gleichberechtigte zusammen, und wir konnten uns *als Terraner* unter die Einheimischen mischen. Undercover-Agenten wurden nicht gebraucht. Hier müssen wir getarnt arbeiten; die Comyn haben jede Kooperation rundweg abgelehnt. Sie haben uns Land für den Raumhafen verpachtet, sie lassen uns Arbeiter anwerben, und sie haben uns erlaubt, die Handelsstadt zu bauen, aber sonst – oh, zum Teufel, Bethany, hast du das alles nicht in der Grundausbildung gelernt?«

»Doch! Klasse B, geschlossen, sehr begrenzter Handel, Raumhafenpersonal auf die Handelsstadt beschränkt. Keine Fraternisierung.«

»Siehst du wohl? Nie wieder werden terranische Kinder die Chance bekommen wie Peter, Cargill und ich – mit darkovanischen Kindern zu spielen und die Sprache von Grund auf zu lernen. Deshalb können sich so wenige von uns als Darkovaner ausgeben – und darunter bin ich die einzige Frau.«

»Warum ist dann das HQ nicht in – wie heißt es gleich? – Caer Donn geblieben, wenn die Bevölkerung dort so viel freundlicher war?« wollte Bethany wissen.

»Zum Teil des Klimas wegen«, antwortete Magda. »Wenn du es hier kalt findest, solltest du mal den Winter in den Hellers erleben! Von Mittwinter bis zur Frühjahrsschmelze kommt alles zum Stehen. Im Gegensatz dazu ist das Klima von Thendara angenehm – nun, immerhin gemäßigt. Dann war da das Problem der Straßen und Transporte. In Caer Donn ist einfach nicht genug Platz für einen Raumhafen der Art, wie ihn das Imperium wünschte, wenn man nicht einen oder zwei größere Berge eingeebnet hätte, und selbst wenn die Bevölkerung damit einverstanden gewesen wäre, hätte es der

Ökologische Rat auf Terra nie erlaubt. Dazu kommt die Frage des Handels und des Einflusses. Die Aldarans zu Caer Donn herrschen über Meilen und Meilen von Bergen, Wäldern, Tälern, kleinen Dörfern, isolierten Burgen und ein paar tausend Menschen. In den Domänen gibt es fünf einigermaßen große Städte und ein Dutzend kleine, und Thendara allein hat fast fünfzigtausend Einwohner. Deshalb hatte das Imperium im Grunde gar keine Wahl. Aber es bedeutet, daß die Agenten des Imperiums, die Anthropologen und Linguisten, getarnt arbeiten müssen, und wir arbeiten immer noch die Parameter aus. Es fehlen uns noch die Antworten zu buchstäblich Tausenden von Fragen über diese Kultur. Und die Comyn-Politik, die uns nicht im geringsten hilft, hindert uns entsetzlich. Sie verbieten ihren Leuten nicht, für uns zu arbeiten, aber die Leute hier *tun* einfach nichts, was die Comyn mißbilligen. Und das bedeutet, daß die wenigen von uns, die imstande sind, sich als Darkovaner auszugeben, praktisch ihre eigenen Bedingungen nennen können. Denn schon das Schritthalten mit der Sprache ist ein schwieriger und komplizierter Undercover-Job. Natürlich ist mir manches verschlossen, was ein männlicher Agent tun kann. Eine der Hauptaufgaben eines männlichen Agenten in der Linguistik ist, die neuesten schmutzigen Witze in Erfahrung zu bringen, und natürlich bekomme ich sie nicht zu hören.«

»Warum muß man schmutzige Witze kennen? Ist das für die Folkloreabteilung?«

»Das auch. Aber hauptsächlich, damit man nicht unfreiwillig beleidigend oder komisch wird. Du bist auf Terra aufgewachsen. Würdest du in einem seriösen und formellen Zusammenhang sagen, irgendwer säße in der Scheiße?«

»Nur wenn ich möchte, daß meine Zuhörer anfangen zu wiehern und sich in die Rippen zu stoßen. Ich verstehe, was du meinst; ihr müßt Warntafeln aufstellen, wo sich Gedankenverbindungen zu gerade umlaufenden schmutzigen Witzen oder allgemein bekannten alten ergeben. Aber du hörst diese Witze nicht . . .«

»Nein, ich habe mein eigenes Spezialgebiet. Ich sagte schon, daß bestimmte Ausdrücke von Frauen – oder von höflichen Männern vor Frauen nicht – benutzt werden. Umgekehrt gibt es Ausdrücke, die fast ausschließlich den Frauen vorbehalten sind. Darkover gehört nicht zu den Kulturen, die eine eigene Frauensprache besitzen, wie zum Beispiel Sirius Neun – der Alptraum eines Übersetzers! Keine Kultur ist jedoch von einer Frauensprache völlig frei, nicht einmal Terra. So bin ich in einem sprachgeschichtlichen Text auf eine Fußnote gestoßen, in der es heißt, die Frauen einer der wichtigeren Vorraumfahrt-Kulturen hätten ihre Menstruation als ›den Fluch‹ bezeichnet.«

»Wirklich? Warum?«

»Gott weiß es; ich bin Linguistin, nicht Psychologin«, sagte Magda. »Hör zu, Beth – ich würde mich gern weiter mit dir unterhalten, aber davon wird meine Arbeit nicht fertig.«

Magda beugte sich über ihre Tastatur und begann, die Notizen des Tages zu tippen. Später würden die Computerexperten sie kodieren und programmieren und dem Computer zur Analyse und Speicherung eingeben.

Ein Witz macht in Thendara die Runde, schrieb sie. *Hörte ihn in den letzten fünf Tagen bei drei Gelegenheiten. Einzelheiten variieren, doch es geht immer darum, daß eine im Freien befindliche Rolltreppe auf dem Raumhafen stehenbleibt und zwei (drei, fünf) Terraner mehrere Stunden (in einer Version drei Tage lang) zwischen der ersten und der zweiten Ebene festsitzen, solange die Reparatur dauert. Implikationen: Terraner sind so an mechanischen Transport gewöhnt, daß es ihnen physisch oder psychisch unmöglich ist, eine halbe Treppe über sich nicht bewegende Stufen hinabzusteigen. Daraus wiederum folgt: Darkovanische Vorstellung von Terranern als körperlich schwach, einer Anstrengung unfähig. Sekundäre Implikation: Neid auf den Zugang der Terraner zu technischen Einrichtungen, auf die Bequemlichkeit des Lebens bei den Terranern? Aus der zunehmenden Häufigkeit von Witzen über Terraner, bei denen es meistens um den technischen Komfort geht, läßt sich schließen ...*

»Magda«, unterbrach Bethany sie, »Montray ruft an. Soll ich ihm sagen, daß du hier bist?«

Magda nickte. »Ich bin immer noch im Dienst.«

Bethany sprach in den Kommunikator, hörte eine Weile zu und sagte: »Geh rein.«

Montray in seinem Büro hatte für Magdas darkovanische Kleidung einen gereizten Blick. »Gerade hat ein Bote eine Nachricht aus der Comyn-Burg gebracht«, sagte er. »Einer der Bonzen da drüben – ein gewisser Lorill Hastur – hat nach mir geschickt und verlangt, daß Sie – Sie persönlich – zum Dolmetschen mitkommen. Ich nehme an, Ihre Freundin, die Ardais-Lady, hat von Ihrer vorzüglichen Beherrschung der Sprache berichtet. Jetzt habe ich ein Problem.« Er runzelte die Stirn. »Ich weiß recht gut, daß es nicht dem Protokoll entspricht und wahrscheinlich auch unschicklich ist, eine Frau als Dolmetscherin auf die darkovanische Seite mitzubringen. Andererseits ist es nicht gut möglich, ein Ersuchen der Comyn einfach zu ignorieren. Wer sind die Hasturs übrigens?«

Magda fragte sich, wie Montray ein ganzes Jahr lang auf Darkover leben konnte – und wenn es im terranischen HQ war –, ohne zu wissen, wer die Hasturs waren. »Die Hasturs sind die prominenteste der Comyn-Familien«, erklärte sie. »Lorill Hastur ist die eigentliche Macht hinter dem Thron. Von Aran Elhalyn, dem Prinzen, heißt es im Volksmund, er halte den Thron warm mit seinem königlichen Hintern, der der nützlichste Teil an ihm sei. Während der letzten zweihundert Jahre sind die meisten Hasturs Staatsmänner gewesen. Dieser Lorill ist der Erste Ratgeber – was etwa einem Premierminister entspricht, der außerdem die Macht eines Richters am Obersten Gerichtshof ausübt.«

»Ich verstehe. Dann ist es wichtig, ihn nicht vor den Kopf zu stoßen.« Montray betrachtete Magda finster. »Sie können als offizielle terranische Dolmetscherin nicht in dem Aufzug erscheinen, Lorne!«

Magda antwortete: »Ich bin sicher, er wird sie weniger brüskieren als die Kleidung, die ich normalerweise hier trage. Sie wissen doch, daß Darkovaner die übliche Kleidung einer Terranerin sogar für eine Prostituierte als unanständig ansehen würden?«

»Nein, das wußte ich nicht«, gestand Montray. »Da sollte ich wohl lieber auf Ihren Rat hören; Sie sind doch die Expertin für die Bräuche bei Frauen.«

Aber als sie an dem diensthabenden Raumsoldaten in seiner schwarzen Lederuniform vorüber das große Tor durchschritten, verfinsterte sich Montrays Miene wieder. »Sehen Sie, in welche Situation Sie mich bringen? Wahrscheinlich denkt er, ich hätte mir eine darkovanische Freundin zugelegt.«

Magda schüttelte den Kopf und erinnerte ihn daran, daß die Wachen der Raumpolizei sie kannten und daran gewöhnt waren, sie in darkovanischer Kleidung zu sehen; sie ging ja nie anders in die Altstadt. Zu spät fiel ihr ein, daß das nicht auf Darkovaner zutraf. Terraner waren in der Altstadt nicht gerade beliebt, und der Anblick eines Terraners, der eine anständige Darkovanerin begleitete, konnte tatsächlich zu Schwierigkeiten führen, falls irgendein darkovanischer Hitzkopf sich zu Tätlichkeiten hinreißen ließ.

Das ist idiotisch. Ich weiß fünfzehnmal soviel über Darkover, wie Montray jemals lernen wird. Und doch bin ich nach dem Protokoll nicht einmal als offizielle Dolmetscherin qualifiziert, ganz zu schweigen von einer gehobeneren Position, nur weil ich eine Frau bin und Darkover eine Welt ist, wo Frauen nicht in solche Positionen gelangen.

Deshalb bin ich durch Zufall der Geburt für immer von der Arbeit ausgeschlossen, die ich am besten verstehe, während ein Dummkopf wie Montray einen ausgebildeten Linguisten braucht, der seine Ansprachen schreibt, und zwei weitere, um ihn an der Hand zu halten, falls er sich verläuft oder hundert Meter außerhalb des Tors nach dem Weg fragen muß! Ich sollte Montrays Posten haben. Er ist nicht einmal für meinen geeignet.

Montray zitterte vor Kälte. Magda hatte kein Mitleid mit ihm. Er wußte, wie das Klima war; es war ihm erlaubt, sich entsprechend zu kleiden oder die Uniform auf geeignete Weise abzuändern, aber selbst dafür fehlte es ihm an Phantasie.

Ich sollte machen, daß ich von dieser verdammten Welt wegkomme. Es gibt massenhaft Planeten, wo ich die Arbeit tun könnte, die mir am besten liegt.

Aber Darkover ist die Welt, die ich am besten kenne. Und hier darf ich nur Frauenarbeit tun!

Und sogar die kann ich nur tun, weil ich Terranerin bin. Darkovanerinnen bringen es nicht einmal so weit!

Am Tor der Comyn-Burg fragte ein Mann in der grün und schwarzen Uniform der Stadtgarde nach ihrem Begehr. Er benutzte den herabsetzenden Modus. Montray merkte es nicht, aber Magda sträubten sich die Haare.

Kühl teilte sie dem Gardisten mit, daß sie von Lord Lorill Hastur persönlich gerufen worden seien. Der Gardist ging und kehrte fast augenblicklich wieder zurück. Diesmal sprach er in dem respektvollen Modus und sagte, Lord Hastur habe Befehl gegeben, sie sofort vor ihn zu führen.

Die Gänge der Comyn-Burg waren zugig, kalt und völlig verlassen. Magda wußte, daß sich die meisten Comyn zu dieser Zeit des Jahres auf ihre eigenen Güter überall in den Domänen zurückgezogen hatten. Hier versammelten sie sich nur zu den Ratssitzungen in der Zeit kurz vor Mittsommer. Die Hastur-Domäne lag weit entfernt am Rand der Hellers; Magda vermutete, Lord Hastur sei nur hiergeblieben, weil irgendwelche Ereignisse in der Hauptstadt seine Anwesenheit verlangten. Aufmerksam betrachtete sie die Korridore, die Draperien und Ornamente, um die Gelegenheit, die vielleicht nie wiederkam, nach Kräften zu nutzen. Auf Darkover konnte keine Frau ein offizielles Amt innehaben, und wahrscheinlich würde sie die Comyn-Burg nie mehr betreten.

Endlich wurden sie in eine kleine Audienzkammer geführt, wo Lorill Hastur sie erwartete: ein schmächtiger, ernsthafter Mann mit dunkelrotem Haar, das an den Schläfen weiße Streifen trug. Er begrüßte sie mit ein paar höflichen Phrasen, die Magda automatisch übersetzte. Die einzige andere im Raum anwesende Person war Lady Rohana Ardais.

Wenn man sie gefragt hätte, würde Magda geantwortet haben, sie glaube nicht an Vorauswissen und sei skeptisch, was die übersinnliche Wahrnehmung angehe. Aber in dem Augenblick, als sie die schlanke, kupferhaarige Frau in einem blauvioletten Kleid auf einer mit Kissen belegten Bank sitzen sah, *wußte* sie es.

Dies hat mit Peter zu tun . . .

»Meine Verwandte hat die lange Reise von Ardais eigens deswegen gemacht, um mit Euch zu sprechen«, sagte Lorill Hastur. »Willst du es erklären, Rohana?«

»Ich bin gekommen, weil ich mich Euch verpflichtet

fühle. Ihr wart freundlich zu mir, als ich in großer Sorge um meinen Sohn zu Euch kam.« Scheinbar richtete sie ihre Worte an Montray, doch es lag auf der Hand, daß sie für Magda bestimmt waren.

»Mein Mann und ich haben eine Botschaft von Rumal di Scarp erhalten.«

Magda konnte ein Erschauern nicht unterdrücken, während sie übersetzte. »Sain Scarp ist die berüchtigste Räuberburg in den Heilers«, erläuterte sie Montray. (In ihrer Kinderzeit war dies Wort benutzt worden, um ihre kleinen Freundinnen dazu zu bringen, brav zu sein: »Die Männer von Sain Scarp werden euch holen!«)

Lady Rohana fuhr fort: »Rumal empfindet tödlichen Haß gegen die Männer von Ardais. Der Vater meines Gatten hat ein halbes Dutzend seiner Männer auf den Mauern von Burg Ardais hängen lassen. So hat uns Rumal nun eine Botschaft geschickt: Er halte unsern Sohn Kyril in der *forst* von Sain Scarp gefangen und verlange ein Lösegeld, das wir vor Mittwinter bezahlen müssen, oder Kyril werde uns«, Rohana bebte, »in Stücken zurückgeschickt.«

Montray erklärte: »Lady, mein tiefstes Mitgefühl. Aber das Terranische Imperium kann sich nicht in private Fehden einmischen . . .«

Rohanas Augen flammten. Sie wartete nicht auf Magdas Übersetzung. »Ich sehe, daß Ihr noch nicht verstanden habt. Nach meinem Besuch bei Euch kehrte ich nach Burg Ardais zurück und fand meinen Sohn wohlbehalten zu Hause. Er war wegen Erfrierungen an den Füßen aufgehalten worden und kam, sobald er fähig war zu reisen. Als wir die Botschaft aus Sain Scarp erhielten, befand er sich mit uns im Zimmer, und er hielt es für einen herrlichen Witz.«

Magda wurde blaß. Sie wußte, was jetzt kam. »Da war mir klar, wer in Sain Scarp gefangengehalten wird, denn

Ihr hattet mir sein Porträt gezeigt. Euer Freund«, sagte sie zu Magda. »Ist er Euer Liebhaber?« Sie benutzte die höfliche Form, der die Übersetzung »versprochener Gatte« am nächsten kam. Die herabsetzende Form hätte ein Verhältnis angedeutet.

Magda mußte sich zum Sprechen zwingen. Die Geschichten über Räuber in den Hellers, die sie während ihrer ganzen Kindheit gehört hatte, schnürten ihr die Kehle zu. »Er war mein . . .«, sie suchte nach der genauen Entsprechung für »Gatte«, denn auf Darkover gab es mindestens drei Formen der Ehe, ». . . mein Freipartner. Wir haben uns getrennt, aber wir waren Kinderfreunde, und ich mache mir große Sorgen um ihn.«

Montray, dem es Schwierigkeiten bereitete zu folgen, sah Lady Rohana düster an. »Seid Ihr sicher? Es kommt selten vor, daß einer meiner Männer so weit in die Hellers vordringt. Könnte es nicht ein Verwandter von Euch sein, der Ähnlichkeit mit Eurem Sohn hat, Lady?«

»Rumal hat dies mit seiner Botschaft geschickt.« Rohana hielt ein Schmuckstück für Männer an einer feinen kupfernen Kette hoch. »Ich weiß, daß das nicht meinem Sohn gehört. Es wurde in Dalereuth hergestellt, und solche Arbeit wird in den Hellers nicht verkauft und auch nicht viel getragen.«

Montray drehte das Schmuckstück verlegen in den Händen. Es war ein Anhänger aus einem blaugrünen Edelstein, eingefaßt von Kupferfiligran. »Sie kennen Haldane besser als ich, Magda. Wissen Sie, ob es ihm gehört?«

»Ich habe es ihm geschenkt.« Magdas Mund war trokken. Es war vor ihrer kurzlebigen Ehe gewesen, das einzige Mal, als sie zusammen zu den Ebenen von Dalereuth gereist waren. Sie hatte die Kette für sich selbst gekauft, aber Peter hatte sie so bewundert, daß Magda, die schließlich keinen Männerschmuck tragen konnte, sie ihm gab. Es war ein Gegengeschenk für – sie hob die zitternden Hände an den Nacken und berührte die silberne Schmetterlingsspanne, die sie ständig trug.

Er nahm die Spange ab, die ich damals hatte, und steckte diese hier fest ... wie es nur ein Liebhaber wagen darf ... und ich ließ ihn gewähren ...

»Das ist ziemlich schlüssig«, meinte Montray. »Verdammt soll er sein, er hätte klüger sein sollen, als allein in die Hellers zu gehen. Wie groß ist die Chance, daß dieser Räuber – di Scarp – ihn freiläßt, wenn er herausfindet, daß er den Falschen erwischt hat?«

»Gleich Null«, erklärte Hastur. »Die Bergräuber erinnern sich nur zu gut an diese ersten Jahre zu Caer Donn, als Aldaran euch Terranern weisgemacht hatte, es sei erlaubt, eure Waffen gegen sie einzusetzen. Ich hoffe für ihn, daß der junge Mann seine Identität nicht enthüllt.«

Montray sagte: »Beweist das nicht, daß wir recht daran taten, den Aldarans zu helfen, und daß es ein Fehler von euch war, uns daran zu hindern? Sie terrorisieren eure Leute schlimmer als je zuvor, und euer darkovanischer Vertrag macht es unmöglich, sie wirksam anzugreifen. Ihr hättet sie uns endgültig auslöschen lassen sollen!«

»Bei allem Respekt, ich weigere mich, den ethischen Hintergrund des Vertrags mit Euch zu diskutieren«, gab Hastur zurück. »Er hat Darkover über Hunderte von Jahren größere Kriege erspart und darf nicht verletzt werden. Wir erinnern uns immer noch an unser Zeitalter des Chaos.«

»Das ist ja alles schön und gut«, brummelte Montray, »aber ist es Euch völlig gleichgültig, daß ein unschuldiger Außenseiter in einem Streit, der ihn nichts angeht, ermordet werden kann und Ihr den Räubern Vorschub leistet, indem Ihr es unsern Leuten unmöglich macht, ihn zu retten?«

»Es ist uns alles andere als gleichgültig.« Hasturs Augen glühten vor Zorn. »Aber ich darf Euch daran erinnern, daß er kaum ein unschuldiger Außenseiter genannt werden kann, wenn er durch eigenes Handeln in diese Situation geraten ist. Wir haben nicht von ihm verlangt – ja, wir haben es ihm nicht erlaubt –, in die Hellers zu reisen. Er hat sich dorthin aus eigenem Willen begeben und verfolgte Eure oder seine eigenen Ziele – nicht unsere. Andererseits haben wir ihm die Reise auch nicht verboten, und es geht uns wirklich nichts an, wenn er das gleiche Schicksal erleidet, das unsere Männer bei einem Vordringen in die Hellers jedesmal riskieren. Zudem möchte ich Euch darauf aufmerksam machen, daß wir nicht gezwungen waren, Euch von seinem Schicksal zu berichten. Wir legen Euch nichts in den Weg, wenn Ihr ihn retten wollt, vorausgesetzt, Ihr tut es ebenso heimlich, wie er sich dorthin begeben hat.«

Montray schüttelte den Kopf. »In den Hellers, wo der Winter vor der Tür steht? Unmöglich! Ich fürchte, Ihr habt recht; er kannte die Gefahr, die er auf sich nahm, er wußte, was passieren würde, wenn die Räuber ihn gefangennahmen. Es tut mir leid, daß er das Schicksal wird tragen müssen, das er selbst auf sich herabbeschworen hat.«

Magda rief entsetzt: »Sie wollen ihn doch nicht – einfach im Stich lassen, ihn abschreiben?«

Montray seufzte schwer. »Mir gefällt das auch nicht, Magda. Aber was können wir tun? Er kannte die Gefahr; ihr kennt sie alle.«

Magda fühlte ihr Rückgrat prickeln, als ständen alle Härchen ihres Körpers zu Berge. Ja, das war Gesetz im Nachrichtendienst. *Die erste und die letzte Vorschrift ist die Geheimhaltung. Wenn Sie in Schwierigkeiten geraten, gibt es keine Möglichkeit, Sie wieder herauszuziehen.*

»Wir können das Lösegeld zahlen!« flammte Magda

auf. »Ich leiste Bürgschaft für den Betrag, wenn Sie zu geizig sind!«

»Magda, darum geht es doch nicht. Wir würden gern zahlen, um ihn freizubekommen, aber ...«

»Unmöglich«, fiel Lorill Hastur ein. »Rumal di Scarp würde niemals mit Terranern verhandeln. In dem Augenblick, da er erfährt, daß sein Gefangener Terraner ist, tötet er ihn zum eigenen Vergnügen – mit Methoden, die ich vor weiblichen Ohren lieber nicht beschreiben möchte. Die einzige Hoffnung Eures Mannes besteht darin, daß er seine Abstammung verheimlicht.« Er richtete das Wort an Magda, wobei er sie höflich nicht ansah (eine Geste, die verriet, wie sehr er Magdas Kleidung und Benehmen anerkannte). »Wenn ich es nicht besser wüßte, hätte ich Euch für eine Frau aus den Hellers gehalten. Kennt Euer Freund unsere Sprachen und Sitten ebenso gut wie Ihr?«

»Besser«, antwortete Magda ehrlich. Ihre Gedanken rasten. *Wir müssen uns etwas einfallen lassen! Wir müssen!* »Lady Rohana, offenbar halten die Räuber ihn immer noch für Euren Sohn. Könnt Ihr mit ihnen um seine Freilassung verhandeln?«

»Das war mein erster Gedanke. Ich würde es gern tun, um ein Menschenleben zu retten. Doch mein Mann hat mir ein für allemal verboten, mich in einer solchen Angelegenheit in die Nähe von Sain Scarp zu wagen. Nur unter Schwierigkeiten habe ich seine Zustimmung gewonnen, hierherzureisen und Euch davon zu erzählen.«

»Magda, es hat keinen Zweck. Wir können nur hoffen, daß Peter die Flucht gelingt«, sagte Montray. »Wenn *wir* gehen und versuchen, ihn als Terraner loszukaufen, beschleunigen wir das Todesurteil nur.«

»Wenn ich ein Mann wäre«, entgegnete Magda grimmig, »würde ich selbst gehen! Kein Mensch in den Hellers würde mich für einen Terraner halten! Wenn ich den Namen der Lady verwenden und wie für einen Verwandten verhandeln dürfte ...« Bittend wandte sie sich direkt an Rohana.

»Helft mir, einen Weg zu finden!«

Ich weiß, sie kann es, wenn sie will. Sie macht sich ihre Gesetze selbst, diese Dame von den Comyn, sie wird tun, was sie für richtig hält, und niemand wird sie daran hindern ...

Rohana wandte sich Hastur zu: »Ich sagte dir, dies Mädchen habe Mut und Kraft. Ich will Gabriel nicht ungehorsam sein – es ist einen Streit nicht wert –, aber ich will ihr helfen, wenn ich kann.« Sie sah Magda an. »Ihr wäret bereit, selbst in die Hellers zu gehen? Wo der Winter kommt? Viele Männer würden eine solche Reise scheuen, meine Tochter.« Wieder sprach sie mit ihr wie zu einer jungen Frau ihrer eigenen Kaste.

Magda schob das Kinn vor. »Lady, ich bin in Caer Donn geboren; ich fürchte mich weder vor den Bergen noch vor ihrem schlimmsten Wetter.«

Montray fuhr sie barsch an: »Seien Sie keine verdammte Törin, Magda! *Sie* sind doch die Expertin für Frauenfragen auf Darkover, aber sogar *ich* weiß, daß keine Frau allein und ohne Schutz reisen kann. Sie mögen genug Mumm – oder genug Sturheit – besitzen, und trotzdem ist es hier auf diesem Planeten unmöglich, daß Sie allein reisen. Sagt Ihr es ihr, meine Dame«, bat er Rohana. »Es ist gar nicht daran zu denken! Verdammt noch mal, auch ich bewundere ihren Mut, aber es gibt Dinge, die eine Frau auf Darkover einfach nicht tut!«

»Ihr habt recht«, antwortete Rohana. »Unsere Sitten machen es einer Frau unmöglich. Das heißt, einer normalen Frau. Doch es gibt einen Weg, und nur einen, wie eine Frau allein reisen kann, ohne in Gefahr zu geraten oder Ärgernis zu erregen. Nur die Freien Amazonen beachten die Sitten nicht, die andere Frauen binden.«

Magda sagte: »Ich weiß nicht viel über die Freien Amazonen. Ich habe den Namen gehört.« Sie sah Rohana gerade in die Augen. »Wenn Ihr glaubt, ich schaffe es . . .«

»Ich habe einmal eine Freie Amazone für eine Mission angeworben, auf die sich kein Mann einlassen wollte. Das war damals ein Skandal.« Sie sah Lorill mit einem schelmischen kleinen Lächeln an, als ob sie, so dachte Magda, eine gemeinsame Erinnerung heraufbeschwor. »Deshalb wird es heute keinen großen Skandal erregen – oder jedenfalls keinen größeren, als ich ertragen kann –, wenn bekannt wird, daß ich eine Freie Amazone nach Sain Scarp gesandt habe, um an meiner Stelle über die Freilassung meines Sohnes zu verhandeln. Und wenn Rumal di Scarp zufällig ein Gerücht hören sollte, mein Sohn Kyril sei sicher auf Ardais, wird er nur denken, er habe an Kyrils Stelle einen Verwandten oder Pflegesohn unseres Hauses gefangen, den wir aus Freundlichkeit oder schlechtem Gewissen auslösen. Er wird darüber lachen, daß wir so leicht anzuführen sind, und das Lösegeld vergnügt einstecken.

Über die Freien Amazonen werde ich Euch genug beibringen, daß Ihr Euch gefahrlos für eine von ihnen ausgeben könnt. Aber es mögen unterwegs Gefahren auf Euch lauern, Kind. Seid Ihr imstande, Euch zu verteidigen?«

Magda sagte: »Jeder im Nachrichtendienst – Männer wie Frauen – wird im waffenlosen Kampf und im Messerkampf ausgebildet.«

Rohana nickte. »Davon habe ich gehört.« Magda hätte zu gern gewußt, wie diese Information an darkovanische Ohren gelangt war. *Wahrscheinlich auf die gleiche Weise, wie wir Dinge über sie erfahren!*

»Geht jetzt nach Hause«, sagte Rohana. »Bereitet Euch auf die Reise vor, besorgt das Lösegeld und kommt morgen früh bei Sonnenaufgang wieder zu mir. Ich werde zusehen, daß Ihr die richtigen Kleider und Ausrüstungsgegenstände bekommt, und Euch darin unterrichten, wie Ihr Euch als Freie Amazone zu benehmen habt.«

Montray ereiferte sich: »Wollen Sie diese Verrücktheit wirklich unternehmen, Magda? Freie Amazonen! Sind das nicht weibliche Soldaten?«

Rohana lachte. »Man merkt gleich, daß Ihr nichts über sie wißt. Im Grunde ist es ein Trost, daß ihr Terraner etwas über uns noch nicht entdeckt habt!« Darüber mußte Magda verlegen grinsen. »Ja, viele von ihnen sind Söldnerinnen. Andere sind dagegen Pfadfinderinnen, Jägerinnen, Pferdetrainerinnen, Schmiedinnen, Hebammen, Meierinnen, Schneiderinnen, Bäckerinnen, Balladensängerinnen und Käseverkäuferinnen! Sie üben jeden ehrlichen Beruf aus. Für eine Freie Amazone ist es eine respektable Arbeit, in einer Familienfehde eine Botschaft zu überbringen und Verhandlungen zu führen.«

»Mir ist es verdammt egal, ob es respektabel ist oder nicht«, sagte Magda zu Montray, und Rohana lächelte ihr zu.

»Gut!« Sie gab Magda mit freundlichem Lächeln die Hand. »Dann ist das abgemacht. Ein Jammer, aber du wirst dies schöne Haar abschneiden müssen.«

8

Magda erwachte im Morgengrauen und hörte den Hagel auf das Dach der Unterkunft prasseln. Es war die siebte Nacht ihrer Reise, und bis jetzt war das Wetter gut gewesen.

Sie hatte Zeit bis Mittwinter. Bei einigermaßen vernünftigem Wetter ließ ihr das reichlich Spielraum. Aber konnte man zu dieser Jahreszeit in den Hellers mit vernünftigem Wetter rechnen?

Von hinten aus der Hütte kam das leise Stampfen und das rasselnde Atmen ihres Sattelpferdes und des Packtiers. Das Packtier trug ein Geweih und stammte aus den Kilghardbergen. Für das Wetter im Gebirge war es besser geeignet als ein Pferd. Wie spät mochte es sein? Es war noch zu dunkel, um etwas zu sehen.

Magda vermißte ihr Chronometer nicht; sie dachte nicht einmal daran. Wie alle Terraner, die auf diesem Planeten irgendwo im Imperium als Undercover-Agenten arbeiteten, hatte sie sich einer langen, intensiven Konditionierung unterziehen müssen, die es ihr buchstäblich unmöglich machte, aus der angenommenen Rolle zu fallen. In ihrem Gepäck und bei ihrer Ausrüstung befand sich kein einziger Gegenstand, der nicht auf Darkover hergestellt war. Für Magda war es jahrelange Gewohnheit; jeder im Nachrichtendienst lernte die an Selbsthypnose grenzende Technik, mit der sie in dem Augenblick, wo sie die Handelsstadt verließ, Magdalen Lorne, Linguistin, vergaß. Sogar ihr Name versank in eine ganz kleine Ecke ihres Unterbewußtseins. Für *Magdalen* gab es kein genaues darkovanisches Äquivalent; als sie ein kleines Mädchen in den Bergen von Caer Donn gewesen war, hatten ihre darkovanischen Spielgefährten sie *Margali* gerufen.

Sie drehte sich unruhig in ihrem Schlafsack um und fuhr mit nervösen Händen an ihren geschorenen Kopf. Er fühlte sich kalt, fremd, unschicklich an.

Auch in dem Punkt hatte Lady Rohana während der langen Sitzung vor ihrer Abreise, in der sie Magda instruiert hatte, Verständnis gezeigt.

»Ich reiste einmal verkleidet mit einer Gruppe von Freien Amazonen«, erzählte sie. »Ich mußte mein Haar abschneiden, und ich erinnere mich noch gut, wie entsetzt ich war. Ich weinte, und sie lachten mich aus. Für mich war es noch schlimmer als für dich. Du bist niemandem verantwortlich, aber ich wußte, wie böse mein Mann werden würde, wenn er es sah.«

Magda hatte gefragt: »Und wurde er böse?« Rohana lächelte gedankenverloren. »Schrecklich. Es war nun einmal geschehen, und er konnte nichts mehr daran ändern. Aber ich spürte seinen Zorn fast ein Jahr lang, bis das Haar zu dem, was er eine ehrbare Länge nannte, nachgewachsen war.«

Magda hörte, daß der Graupelschauer langsam nachließ, und kroch aus ihrem Schlafsack. Zitternd in der feuerlosen Hütte, fuhr sie schnell in die Kleider, die Lady Rohana ihr besorgt hatte: weite Hosen, ein langärmliges, hochgeschlossenes Unterhemd aus besticktem Leinen, eine pelzbesetzte Jacke und einen Reitmantel. Lady Rohana hatte sogar Magdas Fuß gemessen und einen Diener auf den Marktplatz geschickt, Stiefel zu kaufen. Magda schnürte die hohen Stiefel zu, führte die Tiere nach draußen, fütterte sie von den Vorräten im Schuppen nebenan und steckte die vorgeschriebene Zahl von Münzen in die mit einem Vorhängeschloß versehene Büchse. Das Wasser im Trog war gefroren; um die Tiere zu tränken, mußte sie das Eis mit dem kleinen Hammer an ihrem Sattel aufklopfen. Während die Tiere fraßen und tranken, kehrte sie in die Hütte zurück, machte Feuer, kochte Wasser und rührte es in die vorgekochte, pulverisierte Mischung aus Korn und Nüssen, die eine Art Instantbrei ergab. Mit ein paar Stücken Trokkenobst war er eßbar, wenn man daran gewöhnt war.

Das Lösegeld in der Form von Kupferstangen, der Standardwährung auf Darkover, war sicher in ihren Satteltaschen versteckt. In terranischem Geld war es nicht mehr als zwei Monate Gehalt für einen guten Agenten;

man würde sich wahrscheinlich nicht einmal die Mühe machen, es von Peters Gefahrenzulage abzuziehen.

Warum tue ich das? Peter ist ein erwachsener Mann und kann auf sich selbst aufpassen. Ich bin nicht seine Hüterin. Ich bin nicht einmal mehr seine Frau. Und meine Liebe zu ihm ist tot. Also warum? Auf diese Frage, die sie im Unterbewußtsein ständig quälte, fand sie keine Antwort. Die Anzeigetafel neben der Hütte nannte die nächsten drei Unterkünfte auf diesem Weg. Magda blieb davor stehen. An einem Tag zu erreichen war die erste von einer großen Karawane mit schwerbeladenen Packtieren, die zweite von einer Gesellschaft, die nicht allzu schnell, aber ohne viel Gepäck ritt, und die dritte von einem einzelnen Reisenden, der sich anstrengte. *Vielleicht kann ich heute nacht dort schlafen ...* Sie wandte sich von der Tafel ab und ritt weiter. Erst wußte sie nicht, woher das leise Unbehagen kam – dann fiel es ihr ein.

Ich bin aus der Rolle gefallen, als ich die Anzeigetafel gelesen habe. Darkovanerinnen können nicht lesen ... Diese Kunst war auf Darkover nicht einmal unter den Männern allgemein verbreitet, obwohl die meisten fähig waren, ein Plakat auszubuchstabieren und ihren eigenen Namen zu kritzeln. Bei Frauen war das eine Seltenheit. Ihre Spielgefährtinnen in Caer Donn waren erstaunt, ein bißchen schockiert und auch ein bißchen neidisch gewesen, als sie entdeckten, daß Margali lesen konnte und ihr eigener Vater sie unterrichtet hatte. *Aus der Rolle gefallen ... Verdammt noch mal, diese ganze Reise paßt nicht zu meiner Rolle.*

Magda schnalzte ihrem Pferd zu. Rohana hatte sie gewarnt: »Ich bin mit den Freien Amazonen geritten, aber nicht als eine von ihnen, und ich mache mir nicht vor, alle ihre Sitten und Gebräuche zu kennen. An deiner Stelle würde ich jedes Zusammentreffen mit echten

Amazonen vermeiden. Glücklicherweise wissen die Leute in den Bergen, durch die du kommen wirst, *gar nichts* über sie. Deshalb wird niemand deine Verkleidung durchschauen, wenn du vorsichtig bist.«

Und sieben Tage lang war auch alles gutgegangen, obwohl sie einmal die Reiseunterkunft mit zwei Männern hatte teilen müssen, Händlern aus den fernen Bergen. Nach Gesetz und Brauch waren diese vor Jahrhunderten aufgestellten Unterkünfte geheiligte Orte der Neutralität. Sogar in Kriegszeiten wurden sie von den Grenzpatrouillen in Ordnung gehalten und mit Vorräten versehen, und sie standen jedem Reisenden zur Verfügung, denn sonst würden Späterkommende dazu verurteilt, draußen in der Kälte zu sterben. Sogar Blutfehden waren in den Hütten aufgehoben; Magda wußte, daß das auch bei Waldbränden so gehalten wurde. Die Männer hatten ihr kurzes Haar und ihre Amazonenkleidung mit einem kurzen Blick gestreift, ein paar höfliche Worte gesprochen und sie danach völlig ignoriert.

Seitdem war ihr keine Menschenseele mehr begegnet; die vorgeschrittene Jahreszeit hatte die meisten Reisenden nach Hause an ihre eigene Feuerstelle geschickt. Die Wolken hatten sich nun aufgelöst, und die große rote Sonne Darkovers, die irgendein Poet in der Terranischen Zone die Blutige Sonne genannt hatte, erhob sich zwischen den Gipfeln und überflutete die hohen Schneefelder mit flammendem Rot und Gold. Als Magda in den Paß eindrang, badete ein Meer von Flammen die hohen Schneekappen in ihrer hehren Einsamkeit, ein Anblick, der Magda entzückte und erregte.

Doch das Morgenrot verblaßte, und dann war nichts mehr da als der einsame, stille Pfad. Schweigen und zuviel Zeit zum Denken, sich immer wieder und wieder zu fragen: *Warum tue ich das? Liebe ich den Schuft immer noch?*

Geht es mir vielleicht gegen die Ehre, daß ein Mann, der – wenn auch nur kurz – mein Bett geteilt hat, im Stich gelassen wird und umkommt, ohne daß jemand versucht, ihm zu helfen?

Oder haben wir als Kinder in Caer Donn den Kodex, die Ethik der Darkovaner übernommen? Loyalität innerhalb der Familie, Verpflichtung der Sippe gegenüber ... Für das Imperium ist Peter nur ein ersetzbarer Angestellter. Für mich, für jeden Darkovaner ist das eine empörende Vorstellung, eine Obszönität.

Sie hatte den Paß hinter sich, ehe die Sonne länger als eine Stunde am Himmel emporgestiegen war. Ihre Ohren schmerzten von der Höhe, doch nun ging es ins nächste Tal hinunter. Mittags hielt sie Rast in einem kleinen Bergdorf und genehmigte sich in einer Garküche einen Becher heiße Suppe und Pfannkuchen. Ein paar neugierige Kinder versammelten sich, und Magda schloß aus ihrer Aufregung, daß sie sehr wenige Fremde zu sehen bekamen. Sie schenkte ihnen Süßigkeiten aus ihren Satteltaschen, ließ ihre Tiere sich vor dem Anstieg zum nächsten Paß ausruhen und genoß das erste frisch gekochte Essen, seit sie Thendara verlassen hatte.

Die Kinder waren neugierig wie die Katzen. Sie fragten, woher sie komme, und als sie antwortete: »Aus Thendara«, staunten sie sie an, als habe sie »vom Ende der Welt« gesagt. Nun ja, für diese Kinder, die nie aus ihren Bergen herauskamen, *war* Thendara das Ende der Welt. Sie erkundigten sich nach dem Zweck ihrer Reise. Magda lächelte und sagte, das sei ein Geheimnis ihrer Auftraggeber. Lady Rohana hatte ihr die Erlaubnis gegeben, ihren Namen zu verwenden. »Ich werde dir auch einen Geleitbrief mit meinem Siegel geben«, hatte sie gesagt. »Dort im Vorgebirge gibt es viele Leute, die Gabriel und mir verpflichtet sind.« Sie hatte ihr geraten, einen Kontakt mit echten Amazonen tunlichst zu vermeiden, doch wenn ein Zufall sie zusammenführe, werde man sie nach ihrem Gildenhaus und dem Namen der Frau, die ihr den Eid abgenommen habe, fragen. »In dem Fall nennst du Kindra n'ha Mhari; sie ist seit drei Jahren tot . . .« Ein Ausdruck der Trauer huschte über Rohanas Gesicht. »Sie war meine liebe Freundin, und ich glaube nicht, daß sie es uns übelnehmen würde. Aber wenn die Götter gnädig sind, kommst du nach Sain Scarp und hoffentlich auch wieder zurück, ohne ihren Namen benutzen zu müssen.«

Magda war fertig mit Essen und tränkte ihre Tiere am Dorftrog, als zwei Männer auf den Platz ritten. Nach dem Schnitt ihrer Mäntel stammten sie aus den fernen Hellers; sie trugen Bärte und hatten bösartig aussehende Messer im Gürtel stecken. Die Blicke, mit denen sie Magda und, wie sie meinte, ihre vollen Satteltaschen betrachteten, bereiteten ihr Unbehagen. Sie brach das Tränken ab, stieg hastig in den Sattel und machte sich auf den Weg aus der Stadt. Hoffentlich hielten die Männer ausgiebig Rast und sie sah sie nie wieder.

Lange Zeit führte der Weg aufwärts zwischen dichtbewaldeten Hängen dahin. Eis und Schnee schmolzen in der Mittagssonne, und der Boden wurde matschig. Magda ließ ihr Pferd den Weg allein finden, und wenn der Pfad zu steil wurde, stieg sie ab und führte es. An einer Biegung, wo der Baumbestand in schwindelerregender Höhe lichter wurde, hielt sie an und sah auf die dünne Linie des Wegs weit unten zurück. Zu ihrem Schrecken erkannte sie zwei Männer, die genauso aussahen wie die auf dem Marktplatz. Folgten sie ihr?

Sei nicht paranoid. Dies ist die einzige Straße nach Nordwesten in die Hellers. Bin ich die einzige, die ihr Weg dorthin führt? Sie trat an den Rand, wobei sie achtgab, nicht auf dem mit Schneematsch bedeckten Fels auszurutschen, und sah sich die beiden Männer genauer an.

Konnte sie überhaupt sicher sein, daß es dieselben waren? Ja, denn der eine ritt einen Rotschimmel, und Rotschimmel waren in keiner Gegend häufig. Zwei an einem Tag in den Bergen zu sehen war äußerst unwahrscheinlich. Wie um ihren letzten Zweifel zu vertreiben, richtete der eine den Blick nach oben, sah offenbar Magdas Silhouette am Klippenrand, beugte sich zu seinem Gefährten und sprach drängend auf ihn ein. Sie zogen die Zügel an und lenkten an die Felswand, wo sie von oben nicht sichtbar waren.

Das Gefühl der Angst, das Magda packte, war körperlich wie ein Krampf in den Beinmuskeln. Sie eilte zu ihrem Pferd zurück und befahl sich streng, Ruhe zu bewahren. *Ich bin bewaffnet. Ich bin seit meinem sechzehnten Lebensjahr, als ich mich entschloß, dem Nachrichtendienst beizutreten, im Kampf trainiert.* Auf jeder anderen Welt, das war ihr klar, wäre es für eine Agentin selbstverständlich gewesen, daß sie der Begegnung mit den beiden Männern gleichmütig entgegensah. Hier auf Darkover war sie von den herrschenden Bräuchen behütet worden.

Wenn es zu einem Kampf kam – Magda legte kurz die Hand auf ihr Messer, um sich Mut zu machen –, war es besser, sie hatte den Paß schon erreicht. Dort konnte sie sich leichter verteidigen als auf dem Hang. Aber mußte es zu einem Kampf kommen? Terranische Agenten lernten, einer solchen Konfrontation wenn möglich auszuweichen. Und sie wollte wetten, daß nicht einmal die Freien Amazonen herumliefen und nach Messerstechereien haschten.

Plötzlich wurde ihr bewußt, daß sie sich einfach nicht dazu zwingen konnte, sich den Männern zu stellen. Sie befahl sich, zu bleiben und es durchzudenken, aber noch während sie versuchte, ihre Gedanken zu ordnen, führte sie ihr Pferd schon den Hang hinunter, weg von dem

Weg, schneller, als ein guter Reiter es durfte. (Aus ihrer Kindheit kannte sie ein Sprichwort der Berge: »Laß auf einem steilen Weg dein Pferd die Geschwindigkeit bestimmen.«) Doch sie hastete weiter abwärts. Steinchen lösten sich unter den Hufen des Pferdes und polterten den Berg hinunter.

Es dauerte nicht lange, bis Magda merkte, daß es so nicht ging. Wenn eins ihrer Tiere fiel und sich ein Bein brach, mußte sie zu Fuß weitergehen. Sie hielt das Pferd an und klopfte, um Entschuldigung bittend, seine wogenden Flanken. *Was ist los mit mir, warum bin ich auf diese Weise weggelaufen?* Kein Mensch war auf dem Weg zum Paß hinter ihr zu sehen. *Vielleicht sind sie mir gar nicht gefolgt*... Aber sie fühlte das vage Unbehagen, die »Ahnung«, der sie in vielen Jahren erfolgreicher Agententätigkeit zu vertrauen gelernt hatte. Diese innere Stimme riet ihr laut und deutlich: *Lauf, versteck dich, verschwinde.* Die Frau, die sie auf einer weit entfernten anderen Welt ausgebildet hatte, pflegte zu sagen: »Jeder gute Undercover-Agent hat ein bißchen parapsychische Begabung, sonst würde er im Dienst nicht lange am Leben bleiben.«

Und jetzt? Sie konnte den Männern nicht davonlaufen, mit ihrem Gepäck und ihrem Packtier. Früher oder später würden sie sie einholen, und dann kam es zum Kampf.

Magda betrachtete den Boden, der bedeckt mit schmelzendem Schnee und Schlamm war, eine amorphe, zertrampelte, bräunliche Masse. *Mein Glück. In Neuschnee sähen sie meine Spuren ... und die Stelle, wo ich den Weg verlassen habe, was schlimmer wäre*... In dem ablaufenden, schlammigen Wasser und dem Schneematsch verschwanden jedoch alle Spuren ebenso schnell, wie sie entstanden. Magda führte die Tiere durch eine schmale Lücke in den Bäumen und band sie in einem dichten, immergrünen Gebüsch an, wo sie gut verborgen waren.

Dann kehrte sie auf den Weg zurück, verwischte mit den Händen die Stelle, wo sie den Hang hinuntergeschlittert war, und versteckte sich zwischen Bäumen und Unterholz an einem Punkt, der eine gute Aussicht bot. Nervös auf einem Stück Trockenobst kauend, wartete sie darauf, ob ihr Trick Erfolg haben werde.

Es dauerte fast eine Stunde, bis die Reiter, die sie gesehen hatte, sich näherten. Sie ließen ihre Tiere so schnell laufen, wie es auf dem glitschigen Pfad eben möglich war. Keiner von beiden warf einen Blick in Magdas Richtung. Als sie außer Sicht waren, kroch sie aus ihrem Versteck. Ihr zitterten die Knie, und ihre Hände waren feucht.

Was ist los mit mir? Ich benehme mich nicht wie eine ausgebildete Agentin – und nicht einmal wie eine Freie Amazone! Ich benehme mich wie – wie ein Kaninchen!

Und warum bin ich eigentlich in Panik geraten? Ich habe vernünftig gehandelt. Jeder unserer Agenten, ob Mann oder Frau, hätte in dieser Situation auf jeder Welt wie ich gehandelt und sich aus Schwierigkeiten herausgehalten . . .

Nur war ihre Flucht leider nicht verstandesmäßig begründet gewesen. *Ich bin in Panik geraten. Daran gibt es nichts zu beschönigen.*

Ich habe mich benommen wie . . . wie . . . Blitzartig kam ihr die Einsicht. *Nicht wie eine terranische Agentin. Nicht wie eine Freie Amazone. Sondern wie ein normales, konventionell erzogenes darkovanisches Mädchen.*

Auf diese Rolle habe ich mich in Thendara eingeübt. So bin ich aufgewachsen, damals in Caer Donn . . .

Der kurze Wintertag ging zur Neige, und sie dachte: *Ich werde heute im Wald übernachten, damit sie mir ein gutes Stück vorauskommen. Bis morgen haben sie zwei oder drei weitere dieser kleinen Dörfer durchquert, und wenn ich Glück habe, glauben sie, ich hätte in einem der Dörfer Obdach gefunden, und geben es auf.*

Möglicherweise waren sie aber auch ehrbare Händler, die ihren eigenen rechtmäßigen Geschäften nachgingen und es eilig hatten, nach Hause zu ihren Frauen und Kindern zu kommen, überlegte sie.

Magda stellte ihr kleines Zelt auf. Es war ein Kompromiß, der höchstmögliche Schutz vor schlechtem Wetter, kombiniert mit dem kleinstmöglichen Gewicht und Umfang; ein Mittelding zwischen einem winzigen Zelt und einem großen Schlafsack. Auf Darkover benutzten es viele Reisende. Magda wußte bereits, daß niemand, der seinen Verstand beisammen hatte, eine Nacht im Freien verbrachte, wenn es sich irgend vermeiden ließ. Deshalb standen ja die Unterkünfte am Weg, und deshalb waren sie geheiligte Orte der Neutralität.

Trotzdem verbrachte sie diese Nacht im Wald. Sie hatte Glück, daß das Wetter gut blieb. Auch der Schneefall vor dem Morgengrauen war ungewöhnlich leicht. Aber Magda, die erschauernd aus dem Zelt kroch, wußte genau, daß das ein schlechtes Zeichen war. Im Norden zogen dicke, schwarze Wolken zusammen, und ein starker Wind hatte bereits begonnen, die Wipfel der immergrünen Bäume zu zausen. Ein schwerer Sturm war im Anzug.

Während sie auf dem einsamen Weg weiterritt, ging sie in Gedanken immer wieder ihr Versagen durch. Wie sie es auch rationalisierte, es war ein Versagen; sie war in Panik geraten.

Immer, wenn ich auf die darkovanische Seite ging, habe ich mich gezwungen, diese Art von Benehmen zu zeigen. Es war die Standard-Konditionierung im Nachrichtendienst: Bau dir eine *persona* auf, eine passende Rolle für den Planeten, auf dem du arbeitest, und weiche niemals auch nur für einen Augenblick von dieser Rolle ab, bis du wieder sicher in der Terranischen Zone bist.

Aber die Persönlichkeit, die ich für mich in Thendara aufgebaut habe, funktioniert hier nicht. Wegen der speziellen Gesellschaftsform auf Darkover und der Art, wie die Frauen hier leben. Für die Männer ist es anders. Aber ich bin die einzige Frau, und es ist mir nie bewußt geworden, wie weit ich mich von dem Verhalten eines ausgebildeten Agenten entfernt hatte . . .

Magda versuchte, es durchzudenken, zu analysieren, welche grundlegenden Veränderungen sie an ihrer darkovanischen *persona* für diese Aufgabe vornehmen mußte. Die Angst schüttelte sie jedoch so, daß sie es aufgeben mußte. *Das Problem ist, daß ich darauf trainiert bin, außerhalb der Zone niemals an Terra zu denken.* Jetzt wollte sie einen Prozeß, der so automatisch ablief wie das Atmen, unter willkürliche Kontrolle bringen, und das klappte nicht.

Ich kann keine Freie Amazone sein. Ich weiß nicht genug über sie. Sogar Lady Rohana sagte, sie wisse nicht genug über sie. Deshalb kann ich nur meine alte darkovanische persona *sein, die so tut, als sei sie eine Freie Amazone. Lady Rohana war der Ansicht, ich könne Leute täuschen, die nie viel mit Freien Amazonen zu tun gehabt haben. Ich hoffe nur, daß ich keinen echten begegne!*

Das löste eine andere dieser unheimlichen vagen Visionen aus, die sie »Ahnungen« nannte und auf die sie sich seit Jahren verließ. Diese jedoch ließ ihr seltsamerweise das Blut in den Adern erstarren; es lief ihr so kalt das Rückgrat hinunter, daß sie den Mantel fester um die Schulter zog. *Ich könnte von Glück sagen, wenn ich ein paar träfe!*

Peter sagte immer, ich hätte ein Talent zum Bluffen. Aber ich gewöhne mich besser daran, unter seinem darkovanischen Namen an ihn zu denken.

Nacktes Entsetzen packte sie, als ihr der Name einfach nicht einfallen wollte. Es dauerte nur ein paar Sekunden, und die Angst verging, sobald der Name in ihrem Gedächtnis aufstieg. *Piedro. Das heißt, in den Hellers. Im Tiefland würde man ihn Pier nennen... Warum war diese Stelle in meinem Gehirn plötzlich leer?*

Eine Stunde nach Mittag kam sie an einer der Reiseunterkünfte vorbei. Sie war leer, und Magda zögerte. Die Versuchung war groß, über Nacht hierzubleiben. Aber sie hatte bereits einen halben Tag verloren, und im Hintergrund ihrer Gedanken war immer das auf Mittwinter befristete Ultimatum. Bis dahin mußte sie nicht nur in Sain Scarp eintreffen, es mußte auch noch genug Zeit für die Rückkehr nach Thendara sein, bevor die Winterstürme die Pässe schlossen. *Ich kann mir nicht vorstellen, wie wir den ganzen Winter auf Rumal di Scarps Türschwelle kampieren.*

Auch hätte sie keine besondere Lust, den Winter über allein mit Peter irgendwo festzusitzen. *Früher einmal habe ich mir in Tagträumen ausgesponnen, irgendein Ereignis isoliere uns, so daß wir Zeit hätten, miteinander allein zu sein... Noch jetzt wäre es... angenehm...* Entgeistert befahl Magda sich, mit diesen Gedanken aufzuhören. Halb ärgerlich fragte sie sich, ob Bethany doch recht habe: Liebte sie Peter immer noch? *Ich hätte mir nach unserer Trennung auf der Stelle einen anderen Liebhaber nehmen sollen. Chancen hatte ich, weiß Gott, genug. Warum habe ich es eigentlich nicht getan?*

Sie studierte die Anzeigetafel und entdeckte, daß es einen halben Tagesritt entfernt eine weitere Unterkunft gab. Als sie der Hütte den Rücken kehrte, überkam sie wieder das merkwürdige, fast körperliche Prickeln der »Ahnung«, aber sie entschloß sich grimmig, nicht abergläubisch zu sein. *Ich habe Angst weiterzureiten, deshalb finde ich Gründe hierzubleiben und nenne es übersinnliche Wahrnehmung!*

Der Weg wurde steiler und der Boden rauh. Mitte des Nachmittags hingen die sich verdichtenden Wolken so niedrig, daß Magda durch eine dicke weiße Nebeldecke ritt. Die trübe graue Welt war voll von Echos; sie hörte den Hufschlag ihres Pferdes hinter sich und vor sich, als habe sie unsichtbare, geisterhafte Gefährten. Das Tal und die niedrigen Hänge waren verschwunden. Sie ritt allein auf einem schmalen Pfad oberhalb der bekannten Welt. Magda hatte nie unter Höhenangst gelitten, doch nun begann sie sich zu fürchten: vor der Enge des Pfades und vor dem weißen Nebel, der sie ringsum einschloß und alles mögliche verbergen mochte – oder noch schlimmer, nichts. Immer wieder kehrten ihre Gedanken zu den Felsen und Klippen unter ihr zurück. Wenn ein Tier einen falschen Schritt tat, konnte es den Weg verfehlen und sich auf den unsichtbaren Felsen weit unten zu Tode stürzen ...

Mit zunehmender Dunkelheit löste sich der Nebel zu feinem Regen auf, der in dichten, schnell fallenden Schnee überging und Weg und Landmarken auslöschte. Der Schnee gefror im Fallen, und das Eis am Boden knirschte und krachte unter den Hufen des Pferdes. Der Wind heulte durch die Bäume, und wo sie lichter standen, röhrte er quer über den Pfad und trieb Magda Eisnadeln in Gesicht und Augen. Magda schlug den Mantelkragen hoch und wickelte sich ein Ende ihres Schals um Nase und Kinn. Aber von der Kälte fing ihre Nase an zu laufen, das Wasser fror auf Nase und Mund und verwandelte den Schal in einen Eisblock. Schnee klebte an ihren Wimpern und gefror dort, und bald sah sie kaum noch etwas. Ihr Pferd glitt auf dem eisigen Weg aus, und Magda stieg ab, um das Pferd und das stolpernde Packtier zu führen. Sie war froh, daß sie kniehohe Stiefel trug; die weichen, flachen Sandalen oder die knöchelhohen gebundenen Mokassins einer Frau wären sofort durchgeweicht gewesen.

Ich hätte in der letzten Unterkunft bleiben sollen. Darum ging es bei der Ahnung. Verflucht, hätte ich nur auf mich gehört!

Ihre Füße froren, und sie fragte sich, ob ihre Wangen und ihre Nase Frostbeulen bekämen. Für gewöhnlich störte Kälte sie nicht, doch jetzt fror sie bis ins Mark. Ihre dicke, pelzgefütterte Jacke und der Mantel wärmten sie ebensowenig wie ein flatterndes Seidengewand.

Sie durfte sich nicht fürchten. Ihre Lehrerin im Nachrichtendienst hatte gesagt, die menschliche Rasse sei die widerstandsfähigste im Imperium. Auf Terra, dem Heimatplaneten der Menschheit, hatte es extreme Temperaturen gegeben, und vor der Zivilisation hatten sich ethnische Typen entwickelt, die in ungeheizten Häusern aus Eisblöcken oder auf Wüstensand, dessen Hitze Blasen auf der Haut hervorzurufen vermochte, gelebt hatten. Sie konnte im Freien überleben, auch in diesem Sturm.

Aber Erfrierungen könnten mich bis nach Mittwinter aufhalten.

Das Licht ihrer Sattellaterne fiel auf eins der kleinen, pfeilförmigen Zeichen einer Reiseunterkunft. Das geweihtragende Packtier warf den Kopf zurück und wieherte. Magda verließ den Weg und stampfte den schmalen Pfad entlang, der auf ein gerade noch zu erkennendes dunkles Gebäude zuführte. Zertretener und geschmolzener und wieder gefrorener Schnee knirschte unter ihren Füßen. Als sie zwischen den Bäumen hervortrat, sah sie die Umrisse zweier Gebäude; es war eine der großen Unterkünfte mit einem getrennten Raum für Tiere. Dann fluchte sie leise vor sich hin. Durch die Türritze drang ein schwacher Lichtschimmer: Die Hütte war besetzt.

Oh, verdammt, ich sollte weiterziehen. Warum ein Risiko eingehen? Aber die nächste Unterkunft mochte einen weiteren halben Tagesritt entfernt sein, und sie war durchgeweicht und fror. In ihren Wangen war kein Gefühl mehr; ihre Augen brannten. *Nur um für eine oder zwei Minuten aus dem Wind zu kommen ...*

Während sie noch zögerte, hatten ihr Pferd und ihr Packtier eigene Entschlüsse gefaßt. Sie zerrten an den Zügeln und drängten sich vor ihr in den dunklen Stall. Ein guter, staubiger Geruch nach Futter und Heu hing in der Luft, und es war warm und angenehm. Magda stellte ihre Sattellaterne an einen sicheren Platz und begann, dem Pferd den Sattel und dem Packtier die Lasten abzunehmen. *Ich bringe es nicht übers Herz, sie wieder in diesen Sturm hinauszuführen.* Mehrere Pferde und Packtiere mahlten bereits Futter und Korn. Magda fütterte ihre Tiere, setzte sich dann beim Licht der Sattellaterne hin und zog einen Stiefel aus. Entsetzt hielt sie den Atem an, als sie die weißlichen Flecken auf dem geröteten Fleisch unter dem nassen Strumpf entdeckte. *Ich brauche Feuer*, dachte sie, *und etwas Heißes, um die Blutzirkulation in Gang zu bringen.* Sie hatte den Großteil ihres Lebens auf Darkover verbracht und kannte die Gefahrenzeichen. Jetzt kam es nicht mehr in Frage, draußen zu kampieren.

Sie mußte sich eben auf die traditionelle Neutralität der Reiseunterkünfte verlassen. Und ihre Verkleidung hatte schließlich auch die Händler getäuscht, mit denen sie neulich zusammen übernachtet hatte.

Magda nahm ihre Satteltaschen und ging zum Hauptgebäude hinüber. Fast automatisch zog sie den Mantelkragen hoch, um ihren bloßen Hals zu bedecken. Dann legte sie ihn erschrocken wieder um. Ihre Amazonentracht und ihr kurzes Haar waren in dieser Situation der beste Schutz. Für eine normal gekleidete und sich benehmende Frau wäre ihr einsamer Ritt eine Ungeheuerlichkeit gewesen.

Sie stieß die Tür auf und trat ins Licht mehrerer Laternen. In dem langen, mit einem Steinfußboden versehenen Raum hielten sich zwei Gruppen von Reisenden auf, eine an jedem Ende um die Feuerstellen geschart. Der Mut schwand ihr beim Anblick der Männer in der Nähe der Tür; fast wünschte sie, doch die Gefahren einer Übernachtung im Wald auf sich genommen zu haben. Es waren große, rauhe Männer in fremdartig geschnittenen Mänteln, und Magda meinte, in den Blikken, mit denen sie den Neuankömmling betrachteten, mehr als bloße Neugier zu lesen.

Das Gesetz der Straße verlangte, daß Magda als erste das Wort ergriff. Sie sprach die beinahe rituelle Grußformel, und ihre Stimme klang hoch und kleinmädchenhaft in dem riesigen, widerhallenden Raum:

»Als später Gekommene bitte ich diejenigen, die vor mir da waren, um Erlaubnis, die Unterkunft mit ihnen zu teilen.«

Einer der Männer, hochgewachsen und stämmig mit einem grimmig wirkenden, rötlich-goldenen Schnurrbart, gab die vorgeschriebene Antwort: »Seid willkommen; betretet diesen neutralen Ort in Frieden und geht wieder in Frieden.« Seine Augen ruhten auf ihr mit einem Ausdruck, der ihre Haut prickeln ließ. Es lag nicht daran, daß der Mann unrasiert war und seine Kleider alles andere als sauber wirkten, das konnte auf das schlechte Wetter und die Unbilden seiner Reise zurückzuführen sein. Es war etwas in seinen Augen. Aber die Gesetze der Reiseunterkünfte sollten ihr Schutz bieten. Sie umklammerte ihre Satteltaschen und schob sich vorbei. Beide Feuerstellen waren besetzt, aber sie wollte ein kleines Feuer an dem Steinsockel der Wand entzünden. Dazu brauchte sie sich nicht einmal mit Zunder abzuquälen; sie konnte sich Glut ausleihen. (Aber bestimmt nicht von dem Mann mit dem Schnurrbart!)

Am hinteren Ende hatten sich fünf oder sechs Personen versammelt. Sie drehten sich um, als Magda sprach, und eine von ihnen, eine hochgewachsene, sehr dünne Gestalt, kam auf sie zu.

»Sei willkommen, Schwester«, sagte die Gestalt, und Magda vernahm die Stimme voller Erstaunen. Es war die Stimme einer Frau, tief und etwas heiser, aber unzweifelhaft weiblich. »Komm und setz dich zu uns ans Feuer.«

Zandrus Höllen, dachte Magda, in ihrer Bestürzung unwillkürlich einen darkovanischen Gott anrufend, *was nun?*

Es sind Freie Amazonen.

Echte!

Die große, magere Frau wartete nicht auf Magdas Zustimmung. Sie fuhr fort: »Ich bin Camilla n'ha Kyria, und wir sind unterwegs nach Nevarsin. Komm, leg dein Gepäck hierher.« Sie befreite Magda von ihren Satteltaschen und führte sie ans Feuer. »Du bist halb erfroren, Kind! Zieh diese durchweichten Kleider aus, falls du welche zum Wechseln hast. Wenn nicht, wird dir eine von uns etwas leihen, bis deine eigenen Sachen getrocknet sind.« Sie zeigte auf eine Stelle, wo die Frauen Leinen gezogen und Decken aufgehängt hatten, um sich einen Privatraum abzuteilen. Im Licht der Laterne, die dort brannte, sah Magda die Amazone Camilla deutlich. Sie war groß und hager; ihr Gesicht trug tiefe Furchen, die teils vom Alter, teils von Narben herrührten, die nach Messerstichen aussahen. Ihr Haar war ganz grau. Sie hatte Übermantel und Jacke ausgezogen und trug nur das gestickte leinene Unterhemd einer Frau aus Thendara. Darunter war ihr Körper so mager und flach, daß Magda erkannte, was sie war: Eine *emmasca*, eine

Frau, die durch eine illegale Operation zum Neutrum gemacht worden war.

Magda trat hinter den Deckenvorhang, zog ihre nassen Kleider aus und schlüpfte in die Hose und Jacke, die sie zum Wechseln mithatte. Sie war froh über die Abschirmung – weniger wegen der rauhen Männer am anderen Ende, die sie in der dämmrigen Unterkunft kaum hätten sehen können, als wegen der anderen Frauen. Hatte Lady Rohana jede Einzelheit ihrer Kleidung und Ausrüstung richtig ausgewählt?

Eine zierliche Frau mit Haaren, die genau die Farbe von frisch gemünztem Kupfer hatten, steckte den Kopf um die Decken. »Ich bin Jaelle n'ha Melora, gewählte Anführerin dieser Gruppe. Sind deine Füße erfroren?« Sie bückte sich und sah sich Magdas Füße und Zehen genau an.

»Nein, ich glaube nicht«, antwortete Magda. Jaelle berührte vorsichtig einen Fuß. »Du hast Glück gehabt. Ich wollte gerade sagen, Camilla hat Medizin gegen Frostbeulen, falls du welche brauchst, aber ich glaube, sogar deine Wangen sind heil geblieben. Du bist gerade noch rechtzeitig aus dem Wind gekommen. Nun zieh deine Strümpfe an und komm ans Feuer.«

Magda sammelte ihre nassen Sachen ein und hängte sie auf die Stangen, die die Frauen zum Trocknen ihrer eigenen Kleider aufgestellt hatten. Auf einem kleinen Rost brieten über der Kohlenglut ein paar Vögel, und in einem Kessel, der von einem Haken herabhing, kochte eine heiße, dampfende Suppe. Sie roch so gut, daß Magda das Wasser im Mund zusammenlief.

Jaelle fragte: »Dürfen wir deinen Namen und dein Gildenhaus erfahren, Schwester?«

Magda nannte ihren Decknamen und behauptete, aus dem Gildenhaus in Temora zu kommen. Sie hatte absichtlich die am weitesten entfernte Stadt gewählt, die sie kannte, denn sie hoffte, das werde kleine Unterschiede in der Kleidung und im Benehmen erklären.

»Welch eine Nacht zum Reisen! Zwischen hier und Nevarsin ist bestimmt nicht einmal ein Buschspringer unterwegs«, meinte Jaelle. »Bist du den ganzen Weg von Temora gekommen? Deine Kleider sind aber in Thendara hergestellt. Lederarbeiten und Stickereien dieser Art findet man hauptsächlich in den Venzabergen.«

Frechheit siegt, dachte Magda und erwiderte: »Daher stammen meine Sachen auch. So warme Kleidung bekommt man an der Küste nicht – das wäre, als versuche man, Fisch in den Trockenstädten zu kaufen. Meine Auftraggeberin war so großzügig, mich für die Reise auszustatten, und das durfte ich auch erwarten, wenn sie mich zu dieser Jahreszeit in die Hellers schickt.«

»Willst du an unserer Mahlzeit teilnehmen?«

Die Klugheit befahl ihr, sich so wenig wie möglich mit den fremden Frauen einzulassen. Doch sie schienen so vieles als selbstverständlich vorauszusetzen, daß eine Ablehnung zu Bemerkungen und Argwohn führen mochte. Außerdem roch das Essen nach tagelangem Pulverbrei zu gut. Magda gab die übliche höfliche Antwort: »Gern, wenn ihr mir erlaubt, dazu beizutragen.«

Jaelle sagte, wie zu erwarten war: »Das ist nicht notwendig, aber es wird willkommen sein.« Magda holte Süßigkeiten aus ihren Satteltaschen, mit denen sie sich für eine solche Gelegenheit versehen hatte. Die Frau, die das Kochen besorgte, nahm sie mit einem kleinen Freudenschrei in Empfang. »Die sind auch im Thendaratal hergestellt. Ich habe diese Sorte seit Jahren nicht mehr gegessen, und ich fürchte, wir werden uns alle mit unserer Gier blamieren! Abgesehen von Jaelle, die Süßigkeiten wie eine echte Trockenstädterin verabscheut.«

»Halt deinen dummen Mund!« fuhr Jaelle die Köchin

an, und diese verstummte mißmutig. Magda sah jetzt, daß die Frauen bis auf Camilla jung waren, aber alle älter als Jaelle. *Und doch ist sie ihre gewählte Anführerin. Bestimmt ist sie jünger als ich! Und schön ist sie. Ich glaube, ich habe noch nie eine so schöne Frau gesehen.*

Wie die übrigen trug Jaelle die formlose Amazonenkleidung, weite Hose und Jacke, doch verbargen sie weder den schlanken, femininen Körper noch die anmutige Haltung des flammenfarbenen Kopfes. Die Gesichtszüge waren zart und blaß und so regelmäßig, daß sie beinahe unauffällig gewirkt hätten, wären die Augen nicht gewesen, die sehr groß und von dichten dunklen Wimpern gesäumt waren.

»Camilla kennst du schon«, begann Jaelle die Vorstellung. »Das ist Sherna . . .« – sie wies auf die Frau, die das Essen kochte –, ». . . das Rayna und das Gwennis. Und in ein paar Minuten werden wir etwas zu essen bekommen. Oh, und in dieser Unterkunft gibt es zwei Latrinen. Wir haben die da . . .« – sie zeigte – ». . . für uns genommen, so daß du nicht an den Männern vorbei mußt, um zu . . .« Sie sprach völlig unbefangen ein Wort aus, das Magda noch nie aus dem Mund einer Darkovanerin gehört hatte. Sie hatte es nur in Wörterbüchern gesehen, denn kein Mann hätte es vor ihr benutzt.

Am besten rede ich nicht viel. Zumindest unter sich gebrauchen sie die Umschreibungen nicht, die hier als schicklich für Frauen gelten!

Magda bemerkte, daß vor der Latrine, die die Frauen für sich reserviert hatten, ein mit Druckbuchstaben beschriftetes Schild hing, das den Männern den Zutritt verwehrte. Die geschulte Anthropologin lernte schon wieder etwas Neues: *Sie setzen voraus, daß ich lesen kann. Und zumindest einige von ihnen können schreiben.* Auch das war ein kleiner Schock.

»Hier, komm und iß.« Sherna löffelte heiße Suppe in

Magdas eigenen Becher, zerlegte einen der gebratenen Vögel mit einem Messer und reichte ihr ein Stück. Wie die anderen setzte sich Magda zum Essen auf ihre ausgebreiteten Decken. *Sei nicht so nervös*, schalt sie sich. Schließlich hatte sie schon oft genug in der Gesellschaft von Darkovanern gegessen!

Die Amazone, die von Jaelle als Gwennis vorgestellt worden war – Magda hielt sie für etwa dreißig, und sie war eine schlanke, hübsche Frau in einem blauleinenen Unterhemd –, fragte: »Dürfen wir die Art deiner Mission erfahren, Margali, wenn sie kein Geheimnis ist?«

Magda vermutete, daß diese höfliche Befragung unter Amazonen, die sich noch nicht kannten, üblich war. Keinesfalls konnte sie sich jetzt noch, nachdem sie mit den Frauen Feuer und Essen geteilt hatte, in unfreundliches Schweigen zurückziehen. *Ich bin ein verdammter Schwachkopf. Ich hätte im Wald kampieren sollen.* Aber das Heulen des Sturms, das auch in der Hütte deutlich zu hören war, machte diesen Gedanken lächerlich.

»Ein Geheimnis ist es nicht, es ist jedoch eine Familienangelegenheit meiner Auftraggeberin.«

Rayna, eine hochgewachsene, schlanke Frau mit Haaren, die sich im Licht des Feuers wie ein Heiligenschein um ihr Gesicht kräuselten, fragte: »Und zweifellos wirst du uns mit Stolz ihren Namen nennen?« *Lady Rohana hat das vorhergesehen. Gott segne sie; ich hätte nie gewagt, sie ohne ihre Erlaubnis zu nennen.* »Ich habe die Ehre, Lady Rohana Ardais auf einer Mission nach Sain Scarp zu dienen.«

Camilla, die neben Jaelle auf ihren ausgebreiteten Decken saß, schürzte die Lippen und warf einen raschen Blick zu den wild aussehenden Männern hinüber, die, um ihr eigenes Feuer geschart, aus einem großen Kessel aßen und sich laut unterhielten.

Magda dachte: *Können diese Männer Räuber sein? Ob*

sie von Sain Scarp sind? Wieder überkam sie eine »Ahnung«. Sie hörte nicht, was Jaelle zu ihr sagte, und mußte sie bitten, es zu wiederholen.

»Ich sagte: Ist Lady Rohana immer noch lahm von dem Sturz vom Pferd? Die arme alte Frau, und das so bald, nachdem sie ihren Mann verloren hat – welche Tragödie!«

Einen Augenblick lang konnte Magda nicht glauben, was sie hörte. Dann ging ihr ein Licht auf. Sie stellte ihren Teller hin, und es gelang ihr gut, verletzten Stolz zu markieren.

»Du hast neuere Kunde von ihr als ich, oder du stellst mich auf die Probe, *Schwester.*« Sie sprach die übliche Anrede mit dick aufgetragener Ironie aus. »Als ich Lady Rohana zuletzt sah, war sie gesund und munter, und sie alt zu nennen, wäre eine schwere Beleidigung gewesen. Ich glaube nicht, daß sie zwanzig Jahre älter ist als ich. Was ihren Mann angeht ...« – sie suchte in ihrem Gedächtnis nach seinem Namen, »... so habe ich Dom Gabriel nicht kennengelernt, aber sie sprach von ihm als lebend und wohlauf. Oder gibt es eine andere Lady Rohana in der Ardais-Domäne als die, der ich diene?«

Jaelles hübsches Gesicht nahm einen zerknirschten Ausdruck an. »Sei mir nicht böse, Margali. Lady Rohana ist meine Verwandte und die einzige von meiner Sippe, die freundlich zu dem schwarzen Schaf der Familie war. Du kannst dir denken, daß ihre Ehre mir teuer ist, und ich möchte nicht, daß irgend jemand sich ihres Namens ohne ihre Erlaubnis bedient. Ich bitte dich, verzeihe mir.«

Magda erklärte steif: »Du solltest dir besser den Geleitbrief ansehen, den ich bei mir trage.«

»O bitte ...« Jaelle sah jetzt sehr jung aus. »Mach dir keine Mühe. Sherna, gieße ihr Wein ein. Trink mit uns, Margali. Sei nicht böse!«

Magda nahm den Wein an. Ihre Handflächen schwitzten; sie wischte sie verstohlen an ihrem Hemd ab. *Das kann auch nur mir passieren! Diese Klippe habe ich umschifft. Aber was werden sie mir sonst noch an den Kopf werfen?* Sie trank den Wein und knabberte an den Nüssen, die Rayna herumreichte. Sie waren in etwas Scharfes und stark Gewürztes eingelegt worden, und Magda fiel auf, das Jaelle, die ihre Süßigkeiten verschmäht hatte, mit Appetit von den scharfen Nüssen aß.

Sie ist jung. Doch ich darf sie nicht unterschätzen!

Lauter Lärm von den Männern um das andere Feuer riß sie aus ihren Gedanken, und sie drehte sich nach ihnen um. Sie sprachen eifrig einer Flasche zu, die sie von Hand zu Hand weitergaben, und brüllten dermaßen vor Lachen, daß sie den Sturm draußen übertönten. Magda strengte ihre Ohren an. *Wenn sie von Sain Scarp sind, könnten sie etwas über Piedro wissen ...*

Camillas Finger schlossen sich wie eine Stahlklammer um ihr Handgelenk, und Magda hätte vor Schmerz fast aufgeschrien. *»Pfui!«* rügte die alte Amazone mit messerscharfer Stimme. »Bringt Temora-Haus seinen Töchtern ein solches Benehmen bei, schamloses Mädchen, daß du betrunkene Männer anstarrst wie eine Straßendirne? Dreh ihnen den Rücken, du schlecht erzogenes Balg!«

Magda riß ihre Hand von den drahtigen alten Fingern los. Vor Zorn und Demütigung traten ihr Tränen in die Augen. Im Flüsterton erklärte sie: »Ich habe mich nur gefragt, ob es Räuber sind ...«

»Was sie auch sind, es geht uns nichts an«, stellte die alte Frau entschieden fest. Magda rieb sich das Handgelenk. Sicher hatte sie dort morgen blaue Flecken.

Ich mache alles verkehrt. Am besten halte ich den Mund und gehe zu Bett, sobald ich kann. Sie legte sich auf ihre Decken zurück und tat, als schlafe sie. Das Lachen und Singen der betrunkenen Räuber ging weiter. An dem Feuer der Frauen gab es noch ein bißchen gedämpfte Unterhaltung, Kichern und Scherzen – sie zogen Sherna wegen etwas auf, das sich beim Mittsommerfest ereignet hatte. Magda verstand nichts davon. Die Frauen machten ihre wildledernen Knöchelstiefel wasserfest, säuberten Satteltaschen, reinigten und verstauten das Eßgeschirr und begannen, sich zum Schlafen fertigzumachen.

Eine sagte: »Ich wünschte, Rafi wäre hier mit ihrer Harfe, dann würden wir ein schöneres Lied als dies Gebrüll hören!« Sie warf einen schnellen Blick über die Schulter auf die ausgelassene Gesellschaft am anderen Ende der Hütte, doch wie Magda bemerkte, drehte sie den Kopf nicht. Amazonenetikette?

Camilla erzählte: »Rafi war bei mir, als wir diese beiden Frauen in Thendara bestraften. Ihr seid neu bei uns, Rayna, Sherna, habt ihr nicht davon gehört? Du, Margali, kommst doch aus Thendara. Ist die Geschichte bereits auf dem Marktplatz herum?«

»Welche Geschichte?« Magda wagte es nicht, so zu tun, als schlafe sie zu fest, um zu antworten.

»Du hast auch nichts davon gehört? Also, es kam uns zu Ohren, daß im Goldenen Käfig – du kennst doch den Goldenen Käfig?« fragte sie und wartete. Magda nickte. Der Goldene Käfig war ein berüchtigtes Bordell, nicht allzuweit von der Terranischen Zone entfernt; sie wußte, daß Raumfahrer und Touristen aus dem Imperium es manchmal besuchten.

»Es kam uns zu Ohren, daß dort zwei *Unterhalterinnen* auftraten . . .« – sie betonte den höflichen Ausdruck ironisch –, ». . . die sich das Haar kurz geschnitten hatten und allabendlich eine Zurschaustellung von besonders unanständiger Art boten. Ich bin überzeugt, daß sich jede von euch die Einzelheiten vorstellen kann. Der alte

Kuppler, der das Etablissement leitet, kündigte sie als ›Liebesgeheimnisse der Freien Amazonen‹ an. Da gingen Rafaella und ich . . .«

»Liebe Tante«, unterbrach Jaelle gähnend, »ich weiß seit meinem vierzehnten Jahr, und alle anderen hier wissen es auch, daß es Frauen gibt, die Frauen lieben, und daß manche Männer mit ihrer Männlichkeit nichts Besseres anzufangen wissen, als sich schmutzigen Phantasien über sie hinzugeben. Glaubst du, wir langweilen uns so sehr, daß du uns mit solchen Geschichten unterhalten mußt, Camilla, Schatz?«

»Dann hast du nicht gehört, wie wir diese Schlampen dafür bestraft haben, daß sie sich als Amazonen ausgaben und Schimpf und Schande über uns brachten? Errätst du es, Margali?«

Magda antwortete nichts als »Nein«, denn sie traute sich nicht, mehr zu sagen. *Das wird meinetwegen erzählt. Irgendwie habe ich mich verraten. Diese alte* emmasca *hat Augen wie ein Luchs.*

Den Blick auf Magda gerichtet, fuhr Camilla genießerisch fort: »Also, Rafi und ich gingen des Nachts dorthin, als die geilen Zuschauer fort waren. Wir zerrten die schamlosen Weiber hinaus auf den Hauptplatz, zogen sie nackt aus, rasierten ihnen die Köpfe so kahl wie ein Ei und ihre Geschlechtsteile auch, beschmierten sie mit Pech und rollten sie in Sägespänen.«

»Ich hätte dabeisein mögen!« rief Jaelle mit wild glitzernden Augen. »Ich hätte eine Fackel an sie gehalten und zugesehen, wie sie brutzelten!«

»Nun, wir ließen sie in diesem Zustand zurück, damit sie von der Garde gefunden werden konnten. Ich glaube nicht, daß sie nach dieser Blamage noch einmal in ihren dreckigen Scharaden Amazonen darstellen werden. Was meinst du, Margali?«

Magda versuchte, mit fester Stimme zu sprechen, aber

sie hatte einen Klumpen in der Kehle, und sie wußte, was ihn verursachte: nackte Angst. Sie sagte: »Wahrscheinlich werden sie es nicht wieder tun. Ich habe jedoch immer sagen hören, eine *grezalis* übe ihren Beruf aus, weil sie zu dumm ist, einen anderen zu erlernen. Deshalb mag ihnen die Lehre umsonst erteilt worden sein.«

»Ihr wart zu hart mit ihnen«, bemerkte Sherna. »So hätte ich den perversen alten Bordellbesitzer behandelt. Er hat die schmutzige Darbietung auf die Bühne gebracht; es war nicht Schuld der Frauen.«

»Ich denke ganz im Gegenteil, daß ihr mit ihnen zu milde verfahren seid«, meldete sich Jaelle. »Solche Frauen in Schande zu bringen ist sinnlos. Wenn sie gegen Schande nicht unempfindlich wären, würden sie sich ja nicht an einem solchen Ort befinden.«

»Nicht alle Huren sind es freiwillig geworden«, wandte Sherna ein. »Sie müssen sich irgendwie ihr Brot verdienen.«

Camillas Stimme kratzte wie eine Feile. »Es gibt immer eine Alternative.« Und damit war die Diskussion beendet.

Magda betrachtete das grimmige alte Gesicht und fragte sich: *Welch furchtbares Erlebnis kann in einer Frau einen solchen Haß auf sich selbst erzeugen, daß sie sich lieber zum Neutrum machen läßt, als die geringste weibliche Funktion zu behalten?* Die Operation war auf Darkover seit Jahrhunderten illegal, doch auch die strengsten Maßnahmen hatten nicht verhindern können, daß sie immer wieder vorgenommen wurde.

Jaelle gähnte von neuem und bat Rayna, die die größte war, die Laterne auszulöschen. Eine andere Frau deckte das Feuer ab, damit über Nacht Glut erhalten blieb. Magda bettete ihren Kopf auf ihre Satteltaschen, wie sie es die anderen tun sah, und legte das Messer aus ihrem Stiefel neben ihren Kopf.

Jetzt, da die Gefahr vorüber zu sein schien und die Angst vor einer Entdeckung sich gelegt hatte, war sie begeistert. Sie hatte an einem Abend mehr über die Freien Amazonen gelernt als sämtliche Agenten zusammen in zwölf Jahren auf Darkover. Das wußte sie, weil sie, bevor sie ihren Posten verließ, alles gelesen hatte, was über sie bekannt war, einschließlich Fabeln, Gerüchten und schmutzigen Witzen, und es hatte auf einen Ausdruck gepaßt, den sie in einer Handfläche halten konnte. *Wenn ich mit meinem Bluff durchkomme, kann ich bis an mein Lebensende damit prahlen, daß ich die Nacht mit ihnen verbracht habe und nicht entdeckt worden bin.*

Eine nach der anderen schliefen die Amazonen ein. Die alte Camilla schnarchte leise. Sherna und Gwennis, die nebeneinander lagen, unterhielten sich flüsternd noch ein paar Minuten. Magda war trotz des langen, anstrengenden Rittes, der heute hinter ihr lag, zu müde und zu angespannt, um zu schlafen. Das Gejohle an dem anderen Feuer wurde nicht leiser, sondern lauter. Magda fragte sich, ob die Männer das absichtlich taten, ob sie damit eine Feindseligkeit ausdrücken wollten, die sie nicht auf andere Weise zu zeigen wagten. Von den Liedern, die die Betrunkenen grölten, waren einige so unanständig, daß sie, wie Magda wußte, vor keiner Frau mit dem geringsten Anspruch auf Achtbarkeit gesungen worden wären.

Eine Zeitlang hörte sie zu, dann bekam sie es satt. Gab es keine Richtlinien darüber, wie lange eine Gruppe von Reisenden in einer Unterkunft, die sie mit anderen teilte, Lärm machen durfte? Verdammt, wollten sie diesen Aufruhr die ganze Nacht fortsetzen? Erstaunlich, daß die Amazonen es sich gefallen ließen. Aber offensichtlich verbot ihr Kodex es ihnen, die Männer zur Kenntnis zu nehmen.

Das Singen fand ein Ende, und eine Zeitlang war es ruhig. Eine kleine Schlägerei brach aus und wurde beigelegt, und in der darauffolgenden Stille hörte Magda einen der Männer deutlich sagen: ». . . in Sain Scarp gefangen . . .«

Magda strengte sich an, wenigstens noch ein weiteres Wort zu hören, aber die laute, zotige Unterhaltung setzte von neuem ein. *Sie wissen etwas über Peter! Wenn ich sie nur verstehen könnte!*

Sie meinte, aus dem Stimmenwirrwarr das Wort Ardais aufzufangen – sicher war sie sich nicht –, und ihr Entschluß war gefaßt. Sie *mußte* es hören! Die Amazonen schliefen nun alle. Sie wollte sich ganz leise an der dunklen Wand entlangschleichen . . . Sie hatte sich halb ausgezogen. Jetzt setzte sie sich auf und streifte in der Finsternis Hose und Unterhemd über. Geräuschlos rutschte sie von ihren Decken und schob sich, immer im Dunkeln, barfuß an der Wand hin. Jaelle schlief auf dem Bauch wie ein Kind, das Gesicht in der Armbeuge. Auf Zehenspitzen näherte sich Magda dem anderen Ende des Raums. Sie hielt den Atem an und wurde belohnt, indem sie einen der Männer sagen hörte ». . . Ardais-Welpe . . .« und ». . . zu Mittwinter zurückschicken . . .«

»Und welche Antwort hat die Lady . . .«

»Meinst du, er erzählt mir das? Alles, was ich . . .« Der Rest ging in aufbrandendem Gelächter unter. Dann fuhr einer der Männer hoch.

»Was war das?«

»Eine Maus oder Ratte wahrscheinlich. Gib mir die Flasche, du . . .«

Magda erstarrte. Der erste Sprecher stand auf und ging geradewegs auf die Stelle zu, wo sich Magda im Schatten verbarg. Sie wollte weglaufen, stolperte und fiel der Länge nach hin. Wieherndes Gelächter drang ihr in die Ohren. Im nächsten Augenblick packten harte

Hände sie, hoben sie hoch und trugen sie in den Kreis der Männer.

Der Mann, der sie gefangen hatte, stellte sie auf die Füße. »Da ist deine Maus oder Ratte, Jerral!«

Magda erkannte in ihm den großen, stämmigen Mann mit dem Schnurrbart, dessen Blick ihr gleich beim Betreten der Hütte Angst eingejagt hatte. Er beugte sich zu ihr nieder und nahm ihr Kinn in seine schinkengroße Hand.

»Bist du es leid, allein zu schlafen, *chiya*?« Er benutzte das Wort für »kleines Mädchen«, das in familiärer Intimität Zärtlichkeit, sonst aber Verachtung ausdrückt. »Auf welchen von uns bist du scharf, he? Ich wette, auf mich; du hast nach mir gesehen, das habe ich gemerkt.«

Magda rang verzweifelt nach Atem, versuchte zu *denken.* Sie *wollte,* sie *konnte* diese Männer nicht um Gnade anflehen!

»Ja-a, wir alle haben von den Freien Amazonen gehört«, sagte ein großer, schwarzhaariger Mann und knuffte den Schnauzbart mit dreckigem Grinsen in die Rippen. »Wecken wir die übrigen Mädchen auf, damit sie auch an der Party teilnehmen können! Was ist, Häschen, wolltest du uns fragen, ob wir einen Schluck zu trinken für dich hätten?«

O Gott, was habe ich getan! Ich bin verantwortlich für den Bruch des Friedens in einer Unterkunft, wenn ich die anderen Frauen mit hineingezogen, wenn ich diese Männer auf den Gedanken gebracht habe . . . Sie tastete nach ihrem Messer, und zu ihrem Entsetzen fiel ihr ein, daß sie es bei ihren Satteltaschen hatte liegenlassen.

»Was ist, *chiya*? Hast du kein Wort zu sagen? Nun, wir werden dir die Zunge schnell genug lösen«, sagte Schnauzbart. Magda spürte seinen stinkenden, alkoholgeschwängerten Atem heiß auf ihrem Gesicht; der bösartige Schnurrbart kratzte ihre Wange. Er riß ihr das

Unterhemd von den Schultern. »Das ist ja eine Hübsche! Hör auf zu schubsen, Rannar, du kommst auch noch an die Reihe – ich habe die hier gefangen. Wenn du ein Mädchen willst, weck dir selbst eins auf!« Seine Hände glitten über Magdas nackten Körper. Sie zuckte zurück, faßte seinen Arm und versuchte, ihn mit einem Judogriff zu werfen. Er wich ihr mit einem Seitenschritt aus und höhnte: »He, Hübsche, ich kenne einen Trick, der zwei von dem da wert ist! Du bist also eine Kämpferin? Mit der werden wir *wirklich* Spaß bekommen«, rief er seinen Gefährten zu. Magda hatte kein Gefühl mehr im Arm.

Was ist los mit mir? Er faßte ihre Schulter und verrenkte sie grausam. Magda konnte einen Schmerzensschrei nicht unterdrücken.

»Und jetzt keinen Unsinn mehr, Schätzchen. Sei ein braves Mädchen, und wir werden dir nicht weh tun, nein, überhaupt nicht weh tun«, murmelte er und umschloß mit seinen heißen Händen ihre Brüste. Sie schlug ihm heftig mit dem Handrücken auf den Mund. In Zorn geratend, schleuderte der Betrunkene sie auf den Boden, wo sie halb bewußtlos liegenblieb. »Verdammt noch mal, du Schlampe, so nicht! Halt sie fest, Rannar ...«

Sie wehrte sich stumm, voller Angst, wenn sie den Mund öffnete, könne ihr ein Wort in Terra-Standard entschlüpfen. Die Räuber scharten sich um sie und johlten dem Mann, der sie festhielt, Ermunterungen zu. Magda war seit ihrem sechzehnten Lebensjahr im waffenlosen Kampf trainiert worden. Sie versuchte, wieder zu Atem zu kommen, in sich die Kraft zu einer wirksamen Gegenwehr zu finden, doch sie wurde eisern festgehalten.

Warum kann ich mich nicht verteidigen? Wie ist es mit mir bis dahin gekommen? Plötzlich erkannte Magda die Antwort, blitzartig, wie vor den Augen eines Ertrinkenden sein ganzes Leben vorbeiziehen soll. *Ich habe mich jahrelang darauf konditioniert, mich wie ein normales darkovanisches Mädchen zu benehmen. Und die sind zu scheu, um zu kämpfen – sie verlassen sich darauf, daß Männer da sind, die sie verteidigen. Auf diese Haltung habe ich mich eingestimmt, und das hat meine Ausbildung als terranische Agentin zunichte gemacht ...*

Es war ihr kaum bewußt, daß sie zu schreien begann ...

9

Plötzlich stach Magda ein Licht in die Augen. Eine Fackel senkte sich nieder und blendete den Mann, der sie festhielt. Er fuhr aufbrüllend zurück. Dann richteten sich ein Dutzend Messer, so sah es aus, auf die Räuber.

»Laßt sie los!« befahl eine ruhige Stimme, und Magda erkannte Jaelles Gesicht über der Fackel. Der Mann, der sie festhielt, wich zurück. Magda stieß den anderen beiseite, riß sich los, raffte ihr zerrissenes Hemd zusammen und mühte sich auf die Füße. Der Schnauzbart brüllte eine Obszönität, stürzte vor und griff nach seinem Schwert. Klingen blitzen und klirrten, ein Aufheulen, und der Mann fiel. Er umklammerte eine Wunde, die quer über seine Oberschenkel lief. Magda sah Blut an Jaelles Messer. Eine der Frauen half Magda, ihre zerrissene Kleidung halbwegs in Ordnung zu bringen. Die Männer scharten sich murmelnd zusammen.

»Paßt auf!« rief Gwennis scharf. Die Frauen zogen sich zurück. Sie hielten die Messer wie eine Mauer vor sich. Magda, die unbeachtet in die Ecke gedrängt worden war, beobachtete das langsame, entschlossene Vorrücken der Räuber gegen die nicht weichende Barrikade, die die Frauen mit ihren Messern bildeten. Sie wartete auf den Zusammenprall, und das Bild prägte sich ihr für immer ein: die rauhen, drohenden Gesichter der Männer, die ebenso grimmigen Gesichter der Frauen, das Fackellicht, die in dunklen Schatten liegenden Balken, sogar das Muster des Steinfußbodens. Sie konnte später nicht sagen, wie lange dies *Warten* dauerte – es schienen Stunden, Tage zu sein. Die Spannung wuchs. Am liebsten hätte Magda losgekreischt: *Nein, nein, tut es nicht, es war nicht meine Absicht*... Sie preßte die Hände auf den Mund, damit sie *nicht* schrie.

Dann fluchte einer der Männer unflätig und senkte sein Schwert. »Zur Hölle mit alldem! Nicht der Mühe wert. Steckt eure Messer weg, Mädchen. Waffenstillstand?«

Keine der Frauen rührte sich, aber der Anführer der Räuber – der große, schwarzhaarige Mann, der Magda am Boden festgehalten hatte – winkte seinen Männern, und einer nach dem anderen senkte sein Schwert. Als die Spitze des letzten nach unten zeigte, entspannten sich die Frauen langsam und ließen auch ihre Messer sinken.

Jaelle sagte: »Ihr habt den Frieden der Reiseunterkunft gebrochen, indem ihr euch an einer von uns vergriffen habt. Würde ich das auf einer Station der Patrouille melden, könntet ihr alle für drei Jahren als vogelfrei erklärt werden, so daß jeder das Recht hätte, euch zu töten.« Die Schönheit ihres von Fackeln beleuchteten Gesichts mit dem kupferfarbenen Haar um die blassen Züge bildete einen seltsamen Gegensatz zu ihren harten Worten. Der Anführer stammelte: »Das werdet Ihr doch nicht tun, nicht wahr, *mestra*? Wir haben ihr nichts getan.«

»Wir konnten alle sehen, wieviel Vergnügen sie an euren Annäherungsversuchen hatte«, stellte Jaelle trocken fest.

Der Schnauzbart erklärte mit dicker Zunge: »Hölle, sie ist zu uns gekommen – wie sollten wir wissen, daß sie nicht auf ein bißchen Spaß aus war?« Aus den Wunden an seinen Oberschenkeln sickerte immer noch Blut, aber Magda sah, daß sie nicht tiefer als einen halben Zoll waren, schmerzhaft vielleicht und bestimmt demütigend, doch weder hinderlich noch gefährlich. Jaelle hatte nicht versucht, ihn zu töten.

Jaelle fuhr zu Magda herum. Ihre Augen glitzerten im Fackellicht wie grünes Feuer, und Magda war übel vor Scham und Angst. *Ich bin verantwortlich für all das.*

»Bist du aus freiem Willen zu ihnen gegangen? Warst du, wie sie behaupten, auf ein bißchen Spaß aus?«

Magda flüsterte: »Nein. Bestimmt nicht.« Sie konnte ihre eigene Stimme kaum hören.

»Was hast du dann getan, um sie auf diesen Gedanken zu bringen?« Die Stimme der Amazonenanführerin war wie ein Peitschenhieb.

Magda öffnete den Mund, um zu sagen: »Ich wollte hören, was sie redeten«, überlegte es sich jedoch anders. Camilla hatte sie gewarnt: Das Belauschen von Männern war kein schickliches Benehmen für eine Amazone. Sie durfte keine Schande über diese Frauen bringen, die sie beschützt hatten, ohne dazu verpflichtet zu sein. Sie hatten sie an ihr Feuer und zu ihrem Essen eingeladen; als Amazone gekleidet, hatte sie eine ihrer strengsten Verhaltensregeln verletzt. Jetzt mußte sie sich schnell eine Lüge einfallen lassen. Zitterig erklärte sie: »Ich . . . ich hatte Bauchschmerzen, und in der Dunkelheit schlug ich auf der Suche nach der Toilette die falsche Richtung ein. Als ich es merkte, versuchte ich, mich zu entfernen, bevor sie mich entdeckten, aber ich rutschte aus und fiel.«

»Seht ihr?« wandte Jaelle sich an die Männer. Ein Seitenblick ihrer grünen Augen streifte Magda.

Sie weiß natürlich, daß ich lüge. Aber sie weiß auch, warum ich es tue. Es war alles an Wiedergutmachung, was Magda möglich war.

Jaelle sagte: »Ihr habt den Frieden der Reiseunterkunft gebrochen, worauf eine Strafe von dreijähriger Ächtung steht. Und ihr habt versucht, hier eine Frau zu vergewaltigen, wofür *unsere* Strafe die Kastrierung ist. Preist euch glücklich, daß euer Mann keinen Erfolg hatte. Und nun sammelt eure Habseligkeiten ein und verschwindet. Nach dem Gesetz brauchen wir die Hütte nicht mit Geächteten und Frauenschändern zu teilen.«

Der Schwarzbärtige sagte, und seine trunkene Verzweiflung war schon komisch: »In diesem Sturm, *mestra?*«

»Ihr hättet auf die Stimme des Sturms hören sollen, bevor ihr den Frieden bracht.« Jaelles Gesicht war wie Stein. »Hinaus, ihr schmutzigen Tiere! Und wenn einer von euch den Fuß von neuem über diese Schwelle setzt, solange wir noch hier sind, schwöre ich, daß ich ihm die *cuyones* abschneide und über dem Feuer da röste!« Sie wies mit ihrem Messer auf die Feuerstelle. »Hinaus! Kein Gerede mehr! Hinaus!«

Unsicher tastend, Obszönitäten murmelnd, suchten sie ihre Sachen zusammen. Sie murrten zornig, aber angesichts der schimmernden Messer, des massierten, unerbittlichen Wartens der Frauen gingen sie. Als sich die Tür hinter dem letzten geschlossen hatte, sagte Jaelle: »Rayna, Gwennis, geht und überzeugt euch, daß sie sich nicht an unseren Pferden und unserer Ausrüstung vergreifen.« Sie reichte Sherna die Fackel und schritt langsam auf Magda zu. »Du. Bist du verletzt? Haben sie dir Schlimmeres angetan, als daß sie dir die Kleider zerrissen und dich hart angefaßt haben?«

»Nein.« Magda klapperten die Zähne in der Reaktion auf den Schock. *Ich habe in jeder Beziehung versagt. Vor den Amazonen, indem ich mich vor Männern herausfordernd benommen habe. In der Mission, deretwegen ich hier bin, indem ich so viel riskiert und doch nichts herausgefunden habe.* Die Heftigkeit ihrer Emotionen machte sie krank, und sie schämte sich.

Jaelle legte schützend einen Arm um Magda. Die Geste war nicht freundlich, sondern verächtlich. Sie sagte: »Gebt ihr Wein, damit sie diese Szene nicht damit beendet, daß sie uns ohnmächtig vor die Füße fällt!«

Sie schob Magda auf eine Bank; Camilla hielt einen Becher an ihre Lippen.

»Ich möchte nichts . . .«

»Trink, verdammt noch mal!« Camilla zwang ihr den Becher an den Mund; Magda schluckte, würgte und schluckte noch einmal. Böse sagte Camilla: »Du! Ich hatte dich gewarnt, du Schlampe! Wer hat dich, die keine Ahnung von anständigem Benehmen hat, aus einem Gildenhaus herausgelassen? Wenn die Männer nicht alle betrunken gewesen wären wie Mönche beim Mittwinterfest, hätte es einen Kampf gegeben, bei dem wir alle vergewaltigt oder getötet werden konnten. Du verdienst es, geprügelt und ins Gildenhaus zurückgeschickt zu werden!«

Sherna hatte das Feuer von neuem entfacht. Die Frauen, die in den Stall geschickt worden waren, kehrten zurück, und Rayna meldete: »Sie sind fort; gut, daß wir sie los sind. Ich hoffe, sie erfrieren in dem Unwetter.«

Jaelle stand mit dem Rücken zum Fenster und sah hinreißend schön aus. Camilla schob Magda vor sie.

»Jaelle, du bist unsere gewählte Anführerin. Es ist deine Sache, über sie zu bestimmen. Wenn du es sagst, schlage ich sie blutig; es wäre mir ein Vergnügen!«

Jaelle erwiderte: »Laß sie los, Camilla. Wenn ich entscheide, daß sie geschlagen werden soll, kann ich es selbst tun. Nun?« wandte sie sich an Magda. »Was hast du zu sagen?«

Es ist noch nicht vorbei. Ich muß den Bluff fortsetzen. Mit einer Spur von Trotz erklärte Magda: »Du bist nicht *meine* gewählte Anführerin. Schulde ich *dir* eine Rechtfertigung?«

Jaelle wurde ärgerlich. »Du hättest uns allen schaden können mit deiner Dummheit – oder deiner Leichtfertigkeit, was es auch gewesen sein mag. Wie lautet unsere erste Grundregel? Bringe dich niemals in eine Situation, aus der du dich nicht selbst wieder befreien kannst! Niemand zwingt eine Frau, sich in Gefahr zu begeben, aber wenn du ein Risiko auf dich nimmst, mußt du imstande sein, ihm zu begegnen. Nun hast du einer der alten schmutzigen Geschichten über uns neue Nahrung gegeben, daß wir in Wolfsrudeln kämpfen und uns nie einem Gegner zu einem fairen Kampf stellen! Ja, verdammt sollst du sein, ich bin der Meinung, daß du mir eine Rechtfertigung schuldig bist – nicht mir allein, uns allen!«

Das stimmte. Magda erklärte wahrheitsgemäß: »Ich fing ein paar Worte von ihrer Unterhaltung auf, und ich hatte den Eindruck, sie ständen in Zusammenhang mit dem Auftrag, der mich in diese Berge geführt hat. Da wollte ich mehr hören.«

Darüber dachte Jaelle stirnrunzelnd eine Weile nach. Seltsamerweise fiel Magda erst jetzt auf, daß Jaelle, die dort so sicher und selbstbewußt stand, nichts außer ihrer Unterwäsche trug, wie die anderen Amazonen auch. Und die geschulte Anthropologin, die niemals außer Dienst war, notierte sich im Geist: *Das also tragen Freie Amazonen als Unterwäsche.*

Scharf fiel die alte Camilla ein: »Glaub ihr kein Wort, Jaelle. Männerstiefel und ein Messer darin? Und welches Gildenhaus hätte sie auf die Menschheit losgelassen, damit sie uns allen Schande macht? Jedes Mädchen aus einem Gildenhaus, und wenn es erst fünfzehn ist, weiß, wie es sich gegen eine Vergewaltigung verteidigen kann, auch unbewaffnet. Hier stimmt etwas nicht!«

»So ist es«, nickte Jaelle. »Irgendwer hat sich unverantwortlich verhalten, indem er ihr erlaubte, das Gildenhaus zu verlassen, bevor sie gelernt hatte, sich zu benehmen. Du machst deiner Eidesmutter Schande«, sagte sie zu Magda. »Wer ist sie? Nenne sie uns; sie ist verantwortlich für dein Betragen!«

Gott helfe mir, jetzt sitze ich in der Patsche! Nun, die Frau ist tot, hat Rohana gesagt, und so bringe ich keinen lebenden Menschen in Schwierigkeiten. Sie behauptete: »Ich habe den Eid vor Kindra n'ha Mhari abgelegt.«

»Du lügst!« Jaelle hob den Arm und schlug Magda ins Gesicht, daß ihr der Kopf dröhnte. Noch einmal und noch einmal schlug sie zu. »Du lügst, du Dirne«, sagte sie zitternd. »Kindra n'ha Mhari war meine Pflegemutter; ich habe sieben Jahre bis zu ihrem Tod mit ihr zusammengelebt, und von jeder ihrer Eidestöchter kenne ich den Namen und das Gesicht! Wie kannst du es wagen, eine Tote zu entehren? Du lügst, lügst, *lügst*!«

Magdas Kopf schmerzte von den Schlägen. Was nun? *Was nun?*

Das bleiche Gesicht der alten Camilla wandte sich Magda zu. »Wenn du ein Mann wärst, würde ich dich zum Zweikampf herausfordern. Kindra n'ha Mhari hat mich aufgenommen, als ich allein und verzweifelt war. Dreißig Jahre lang bin ich Mitglied ihrer Gruppe gewesen, und ich liebte sie wie meine Zwillingsschwester! Ich weiß nicht, wer oder was du bist, daß du glaubst, ihren Namen mißbrauchen zu können, aber du wirst es nicht noch einmal tun! Rayna, Gwennis, holt ihre Satteltaschen! Wollen sehen, ob etwas darin ist, das uns einen Hinweis auf diese Betrügerin gibt!«

Rayna begann, bei Fackelschein Magdas Besitztümer zu durchsuchen. Schließlich fand sie den Geleitbrief und reichte ihn Jaelle.

»Er trägt Lady Rohanas Namen und Siegel. Zweifellos eine Fälschung, aber du siehst sie dir besser einmal an, Jaelle.«

Jaelle drehte den Brief neugierig in den Händen und hielt ihn näher ans Feuer, damit sie ihn lesen konnte. »Zünde die Laterne an, Rayna; wie diese Sache auch weitergehen wird, wir brauchen Licht«, sagte sie. »In dieser Finsternis kann ich nicht lesen.« Als die Laterne brannte, studierte sie den Brief einige Zeit. Dann erklärte sie: »Es ist keine Fälschung, dazu kenne ich die Handschrift meiner Verwandten zu gut. Und das Siegel ist echt.« Sie las laut vor: ». . . bitte alle, die der Domäne von Ardais Loyalität schuldig sind, ihr nach bestem Können zu helfen . . .«

»Gestohlen«, vermutete Camilla mit höhnisch verzogenem Mund.

»Nein, denn der Brief enthält ihren Namen und eine gute Beschreibung von ihr.« Sie trat zu Magda und gab ihr den Geleitbrief zurück. »Hat meine Verwandte dir das tatsächlich gegeben?«

»Das hat sie.«

»Niemand kann Rohana zwingen, etwas zu tun, das sie nicht will«, sann Jaelle, »und ich habe nie erlebt, daß sie ihren Namen für eine böse Tat hergibt. Bist du wirklich in ihrem Auftrag unterwegs?«

Magda nickte. Jaelle fuhr fort: »Aber du bist keine Amazone, nicht wahr? Wie bist du dazu gekommen, dich als Amazone auszugeben, Margali – falls das dein echter Name ist?«

»Es ist der Name, den ich als Kind getragen habe.« Magda blinzelte. Einen Augenblick lang hatte sie Angst, sie werde anfangen zu weinen. Sie sprach ohne Stocken.

»Meine Mission ist eine ehrenhafte, und es war Lady Rohana, die vorschlug, ich solle mich als Amazone kleiden und ausgeben.« Sie hob den Kopf, der noch von Jaelles Schlägen brannte. »Ich habe niemandem Schande gemacht! Wenn ich euer Lager gemieden hätte, wäre nichts geschehen, nur wollte ich in diesem Sturm nicht im Freien schlafen.«

»Nein«, meinte Jaelle. »Du bist so schon knapp an Erfrierungen vorbeigekommen. Du dachtest also, du könntest die Nacht überstehen, ohne dich zu verraten . . .«

»Und dann gewann ich den Eindruck, jene Männer wüßten etwas, das für meine Mission von Bedeutung ist. Etwas so Wichtiges, daß nichts anderes mehr eine Rolle spielte.«

»Warum hast du Männerstiefel angezogen? War es nur Unwissenheit?«

»Lady Rohana hat die Stiefel besorgt«, antwortete Magda, »und ich wußte es nicht besser.«

Camilla lachte plötzlich. »Ich habe Lady Rohana einmal gesagt, ihre Unkenntnis unserer Sitten werde sie irgendwann in Schwierigkeiten bringen. Nur ist es viele Jahre später eingetreten, als ich glaubte! Nun, sie hat es gut gemeint. Ich vermute, wenn du keinen echten Amazonen begegnet wärst, hätte dich niemand durchschaut.«

Jaelle erkundigte sich neugierig: »Hattest du denn gar keine Angst, allein in die Hellers zu reisen, wo der Winter vor der Tür steht?«

Ein paar Stunden früher hätte Magda geantwortet: »Nein, ich hatte keine Angst.« Jetzt, da sie Angst kennengelernt hatte, war sie sich selbst gegenüber ehrlicher. »Doch. Aber meine Mission schien mir wichtiger zu sein als meine Angst.«

Zum erstenmal wurden Jaelles Augen ein bißchen

freundlicher. »Und du glaubtest, die Amazonentracht werde dich schützen? Nun, die Verkleidung hat sogar uns kurze Zeit getäuscht, und mir scheint, im allgemeinen hast du dich bemüht, dich so zu verhalten, daß du keine Schande über uns bringst. Es ist nicht deine Schuld, daß du versagt hast. Warum nur hast du es dir in den Kopf gesetzt, allein auf eine solche Mission zu gehen, Mädchen? War da kein Mann, an den du dich wenden konntest, kein Verwandter, Vater, Vormund, Herr oder Regent? Was ist das für eine Aufgabe, die du allein bewältigen mußt?«

Da ihr nichts Besseres einfiel, sagte Magda die Wahrheit, beziehungsweise soviel davon, wie sie sich traute. »Ein naher Verwandter . . .« (Ein Ehemann ist ein Verwandter, verdammt noch mal!) ». . . wird in Sain Scarp gefangengehalten. Wenn bis Mittwinter kein Lösegeld für ihn gebracht wird, soll er zu Tode gefoltert werden.«

»Und kein Mann in deiner Familie oder deinem Haushalt wollte dir beistehen?« forschte Jaelle. »Es ist mir unverständlich; wenn du das Recht besitzt, dich an Lady Rohana zu wenden, mußt du ebenso das Recht besitzen, ihren Mann oder ihre Söhne um Hilfe zu bitten.«

Magda erklärte fest: »Ich habe kein Recht, mich an Lady Rohana zu wenden. Sie half mir aus Freundlichkeit und Güte, weil ich sonst niemanden hatte.«

»Ah, das sieht ihr ähnlich«, stimmte Jaelle zu. »Es ist noch kein lahmer Hund vergeblich an ihre Türschwelle gekrochen.« Sie seufzte, gähnte und führte ihre kleine Hand so anmutig an den Mund, daß man kaum glauben konnte, sie habe mit eben dieser Hand einen Mann verwundet und Magda geschlagen. »Nun, ich bin nicht dein Vormund, und deine Angelegenheiten gehen mich nichts an. Normalerweise würde ich mich verpflichtet fühlen, jedem zu helfen, der unter dem Schutz meiner Verwandten steht. Aber hier geht es um eine ernstere

Sache. Ich habe den Eindruck gewonnen, daß du einen Geist zeigst, der fast einer echten Amazone würdig wäre, indem du dich zum Ende des Jahres allein in die Hellers wagst, statt irgendeinen Mann um Schutz zu bitten. Du bist dumm gewesen, ja, und du hast Unglück gehabt. Aber wenn Dummheit ein Verbrechen wäre, würde die Hälfte der menschlichen Rasse an jedem Kreuzweg geächtet, und – wie heißt das Sprichwort? *Wenn Unglück Käse wäre, hätten die Meierinnen keine Arbeit mehr.* Trotzdem ...« – sie runzelte die Stirn – »... erlauben wir niemandem, eine Freie Amazone zu spielen. Camilla hat uns erzählt, wie ein solches Spiel bestraft worden ist!«

Magda erschauerte, zwang sich jedoch, kühn zu erwidern: »Du hast es selbst gesagt, ich habe nichts getan, was euch Schande macht. Und ich weiß, daß Lady Rohana erlaubt worden ist, als Amazone verkleidet mit eurer Gruppe zu reisen.«

»Das stimmt. Aber das Gesetz fordert, daß die betreffende Frau vorher die Genehmigung der gewählten Anführerin erhalten muß und außerdem die Zustimmung jeder einzelnen Amazone, die in ihrer Gesellschaft reisen soll.«

»Dann gib mir die Genehmigung!« forderte Magda, und Jaelle verzog den Mund zu einem unerwarteten Lächeln.

»Fast wünschte ich, die Gesetze unserer Gilde ließen es zu«, sagte sie halblaut. »Jammerschade, daß Rohana nicht wußte, wie unbeugsam dies Gesetz ist. Hätte sie nach mir geschickt und um diese Erlaubnis gebeten, *bevor* du dich in Amazonentracht gezeigt hattest, dann hätte ich wohl ...« Sie seufzte. »Nun, nach dem Gesetz ist es mir unmöglich, dir die Genehmigung zu erteilen, nachdem du dich verkleidet unter meine Frauen eingeschlichen hast, unwissend vielleicht, in Unkenntnis deines Verbrechens, aber trotzdem eingeschlichen. Es gab eine Zeit – und wenn wir nicht wachsam sind, könnte sie auf Darkover wiederkehren –, wo wir ständig von Feinden und Spionen unterwandert wurden, die etwas über unsere Sitten oder unsere Schwächen herausfinden oder ihre Kenntnisse benutzen wollten, um uns durch nachteilige Geschichten herabzusetzen. Die Strafe für einen Mann, der sich verkleidet unter uns mischt, ist Tod oder Verstümmelung, wie wir es für richtig halten oder wie die Umstände es diktieren. Für eine Frau ist die Strafe immer gleich. Bevor du dich von uns trennst, muß aus der Lüge Wahrheit werden: Du mußt an Ort und Stelle den Eid der Freien Amazonen ablegen.«

Magdas erster Gedanke war: *Oh, ist das alles?* Jaelle erkannte die Erleichterung in ihrem Gesicht, und ihre Stimme wurde hart. »Wage nicht, das leichtzunehmen. Denn wenn du den Eid ablegst und später brichst, darf dich jede Freie Amazone auf Darkover töten, wo immer sie dich antrifft. Du bist eine tote Frau in dem Augenblick, da du deine Nase aus deinem eigenen Fenster steckst!«

Magda schoß es durch den Kopf: *Ein erzwungener Eid ist nicht gültig.* Das war die terranische Magda. Gleich darauf dachte das darkovanische Mädchen Margali, das in Caer Donn von der Lebensweise, dem Kodex, dem Glauben seiner darkovanischen Spielgefährten fast tiefer geprägt worden war als von den Lehren seiner Eltern: *Einen Eid darf ich nicht brechen.*

Es war ein schrecklicher Konflikt; ihr war, als werde sie in zwei Teile gerissen. *Ich bin in aller Unverschämtheit zwischen zwei Welten hin und her gewandert; nun muß ich den Preis dafür zahlen, und ich weiß nicht, ob ich es kann!* In dem vergeblichen Versuch, ihre Gefühle zu verbergen, schlug sie die Hände vor das Gesicht. *Wenn ich mich weigere, werden sie mich dann auf der Stelle töten?*

»Willst du den Eid leisten?«

Magda fragte: »Welche andere Wahl habe ich?«

»Keine. Ich schulde es meinen Frauen und allen Frauen der Gilde, daß niemand bei uns eindringen und unsere Geheimnisse nach draußen tragen darf. Wenn du nicht schwören willst, müssen wir dich als Gefangene zum nächsten Gildenhaus bringen, und dort wirst du festgehalten, bis du bereit bist zu schwören oder bis Mittwinter, wenn die ganze Gilde zusammentrifft und unsere Richterinnen sich deine Geschichte anhören und entscheiden können, was mit dir geschehen soll. Es mag sein, daß dir keine Strafe auferlegt wird, daß du nur schwören mußt, alles, was du gesehen hast, geheimzuhalten, und daß du dann gehen darfst.«

»Soviel will ich gern beschwören«, beteuerte Magda aufrichtig.

»Aber ich habe keine Vollmacht, dir *diesen* Eid abzunehmen. Das kann nur eine Richterin in der Mittwinternacht, und nur, nachdem sie sich alles angehört hat, was mit deinem Fall in Zusammenhang steht. Zum Beispiel, ob du mehrere kleine Kinder hast und sonst niemand da ist, der für sie sorgt, oder ob du bereits einem Turm den Eid als Bewahrerin geleistet hast. Wenn du es vorziehst, können wir dich jetzt zu unserm Gildenhaus in Neskaya bringen – das ist nur ein Zehntagesritt von hier – und dich dort lassen, bis zu Mittwinter Gericht über dich gehalten wird.«

Und bis dahin ist Peter zu Tode gefoltert worden!

Ich vermute, ich muß ihren verdammten Eid leisten. Das gibt mir Zeit zu entscheiden, was ich tun soll . . .

Wahrscheinlich handelte es sich um nicht mehr als ein Gelöbnis – sie erinnerte sich an die paar darkovanischen Eide, deren Inhalt und Form ihr bekannt waren –, keiner Freien Amazone Schaden zuzufügen und keins ihrer Geheimnisse zu verraten. *Und ich kenne kein einziges, so daß ich das getrost versprechen kann! Soviel kann ich in allen Ehren tun.*

Aber wenn doch mehr daran ist? Magda empfand eine Art von Verzweiflung. Sie bemühte sich, mit fester Stimme zu sprechen. »Ich will den Eid leisten.«

Jaelle nickte. »Das habe ich von dir erwartet. Komm, laß es uns gleich zu Ende bringen. Wir sind alle müde, und du bist am müdesten, könnte ich mir vorstellen. Komm hier ans Feuer, und stell dich zwischen uns.«

Magda gehorchte. Jaelle stand unmittelbar vor dem Feuer, den Rücken den Flammen zugekehrt. Von neuem fiel Magda auf, wie sehr jung sie wirkte. Wie alt mochte sie sein? Zweiundzwanzig, dreiundzwanzig ... mehr kaum! Die Frauen bildeten einen Kreis um sie. Camilla trat zu Jaelle und sagte leise: »Du bist jung für diese Aufgabe – möchtest du, daß ich ihr den Eid abnehme?«

Jaelle streichelte die gefurchte alte Wange. »Liebe Tante, du bist immer bereit, mich zu schonen oder abzuschirmen. Doch wenn ich alt genug bin, gewählte Anführerin einer Gruppe zu sein, bin ich bestimmt auch alt genug, einen Eindringling zu bestrafen oder einen Eid abzunehmen.«

Sie sagte zu Magda: »Entblöße deine Brüste vor uns.«

Erschrocken, verwirrt fummelte Magda an den Schnüren ihres zerrissenen Hemds. Ein Teil von ihr, die geschulte Agentin, die nie aufhörte, sich zu späterer Verwendung im Geist Notizen zu machen, frohlockte – die examinierte Anthropologin nahm an einem ungewöhnlichen und geheimen Stammesritus teil! Aber der übrige Teil ihres Ichs war nichts als ein verängstigtes Mädchen, das sich wie jedes andere in Caer Donn aufgewachsene Mädchen schämte, sich vor Fremden zu entblößen. Sie öffnete die Schnüre; Sherna kam und zog das Hemd hinunter, so daß sie bis zur Taille nackt dastand und zitterte. Sie ballte die Fäuste und widerstand dem Impuls, sich mit den Händen zu bedecken, als die Frauen eine nach der anderen vor sie traten und ihre Brüste ernst inspizierten.

Das muß die traditionelle Art sein, wie sie sich überzeugen, daß sich kein verkleideter Mann bei ihnen eingeschlichen hat. Ich wette, es hat eine Zeit gegeben, als die Kandidatin – oder der Eindringling – sich von Kopf bis Fuß ausziehen mußte. Magda biß sich fest auf die Lippe, um nicht in nervöses Gelächter auszubrechen – oder in Tränen. *Ich komme mir vor wie ein Pferd auf dem Markt!*

Als jede einzelne der Frauen sie betrachtet hatte, sagte Jaelle: »Haben wir alle festgestellt, daß dies in Wahrheit eine Frau ist und kein Mann, der verkleidet zu uns gekommen ist, um uns zu verhöhnen? Wenn es irgendwelche Zweifel gibt, werden wir diese da nackt ausziehen. Jede von euch hat das Recht, es zu verlangen.« Magda war nicht mehr fähig, sich darüber zu freuen, daß sie richtig vermutet hatte. Zitternd und mit niedergeschlagenen Augen stand sie da. Keine der Amazonen machte von ihrem Recht Gebrauch, und Jaelle nickte.

»So sei es; wir akzeptieren dich als Frau. Du hast dein Haar abgeschnitten und bist aus freiem Willen zu uns gekommen. Deshalb fordere ich dich jetzt auf, den Eid zu wiederholen, der den Freien Amazonen in den Tagen Varzils des Guten in Übereinstimmung mit der zu Nevarsin aufbewahrten Charta gegeben wurde. Sprich mir nach: Von diesem Tag an entsage ich dem Recht zu heiraten, außer als Freipartnerin. Kein Mann soll mich *di catenas* binden, und ich werde in keines Mannes Haushalt als *barragana* leben.«

Magda wiederholte die Worte. Zuweilen geriet sie ins Stocken, und Jaelle half ihr. »Kein Mann soll mich binden . . .« *Nichts*, dachte sie, *ist unwahrscheinlicher, als daß ich nach dem alten religiösen Ritual* di catenas *heira-*

ten möchte – oder daß man es einer terranisch geborenen Frau gestatten würde. Und eine barragana *ist eine ausgehaltene Frau, eine Konkubine.*

»Ich schwöre, daß ich bereit bin, mich mit Gewalt zu verteidigen, wenn man mich mit Gewalt angreift, und daß ich keinen Mann bitten werde, mich zu beschützen.«

Magda sprach die Worte, und von neuem überkam sie das Gefühl zu zerbrechen. *Meine beiden Ichs – die terranische Magda, die darkovanische Margali – brechen auseinander! Wer bin ich? Wer werde ich nach diesem Eid sein?*

». . . keinen . . . keinen Mann bitten werde . . .«

Ich habe schon mit sechzehn Jahren gelernt, mich selbst zu verteidigen. Auf jeder anderen Welt hätte ich es die ganze Zeit getan. Hier war ich behütet, und als ich dann doch in Gefahr geriet, brachte ich es nicht fertig. Ohne Jaelles Gruppe wäre ich zusammengeschlagen und vermutlich von der ganzen Bande vergewaltigt worden. Vielleicht hätte ich es überlebt – das kommt vor –, aber es wäre die Hölle gewesen, damit weiterzuleben!

»Ich schwöre, daß ich von diesem Tag an nie mehr den Namen eines Mannes führen will, sei er Vater, Vormund, Liebhaber oder Gatte, sondern einzig und allein . . .« Jaelle unterbrach sich. »Wie ist der Name deiner Mutter?«

Magda durchforschte wild ihr Gedächtnis nach dem darkovanischen Äquivalent für »Elizabeth«. *Was ist los mit mir? Ich habe den Namen oft genug gehört. Ich löse mich auf!* Nach einer merklichen Pause antwortete sie: »Ysabet.«

». . . als Margali *nikhya mic* Ysabeth bekannt sein werde.« Jaelle sprach die Worte voll aus, nicht in der üblichen Abkürzung, und Magda rang um Selbstbeherrschung. Bis hierher hatte nichts an dem Eid sie beunruhigt oder geängstigt, doch dies tat es. Nur als Margali n'ha Ysabet bekannt sein ... *O Dad, muß ich sogar deinen Namen aufgeben? Es hat mir nichts ausgemacht, Peters Namen aufzugeben, als wir uns trennten. Aber muß ich dich verleugnen, Dad?* Das Gesicht David Lornes, gütig, gelehrtenhaft, von ergrauendem Haar umgeben, schwamm vor ihrem geistigen Auge. Er schien vorwurfsvoll den Kopf zu schütteln. *O Gott. Peter, bist du das wert?* Margali n'ha Ysabet ... Magdalen, Tochter Elizabeths. Mehr nicht?

»Ich schwöre, daß ich mich von diesem Tag an meinem Mann nur hingebe, wenn ich den Zeitpunkt bestimmen kann und es mein eigener freier Wille ist. Niemals werde ich mein Brot als Objekt der Lust eines Mannes verdienen.«

Nun, keine Frau, die ihren Verstand beisammen hat, würde Einwendungen gegen einen Eid erheben, der ihr verbietet, Prostituierte zu werden. Magda erschrak. Durfte eine Frau, die keinen eigenen Beruf hatte, auch keine Ehefrau sein?

»Ich schwöre, daß ich ein Kind nur dann gebären will, wenn es mein Wunsch ist, das Kind von diesem Mann und zu diesem Zeitpunkt zu empfangen. Weder die Familie noch der Clan des Mannes, weder Fragen der Erbfolge noch sein Stolz oder sein Wunsch nach Nachkommenschaft sollen dabei Einfluß auf mich haben. Ich allein werde bestimmen, wie und wo ein von mir geborenes Kind erzogen werden soll, ohne Rücksicht auf Stellung oder Stolz eines Mannes.« Die terranische Magda dachte: *Also, das hat Sinn und Verstand.* Aber das in Caer Donn aufgewachsene Mädchen entdeckte, daß es an den Worten zu ersticken drohte. *Peter wollte ein Kind. Ich damals nicht, es war mir nur peinlich, das zuzugeben, und so war ich beinahe ebenso traurig wie er, als sich herausstellte, daß ich nicht schwanger war. Ich wünschte mir so sehr, ihm Freude zu machen. Mir war, als hätte ich ihn im Stich gelassen – und jetzt kann ich es nie ... nie mehr gutmachen* ... Zu ihrem Entsetzen hörte sie sich laut schluchzen. *Er wünschte es sich so sehr, und ich habe ihn darin enttäuscht, ich habe ihn in allem enttäuscht* ...

Jaelle wartete, bis Magdas Schluchzen verstummte, und wiederholte unerbittlich: »... ohne Rücksicht auf Stellung oder Stolz eines Mannes.«

Magda sprach es ihr unter Tränen nach. Sie befahl sich streng, sich zu fassen. *Was geschieht mit mir? Warum breche ich auseinander?*

»Von diesem Tag an enden für mich alle Verpflichtungen, die ich gegenüber Familie, Clan, Haushalt, Regent oder Lehnsherr hatte. Achtung schulde ich wie jeder freie Bürger nur den Gesetzen des Landes, dem Königtum, der Krone und den Göttern.«

Magda wiederholte es mechanisch. Sie war vor Aufregung so erschöpft, daß sie kaum noch den Sinn verstand.

»Ich werde an keinen Mann Rechtsansprüche stellen, daß er mich beschütze, mich ernähre oder mir helfe. Eine Treuepflicht habe ich nur gegenüber meiner Eidesmutter, meinen Schwestern in der Gilde und meinem Arbeitgeber, solange ich bei ihm beschäftigt bin.«

Und was ist mit meiner Loyalität gegenüber dem Imperium? Magda wurde die Kehle eng; es kostete sie Mühe zu sprechen.

»Und weiter schwöre ich, daß jedes einzelne Mitglied der Gilde Freier Amazonen für mich sein soll wie meine Mutter, meine Schwester oder meine Tochter, geboren aus einem Blut mit mir, und daß keine der Gilde durch ihren Eid angehörende Frau sich vergeblich an mich um Hilfe wenden soll ...«

Magda kämpfte schon wieder mit den Tränen. Sie dachte: *Meine Mutter ist lange tot. Ich hatte nie eine*

Schwester, und ich werde nie eine Tochter haben. Trotzdem schwöre ich . . .

Jaelle ergriff Magdas kalte Hände. »Margali n'ha Ysabet, ich nehme dich im Angesicht der Göttin als Eidestochter an. Hinfort sollst du mir und jeder von uns in der Gilde wie eine Tochter und Schwester sein. Hier in Anwesenheit dieser Zeuginnen erkläre ich, daß du von diesem Augenblick an durch deinen Eid der Gilde Freier Amazonen angehörst und allein unseren Gesetzen unterworfen bist. Ich gebe dir die Freiheit der Gilde, und als Zeichen dafür tausche ich mit dir diesen Gruß.« Sie zog Magda an sich und küßte sie feierlich auf den Mund. »Knie nieder«, sagte sie leise, »und wiederhole: Ich schwöre, daß ich von diesem Augenblick an den Gesetzen der Gilde Freier Amazonen und jedem rechtmäßigen Befehl meiner Eidesmutter, der Gildenmütter und meiner gewählten Anführerin gehorchen werde. Und wenn ich ein Geheimnis der Gilde verrate oder meinen Eid breche, dann werde ich mich der Strafe unterwerfen, die die Gildenmütter über mich verhängen, und wenn ich das nicht tue, dann möge sich die Hand jeder Frau gegen mich erheben, sie sollen mich erschlagen dürfen wie ein Tier und meinen Körper unbeerdigt der Verwesung und meine Seele der Gnade der Göttin überlassen.«

Zu spät zum Rückzug. Benommen, verzweifelt hörte Magda sich die Worte stammeln, die sie dazu verurteilten, irgend jemanden zu verraten. *Was ich jetzt auch tue, ich werde einen Eid brechen. Was soll nur werden, was soll nur werden?*

Jaelle hob sie auf und umarmte sie fest. »Weine nicht, meine Schwester«, sagte sie leise, das Wort in der intimen Form benutzend. »Ich weiß, es ist ein großer und ernster Schritt, und wenige von uns haben ihn ohne Tränen getan.«

Camilla half ihr in ihre Jacke. »Armes kleines Ding, du bist bis auf die Knochen durchgefroren! Jaelle, wie konntest du sie während dieses ganzen langen Eides fast nackt dastehen lassen? Nachdem wir sie gesehen hatten, hättest du ihr Zeit geben sollen, sich anzuziehen!« Sie wikkelte eine Decke um die Jacke und zog Magda ans Feuer.

Jaelle lachte verlegen. »Verzeih mir, Margali. Ich hatte bisher noch nie jemandem den Eid abgenommen, ich war nervös, hatte Angst, Wörter auszulassen . . .«

»Trink das, dann wirst du gleich aufhören zu zittern.« Gwennis gab Magda den Wein, den sie vorhin nicht ausgetrunken hatte. Ihre Zähne klapperten gegen den Rand des Bechers. Sie trank langsam und versuchte, sich wieder unter Kontrolle zu bekommen. Alle drängten sich um sie, umarmten sie, trösteten sie. Rayna murmelte: »Du brauchst dich nicht zu schämen, wir haben alle geweint, ich selbst noch viel mehr als du!«

Jaelle bat: »Du mußt uns verzeihen, daß wir zuvor so grob zu dir waren. Jetzt sind wir alle deine Schwestern. Von heute nacht an ist jede Amazone deine Schwester, aber die Zeuginnen deines Eides sind deine Familie und bleiben immer etwas Besonderes.« Sie sah die anderen Frauen voller Zuneigung an. »Seid ihr das nicht? Camilla hat mir das Haar geschnitten, damals vor neun Jahren.«

Gwennis sagte mit gedämpfter Stimme, als sei es ein privater Scherz: »Wie kannst du es wagen, sie zu schelten, weil sie geweint hat, Jaelle? *Du* hast nicht geweint, wie ich mich erinnere!«

»Ich bin auch unter euch aufgewachsen«, erwiderte Jaelle. »Nun wollen wir diese Flasche Wein zu Ehren unserer Schwester leermachen, und dann müssen wir alle schlafen. Morgen wollen wir darüber nachdenken, wie wir sie am besten ins Gildenhaus schicken, aber heute abend wollen wir feiern.«

Sie sind jetzt alle so freundlich zu mir. Das verdiene ich nicht. Mit ruhiger Stimme erkundigte Magda sich bei Gwennis: »Wohin werde ich gebracht?«

»Ins Gildenhaus von Neskaya oder vielleicht von Thendara, das unser eigenes Haus ist«, antwortete Gwennis. »Jede neuaufgenommene Amazone muß ein halbes Jahr im Gildenhaus verbringen, wo sie unsere Sitten lernt und sich die bösen Unsitten abgewöhnt, die man ihr seit ihrer Kindheit beigebracht hat – alles, was du über schickliches Benehmen für eine Frau hast lernen müssen. Deine Kindheit hat dich in Ketten gelegt; dort wird man dich lehren, dich selbst zu befreien und zu sein, was du am besten sein kannst.«

O Gott! Ich habe diesen Eid geleistet, damit ich nicht ins Gildenhaus geschickt würde, um Zeit zu gewinnen! Bin ich dann für nichts meineidig geworden?

Jede von ihnen hatte ihr etwas zu sagen. Sherna, ein molliges, hübsches Mädchen, kniete sich neben sie. »Ich bin vor zwei Jahren zu den Amazonen gekommen, nachdem mir klargeworden war, daß ich keinen Anteil an meines Vaters Besitz hatte. Alle meine Brüder hatten Anteil daran, aber ich nicht. Ich hatte vom Leben nichts weiter zu erwarten als eine Heirat mit irgendeinem Mann, der meinen Brüdern helfen konnte, das Land meines Vaters zu bearbeiten. Sie wiesen zwei Männer zurück, die ich gern hatte, weil sie mit ihnen, wie sie sagten, nicht unter einem Dach leben wollten, und sie hätten mir einen Mann aufgezwungen, der ein Freund von ihnen war. Als ich erkannte, daß ich nicht das Recht besaß, mich zu weigern, sondern gezwungen werden konnte, nach ihrem Wunsch zu heiraten, nicht nach meinem, schnitt ich mir das Haar und kam ins Gildenhaus. Weißt du, wovor ich am meisten Angst hatte?« Sie grinste so drollig, daß Magda lächeln mußte. »Ich fürchtete, man werde mir sagen, ich dürfe nie wieder mit einem Mann schlafen! Aber, dachte ich, besser das als nach dem Willen meiner Brüder heiraten müssen ...«

Jaelle setzte sich neben Magda. »Es ist üblich, daß Eidesmutter und -tochter Geschenke austauschen. Ich habe kein Geschenk für dich, Margali; ich hatte das nicht vorhergesehen. Ich werde mir etwas einfallen lassen.«

Sie sind so freundlich zu mir. So überwältigend freundlich. Sie verhalten sich, als sei ich ihre lange vermißte Schwester. Der Eid bedeutet so viel ...

Magda begann: »Meine Mission – ich habe dir gesagt, daß es um Leben und Tod geht ...«

Jaelle unterbrach sie: »Darüber sprechen wir morgen. Es mag sein, daß du keinem Mann Loyalität schuldest, auch wenn er dein Verwandter ist. Jetzt aber müssen wir alle schlafen.«

Die Frauen tranken ihren Wein aus und schlüpften wieder in ihre Schlafsäcke. Rayna löschte die Laterne. Es war sehr still, bis auf das nachlassende, ferne Heulen des Sturms. Camilla, die neben Magda lag, streckte in der Dunkelheit die Hand aus und streichelte ihre Wange.

»Du bist nicht die erste, die den Eid vor Kälte zitternd abgelegt hat«, gestand sie. »Als ich den Eid leistete, da – ich bin *emmasca*, weißt du –, da hatte ich keine weiblichen Formen aufzuweisen, und drei der Zeuginnen befürchteten, ich sei ein Mann. Deshalb wurde ich ganz ausgezogen. Kindra war davon so betroffen, daß auch sie vergaß, mir zu sagen, ich solle mich wieder anziehen. Ich fühlte mich gedemütigt und weinte stundenlang. Aber das ist ein halbes Menschenalter her, und jetzt kann ich darüber lachen. Eines Tages wirst auch du darüber lachen, Schwester. Schlaf gut.«

»Du auch – Schwester«, brachte Magda mühsam heraus. Zum erstenmal in ihrem Leben benutzte sie das Wort in der intimen Form.

Eine nach der anderen schliefen die Frauen ein. Magda war fast zu müde, um zusammenhängend zu denken. *Ich kann nicht in ein Gildenhaus gehen und Peter auf der Folter sterben lassen! Ein erzwungener Eid ist ungültig ... und meine Loyalität gehört zuerst dem Imperium.*

Sie war sehr erschöpft; gegen ihren Willen beschlich der Schlaf sie. Bruchteile des Eides hallten in ihrem Gehirn wider. ... *ein Kind nur dann gebären will, wenn es mein Wunsch ist ... habe ich Peters Kind gewollt? Wenn nicht, warum habe ich dann geweint? Oder wollte ich nur, ich wollte es ... weil ich ihn so enttäuscht hatte?*

Schon im Halbschlaf dachte sie, daß sie sehr gern in ein Gildenhaus gehen würde, wenn ihre Mission nicht wäre. *Als Amazone könnte ich hier ebensoviel leisten wie auf einem anderen Planeten, wo die Frauen frei sind.*

Was ich auch tue, ich bin meineidig. Ich kann den Eid brechen, den ich meinen Schwestern geleistet habe – oder Verrat am Imperium üben. Mein ganzes Leben lang bin ich, ohne es zu wissen, zwei Frauen gewesen: eine Terranerin, eine Darkovanerin. Und jetzt bin ich zerrissen. Ich muß jemanden verraten, oder Peter wird zu Tode gefoltert.

Ist Peter es wert, daß ich meine Integrität opfere? Kann ich sie aufgeben? Und wenn ein Leben auf dem Spiel steht?

Plötzlich überwältigte sie der Schlaf, und sie fiel in bodenlose Dunkelheit.

Sie träumte von Peter Haldane. Er lag im Dunkeln auf Stein, kalt und allein und verängstigt. Und Magda war, als strecke er die Hände nach ihr aus und lege den Kopf an ihre Brust, was er nur ein- oder zweimal in der kurzen Zeit ihrer Liebe getan hatte: verwundbar, ohne die Maske männlicher Stärke und Unfehlbarkeit. Sie küßte und tröstete ihn in ihrem Traum, und er flüsterte ihr zu:

»Du bist der einzige Mensch, dem ich vertrauen kann, Mag. Ich vertraue dir. Jeder andere geht darauf aus, mir die Kehle durchzuschneiden, nur du machst da nicht mit. Ich habe keine Angst vor dir, Mag, du bist der einzige Mensch, vor dem ich keine Angst habe.« Und sie wollte weinen, aber das durfte sie nicht, sie mußte jetzt stark genug für beide sein ... Im Traum wischte sie ihm die Tränen ab und sagte: »Darkover ist auch für Männer keine einfache Welt.« Aber als sie erwachte, war sie allein.

10

Magda erwachte spät. In der Hütte herrschte helles Tageslicht. Die Amazonen hatten das Feuer wieder angeschürt und kochten das Frühstück. Magda schloß die Augen und tat, als schlafe sie. Doch sie wußte, daß sie die Entscheidung nicht länger hinausschieben konnte.

Ich habe den Eid geleistet, um Zeit zu gewinnen. Ich habe nicht den Wunsch, ihn zu brechen. Ich habe gelernt – und zu spät gelernt –, daß ich fast mehr Darkovanerin als Terranerin bin, und ein Eid ist heilig. Darauf kommt es jetzt jedoch nicht an. Ich kann nicht zulassen, daß Peter zu Tode gefoltert wird. Ich bin eine Agentin Terras, und Peter ist mein Kollege.

Nachdem sie das klar formuliert hatte, stiegen alle emotionalen Gründe der anderen Seite in ihr auf. Sie unterdrückte sie mit großer Anstrengung. Ihr Gesicht zeigte eine starre Ruhe. *Ich habe meinen Entschluß gefaßt. Ich will an irgendeine andere Möglichkeit nicht einmal denken.*

Auch wenn es der falsche Entschluß ist?

Hör auf, Schluß mit dem Schwanken!

Magda begann zu überlegen, wie sie es durchführen

könne. Die Amazonen planten, sie ins Gildenhaus von Neskaya zu schicken, das ein hübsches Stück von hier entfernt war. Und es lag in der entgegengesetzten Richtung von Nevarsin, wohin ihr Weg sie eigentlich führte. Bestimmt würden sie ihre Route nicht ändern, um sie nach Neskaya zu bringen, sondern eine oder höchstens zwei dafür abkommandieren. Magda wollte sich gefügig zeigen, bis sie unachtsam wurden und ihr vertrauten – *Wie geschickt ich im Verrat bin!* –, dann weglaufen und den kürzesten Weg zurück nach Thendara einschlagen. *Sie werden mich in Sain Scarp suchen, und wenn ich mich direkt dorthin begebe, nachdem ich meinen Schwur gebrochen habe, ist es ihr Recht, mich zu töten, sobald sie mich erblicken, und Peter wird sterben. Und wenn ich in Thendara angelangt bin – was dann?*

Ich kann nichts anderes tun, als Montray mitteilen, ich hätte versagt, und er habe – buchstäblich – eine Frau ausgesandt, die Arbeit eines Mannes zu tun, und das sei auf diesem Planeten unmöglich. Er wird jemand anders schicken müssen. Es ist dann gerade noch Zeit genug.

Und welche Zukunft habe ich danach auf dieser Welt?

Keine . . .

Magda akzeptierte die Tatsache, daß dies die Verbannung von ihrer eigenen Welt, die Darkover war, bedeutete. Sie konnte ihre alte Arbeit in Thendara nicht wiederaufnehmen. Sobald sie einen Schritt in die darkovanische Stadt tat, hatte jede Freie Amazone das Recht, sie zu töten. Sie würde eine Versetzung beantragen, irgendwo anders hingehen müssen.

Auf einen Planeten, wo man einer Frau eine echte Aufgabe überträgt. Trübsinnig dachte sie, daß ihr Zusammentreffen mit den Freien Amazonen ihr wenigstens Stellenangebote einbringen würde, die ihren Fähigkeiten angemessen waren. *Ich habe das vorhandene Wissen über sie vervierfacht!*

Die Vorstellung, Darkover zu verlassen, war von einem scharfen, fast körperlichen Schmerz begleitet. Aber es gab keinen anderen Weg. Sie ertrug es nicht mehr, in ihrer Arbeit für das Imperium allen möglichen Beschränkungen unterworfen zu sein, nur weil sie eine Frau war.

Wenn ich hier als Freie Amazone leben könnte ... aber der Preis dafür, daß sie ihren Eid hielt, war Peters Tod.

Auch er ist Darkovaner. Würde er sein Leben annehmen, wenn er wüßte, daß ich es mit einem Eidbruch und dem Opfer meiner Integrität erkauft habe? Der Gedanke war zu schmerzlich, als daß sie ihn hätte weiterverfolgen können. Magda zwang sich, aufzustehen und die endlose, sinnlose Selbstbefragung abzubrechen.

Jaelle, bereits angezogen, stand am Feuer und bereitete ein warmes Getränk aus geröstetem Korn; Magda hatte es in Caer Donn ein paarmal probiert. Sie füllte für Magda einen Becher. »Ich habe den anderen gesagt, sie sollten dich schlafen lassen; du mußt zu Tode erschöpft gewesen sein. Sie sind schon draußen bei den Pferden und werden bald aufbrechen. Du und ich nehmen dann den Weg zum Gildenhaus, wo dein Name in die Rollen der Charta geschrieben werden wird.«

In einem letzten verzweifelten Bemühen um Jaelles Verständnis sagte Magda: »Ich habe dir erzählt, daß es bei meiner Mission um Leben und Tod geht. Mein Verwandter wird zu Tode gefoltert, wenn ich ihn nicht bis Mittwinter auslöse.«

Jaelles Blick verriet Mitgefühl. Trotzdem antwortete sie: »Du hast durch deinen Eid jede Verpflichtung gegenüber einem Mann, einem Haushalt, einer Familie oder einem Clan von dir geworfen, Schwester. Jetzt bist du uns verpflichtet.«

In äußerster Verzweiflung ballte Magda die Hände zu Fäusten. Jaelle meinte freundlich: »Wenn wir im Gildenhaus sind, kannst du deinen Fall den Gildenmüttern vortragen. Vielleicht kommen sie zu dem Schluß, daß dein Anliegen den Eid nicht verletzt, und schicken jemand anders an deiner Stelle, um ihn auszulösen. Zeit genug wäre dann noch. Aber ich bin nicht berechtigt, diese Entscheidung zu treffen.«

Magda wandte sich abrupt ab. *Du wirst mich ziehen lassen müssen, Jaelle, dachte sie grimmig, und wenn ich dich töten muß.*

Die anderen Frauen kamen lachend und plaudernd vom Stall herein und unterhielten sich über den vor ihnen liegenden Ritt. Jaelle sagte: »Ihr könnt reiten, wann ihr wollt, aber ihr müßt eine andere Anführerin wählen. Margali und ich reisen nach Neskaya.«

»O Jaelle«, protestierte Gwennis, »du hast diese Aufgabe übernommen, weil dein Bruder dort ist und du ihn seit Jahren nicht mehr gesehen hast! Beauftrage eine von uns damit, Margali nach Neskaya zu bringen! Ich will gern mit dir tauschen.«

Jaelle schüttelte lachend den Kopf. »Gerade erst habe ich Margali daran erinnert, daß unsere Loyalität zuerst der Gilde gehört, und nicht der Verwandtschaft. Und was meinen Bruder betrifft, so hat ein Junge von zehn wenig Verlangen nach dem Besuch einer erwachsenen Schwester. Ich werde ihn zu Mittsommer in Ardais wiedersehen, und abgesehen davon wird Dom Gabriel ihm genug über den Schandfleck der Familie erzählt haben, daß es ihm lieber ist, mein Anblick bleibt ihm erspart!«

Magda fragte: »Ist dein Bruder ein Mönch?«

»O nein! Er wurde nur wie viele Comyn-Söhne nach Nevarsin ins Kloster geschickt, um dort Lesen und Schreiben zu lernen und etwas über unsere Geschichte zu hören. Er ist Rohanas Pflegesohn; ich habe ihn, seit er drei Jahre alt war, nur ein einziges Mal gesehen.«

Interesse vortäuschend, erkundigte Magda sich nach der Art der Mission.

»Die Mönche in Nevarsin bewahren Aufzeichnungen von vielem Wissen, das anderswo seit dem Zeitalter des Chaos verlorengegangen ist. Frauen wollen sie nicht unterrichten, und es ist uns nicht einmal erlaubt, im Gästehaus zu wohnen, aber es steht uns frei, ihre Bibliothek zu benutzen. Unsere besten Schreiberinnen kopieren Stückchen für Stückchen die Bücher über Anatomie und Chirurgie sowie die über Geburtshilfe und Frauenkrankheiten – Bücher, bei denen man glauben sollte, sie würden sie uns gern schenken, weil die Mönche doch keine Verwendung dafür haben. Es dürfen immer nur zwei Schreiberinnen gleichzeitig dort sein. Rayna und Sherna werden zwei Frauen ablösen, die ein halbes Jahr dort waren. Gwennis soll für sie im Dorf den Haushalt führen, und Camilla wird die anderen heimbegleiten.«

Magda spielte mit einem Napf Pulverbrei herum. Sie war neugierig, stellte jedoch keine Fragen mehr. Es ging ihr gegen den Strich, einer Frau, die sie vielleicht umbringen mußte, Freundschaft vorzuheucheln.

Bald darauf ritten die anderen Frauen weg und ließen Magda und Jaelle allein zurück. Als sie die Pferde sattelten, entdeckte Jaelle, daß ihres ein loses Hufeisen hatte.

»Wenn ich das nur gemerkt hätte, bevor Gwennis fortritt«, sagte sie. »Sie ist zwar keine Schmiedin, aber ich habe schon gesehen, daß sie Notreparaturen ausgeführt hat. Nun, dann müssen wir eben im nächsten Dorf anhalten. Sieh dir das an!« Sie reichte das Hufeisen Magda, die dastand und es auf der Hand wog, während Jaelle sich bückte, um den Huf des Pferdes zu untersuchen.

Jetzt könnte ich sie bewußtlos schlagen und fliehen . . .

Sie wartete zu lange. Jaelle drehte sich um, streckte die Hand nach dem Hufeisen aus und ließ es in ihre Satteltasche fallen.

Es war ein heller, fast wolkenloser Morgen, und es wehte ein scharfer, kalter Wind. Jaelle sog prüfend die Luft ein und wollte, gerade in den Sattel steigen – da hörte Magda wildes Gebrüll. Zwei Männer stürmten mit gezückten Messern aus dem Wald auf sie los. Magda erkannte zwei der Räuber von heute nacht, den schwarzhaarigen Anführer und den großen Mann mit dem Schnauzbart, den Jaelle verwundet hatte. Magda schrie eine Warnung; Jaelle, schon halb im Sattel, fuhr herum. Dann kämpfte sie mit dem Pferd als Rückendeckung. Die beiden Männer verbargen sie beinahe vor Magdas Augen. Magda dachte: *Lauf! Fliehe jetzt, sie ersparen dir die Mühe, sie zu töten ...*

Doch schon hatte sie ihr eigenes Messer gezogen und rannte hinüber. Der Schwarzhaarige drehte sich um. Sein Messer riß Magda den Arm auf. Der Schmerz brannte wie Feuer. Sie stieß ihm ihr eigenes Messer tief in die Brust, fühlte, wie es von einem Knochen abglitt. Der Räuber fiel stöhnend zu Boden. Jaelle kämpfte noch mit dem anderen. Magda sah, daß sie eine lange, blutende Wunde auf der Wange hatte. Dann schrie Jaelle in Todesangst auf, als sich das Messer des Räubers auf ihre Brust niedersenkte. Sie fiel, und in diesem Augenblick stieß Magda ihr Messer dem Mann in den Rücken.

Mit einem harten Pfeifen entwich die Luft aus Lungen, die schon nicht mehr atmeten. Langsam, mit einem Gefühl von Übelkeit zog Magda das Messer aus der Leiche.

Seit dem Training vor zehn Jahren habe ich nie mehr gegen irgendwen gekämpft. Jetzt habe ich einen Mann getötet und einen zweiten verwundet. Jaelle lag bewußtlos im Schnee, beinahe unter der Leiche des Schnauzbartes. *Ist sie tot?* Der Gedanke brachte Magda keine Erleichterung, sondern furchtbaren Schmerz. *Sie hat letzte Nacht für mich gekämpft. Und ich hätte sie verraten ...*

Jaelle regte sich, und Magda erkannte, daß Jaelles Leben immer noch zwischen ihr und ihrer Mission stand. Sie hielt das blutige Messer in der Hand, mit dem sie den Räuber getötet hatte. Jaelles Blick wanderte zu dem Messer hin. Sie lag still und sah ohne ein Wort zu Magda auf. Plötzlich wurde Magda klar, daß sie niemanden kalten Blutes töten konnte, und vor allem konnte sie diese Frau nicht töten, die verwundet und hilflos im Schnee zu ihren Füßen lag.

Welchen Wert hat Peters Leben, wenn ich es mit dem Tod eines anderen Menschen erkaufe? Ich will ihn durch eine ehrliche Tat retten, wenn ich kann, anders nicht.

Sie kniete neben Jaelle nieder. Jaelles Gesicht war von Blut überströmt, und Blut durchdrang ihre Kleidung an der Schulter. Magda hob den an der Wunde klebenden Stoff.

Das Messer des Räubers war unter dem Schlüsselbein eingedrungen und hatte zur Achselhöhle hinuntergestochen. Es war eine schlimme Wunde, schmerzhaft und gefährlich, aber nicht unbedingt tödlich. Von neuem zog Magda ihr Messer und reinigte die Klinge. Eins von Jaelles Augen war blutverklebt; das andere stand offen und starrte auf das Messer. Magda sagte gereizt: »Ich muß deine Kleider aufschneiden, damit ich die Blutung stillen kann.« Sie schlitzte Jaelles Jacke auf und zog sie behutsam von der Haut ab. Jaelle ächzte vor Schmerz, schrie aber nicht. Sie benetzte ihre Lippen und fragte nur: »Hast du . . . sie beide getötet?«

»Der eine ist tot. Bei dem anderen weiß ich es nicht, doch ist er bestimmt nicht in der Verfassung, uns zu schaden«, antwortete Magda.

Jaelles Atem ging laut. »Verbandzeug . . . in meinen Satteltaschen . . .«

Magda stand auf und zwängte sich zwischen dem toten Räuber und Jaelles Pferd hindurch. Das Tier, das das Blut roch, tänzelte nervös. Magda führte es weg, nahm ihm die Satteltaschen ab und suchte darin. Sie fand zwei oder drei Mullbinden und etwas, das nach einer kleinen, primitiven Erste-Hilfe-Tasche aussah. *Die Wunde muß wahrscheinlich genäht werden, aber das kann ich nicht.* Sie machte einen Druckverband um Jaelles Schulter und untersuchte dann die lange, schreckliche Wunde in Jaelles Gesicht. Das Messer hatte die Wange bis auf den Knochen aufgeschlitzt. Mit heiserer, beklommener Stimme sagte Jaelle: »Kann mit diesem Auge ... nicht sehen ...«

Magda ging an den Brunnen hinter der Unterkunft, schöpfte von dem eisigen Wasser kam zurück und wusch die grausige Wunde. Die Wimpern von oberem und unterem Lid trennten sich, und bald war zu erkennen, daß das Auge nur von einer kleinen Kerbe im Lid mit Blut verklebt gewesen war. Magda zog die Lider auseinander, und Jaelle holte tief Luft vor Erleichterung.

»Kannst du gehen? Du darfst nicht hier draußen im Schnee liegenbleiben.« Magda kniete sich hin, legte einen Arm um die Frau und brachte es fertig, sie auf die Füße zu stellen. Jaelle versuchte zu gehen und brach bewußtlos zusammen. Irgendwie schaffte Magda sie in die Hütte und legte sie auf eine der Steinbänke. Sie zündete Feuer an und hängte den Wasserkessel auf, denn sie dachte, ein Rindentee oder das Korngetränk der Amazonen werde ihnen beiden guttun. Und wenn Jaelle im Schock war – es sah ganz danach aus –, mußte sie warmgehalten werden. Da sie nicht wußte, wie Jaelle ihre Decken verpackt hatte, holte Magda ihre eigenen hervor und hüllte Jaelle hinein. Sie schob einen flachen Stein ins Feuer. Sobald er heiß war, wollte sie ihn in irgend etwas einwickeln und ihn Jaelle an die Füße legen. Das Wasser kochte, und sie goß es über die Rinde. Dann ging sie hinaus und brachte die Tiere in den Stall zurück. Vorläufig würden sie nirgendwohin reiten. Der zweite

Räuber war auch tot. Magda mußte ihn aus dem Weg zerren, bevor sie die Pferde und ihr Packtier wegführen konnte.

Als sie in die Hütte zurückkehrte, war Jaelle bei Bewußtsein. Sie flüsterte: »Ich dachte, du wärst gegangen.«

Wie ein fernes Echo hallte der Gedanke in Magdas Kopf wider: Sie hätte fliehen können. Nachdem sie für Jaelle ihr Bestes getan hatte, hätte sie sie ohne sonderliche Gewissensbisse zurücklassen können. Jetzt war es ein Ding der Unmöglichkeit geworden. *Ich habe geschworen, jede Amazone wie meine eigene Mutter, Schwester oder Tochter zu behandeln . . .*

Magda suchte nach Worten. »Wir sind verbunden durch den Eid – Schwester.«

Jaelle streckte tastend die Hand aus. Magda tat das Herz weh bei der unsicheren Geste, denn sie dachte daran, wie rasch und geschickt diese Hände gewesen waren. »Ich habe dir gesagt«, flüsterte Jaelle, »Eidesmutter und Eidestochter tauschen Geschenke aus. Ein solches Geschenk habe ich nicht gewollt.«

Magda geriet in Verlegenheit. »Du solltest lieber nicht mehr sprechen. Ist dir kalt?« Sie holte noch eine Decke, legte Jaelle den heißen Stein an die Füße und richtete sie auf, damit sie ein bißchen von dem dampfenden Tee trinken konnte. Jaelle berührte ihren Ärmel. »Kümmere dich um deine eigene Wunde.«

Magda hatte sie vergessen. »Das ist nur ein Kratzer.«

»Trotzdem. Manche Räuber aus den Bergen . . . vergiften ihre Klingen«, brachte Jaelle mühsam heraus. »Tu, was ich dir sage.«

Als Magda fertig war, schlief Jaelle, oder sie hatte erneut das Bewußtsein verloren. Und schlafend oder bewußtlos blieb sie den ganzen Tag. Magda kochte sich etwas Suppe aus getrocknetem Fleisch und versuchte, Jaelle zu wecken, um ihr etwas davon einzuflößen. Jaelle stöhnte und murmelte nur und entzog sich ihren Händen, und Magda sah, daß sie fieberte. Einmal wachte sie auf und bat ganz deutlich um Wasser, aber als Magda es brachte, war sie nicht mehr ansprechbar und wollte nicht schlucken.

Hat sie Verletzungen, die ich nicht sehe? Oder war das Messer des Räubers doch vergiftet? Magda kämpfte gegen die aufsteigende Panik an. *Ich will nicht, daß sie stirbt! Ich will nicht!*

Gegen Abend war Jaelles Haut glühend heiß, und Magda konnte sie auch nicht für einen Augenblick wachbekommen. Jaelle phantasierte und warf sich umher. Einmal zerrte sie mit ihrer freien Hand an dem Verband um ihr Gesicht. Magda zog die Hand weg, doch ein paar Minuten später fing Jaelle von neuem an zu zupfen. In dem Gedanken, daß die Wunde schlimmer werden könnte, wenn es Jaelle gelang, die Bandage zu lockern, nahm Magda eine Mullbinde und band Jaelle die Hände an den Seiten fest. Sie war nicht darauf vorbereitet, daß Jaelle in wildem Entsetzen losschrie.

»O nein, nein, nein, nein ... legt meine Hände nicht in Ketten – Mutter, Mutter ... laß sie nicht ... hilf mir ... o nein, nein!« Und dann wieder die dünnen, ohrenzerreißenden Schreie. Magda hatte noch nie solch Entsetzen erlebt. Sie ertrug es nicht. Schnell schnitt sie die Binden durch und hob erst die eine, dann die andere Hand Jaelles, um ihr zu zeigen, daß sie frei waren. Irgendwie durchdrang es Jaelles Delirium. Sie hörte auf zu schreien und lag still. Nach etwa einer Stunde kehrte ihre Hand an den Gesichtsverband zurück. Auf keinen Fall wollte Magda wiederholen, was Jaelle so erschreckt hatte. Statt dessen nahm sie die Hände der bewußtlosen Frau fest in ihre eigenen und sagte ruhig: »Das darfst du nicht tun. Lieg still, sonst schadest du dir. Ich werde dir die Hände nicht noch einmal festbinden, aber du mußt stilliegen.« Das sagte sie mehrmals in verschiedenen Variationen.

Jaelle öffnete die Augen, erkannte Magda jedoch nicht. Sie murmelte: »Kindra« und später »Mutter« und machte keinen Versuch, Magda ihre Hände zu entziehen. Einmal sagte sie ins Leere: »Es hat weh getan. Aber ich habe nicht geweint.«

Fast die ganze Nacht saß Magda neben Jaelle, horchte auf ihre Fieberphantasien, hielt ihre Hände fest, wenn sie an dem Verband zerren wollte. Einmal versuchte Jaelle, in dem Wahn, sie werde anderswo benötigt – das entnahm Magda ihrem Toben –, aus dem Bett zu klettern. Magda hatte nichts, was sie ihr gegen das Fieber geben konnte. In Jaelles Satteltaschen befanden sich einige Medikamente, aber Magda hatte keine Ahnung, was es war und wie man es anwendete. Sie wusch sie mehrmals mit dem eisigen Wasser aus dem Brunnen und versuchte vergeblich, ihr zu trinken zu geben. Jaelle wich vor ihr zurück und wollte nicht schlucken. Gegen Morgen beruhigte sie sich. Magda wußte nicht, ob sie schlief oder im Koma lag und sterben würde. So oder so konnte sie nichts tun. Sie legte sich neben die bewußtlose Frau und schloß die Augen, um sich einen Moment auszuruhen. Plötzlich war die Hütte voll von grauem Licht. Jaelle lag mit offenen Augen da und sah sie an.

»Wie fühlst du dich, Jaelle?«

»Höllisch«, antwortete sie. »Ist etwas Wasser oder Tee oder sonstwas da? Mein Mund ist nicht mehr so trocken gewesen, seit ich Shainsa verlassen habe.«

Magda brachte ihr Tee. Jaelle stürzte ihn durstig hinunter und bat um mehr. »Bist du die ganze Nacht bei mir geblieben?«

»Bis du einschliefst – ich hatte Angst, du würdest deinen Verband abreißen. Versucht hast du es.«

»Habe ich phantasiert?« Als Magda nickte, sagte Jaelle mit schiefem Grinsen: »Das erklärt es. Ich träumte, ich sei wieder in den Trockenstädten, und Jalak – nun, es war fürchterlicher Unsinn, aber ich bin selten so froh gewesen, aufzuwachen.« Vorsichtig betastete sie den Verband.

»Du wirst eine schreckliche Narbe zurückbehalten, fürchte ich.«

»Es gibt Frauen im Gildenhaus, die der Meinung sind, ihre Narben bewiesen ihre Tüchtigkeit«, berichtete Jaelle. »Aber ich bin schließlich keine Kämpferin.«

Darüber mußte Magda lachen. »Ich halte dich sogar für eine gute.«

»Ich meine, ich bin keine professionelle Kämpferin. Ich verdinge mich nicht als Söldnerin oder Leibwache.« Unbehaglich verlagerte Jaelle ihr Gewicht. »Ich erinnere mich an fast gar nichts mehr, seit du mir die Jacke aufgeschnitten hast.«

»Ich werde es dir erzählen, nachdem ich deine Wunde versorgt habe«, versprach Magda. Jaelles Fieber war so hoch gewesen, daß Magda eine Infektion befürchtete. Wenigstens hatte die Wunde nicht nachgeblutet, aber ihre Ränder sahen scheußlich aus. Vergiftet? Jaelle sagte: »Ich habe *Karalla*-Puder in meinen Satteltaschen; er verhindert, daß die Wunde sich vorzeitig schließt, wenn noch Eiter darunter sitzt.« Nach ihren Anweisungen bestäubte Magda die Wunde mit dem grauen Zeug, bevor sie sie frisch verband. Jaelle war blaß und erschöpft, doch geistig klar. Sie aß mit Magdas Hilfe etwas von der Trockenfleischsuppe und trank noch einmal Tee.

»Du hast sie beide getötet? Das überrascht mich!«

»Mich hat es auch überrascht«, gestand Magda.

Jaelle betastete schon wieder den Verband auf ihrem Gesicht. »Ich bin keine von denen, die ihre Narben zur Schau stellen und stolz darauf sind, doch vielleicht muß ich so tun, als sei ich es. Besser narbenbedeckt als tot – oder blind! Camilla hat mir einmal erzählt, manche Männer fänden Messernarben bei einer Frau unwiderstehlich.« Müde ließ sie sich gegen die zusammengerollte Satteltasche unter ihrem Kopf sinken. »An der Wunde bin ich selbst schuld, wirklich. Gwennis und sogar die alte Camilla hätten beide zurückgeschlagen, ohne einen Kratzer abzubekommen.«

Sie schloß die Augen und schlief wieder ein. Den ganzen Tag wurde sie nicht mehr richtig wach, aber das Fieber kehrte nicht zurück. Magda hatte wenig zu tun, nachdem sie sich um die Tiere gekümmert hatte. Sie dachte daran, die toten Räuber zu begraben. Das war jedoch eine Arbeit, die weit über ihre Kraft ging. Immer blieb sie in Jaelles Nähe, falls das verwundete Mädchen etwas brauchte. Der Verband auf Jaelles Gesicht bekümmerte Magda sehr. *Sie war schön! In der Terranischen Zone könnte man sie operieren; hier wird sie diese gräßliche Narbe vermutlich bis zu ihrem Tod tragen müssen.*

Von neuem kam ihr der Gedanke, daß sie nun, wo Jaelle auf dem Weg der Besserung war, fortgehen könne, ohne den Tod des Mädchens auf ihr Gewissen zu laden. Doch mittlerweile war das eine ganz abstrakte Überlegung geworden.

Am nächsten Tag konnte Jaelle aufstehen und ein bißchen umhergehen. Vorsichtig bewegte sie ihren Arm. Sie fluchte über die Schmerzen, aber sie bewegte ihn trotzdem. »Ich will nicht, daß die Muskeln steif werden und der Arm seine Kraft verliert«, antwortete sie gereizt auf Magdas Warnung, die Wunde könne aufreißen. »Ich weiß schon, was ich tue.« Jetzt, da ihr Bewußtsein nicht länger durch Schock und Erschöpfung getrübt war, spürte sie große Schmerzen, und das machte sie nervös und unruhig. Am späten Nachmittag erwachte

Magda aus einem kurzen Schlaf und überraschte Jaelle dabei, daß sie sie anstarrte, als versuche sie, sich an etwas zu erinnern. *Fällt ihr wieder ein, daß sie glaubte, ich würde sie töten?* Mit Entsetzen dachte Magda an den Augenblick zurück, als sie vor der am Boden liegenden Jaelle gestanden hatte, selbst noch nicht sicher, was sie beabsichtigte. Jaelle war so still gewesen wie ein verwundetes Tier, das den Todesstreich des Jägers erwartet...

Schließlich sagte Jaelle leise: »Ich hatte nicht damit gerechnet, daß du bei mir bleiben würdest, Margali. Ich weiß, du hast unseren Eid unwillig geleistet. Es ist üblich, daß Eidesmutter und Eidestochter Geschenke austauschen. Du hast mir mein Leben geschenkt.«

»Nicht doch!« Magda ertrug es nicht, an ihre Unschlüssigkeit erinnert zu werden. Sie stand auf, verließ die Hütte und blickte zu den niedrigen grauen Wolken empor, die schwer von Schnee waren. Mittwinter war nur noch ein paar Tage entfernt, und dann würde Peter Haldane das Opfer der Fehde zwischen Rumal di Scarp und dem Ardais-Clan werden und einen schrecklichen Tod erleiden. Magda lehnte sich an die Außenwand der Hütte und überließ sich hilflosem, verzweifeltem Weinen.

Nach langer Zeit spürte sie eine leichte Berührung an ihrem Arm. Jaelle stand da, sehr blaß und besorgt.

»Ist er dir so teuer – der Verwandte, den du auslösen wolltest?«

Magda, die um Beherrschung rang, konnte nur den Kopf schütteln und sagen: »Es ist nicht allein das.«

»Dann erzähle mir, was es ist, meine Schwester.« Jaelle nahm Magdas Hand. »Bleib nicht hier draußen in der Kälte.«

Mehr Jaelles wegen, die mit ihrer unverheilten Wunde erst recht nicht in der Kälte bleiben durfte, ließ

Magda sich ins Innere führen. Jaelle stolperte und fiel schwer gegen sie. Magda fing sie auf und half ihr auf eine der Steinbänke.

»Nun erzähle es mir, Schwester.«

Magda wehrte traurig ab: »Ich habe dir alles erzählt.«

»Aber diesmal«, drängte Jaelle, »wirst du die Wahrheit sagen, nicht wahr? Ich verstehe dich nicht, Margali. Als du den Eid ablegtest, hast du gelogen und auch wieder nicht gelogen. Du sagtest die Wahrheit; du sagtest die Unwahrheit. Sogar dein Name – es ist dein Name; du hast einen anderen Namen. Erzähle es mir.«

Magda ließ sich überrumpeln. »Woher weißt du das?«

»Ich bin als Comyn-Tochter geboren«, erwiderte Jaelle, »ich habe etwas Laran.« So wie Jaelle es benutzte, kannte Magda das Wort nicht; für gewöhnlich bedeutete es Gabe oder Talent. »Ich bin nicht darin ausgebildet worden, mein Laran richtig anzuwenden. Lady Rohana – sie ist mit meiner Mutter verwandt – hätte mich gern zur Ausbildung in einen Turm geschickt. Aber ich wollte nicht zu diesen Leuten. Deshalb ist meine Gabe erratisch. Ich kann sie nicht benutzen, wenn ich gern möchte, und dann wieder drängt sie sich mir gegen meinen Willen auf. So war es, als du den Eid sprachst. Ich spürte in meinem Inneren, daß du nach zwei verschiedenen Richtungen gezerrt wurdest und große Angst hattest ... *so viel* Angst war nicht notwendig. Und auch jetzt kann ich deine Gedanken lesen, wenn auch nur undeutlich, Margali – falls das dein Name ist. Du bist durch deinen Eid gebunden, ich aber auch. Ich bin verpflichtet, dich niemals zu verletzen oder zu verraten. Erzähle es mir, meine Schwester!«

Magda sagte müde: »Ich bin in Caer Donn geboren. Mein wirklicher Name – der Name, den meine Eltern mir gaben – ist Magdalen Lorne, aber die darkovanischen Kinder, mit denen ich spielte, konnten diesen Namen nicht aussprechen. Sie nannten mich *Margali*, und das ist ebenso mein Name wie der andere.«

»Die ... die *darkovanischen* Kinder?« flüsterte Jaelle, und ihre Augen wurden groß und beinahe ängstlich. »Was bist du dann?«

»Ich bin ... ich bin ...« Magda blieben die Worte in der Kehle stecken. Dies war eine Grundregel: *Du darfst einem Außenseiter niemals sagen, wer du bist. Niemals.*

Jaelle ist kein Außenseiter. Sie ist meine geschworene Schwester. Plötzlich war kein Konflikt mehr vorhanden. Der Klumpen in Magdas Kehle löste sich auf, und ihr war, als hole sie zum erstenmal, seit sie vor einigen Nächten diese Unterkunft betreten hatte, wieder frei Atem. Sie berichtete, ohne zu stocken: »Meine Mutter und mein Vater waren Terraner, Bürger des Imperiums. Ich bin Darkovanerin, geboren in Caer Donn, aber ich bin Agentin des Nachrichtendienstes und Linguistik-Expertin für das Imperium, und ich arbeite von Thendara aus.«

Langsam nickte Jaelle. »Also das ist es«, bemerkte sie endlich. »Ich habe einiges über die Terraner gehört. Eine von uns aus dem Gildenhaus in Thendara, eine *emmasca*, die sich als Mann ausgeben kann – das können sie alle, aber viele von ihnen wollen nicht –, mischte sich unter die Arbeiter, die den Raumhafen bauen, und sie hat uns von deinem Volk erzählt. Ich wußte nicht, daß die Terraner, außer ihrer Gestalt nach, menschlich sind.«

Magda lächelte über diese Art, es auszudrücken. »Die Aufzeichnungen des Imperiums sagen, daß Darkovaner und Terraner in ferner Vergangenheit ein und derselben Rasse angehörten.«

»Weiß Lady Rohana, daß du *Terranan* bist?«

»Ja – sie hat mich im Raumhafen kennengelernt.«

»Das erklärt, warum du dich an sie wenden mußtest«, dachte Jaelle laut. »Ist dein Verwandter ebenfalls Terraner?«

»Ja, aber Rumal di Scarp nahm ihn gefangen, weil er zufällig Ähnlichkeit mit Lady Rohanas Sohn hat.«

»Er sieht aus wie Kyril? Das macht ihn mir nicht gerade sympathisch«, meinte Jaelle. »Ich liebe Rohana sehr, Kyril dagegen – nun, das ist jetzt Nebensache. Du liebst diesen Mann so sehr? Ist er dein Liebhaber?«

Magda antwortete langsam: »Nein, obwohl wir für einige Zeit . . .« – sie zögerte, benutzte das darkovanische Wort – ». . . Freipartner waren. Aber es ist mehr als das. Wir waren wie Kinder zueinander, und er hat sonst niemanden. Für meine Vorgesetzten in Thendara ist er . . . ersetzbar. Deshalb übernahm ich die Aufgabe, ihn vor Tod und Folter zu retten.«

Jaelle biß sich stirnrunzelnd auf die Lippe; die Finger zupften an dem Verband ihrer Wange. »Ich muß nachdenken. Vielleicht . . . du bist bei deinem Nachrichtendienst ordnungsgemäß angestellt? Eine Freie Amazone ist gesetzlich verpflichtet, jede Aufgabe zu erfüllen, für die sie sich aus eigenem Willen verdingt hat, und man könnte sagen, deine Ehre erfordert es, daß du die Bedingungen deines Arbeitsvertrages einhältst.« Wieder dachte sie laut. »Du sagst, du liebst ihn nicht. Was empfindest du dann für ihn?«

»Ich weiß es nicht.« Magda erforschte ihr Inneres und hörte sich zu ihrer eigenen Überraschung sagen: »Ich möchte ihn beschützen.«

Jaelle starrte Magda so konzentriert an, daß Magda sich fragte, ob das Mädchen wirklich ihre Gedanken las. Jaelle sagte: »Ja. Ich glaube, bisher hat dir noch kein Mann mehr als das bedeutet. Du hast den richtigen Amazonengeist, und wärest du unter uns geboren, hätte dich dein Weg schließlich auch zu uns geführt. Das muß Rohana in dir gesehen haben.«

In Gedanken versunken, schwieg sie eine Weile. Dann lachte sie plötzlich auf.

»Es gibt nur einen Mann auf der Welt, den ich weniger liebe als Rumal di Scarp. Zu gern würde ich Rumal seine Beute wegnehmen! Dein Eid verpflichtet dich, allen gesetzlichen Befehlen deines Arbeitgebers zu gehorchen. Und es steht ein Leben zwischen uns, und von mir wird erwartet, daß ich meiner Eidestochter ein Geschenk gebe. Ich will mit dir nach Sain Scarp reiten, Margali!«

Von neuem hin und her gerissen zwischen zwei Loyalitäten, sagte Magda: »Jaelle, ich kann dir nie genug dafür danken, aber zunächst mußt du wissen: Es wird dir in Thendara viel Ärger machen. Lorill Hastur hat befohlen, daß niemand aus den Domänen sich in diese Angelegenheit einmischen darf.«

»Du hörst nicht genau zu«, rügte Jaelle. »Ich denke selbst, ich folge nicht blindlings dem Willen Hasturs. Wie alle Menschen muß ich mich nach den Gesetzen des Landes richten, aber noch sind die Launen Hasturs in Thendara nicht Gesetz, und Lorill Hastur hat nicht das Recht, entgegen der Charta einer Freien Amazone zu verbieten, eine legale Arbeit anzunehmen. Lorill Hastur ist mein Verwandter – allerdings schien er das einzige Mal, das er mich sah und mit mir sprach, nicht viel Wert auf diese Beziehung zu legen –, doch er ist nicht der Bewahrer meines Gewissens! Freie Amazonen schulden keinem Lehnsherrn Loyalität, selbst wenn er sich den Sohn Hasturs nennt. Und ich glaube, wenn die Terraner dir, einer Frau, in Caer Donn geboren, die Kraft und den Mut geben konnten, sich allein in die Hellers zu wagen, und ...« – sie zögerte und wandte den Blick ab – »... und gleichzeitig die Charakterstärke, unter solchem Druck einen Eid zu halten, dann könnten diese *Terranan* selbst einen Hastur etwas lehren, und die Freien Amazonen sollten ihre Freunde und Verbündeten sein. Deshalb gebe ich dir die Erlaubnis und werde dir helfen, deinen Freund zu retten.«

Hastig bat Magda: »Es darf nicht bekannt werden, daß Peter Terraner ist!«

»Nein – Rumal würde es das größte Vergnügen bereiten, ihn noch am gleichen Tag auf der Burgmauer zu hängen!« Jaelle reichte Magda die Hände. »Ich glaube, ich kann morgen reiten. Und dann reiten wir nach Sain Scarp.«

11

Bevor sie die Unterkunft am nächsten Morgen verließen, bestand Jaelle darauf, die Leichen der Räuber zu entkleiden, eine unerfreuliche Arbeit, da sie in der bitteren Kälte steifgefroren waren. Sie zerrten sie vom Weg hinunter. »Die *kyorebni* und Wölfe werden den Rest besorgen«, meinte Jaelle fröhlich. »Sollen sie für uns die Arbeit tun; bei diesem Frost hätten wir die Männer doch nicht begraben können.«

Es war ein bedeckter, unfreundlicher Tag, und Magda machte sich Sorgen um Jaelle. Eine unverheilte Wunde der Kälte auszusetzen konnte gefährlich sein. Doch war der Paß von Scaravel einmal geschlossen, brachte sie auch die größte Eile nicht mehr vor der Mittwinternacht nach Sain Scarp.

Die ersten drei Tage kamen sie schnell voran. Aber am vierten Tag begann es endgültig zu schneien. Sie ritten die lange Straße zum Paß hinauf, und Jaelle meinte:

»Wenn wir vor Dunkelwerden hinüberkommen, haben wir nichts mehr zu befürchten. Sain Scarp liegt einen Zweitagesritt hinter dem Paß, und nichts anderes ist so hoch wie der Scaravel. Aber wenn wir heute aufgehalten werden und den Scaravel bei Nacht passieren müssen ...« Sie verstummte stirnrunzelnd, offensichtlich besorgt.

Kurz vor Mittag kamen sie in ein kleines Dorf am Berghang, wo sie in einer Garküche heiße Suppe aßen und Futter für ihre Tiere einkauften. Sie wollten gerade weiterreiten, als die Gurte von Magdas Packtier nachgaben und die Last abrutschte. Das Tier, verängstigt durch das schwere Bündel, das ihm unter dem Bauch hing, schnaubte und wieherte. Magda stieg ab und rannte hin, um es davon zu befreien. Aber das Tier trat aus und bäumte sich auf, und auch mit Jaelles Hilfe dauerte es eine halbe Stunde, bis Magda es so weit beruhigt hatte, daß sie den noch festsitzenden Gurt lösen und den Pakken abnehmen konnte. Dann mußten sie einen Sattler finden, um den Gurt flicken zu lassen oder einen neuen zu kaufen. Jaelle führte ein langes Gespräch mit dem Sattler (sein Dialekt war so breit, daß Magda ihn nicht verstand), und als sie zurückkehrte, blickte sie ernst drein.

»Lady Rohana mit ihrer Eskorte hat den Scaravel vor drei Tagen auf ihrem Weg nach Ardais passiert«, berichtete sie. »Damals war der Paß noch offen. Seitdem ist kein Reisender mehr hinaufgestiegen. Vielleicht finden wir ihn schon blockiert, und wenn nicht, wird dieser Sturm ihn sicher bis zur Frühjahrsschmelze schließen. Was auch geschehen mag, wir müssen heute nacht über den Scaravel, sonst erreichen wir Sain Scarp nicht mehr rechtzeitig. Essen wir noch einmal von der guten Bohnensuppe jener Frau, bevor wir uns auf den Weg machen. Heute abend werden wir kaum eine warme Mahlzeit bekommen.«

Weniger als eine halbe Meile hinter dem Dorf sah Magda sich um und stellte fest, daß der dichter werdende Schnee die Lichter hinter ihnen bereits ausgelöscht hatte. Jaelle wickelte ein Ende ihres Schals um die verbundene Wange. Gedämpft klang ihre Stimme darunter hervor. »Wenn diese Dorfbewohner nicht alle im

Schatten von Sain Scarp lebten – und falls sie nicht von den Räubern bezahlt werden, haben sie doch Angst vor ihnen –, hätte ich die Pferde zurückgelassen und versucht, den Paß zu Fuß zu überqueren. Aber auf eine so schwere Probe wollte ich ihre Ehrlichkeit nicht stellen. Es gibt ein Sprichwort in den Bergen: ›Vertraue deinen Knochen nicht dem Hund eines anderen Mannes an.‹«

Nicht einmal eine Stunde später mußten sie ihre Sattellaternen anzünden. Die kleinen Lampen, in denen Baumharz brannte, warfen in alle Richtungen ein paar Fuß weit einen matten Schein, doch dahinter löste sich das Licht vor dem Vorhang aus fallendem Schnee im Nebel auf. Der Pfad zwischen den Felsen war tief eingetreten, und das beruhigte Magda, denn der Schnee löschte die Landmarken aus, und sie hätten vom Weg abirren und ihn nie wiederfinden können. Als sie darüber zu Jaelle eine Bemerkung machte, lachte diese hinter ihrem Schal.

»Halte dich nur immer aufwärts, bis es nicht mehr weitergeht! Was mich betrifft, bin ich froh über den Schnee. So nahe an Sain Scarp ist der Scaravel kein Paß, den man bei gutem Wetter allein überquert. Ich bin überzeugt, auf diese Weise ist dein Freund gefangen worden. Aber in einer Nacht wie dieser sitzt sogar ein Räuber zu Hause an seiner eigenen Feuerstelle!«

Höher und höher hinauf ritten sie, und bei Magda machte sich der dumpfe Schmerz in Ohren und Stirnhöhle bemerkbar, der von großer Höhe herrührt. Ganz gleich, wie oft sie gähnte und die Fingerspitzen gegen die Ohren drückte, er ließ sich nicht ganz vertreiben. Es war bitter kalt, und sie gerieten in den Bergwind, der den dichten Schnee beinahe waagerecht in ihre Gesichter trieb und am Boden aufhäufte, bis die Tiere knietief in Schneewehen versanken. Sie mußten absteigen und die sich sträubenden Pferde führen. Langsam arbeiteten sie sich gegen den Wind vor, jede Frau abgeschlossen in ihrem eigenen Kokon aus Dunkelheit und Stille. Für Magda war die Welt zu einem weniger als zehn Fuß durchmessenden Kreis zusammengeschrumpft, der sie selbst, die vordere Hälfte ihres Pferdes, den Schwanz von Jaelles Reittier unmittelbar vor ihr und das leise Knirschen enthielt, mit dem das geweihtragende Packtier auf seinen breiten Hufen hinter der Laterne herstapfte. Außerhalb dieses kleinen Kreises war nichts, nur Dunkelheit und ein Wind, der wie alle Dämonen aus Zandrus legendärer neunter Hölle kreischte. Höher und höher hinauf, die Kniemuskeln protestierten bei jedem Schritt, und ihr Atem ging in kurzen Stößen. Sie wickelte sich ihren dicken Schal um das Kinn und spürte, wie er durch die Feuchtigkeit ihres Atems zu einer Eismaske gefror.

Dann lief sie gegen einen Körper, der hart und weich zugleich war, erschrak über das Eindringen von etwas Fremdem in ihren privaten Kokon und entdeckte, daß es Jaelle war. Sie hatte ihr Pferd quergestellt, so daß es den Weg blockierte, rückte mit dem Kopf dicht an Magda heran und brüllte: »Wir wollen eine kleine Pause machen und essen. Es kommt mir wie Stunden vor, daß wir gegessen haben, und weiter oben ist es gefährlicher anzuhalten!«

Sie stellten die Tiere zu einem Dreieck auf, Nase an Schwanz, und kauten in der Mitte dieses provisorischen Windfangs Trockenfleischriegel und Obst, was das erste gewesen war, das Magda oben in ihren Satteltaschen hatte finden können. Die Welt war so klein geworden, daß sie sich dabei ertappte, wie sie auf das Muster von kleinen blauen Vögeln in den Rücken von Jaelles wollenen Fausthandschuhen starrte und sich fragte, ob Jaelle sie selbst gestrickt habe.

Dann fegte von den Höhen ein schriller, unheimlicher

Schrei und übertönte sogar den kreischenden Wind. Es war ein langes, paralysierendes Geheul, das Magdas Ohren klingen ließ und sie beinahe körperlich lähmte. Sie keuchte, denn sie konnte sich denken, was das für ein Schrei war, noch bevor Jaelle feststellte: »Ein Banshee. Das habe ich befürchtet. Hoffen wir, daß der Wind seinen Richtungssinn verwirrt. Und denke daran, es nimmt lieber die Pferde als uns, also halte dich hinter ihnen in Deckung.«

Magda hatte von dem markerschütternden, lähmenden Schrei der großen, flugunfähigen Fleischfresser, die oberhalb der Schneegrenze lebten und von der Körperwärme und der Bewegung ihrer Beute angelockt wurden, gehört, aber mit eigenen Ohren vernommen hatte sie ihren Schrei noch nie. Von neuem ertönte der geisterhafte Laut, und Magda war es, als habe sich der Fleischriegel, den sie kaute, in ihrem Mund in Leder verwandelt.

Jaelle versuchte vergeblich, sich durch das Brausen des Windes verständlich zu machen. »Was ist, Jaelle?«

»Hier müssen wir uns entscheiden. Ich bin keine Expertin für den Scaravel, aber ich habe ihn immerhin schon bei Tageslicht überquert, du jedoch nicht, wie ich annehme. Weiter oben verengt sich der Pfad, so daß wir nicht mehr umkehren können, und es gibt nicht einmal eine ebene Stelle, um dort die Nacht zu verbringen. Ziehen wir weiter, können wir nicht mehr anhalten, bis wir auf der anderen Seite sind. Aber der Paß scheint offen zu sein. So oder so ist es ein Risiko, aber es ist dein Risiko und dein Hals. Versuchen wir es im Dunkeln, oder warten wir hier? Der Weg ist auch im Hellen nicht besonders gut.«

Magda dachte an den sich verengenden Pfad, die schrecklichen Fleischfresser der Gipfel, ihre eigenen schmerzenden Beine und das vom Wind brennende Gesicht. Und Jaelle ging es im Grunde nicht gut genug, um überhaupt zu reisen. *Es ist nicht Jaelles Mission. Wenn ich sie in den Tod führe ...*

»Was würdest du raten?« fragte Magda.

»Ich würde gar nichts raten. Ich würde versuchen, nicht in eine solche Situation zu kommen. Aber einmal drin, bin ich eher dafür, weiterzugehen. Nur möchte ich nicht, daß du es dir leicht oder ungefährlich vorstellst, denn das ist es nicht. Dies ist deine letzte Chance, die Nerven zu verlieren.«

Sie durfte die Nerven auf keinen Fall verlieren. Wenn sie den Scaravel nicht heute nacht noch überquerten und er sich bei Tageslicht nach dem nächtlichen Schneefall als blockiert erwies ... Magda sagte: »Und was ist mit dir, Jaelle? Du bist noch nicht kräftig genug ...«

»Es ist beinahe ebenso gefährlich, hier umzukehren und wieder abzusteigen«, erwiderte Jaelle. »Und wenn wir hierbleiben, können wir erfrieren. Wenn du es schaffst, schaffe ich es auch.«

Magda war nicht so überzeugt davon, aber nachdem sie so weit gekommen war, wollte sie nicht mehr aufgeben. Sie schluckte den letzten Rest des Trockenfleisches hinunter. »Gut, dann versuchen wir es. Soll ich vorangehen und den Weg bahnen? Das hast du die ganze Zeit schon getan.«

»Von hier an bahnen wir keinen Weg mehr; wir lassen es die Pferde tun«, sagte Jaelle, »und wir bleiben zwischen ihnen für den Fall, daß ein Banshee auf der Suche nach einem Mitternachtsimbiß unterwegs ist!«

Der Weg wurde jetzt sehr steil, doch da sie sich zwischen den beiden Reittieren zusammendrängten, griff der Wind sie nicht mehr so heftig an. Der Schnee knirschte hart unter ihren Füßen, und sie hielten sich an den Sätteln fest, um nicht auszurutschen. Der Pfad drehte und wand sich um hohe Felsen, die etwas Windschutz gaben. Hin und wieder erhaschte Magda zwischen den Beinen der Pferde hindurch oder über ihre Rücken weg einen unheimlichen Blick in tiefe Abgründe, wo es gleich neben dem Pfad in bodenlose Tiefen ging. Dann richtete sie die Augen hastig wieder auf die sie umschließende Welt – die Pferde zu beiden Seiten, Jaelle dicht an sie gedrängt – und war froh über die Dunkelheit, die die schwindelerregenden Abstürze links und rechts verbarg. Magda hörte Jaelles mühsames Atmen. Immer wieder und wieder kam von den Gipfeln über ihnen der nervenzerfetzende Banshee-Schrei. Die Pferde zuckten und stampften; Magdas Pferd warf den Kopf. Sie zog den Zügel fester und versuchte, das verängstigte Tier zu beruhigen.

»Werden die Sattellaternen die Banshees nicht anziehen?«

»Nein, sie sind blind«, antwortete Jaelle. »Sie spüren Wärme und Bewegung, das ist alles. Ich erinnere mich . . .«

Magda erfuhr nie, an was sie sich erinnerte. Im nächsten Augenblick erklang ein Banshee-Schrei in ihrer nächsten Nähe, das Packtier hinter ihnen schrie, und Magdas Pferd bäumte sich am Rand der Klippe auf. Das Packtier stürzte, schreiend, um sich tretend, und über seinem sich wehrenden Körper erkannte Magda undeutlich einen großen, nackten, bussardähnlichen Kopf und einen riesigen, unförmigen Körper. Der Schnabel hackte in den weichen Unterbauch des Packtiers und kam bluttriefend wieder in die Höhe. Magda zog ihr Messer, trat zurück, wartete auf den richtigen Augenblick zum Angriff. Der nackte Kopf fuhr in ihre Richtung herum, schnellte vor, und Jaelle faßte ihr Handgelenk und zerrte sie weg.

In hartem Flüsterton befahl Jaelle: »Laß es fressen!

Es ist zu spät, um das Tier zu retten, und wenn das Banshee voll ist, läßt es uns in Ruhe!«

Magda sah das ein, aber die Schreie des sterbenden Packtieres, das entsetzte Wiehern der Pferde und der Gestank des großen Raubvogels bereiteten ihr Übelkeit. Die furchterregenden Klauen schlugen zu, kratzten, rissen, der böse Schnabel bohrte sich immer wieder und wieder in seine Beute, und Magda bedeckte das Gesicht mit den Händen. Jaelle zog sie hinter die Pferde. Dort lagen die Frauen versteckt und versuchten, nicht zu hören oder zu sehen, wie das Banshee mit glucksenden, rülpsenden Lauten fraß.

Gott, diese Klauen! Sie haben das Tier mit einem Schlag fast in zwei Hälften gerissen! dachte Magda.

Es kam ihnen sehr lange vor, bis das Banshee seinen großen Kopf hob, ihn uninteressiert von einer Seite zur anderen wandte, sich noch einen letzten Bissen einverleibte und schwerfällig davonwatschelte. Die Klauen hinterließen große blutige Abdrücke auf dem Schnee. Magda, die gegen einen Brechreiz ankämpfte, stand langsam auf. Das geweihtragende Packtier lag fast still, aber – und das war das entsetzlichste – es lebte noch und wimmerte dünn. Magda ertrug es nicht. Sie bückte sich schnell und zog ihm ihr Messer über die Kehle. Nach einem letzten Zucken war es tot. Hinter den Pferden lag Jaelle im Schnee und würgte.

Magda ging zu ihr. »Komm! Hilf mir, das Gepäck abzuladen und auf unsere Pferde zu verteilen! Und dann wollen wir machen, daß wir hier wegkommen, bevor alle Brüder und Schwestern dieses Untiers erscheinen und etwas abhaben wollen!«

Jaelle wischte sich das Gesicht mit dem Ärmel ab. Es sah grotesk aus, rot und fleckig. »Oh, das war entsetzlich ... entsetzlich ...«

»Ja. Aber es wäre noch viel entsetzlicher gewesen,

wenn es eine von uns gepackt hätte.« Magda beugte sich über das tote Tier und schnitt die Gurte durch, die das Gepäck auf dem halb aufgefressenen Kadaver festhielten. *Das ist der Gurt, den wir in dem Dorf neu gekauft haben!* Mit Jaelles Hilfe gelang es ihr, das Gepäck von dem toten Tier zu entfernen, obwohl ihre Hände bald schlüpfrig von Blut und Eingeweiden waren. Magda hievte es auf den Rücken ihres Pferdes. »Verteilen können wir es morgen«, sagte sie. »Jetzt beeilen wir uns lieber.«

Benommen von Müdigkeit und Entsetzen stolperten die Frauen weiter, höher und höher, und plötzlich, als sie eine Biegung in dem tief ausgetretenen Pfad hinter sich hatten, ging es nicht weiter aufwärts. Sie standen an der höchsten Stelle des Scaravel-Passes, und es gab keinen anderen Weg mehr als abwärts. Magda war zu erschöpft, um Erleichterung zu empfinden. Jaelle war kaum noch fähig, sich auf den Füßen zu halten, und Magda wünschte, sie hätte reiten können. Ganz bestimmt hielt Jaelle nicht mehr lange durch.

Das Gehen wurde ihnen jetzt leichter, obwohl die Pferde öfters ausglitten und stolperten. Nicht lange, und der nachlassende Schmerz in den Ohren sagte Magda, daß sie an Höhe verloren. Sie erinnerte sich, gehört zu haben, daß Banshees nur oberhalb der Waldgrenze nisteten; als sie die erste Gruppe verkrüppelter Bäume, dicke, windzerzauste Koniferen, erreichten, spürte sie, wie die Anspannung aus ihr hinauslief wie Wasser. Hundert Fuß weiter gerieten sie an ein dichtes Gebüsch, wo die Pferde ein bißchen Schutz vor dem Wind und dem immer noch fallenden Schnee fanden. Jaelle stand blinzelnd da und war sich nicht mehr bewußt, was vorging. Allein band Magda die Pferde an, legte ihnen Decken über, brachte es fertig, eins der winzigen Zelte aufzustellen, schälte Jaelle aus ihrem schneebedeckten Reitmantel und den Stiefeln und schob sie in ihre Decken. Sie fiel in ihre eigenen, ohne sich damit aufzuhalten, mehr als die Stiefel auszuziehen.

In der Nacht klarte es auf, und am Morgen blickten sie auf eine blendendweiße Welt mit Bäumen, die sich unter ihrer Schneelast fast bis zur Erde bogen. Magda verband Jaelles Wunden. Sie waren gefroren gewesen und nun weiß und weich. Das würde die Narben schlimmer machen, aber daran ließ sich nichts ändern. Magda nahm von dem Wasser, das sie für den Brei gekocht hatte, und säuberte sie. Mehr konnte sie nicht für sie tun. Jaelle aß lustlos, aber wenigstens aß sie, und Magda war froh. Dieser glasige, benommene Blick äußerster Erschöpfung hatte ihr Sorgen bereitet. Als sie fertig waren, wies Jaelle auf einen niedrigen Gipfel in der nächsten Bergkette.

»Sain Scarp«, sagte sie. »Wenn das Wetter sich hält, sind wir morgen dort.« Magdas Augen waren scharf, aber so sehr sie sich auch anstrengte, sie erkannte nichts als Bäume.

Jaelle lachte. »Ich bezweifle, daß Rumal di Scarp uns zu Gast laden wird. Deshalb werden wir in diesem Jahr wohl keinen Festschmaus bekommen. Aber dein Verwandter ißt sicher lieber Brei auf offener Straße, als daß er mit Rumal speist! Und wenn das Wetter gut bleibt, erreichen wir Ardais vielleicht bis Mittwinter noch.«

Nun, da ihr Ziel in Sicht war, beschäftigten sich Magdas Gedanken von neuem mit Peter. Wie würde er sich vorkommen, wenn er von einer Frau gerettet wurde? Eine Stunde später, als sie durch den schmelzenden Schnee hinabritten, stellte Jaelle die gleiche Frage.

»Wird es den Stolz deines Verwandten sehr verletzen, wenn er sich von einer Frau retten lassen muß? Oder kennen die *Terranan* diese Art von Stolz nicht?«

»Für gewöhnlich nicht. Auf anderen Welten teilen

Männer und Frauen die Gefahren«, antwortete Magda. *Aber Peter ist auf Darkover groß geworden wie ich. Und ich habe festgestellt, daß der darkovanische Einfluß stärker war als meine terranische Ausbildung. Wird es ihn verletzen, ihn vernichten, wie es bei einem Darkovaner der Fall wäre?*

Und plötzlich wurde Magda etwas über sich selbst klar. *So wie ich in Caer Donn aufgewachsen bin, hatte nur ein Darkovaner Anziehungskraft für mich. Es heißt ja, die Art, wie man auf das andere Geschlecht reagiert, wird festgelegt, bevor man sieben Jahre alt ist. Keiner der Terraner, die ich kennenlernte, war der Richtige, keiner hatte die richtige emotionale – oder sexuelle – Wellenlänge für mich. Die sexuellen Signale waren alle verkehrt. Deshalb war Peter buchstäblich der einzige Mann meiner Bekanntschaft, auf den ich überhaupt reagierte.*

Und als ich reif war für eine Liebesbeziehung, war er der einzige Mann, den ich kannte, buchstäblich der einzige. Es war nicht so, daß er mir besser gefiel als andere. Es gab gar keine anderen.

Sie sagte sich, daß dies durchaus die wichtigste Erkenntnis ihres Lebens sein mochte, und entschloß sich, es auch dann nicht zu vergessen, wenn sie Peter wiedergesehen hatte.

Sain Scarp war eine gewaltige Festung, isoliert hinter einem langen Steindamm. Den nächsten Tag um die Mittagszeit ritten zwei Frauen diesen Damm entlang, und zumindest Magda hatte das Gefühl, von Augen aus dem Turm am anderen Ende beobachtet zu werden. Wo der Damm endete, hielt ein großer, bärbeißiger Mann sie an und fragte nach ihrem Begehr.

Jetzt. Das ist der Höhepunkt von allem. Was sonst geschehen ist – sogar der Amazonen-Eid, der mein Leben gespalten hat –, diente nur diesem Zweck. Merkwürdig, das hatte Magda beinahe vergessen. Sie sagte: »Ich bin die Freie Amazone Margali n'ha Ysabet ...« – wie seltsam das klang! – ». . . und komme im Auftrag der Lady Rohana Ardais. Hier ist ein Gefangener, und es muß ein Lösegeld bezahlt werden. Bringt diese Botschaft Rumal di Scarp.« Sie warteten, schaudernd in der hellen kalten Luft, bis der Räuberhauptmann erschien.

Später konnte sich Magda nicht mehr daran erinnern, wie Rumal di Scarp ausgesehen hatte, außer daß er für soviel an Gerüchten und Horrorgeschichten ein kleiner Mann zu sein schien, ein kleiner, drahtiger, habichtgesichtiger Mann mit wilden Augen. Hinter Rumal entdeckte Magda eine schlanke, vertraute Gestalt mit gebundenen Händen. *Peter!* Er war dünn und blaß, gekleidet in schäbige und zerrissene Gebirglertracht. Eine schmale Franse von einem kupferroten Bart beschattete sein Gesicht, aber Magda erkannte ihn.

Rumal di Scarp näherte sich ihnen langsam. »Nun, *mestra*, wie ich höre, wollt Ihr ein Lösegeld zahlen. Wer seid Ihr?«

Wortlos hielt ihm Magda ihren Geleitbrief hin. Rumal ergriff ihn und gab ihn an den großen Räuber neben ihm weiter. Der Mann las Rumal laut vor: »Lady Rohana Ardais ... bevollmächtigt, in einer Familienangelegenheit zu verhandeln ...«

Rumal nahm den Geleitbrief, zerknüllte ihn und warf ihn Magda höhnisch zurück. »Mutig sind die Männer von Ardais«, lachte er, »daß sie Frauen schicken, Lösegeld für ihr Mannsvolk zu zahlen! Warum sollte ich mit euch verhandeln?«

Jaelle erklärte: »Weil ich Lady Rohanas Verwandte bin, und wenn Ihr Euer Wort nicht haltet, werde ich es von den Hellers bis Dalereuth verbreiten, daß Rumal di Scarp keine Ehre besitzt. Und dann könnt Ihr hier in Sain Scarp sitzen und Suppe aus den Knochen Eurer Gefangenen kochen. Denn mehr Nutzen werden sie Euch nicht bringen, weil nie wieder jemand eine einzige Münze an Lösegeld zahlen wird!«

Rumal machte eine verächtliche Geste. Auf seinen Wink wurde Peter vorgeführt. »Da ist er, der Erbe von Ardais, heil und ganz, gesund an Leib und Gliedern wie ein Pferd auf dem Frühjahrsmarkt. Und nun, meine Damen ... laßt uns die Farbe jenes Lösegeldes sehen.«

Magdas Hände zitterten, als sie die Kupferstäbe abzählte. Rumal zuckte die Schultern. Er gab seinem riesigen Gefolgsmann ein Zeichen, das Geld in ein Tuch zu wickeln und wegzubringen. »Da habt ihr euren Verwandten. Nehmt ihn mit.«

Jaelle sah ihn herausfordernd an. »Sein Pferd und seine Ausrüstung?«

»Oh, das«, lächelte Rumal. »Das habe ich behalten, um meine Unkosten dafür zu decken, daß ich ihn vom Beginn des Schneefalls bis Mittwinter durchgefüttert habe. Sonst wäre das Lösegeld so schwer geworden, daß ein Pferd es nicht mehr hätte tragen können.« Er wandte sich ironisch an Peter. »Lebt wohl, mein Lord. Glücklich der Mann, der von seinen Verwandten so geliebt wird, daß sie ihn der Rettungsaktion einer Frau anvertrauen. Und nun ...« Er machte eine tiefe, anmutige Verbeugung, angesichts deren höfischer Grazie Magda ein Schauder des Entsetzens überlief, schlimmer, als wenn er häßlich oder deformiert gewesen wäre. »Lebt wohl Dom; eine gute Reise und eine glückliche Heimkehr.«

Peter erwiderte die Verbeugung ebenso tief und ironisch. »Meinen Dank für Eure Gastfreundschaft, Messire di Scarp. Möge ich des Nachts abwechselnd in jeder von Zandrus Höllen schlafen, bevor ich sie erneut zu schmecken bekomme.«

»Eine bäurische Rede«, rügte Rumal. »Aber die Farbe des Geldes wird von höflichen Worten nicht poliert – und von flegelhaften nicht getrübt.« Er drehte sich auf dem Absatz um und ging davon, ohne sich umzusehen.

Peter faßte Magdas Hände mit festem Griff. Seine eigenen zitterten. »Du bist es wirklich«, stammelte er. »Ich träumte ... ich träumte ...« Ihm versagte die Stimme, und einen Augenblick lang glaubte sie, er werde zu weinen beginnen. Aber es gelang ihm, sich zu beherrschen.

Magda sagte, und das Herz tat ihr weh vor Mitleid: »Du bist so dünn und blaß! Haben sie dich hungern lassen?«

»Nein, nein, obwohl die Verpflegung nicht das war, was ich mir in den Hellers erhofft hatte.« Er hielt ihre Hände immer noch mit schmerzhaft festem Druck.

Jaelle fiel ein: »Am Ende des Dammes wartet ein Pferd auf Euch; wir haben es im letzten Dorf gekauft. Ich dachte mir, daß Rumal Euer Tier behalten werde. Hoffentlich gefällt es Euch.«

»*Mestra*, ich würde ein Kaninchen reiten oder von hier nach Thendara mit bloßen Füßen laufen! Es ist so schön, außerhalb dieser Mauern zu sein«, erwiderte er. »Kommt, verschwinden wir aus Bogenschußweite.«

Sie kamen an die Stelle, wo sie die Pferde zurückgelassen hatten, und Jaelle musterte ihn neugierig. »Ich kann es nicht glauben! Ist es wirklich kein Witz? Ihr seid nicht mein Cousin Kyril? Seid Ihr wahrhaftig – *Terranan*?«

»Das bin ich.« Peter sah Magda fragend an. »Wer ... und was ...?«

»Sie ist meine Freundin und Schwester, Peter«, erklärte Magda ruhig, »und sie weiß, wer wir sind. Deshalb brauchen wir uns nicht zu verstellen.«

Peter beugte sich über Jaelles schlanke Hand. »Wie kann ich Worte finden, Euch zu danken, *mestra*? Die Mittwinternacht war mir zu nahe gerückt, als daß ich noch behaupten könnte, keine Angst gehabt zu haben.«

Jaelle warf einen Blick zurück und sah, daß Rumal und seine Leute am Ende des Dammes stehengeblieben waren und zu ihnen hersahen. Mit zögerndem Lachen gestand sie: »Jetzt glaube ich wirklich, daß Ihr nicht mein Cousin Kyril seid. Ich glaube, er würde lieber in Stücken von Rumals Mauern hängen als zugeben, er habe Angst gehabt!« Nach kurzer Pause setzte sie hinzu: »Bestimmt beobachten sie uns und wundern sich, warum Ihr mich nicht als Verwandte begrüßt.«

Aus dem Mund beinahe jeder anderen Frau, dachte Magda, hätte das unerträglich kokett geklungen; Jaelle aber war nichts als verlegen. Peter sagte: »Das wird mir ein Vergnügen sein – Verwandte.« Er beugte sich zu ihr nieder und wollte sie offensichtlich umarmen und ihr einen brüderlichen Kuß auf die Wange geben. Jaelle errötete und schlug die Augen nieder. Da ergriff Peter plötzlich ihre Hand und hauchte einen Kuß auf das Handgelenk.

Magda staunte über sich. *Tatsächlich, ich bin frei von ihm*, dachte sie. *Früher wäre ich schrecklich eifersüchtig geworden, wenn er eine andere Frau mit diesem Blick angesehen hätte. Ich wurde beinahe wahnsinnig, als er letztes Jahr auf der Silvesterparty mit Bethany tanzte. Jetzt kümmert es mich nicht mehr*. Ihre Liebe, ihre Schuldgefühle und ihr Kummer waren so lange ein Teil von ihr gewesen, daß sie sich kalt, leer und ausgehöhlt vorkam. Nun betrachtete sie ihn voller Mitgefühl, voller Sorge um seine Magerkeit und Blässe ... *Als sei er mein Bruder, mein Kind. Aber nicht mein Liebhaber. Nicht mehr.*

Jaelle wandte sich zum Gehen, doch dann drehte sie sich noch einmal um und ergriff Peters Hand. »Ich kann es nicht glauben. Ihr seht meinem Cousin Kyril so ähnlich, und doch ... laßt mich Eure Hände sehen! Wie viele Finger habt Ihr?«

»Die normale Anzahl«, antwortete Peter, »vier und

einen Daumen – o mein Gott!« Er blickte auf Jaelles schlanke Hand nieder, die in seiner ruhte. »Ihr habt sechs Finger an jeder Hand«, stellte er benommen fest.

»Ja. Alle mit Ardais- und Aillard-Blut haben den zusätzlichen Finger«, erwiderte Jaelle. »Ist das unter Terranern völlig unbekannt? Rohana ist eine geborene Aillard, und ihr Mann ist ein Ardais, und alle ihre Kinder haben die Aillard-Hände.« Sie brach in hysterisches Lachen aus. »Wenn Rumal ... sich die Mühe gemacht hätte, Eure Finger zu zählen ...«, brachte sie zwischen Lachkrämpfen heraus, »würdet Ihr jetzt ... in Stücken ... von seiner Burgmauer hängen.«

Sie konnte nicht wieder aufhören zu lachen. Magda trat zu ihr und versuchte, sie zu beruhigen. Schließlich bekam Magda es tatsächlich mit der Angst zu tun, faßte sie bei den Schultern und schüttelte sie heftig. Jaelle begann, ebenso hysterisch zu weinen, wie sie gelacht hatte. »Du wärest tot«, schluchzte sie, »du wärest tot ...«

Der Ritt war zuviel für sie; sie ist immer noch nicht kräftig genug. Magda sagte zu Peter: »Kannst du sie mit auf deinen Sattel nehmen? Wir müssen vor Dunkelwerden von hier fort.« Sie beobachtete, wie er Jaelle liebevoll auf sein Pferd hob, selbst aufstieg und das kraftlos im Sattel hängende Mädchen mit seinen Armen aufrecht hielt. Magda bestieg ihr eigenes Pferd, ergriff die Zügel von Jaelles Tier und führte es ihnen nach. Jetzt schon war ihr klar, was geschehen würde.

III. Teil
JAELLE n'ha MELORA, Freie Amazone

12

Die Decke war blau gestrichen mit einem Fries und einem Muster aus goldenen Sternchen. Anfangs kam Jaelle nicht darauf, wo sie sein mochte. Dann erinnerte sie sich, daß sie, als sie sechzehn Jahre alt war, in diesem Zimmer während ihres einzigen längeren Besuchs auf Burg Ardais geschlafen hatte.

»Bevor du auf dein Erbe als *Comynara* verzichtest«, hatte Kindra in ernsterem Ton als je zuvor zu ihrer Pflegetochter gesagt, »mußt du wissen, was das ist, dem du entsagst.« Also war Jaelle gegen ihren Widerspruch für ein halbes Jahr nach Ardais geschickt worden. Sie war nicht glücklich dort gewesen; sie war sich, so hatte sie Rohana einmal rebellisch erklärt, wie ein Fisch auf einem Baum vorgekommen.

Aber ich bin keine sechzehn mehr! Warum bin ich hier? Sie verlagerte das Gewicht, und bei dem stechenden Schmerz in der verwundeten Schulter fiel es ihr wieder ein. Wo waren ihre terranischen Gefährten? Sie waren spät am Abend eingetroffen, und Jaelle hatte den Dienern am Tor gesagt, sie sollten Lady Rohana melden, ihre Verwandte sei gekommen, um das Mittwinterfest bei ihr zu verbringen, und habe zwei Freunde mitgebracht. Rohana hatte sie alle liebenswürdig willkommen geheißen und war über Jaelles verbundenes Gesicht bestürzt gewesen. An alles übrige erinnerte sie sich nur noch undeutlich.

Jaelle lag in einem großen Bett. Sie trug ein langärmeliges Nachtgewand, an Ausschnitt und Ärmeln mit Spitzen besetzt. Vermutlich gehörte es Rohana oder ihrer Tochter. Jaelle hielt im Zimmer Umschau und bemerkte ein zweites Bett nahe dem Fenster, in dem die Terranerin schlief. In diesem Augenblick drehte Magda sich um und sah sie an.

»Du siehst besser aus«, stellte sie fest. »Als du vorgestern abend hier heraufgetragen wurdest, glaubte ich, du werdest sterben.« Magda stand auf und trat an Jaelles Bett. Auch sie trug eins dieser spitzenbesetzten Nachtgewänder.

Jaelle gestand: »Ich erinnere mich an gar nichts mehr nach unserer Ankunft. Hast du mich heraufgetragen oder ...«

»Nein; Dom Gabriel persönlich hat dir diese Ehre erwiesen.«

Jaelle lächelte schief. »Armer Dom Gabriel! Wie zuwider bin ich doch dem Gatten meiner Verwandten! Oder zumindest ist es ihm zuwider, eine Freie Amazone in der Familie zu haben.«

»Er schien ehrlich besorgt um dich zu sein«, widersprach Magda, und Jaelle lachte leise. »Oh, er behandelt alles freundlich, was zu Rohana gehört – Schoßhunde, Freie Amazonen und sogar Terraner, vermute ich.« Das Lächeln tat ihrem verbundenen Gesicht schrecklich weh. »Weiß er es?«

»Rohana hat ihm nur gesagt, wir seien Freunde von dir«, antwortete Magda. »Später warnte sie mich, das Haus sei voll von Mittwinter-Gästen, und wir müßten vorsichtig sein. Natürlich wurde Dom Kyril sehr neugierig, als er Peter sah. Er fragte, wer er sei, und Peter erzählte ihm seine übliche Geschichte – er sei in Caer Donn geboren und kenne den Namen seines Vaters nicht.«

Jaelle legte sich wieder zurück. *Wie kann ich so müde davon sein, daß ich ein paar Minuten gesessen habe?* Ihre Schulter brannte wie Feuer. »Wo ist ... wo ist er?«

»Er schläft im Nebenzimmer.« Magda wies auf die Verbindungstür. »Lady Rohana entschuldigte sich dafür, daß sie uns nur diese Räume zur Verfügung stellen könne. Ich sagte ihr, du dürftest auf keinen Fall nachts allein gelassen werden. Du hast den ganzen gestrigen Tag verschlafen und bist nicht einmal aufgewacht, als Domna Alida kam, um deine Wunden zu verbinden.«

»Also habe ich einen Tag verloren«, konstatierte Jaelle. Jetzt erinnerte sie sich verschwommen wieder daran, wie sie hergekommen waren. Rumal di Scarp würde annehmen, daß sie sich auf direktem Weg nach Ardais wandten, und es verdächtig finden, wenn sie eine andere Richtung einschlugen. So oder so war der Scaravel-Paß hinter ihnen vom Schnee blockiert. Magda war der Meinung gewesen, da Lady Rohana die Mission arrangiert habe, sei es ihr Recht, von dem Erfolg benachrichtigt zu werden.

Jaelle fiel auch wieder ein, wie Peter neben ihr geritten war und ihr geholfen hatte, wenn sie anhielten, um die Pferde ausruhen zu lassen. Den größten Teil dieser Zeit war sie vor Schmerzen und Müdigkeit nicht ganz bei Bewußtsein gewesen, doch sie wußte noch, daß er ihr gut zugeredet hatte zu essen und daß er, als sie sich nicht mehr auf dem Pferd halten konnte, sie vor sich auf den Sattel genommen und an sich gedrückt hatte.

Schuldbewußt dachte sie: ... *daß ich keinen Mann bitten werde, mich zu beschützen* ... und schloß die Augen. Tränen der Erschöpfung rollten ihr über die Wangen. Sie fühlte Magdas sanfte Hand auf ihrem Arm. »Ich werde Lady Rohana sagen, daß du wach bist.«

Nicht lange danach kam Rohana, klein und königlich in einem pelzbesetzten Gewand. Sie beugte sich nieder und küßte Jaelle auf die Wange, die nicht von dem Verband bedeckt war. »Wie fühlst du dich, mein Kind? Und wie bist du zu dieser schrecklichen Wunde gekommen? Margali hat mir sehr wenig erzählt, nur daß du für sie gekämpft hast.«

»Vermutlich hat sie dir nicht erzählt, daß sie mir das Leben gerettet hat«, antwortete Jaelle, »und ebensowenig, daß sie sich der Gilde durch Eid verpflichtet hat und meine Schwester ist.«

Rohana fragte sehr ernst: »Ist das erlaubt, mein Kind, daß eine *Terranan* in die Gilde aufgenommen wird?«

»Die letzte Entscheidung darüber müssen die Gildenmütter treffen«, gab Jaelle zu. »Aber die Gilden-Charta schließt keine Frau aus. Nach der Charta macht der Eid die Amazone, nicht die Abstammung. Und meine Schwester hat ihren Eid gehalten; sie ist geblieben und hat für mich gekämpft, und später hat sie für mich gesorgt, während sie mich doch leicht hätte zum Sterben liegenlassen können.«

Rohana sagte freundlich: »Dann ist sie hier ebenfalls Verwandte, mein Liebling.« Erleichtert fiel Jaelle wieder in tiefen Schlaf – oder Bewußtlosigkeit –, und über ihren Kopf weg begegnete Rohanas Blick dem der Terranerin. »Eines Tages mußt du mir berichten, wie es dazu gekommen ist.«

»Ich bin mir selbst nicht sicher«, meinte Magda mit bekümmertem Lächeln, »aber was auch kommen mag, ich werde meinen Eid halten.«

»Jaelles wegen? Nur aus Freundschaft?«

»Nein. Nicht ganz. Vielleicht ...« Magda zögerte, suchte nach Worten. »Vielleicht, weil ich zwei Welten dienen muß, und ich glaube, ich kann beiden Verpflichtungen auf diese Weise am besten gerecht werden.«

»Und dein Mann? Was wird er dazu sagen?«

»Er ist dem Gesetz nach nicht mein Mann; wir haben

uns vor mehr als einem Jahr getrennt. Und auf keinen Fall ist er der Bewahrer meines Gewissens.«

»Ich dachte ...« Rohana brach ab. Wie alle Telepathen scheute sie sich, den Eindruck zu erwecken, daß sie in Privatangelegenheiten schnüffelte. Aber als sie Magda in der Handelsstadt kennenlernte, hatte sie den Eindruck gewonnen, die Terranerin hänge immer noch sehr an ihrem früheren Liebhaber, und als sie Magda in Amazonentracht sah, hatten sie böse Ahnungen beschlichen. Trotz des Mutes und der Kraft, die sie bewunderte, schien ihr Magda zu feminin für die Rolle zu sein, die sie spielen mußte. Sie hatte in Magda viel Ähnlichkeit mit sich selbst entdeckt: Aus echt weiblichen Gründen übernahm sie die Aufgabe eines Mannes.

Nun wußte sie nicht mehr, was sie denken sollte, und das war eine ganz neue Erfahrung für Rohana. Auch weckte es Fragen wieder auf, von denen sie geglaubt hatte, sie seien schon vor Jahren ein für allemal gelöst worden. Nur zu gern unterbrach sie die Selbsterforschung, als Magda fragte: »Ist es normal, daß Jaelle soviel schläft? Steht es schlimmer um sie, als ich fürchtete?«

»Ich weiß es nicht; Alida sagte, keine der beiden Wunden heile, wie sie sollte. Morgen wird sie uns Genaueres mitteilen können.«

»Es ist meine Schuld.« Angstvoll blickte Magda auf Jaelle nieder. Schlief sie, oder war sie wieder bewußtlos? »Sie hat sich verausgabt, um uns zu helfen.«

Rohanas Hände schlossen sich ganz leicht über ihren. Magda mit ihren geringen Kenntnissen über die Telepathen-Kaste wußte nicht, wie selten eine solche Geste war und welches Vertrauen sie bewies. »Mein liebes Kind, mach dir keine Vorwürfe. Seit Kindras Tod hat es niemanden, wirklich niemanden mehr gegeben, der Jaelle zu etwas veranlassen konnte, das sie nicht wollte, oder sie daran hindern konnte, ihrem eigenen Willen zu folgen. Deshalb hat sie, was sie auch getan hat, aus freien Stücken getan.« Mit gedankenverlorener, trauriger Zärtlichkeit sah sie Jaelle an. Sie sagte, und Magda spürte, daß Rohana im Grunde nicht zu ihr sprach: »In vieler Beziehung ist sie mir teurer als meine eigene Tochter. Aber ich weiß seit langer Zeit, daß ich sie ihren eigenen Weg gehen lassen muß.«

Sie wandte sich zur Tür. »Domna Alida wird sie sich heute vormittag ansehen. Sie ist im Turm ausgebildet und hat großes Geschick in diesen Dingen.« Damit ging sie.

Kurz danach trat Peter durch die Verbindungstür ein. »Wie geht es Jaelle?« fragte er mit leiser, besorgter Stimme.

Magda wiederholte, was Rohana gesagt hatte, und er schüttelte bestürzt den Kopf. »Mich quält der Gedanke, daß sie sich für uns in solche Gefahr begeben hat«, sagte er. »Aber hör mir zu, Magda, wir müssen so bald wie möglich von hier verschwinden. Du weißt, daß wir nicht über Mittwinter bleiben können, wie Lady Rohana erwartet, denn es könnten Leute hiersein, die uns erkennen.«

»Rohana würde es niemandem sagen.«

»Das mag sein. Aber zum Haushalt gehören zwei oder drei Männer aus Caer Donn, die mich vielleicht wiedererkennen ... sich an mich aus der Zeit erinnern, als Terraner und Bergbewohner noch ungezwungen miteinander verkehren durften. Wenn das geschieht ...«

Magda verstand seine Bedenken, doch im Augenblick war ihr etwas anderes wichtiger. Sie erklärte: »Ich kann nicht ohne Jaelles Erlaubnis gehen; vielleicht kann ich überhaupt nicht gehen. Und ganz bestimmt will ich nicht gehen, solange sie krank ist und mich braucht.« Plötzlich fuhr sie ihn an: »Bedeutet dir ein Eid überhaupt nichts?«

»Nicht, wenn er einem Menschen mit Gewalt abgenötigt worden ist«, erwiderte Peter. »Und überhaupt hattest du nicht das Recht, ihn zu leisten. Ich weiß, du bist dazu gezwungen worden, aber trotzdem . . .«

Es waren ihre eigenen Argumente, und es machte sie noch wütender, als er überredend fortfuhr: »Ich weiß, du hast die Darkovanerin immer mit großer Begeisterung gespielt und bist stolz auf dein Talent dazu. Aber es gibt einen Zeitpunkt, wo du all das vergessen mußt. Deine Loyalität gehört in erster Linie dem Imperium – muß ich dich daran erinnern?«

Er hatte ihre Hände ergriffen; Magda riß sie zurück. »Sagen wir also, ich habe es *freiwillig* getan! Ich glaube, daß ich dem Imperium auf diese Weise am besten dienen kann. Wenn ich jedoch vor die Wahl gestellt werde . . .« Sie zitterte am ganzen Körper. Peter meinte versöhnlich: »Mir war nicht klar, daß du so empfindest. Du weißt, ich würde mich niemals in eine Gewissensfrage einmischen, Mag. Doch warum bedeutet dir dieses Mädchen so viel? Es sieht dir gar nicht ähnlich, gegenüber einer anderen Frau eine so – so emotionale Haltung einzunehmen. Das ist nicht ganz . . .« Er zögerte, es auszusprechen, und Magda, die es erriet, wurde von neuem zornig.

»Denk doch, verdammt noch mal, was du willst! Wenn du das glaubst, wirst du alles glauben!«

»Mag, ich habe nicht gesagt, daß ich glaube . . .«

»Du bist ein Idiot, Peter«, bemerkte sie angewidert. »Kannst du dir wirklich nicht vorstellen, daß eine Frau sich einer anderen Frau gegenüber aus gewöhnlicher Menschlichkeit und Anständigkeit loyal verhält? Jaelle hat mir das Leben gerettet! Und hast du schon vergessen, daß du, hätte sie ihr Leben nicht riskiert, indem sie mit einer unverheilten Wunde den Scaravel-Paß überquerte, immer noch in Rumals Verlies die Tage bis Mittwinter zählen würdest? Und du verlangst von mir, daß ich sie verlasse, wenn noch nicht einmal feststeht, ob sie sterben oder fürs Leben entstellt sein wird?«

»Mußt denn *du* deshalb bleiben? Ich dachte, die Leute hier seien ihre nächsten Verwandten?«

»Das sind sie«, gab Magda zurück. »Nur hat sie durch ihren Eid ihrer Verwandtschaft entsagt. Ich als ihre Eidestochter bin unter diesem Dach die nächste Verwandte, die sie hat.« Sie sagte dies mit absoluter Gewißheit, denn sie wußte, Rohana hätte trotz ihrer tiefen Zuneigung für Jaelle ebenso gesprochen. Rohana hatte es als selbstverständlich vorausgesetzt, daß es Magdas Pflicht und ihr Recht war, bei Jaelle zu bleiben und für sie zu sorgen, und daß ihr Recht größer als das Rohanas war. Camilla hatte einen Witz darüber gemacht, daß Rohana die Sitten der Freien Amazonen immer noch nicht kenne. Trotzdem wußte Rohana ganz genau – und vielleicht besser als Magda selbst –, was Jaelle und Magda einander jetzt bedeuteten.

Peters Zorn war wie immer kurzlebig. Er sagte: »Wahrscheinlich weißt du selbst es am besten, Mag; das ist ja für gewöhnlich so. Und das Mittwinterfest ist die Zeit der Gastfreundschaft; zwei zusätzliche Gäste werden wohl niemandem auffallen.« Er trat an Jaelles Bett und sah auf sie nieder.

»Wie schön sie ist«, sagte er leise, »oder wie schön sie ohne diese schreckliche Narbe sein würde! Wie konnte eine solche Frau auf Liebe und Ehe verzichten?«

Jaelle öffnete ihr verbundenes Auge; sie sah nur undeutlich. »Wir verzichten nicht auf die Liebe«, erklärte sie. »Nur auf die Ehe . . . die Bande . . .« Sie streckte die Hand aus. Peter kniete sich neben das Bett und ergriff ihre Hand. Obwohl ihre Augen sich wieder schlossen, ließ sie ihn nicht los.

So kniete er immer noch, als die Tür sich zum zweitenmal öffnete und Lady Rohana mit Dom Gabriels Schwester zurückkehrte, von der Magda gesagt worden war, sie sei eine *Leronis*. Der Titel wurde für gewöhnlich mit »Zauberin« oder »Weise Frau« übersetzt. Magda vermutete, daß er in diesem Fall »Heilerin« bedeutete. Ihr Name war Alida. Sie war eine kleine, zierliche Frau mit feuerrotem Haar, einige Jahre jünger als Rohana und mit einer undefinierbaren Arroganz, die Magda aus irgendeinem Grund an Lorill Hastur denken ließ.

Lady Alida neigte mit der schwächsten Andeutung eines höflichen Grußes den Kopf vor Magda. Peter schenkte sie keine Beachtung. Sie schlug Jaelles Decke zurück und begann, das aufgeschnittene Nachthemd zu öffnen. Dann sah sie zu Peter hin. Ihr Blick war ein unmißverständlicher Befehl. Peter war in den Bergen von Caer Donn aufgewachsen und verstand sie ganz genau. Im Grunde war es schon skandalös, daß er sich im Zimmer aufhielt, während Magda noch nicht richtig angezogen war. Er ließ Jaelles Hand los. Sie jedoch öffnete die Augen und ergriff Peters Hand von neuem.

»Ich will, daß er bleibt!« verlangte Jaelle. Sie sprach wie ein Kind, und Magda fragte sich, ob das Fieber zurückgekehrt sei.

Lady Alida zuckte die Schultern. »Dann bleibt, wenn sie Euch bei sich haben möchte. Nehmt ihre andere Hand und haltet Euch mir aus dem Weg.« Peter gehorchte. Alida löste mit ein bißchen Hilfe von Rohana die Verbände und untersuchte die häßlichen Wunden. Sogar Magda erkannte, daß sie nicht ordentlich heilten, sondern dick und vereitert waren. Der saubere Schnitt im Gesicht hatte sich verbreitert und gerötet; die kleine Kerbe im Augenlid war so angeschwollen, daß sich Jaelles Auge geschlossen hatte.

»Das ist eine vergiftete Wunde! Wie ist sie dazu gekommen?«

Kurz berichtete Magda von ihrem Kampf mit den Räubern. Lady Allda verzog angewidert das Gesicht. »Das ist keine Arbeit für Frauen!«

Jaelle errötete vor Zorn. Gekränkt sagte sie: »Ich weiß seit langem, daß du meine Lebensweise nicht billigst, Verwandte. Immerhin sollte die Höflichkeit dich daran hindern, meine Schwester, die mein Gast ist, vor mir zu beleidigen!«

Schnell fiel Rohana ein: »Alida hat es nicht so gemeint – nicht wahr, Verwandte?«

Alida zollte keiner von beiden Aufmerksamkeit. »Was ist mit *Eurer* Wunde geschehen, *mestra?*«

Magda begriff nicht gleich, daß sie damit gemeint war. Dann schob sie den langen Ärmel des Nachtgewands hoch. »Sie heilt.«

»Nicht, wie sie sollte«, stellte Alida fest. Ihre leichten, kalten Finger berührten sacht den roten Strich, der immer noch wellig und entzündet war. »Ein Schnitt wie dieser hätte sich längst schließen müssen und dürfte nicht einmal mehr jucken. Er schmerzt immer noch – richtig?«

»Ja, ein bißchen.« Magda hatte so wenig Erfahrung mit Schnittwunden, daß sie das für normal gehalten hatte. Peter hob den Kopf und blickte überrascht und erschrocken auf Magdas bloßen Arm und die rote Wunde. Magda streifte den Ärmel eilig wieder hinunter.

Alida bemerkte: »Jaelle muß als erste verwundet worden sein und das meiste von dem Gift abbekommen haben.«

»Kannst du helfen, Alida?« fragte Rohana ängstlich.

»O gewiß. Ich habe im Neskaya-Turm gelernt, solche Wunden zu behandeln, das ist nichts Besonderes. Du bist als Mädchen in Dalereuth ausgebildet worden, kannst du für mich überwachen?«

Rohana nickte. »Natürlich.«

Ein bißchen beunruhigt beobachtete Rohana, wie Alida ihren Matrixstein enthüllte. Ihr war klar, daß sie die beiden Terraner wegschicken sollte. Das war einer der Gründe, warum Lorill Hastur jeden engeren Kontakt zwischen Terranern und Darkovanern verboten hatte: Er wollte nicht, daß sie etwas über die alten Matrix-Wissenschaften erfuhren. Doch wenn sie Magda und Peter jetzt bat, das Zimmer zu verlassen, mußte sie auch einen Grund nennen.

Sie hatte niemandem hier verraten, daß sie Terraner waren, aber sie war überzeugt, Gabriel ahnte es. Nachdem er Peters unglaubliche Ähnlichkeit mit ihrem Sohn Kyril festgestellt und gehört hatte, daß Peter der Gefangene von Sain Scarp war, mußte er es sich zusammengereimt haben. Nur wollte er, wie Rohana ihn kannte, gar nicht so genau wissen, daß seine Frau wieder einmal gegen seinen Wunsch gehandelt hatte. *Denn dann müßte ich ihm ausdrücklich erklären, daß er nicht der Bewahrer meines Gewissens ist, und auch heute noch möchte Gabriel das nicht auf eine Weise gesagt bekommen, die es ihm unmöglich macht, es zu ignorieren.*

Und die Terranerin Magda war Jaelles Eidesschwester und hatte ein Recht zu bleiben. Und der Mann – sie sah, wie Jaelle seine Hand umklammerte, sah die Zärtlichkeit in seinen Augen und erkannte, was diese beiden selbst noch nicht erkannt hatten.

»Steckt das weg, Lady Alida. Ich will Eure Zauberei nicht haben«, protestierte Jaelle schwach.

»Ich muß es tun, Kind. Es ist Gift in der Wunde, und es breitet sich zum Auge hin aus. Das könnte dein Sehvermögen schädigen. Wenn ich das jetzt nicht behandle . . .«

»Es ist mir gleichgültig!« Jaelle war sehr aufgeregt. »Ich werde nicht zulassen . . .«

Rohana befahl streng: »Hör auf damit, Jaelle. Du benimmst dich wie ein furchtsames Kind, das sich den Verband nicht aufschneiden lassen will! Ich hätte dich nicht für so feige gehalten!«

Alidas Stimme war freundlicher. »Ich weiß, du hattest Angst vor mir, als du ein Kind warst, Jaelle, aber ich hoffte, du seiest darüber hinausgewachsen.«

»Ich habe keine Angst.« Jaelle zitterte vor Wut. »Aber ich will nicht, daß Ihr an meinem Gesicht herumpfuscht! Einmal ist genug für ein ganzes Leben!«

Rohana erinnerte sich: Bei diesem einen längeren Besuch Jaelles in Ardais, auf dem Rohana bestanden hatte, bevor sie Jaelle erlaubte, den Amazonen-Eid abzulegen, hatte sie Jaelle auf *Laran* testen lassen. Ein Kind Meloras und dazu mit dem feuerroten Haar, das auf telepathische Fähigkeiten hinwies, mußte eine der Comyn-Gaben besitzen. Jaelle war ängstlich und hilflos trotzig gewesen, doch in diesem Punkt blieb Rohana hart. Alida hatte den Test vorgenommen, und Jaelle war leichenblaß und krank davon zurückgekehrt. Es war das einzige Mal seit ihrer Mutter Tod, daß Rohana sie in Tränen gesehen hatte. Rohana beruhigte und tröstete sie. Alida berichtete, sobald sie mit Rohana allein war:

»Ja, sie hat *Laran*. Ich halte sie für eine starke Telepathin. Leider blockiert sie die Fähigkeit aus irgendeinem Grund. Natürlich könnte ich ihre Verteidigung brechen, doch ob es mir gelänge, sie später wieder zusammenzusetzen – das ist eine andere Frage. Und da du erlaubt hast, daß sie unter den Amazonen aufwächst, würde sie das Leben in einem Turm unerträglich finden. Laß sie ihren eigenen Weg gehen.«

Rohana hatte es dabei bewenden lassen. Sie hatte das Gesetz erfüllt, nach dem jedes Kind aus Comyn-Blut – legitim oder illegitim, und nach dem Gesetz war Jaelle illegitim – getestet werden mußte. Mehr war nicht notwendig. Rohana war überzeugt, der Schock des Rapports mit ihrer sterbenden Mutter hatte Jaelle gezwungen, ihr eigenes Laran zu verbarrikadieren.

War Jaelles Angst immer noch so akut? Domna Alida nahm Jaelles Angriff gelassen hin. Sie sagte nur: »Du bist krank, Jaelle. Du weißt nicht, was du sprichst. Muß ich dich tatsächlich der unwürdigen Behandlung unterziehen, dir die Hände binden zu lassen?«

Magda schrie beinahe: »Nein, das dürft Ihr nicht!«

»Jaelle«, redete Rohana dem Mädchen zu, »du gehörst doch nicht zu jenen Amazonen, die mit ihren Narben prahlen und sich damit gegenseitig zu übertrumpfen suchen.«

Alida erklärte kühl: »Wenn sie ihr Leben lang wie eine narbenbedeckte Veteranin der Schlacht von Corresanti aussehen will, ist das ihre Sache. Ich denke nur an ihr Sehvermögen.«

Peter hielt immer noch Jaelles Hand. Er führte seine freie Hand an Jaelles Wange und streichelte die glatte Haut unter der roten Wunde. Als sei niemand im Raum außer ihm und Jaelle, sagte er: »Du bist so schön. Es wäre schrecklich, diese Schönheit zu entstellen.«

Jaelle legte ihre andere Hand unbeholfen auf seine, und Magda sah – sie alle sahen es –, daß sie sich nicht länger widersetzen würde.

Das war nicht fair, dachte Magda. *Jaelle ist zu verwundbar. Peter hätte das nicht tun dürfen ...*

Lady Alida bewegte die Hand, und Magda bemerkte den blauen Stein darin – ein Edelstein? Ein blendender Blitz, ein schwindelerregender *Glanz* ... Magda hielt es nicht aus und wandte das Gesicht ab. Die Leronis sagte ruhig: »Du warst zu sehr damit beschäftigt, mich zu beschimpfen, Jaelle, um dir meine Erklärungen anzuhören. Es ist hierbei nicht notwendig, daß ich deinen Geist berühre. Ich muß eine sehr komplizierte Zellrekonstruktion durchführen, deshalb liege still und halte dein Gehirn so leer wie möglich, damit deine Gedanken sich nicht störend einmischen. Du kannst schlafen, wenn du willst, das wäre überhaupt am besten. Schmerz wirst du wahrscheinlich nicht empfinden. Wenn doch, sag es mir sofort, damit deine Schmerzen nicht verwischen, was ich tue.«

Magda hörte hingerissen zu. Hypnose? Sie sollte ihr Gehirn leer halten?

»Rohana, du mußt überwachen«, befahl Alida. »Und warne mich, wenn ich zu nahe an die Nerven oder die kleinen Muskeln im Augenwinkel komme.« Wieder blitzte der blaue Stein in ihrer Hand auf. Magda war es, als drehe sich ihr der Magen um. Alida hob das Gesicht, das konzentriert und maskenhaft war, und richtete die Augen auf Magda, ohne sie wirklich zu sehen.

»Blickt nicht direkt in die Matrix, *mestra*. Viele Leute ertragen das nicht.«

Magda wollte sich umdrehen, doch es fesselte sie zu sehr, was da vor sich ging. *Hokuspokus natürlich – aber was werden sie damit Jaelle antun?*

Rohana beugte sich über Jaelle. Sie ignorierte Peter, der immer noch auf der anderen Seite des Bettes kniete und Jaelles Hand hielt. Ihre Augen hatten sich wieder geschlossen. Rohana ließ die Fingerspitzen über Jaelles Gesicht gleiten, ohne es richtig zu berühren, über die entblößte Schulter und die geschwollene, schrecklich eiternde Wunde dort. Magda hatte den Eindruck, als folge Rohanas Händen eine Lichtspur und beginne, auf Jaelles Haut zu leuchten ... *Als könne ich die Knochen durch die Haut sehen ...*

Rohana sagte: *Nein, nicht die Knochen, das sind die Nervenströme, die darunter liegen ...* Aber Rohana hatte nicht gesprochen, nicht einmal den Kopf gehoben; sie beugte sich konzentriert über Jaelle.

Alida hielt den Edelstein mit einer Hand vor ihre

Augen. Ihr Gesicht hatte eine fast unmenschliche Ruhe angenommen. Jetzt erkannte Magda um die beiden Wunden ein mattes Phosphoreszieren, eine Art Glühen um das entzündete Fleisch.

Alida sagte: »Jetzt!« Und Rohana begann, die Fingerspitzen entlang der Wunde an Schlüsselbein und Schulter zu bewegen. Sie berührte Jaelle nicht, doch während die zarten Lichtspuren ihren Fingern folgten, wirbelten dumpfe Farben in dem kranken Fleisch, das wogte und sich kräuselte. Das Rot der Entzündung verwandelte sich in Purpur und wurde dann fast schwarz. Die pulsierenden Lichter im Fleisch trübten sich. Magda hielt den Atem an. War dies eine geisterhafte hypnotische Illusion? Blut tröpfelte aus der Wunde.

»Vorsichtig«, warnte Rohana mit tonloser Stimme.

Die zitternde Oberfläche der offenen Wunde wurde langsam blaß und wieder purpurfarben, und als die Lichter um sie aufleuchteten, rot. Und zuletzt zeigte sich ein glattes, gesundes Rosa . . .

Rohanas Hände wanderten nach oben und über die schreckliche offene Scharte auf Jaelles Gesicht. Alida hielt den blauen Stein nahe daran. Diesmal konnte Magda zusehen, ohne daß ihr übel wurde, und plötzlich wurde sie hineingezogen in das Geschehen. In einer merkwürdigen Doppelsicht erkannte sie jene Nervenströme unter der Haut, die zerfetzten und entzündeten Schichten von Haut und Muskeln und ausgetretenem Blut, das um das Auge ausgesickerte Gift . . . sie *spürte* in ihrem Inneren, was Alida tat: Die Leronis ließ ihr Bewußtsein tiefer und tiefer in die Zellen eindringen, wobei sie mit äußerster Behutsamkeit *(Wie! Wie?)* jede Zelle abtastete, so daß sie Blut und Gift buchstäblich als Druck gegen die Lichtlinien der Nerven spürte, die winzigen, zarten Membranen wahrnahm . . .

»Vorsichtig«, sagte Rohana wieder mit leiser, neutraler Stimme, aber Magda, die sich tief innerhalb von Alidas Wahrnehmungsvermögen befand, kam es wie ein gellender Warnschrei vor. Mit unendlicher Zartheit zog sich Alida von einem kleinen gerissenen Blutgefäß zurück, und Magda *sah* beinahe den glühenden inneren Mechanismus des Augapfels und der Tränenkanäle, dem das Gift so nahe, so gefährlich nahe war . . . Irgend etwas in Magdas Gedächtnis sagte: *Psychokinese*, die Kraft des Geistes, Zellveränderungen vorzunehmen. Sie sah Jaelle wie aus weiter Entfernung. *Als schwebte ich an der Decke und blickte hinunter* . . . Der Wechsel der Perspektive war schwindelerregend.

Das kann ich auch, dachte Magda, und wie von selbst richtete sich ihre Aufmerksamkeit auf den heilenden Riß in ihrem eigenen Arm, spürte die inneren Spannungen auf, *zwang* sie irgendwie in ihr Bewußtsein. Ein kurzer, heftiger Schmerz entstand *außerhalb* ihres Körpers und verschwand spurlos . . .

Magda schüttelte den Kopf in dem Versuch, ihre Gedanken zu klären. Sie stand fest auf ihren eigenen Füßen, und Alida hatte den blauen Stein verhüllt. Was Magda sah, überwältigte sie. Über Jaelles Wange zog sich keine scheußliche, eiternde Wunde mehr, nur eine dünne rote Naht, noch zackig und roh, an der ein einziger Tropfen sauberen Blutes hing. Die Kerbe im Lid war verschwunden, und das geschlossene Auge unter dem Wimpernsaum war nicht mehr zugeschwollen.

Alida stieß einen langen, müden Seufzer aus. Mechanisch schob Magda ihren Ärmel hoch und betrachtete verwirrt die Stelle, wo die vergiftete Klinge ihren Arm geritzt hatte. Die feste weiße Narbe sah aus, als sei sie seit langem geheilt. *Habe ich es geträumt?*

Alida schob den umhüllten Stein in den Ausschnitt ihres Kleides. Sie musterte Magda mit fragendem Stirnrunzeln, sprach sie jedoch nicht an. »Jaelle?«

Rohana berührte leicht Jaelles Stirn. »Sie schläft.«

»Gut; während sie schläft, wird die Heilung sich vollenden.« Sie wandte sich an Peter. »Laßt sie allein.«

Peter versuchte, seine Hand zurückzuziehen, aber Jaelles Finger umklammerten sie zu fest. Er setzte sich bequem auf dem Fußboden zurecht und erklärte: »Ich bleibe.«

Magda schlich sich auf Zehenspitzen ans Bett, zog das Nachthemd über die bloße Brust und Schulter Jaelles hoch, deckte sie zu und folgte Rohana und Alida aus dem Zimmer. Alida taumelte und stieß beinahe gegen den Türrahmen; Rohana faßte zu und stützte sie. Sie sagte: »Geh und ruh dich aus, Alida. Und ich danke dir im Namen Jaelles.«

Magdas Gedanken rasten. Es war *keine* Illusion! Diese klaffende eiternde Wunde ... und jetzt brauchte sie nicht einmal mehr einen Verband, sondern war sauber und beinahe geheilt. Da war auch ihr eigener Arm. Die Narbe sah aus, als sei sie ein Jahr alt. Und mit Hilfe des blauen Steins war das alles durch die Macht des Geistes getan worden. *Psi-Kraft. Im Grunde habe ich nie daran geglaubt. Doch ich habe es gesehen* ...

Rohana sah Magda zittern und stützte sie, wie sie es bei Alida getan hatte. Sie sagte: »Ruh dich aus, mein Kind, das ist anstrengende Arbeit. Warum hast du uns nicht erzählt, daß du *Laran* hast?«

Und Magda konnte nur verwirrt stammeln: »Ich weiß ja nicht einmal, was das Wort *bedeutet*!«

13

Am Vorabend des Mittwintertages fegte der verspätete Blizzard von den Hellers nieder, eine dichte weiße Wildnis aus Schnee und heulendem Wind, die die Vorbereitungen für das Fest zum Erliegen brachte. Die Hausgäste waren bereits eingetroffen; Lady Rohana teilte ihnen etwas enttäuscht mit, daß die üblichen Festlichkeiten verschoben werden müßten. Normalerweise hätte jeder, der innerhalb eines Tagesrittes wohnte, Burg Ardais während des Tages besucht, um an dem fröhlichen Feiern teilzunehmen.

Magda drückte höflich ihr Bedauern darüber aus, daß das Fest verdorben wurde, war jedoch insgeheim erleichtert, nicht noch mehr Fremden gegenübertreten zu müssen. Um sich selbst hatte sie keine Angst. Dom Gabriel würde den Gästen seiner Frau, wer sie auch sein mochten, keine Schwierigkeiten bereiten, und die starke Tradition der Gastfreundschaft in den Hellers machte es unwahrscheinlich, daß sie persönlich Ärger bekamen. Magda fürchtete nur, daß andere Terraner danach genauer beobachtet und in ihrer Bewegungsfreiheit stärker beschränkt werden würden.

Lady Rohana hatte Festgeschenke für sie beide: lange, mit Pelz besetzte Reitumhänge. Sie hatte ihnen auch taktvoll Kleider angeboten, die passender für das Fest waren. Schließlich hatten sie nur Reisekleidung bei sich, und die war stark mitgenommen. Magda nahm das Angebot erleichtert, Jaelle mit schiefem Lächeln an. Als Rohana gegangen war, sagte sie: »Mein Verwandter ist so feige, daß er Rohana an seiner Stelle schickt! Margali, du bist Übersetzerin von Beruf. Wollen einmal sehen, ob du dies ebenso auslegen kannst wie ich! Den Text bringe ich vielleicht nicht ganz richtig, aber die Melodie ist sehr deutlich und lautet ungefähr: ›Ich weigere mich, zwei Amazonen in Hosen an meiner Bankettafel zu haben!‹«

Magda enthielt sich jeden Kommentars über ihren Gastgeber; wahrscheinlich hatte Jaelle recht. Jaelle durfte bereits aufstehen, wenn sie auch bis zum heutigen

Tag auf ihr Zimmer beschränkt gewesen war. Sie erholte sich so schnell, daß Magda immer noch an dem Zeugnis ihrer eigenen Augen zweifelte. Trotzdem lag es vor ihr: die geheilte Wunde an Jaelles Schlüsselbein, die rote Linie – sichtbar und ein bißchen verblüffend, aber nicht mehr entstellend – quer über ihre Wange.

Daneben wirkt die terranische Medizin primitiv! dachte Magda.

Wenn es Psi-Kraft war, welche Funktion hatte dann der blaue Edelstein? Diente er nur als Brennpunkt? Magda wußte, sie würde nicht mehr ruhen, bis sie die Antwort auf diese Fragen gefunden hatte. Der Schlüssel schien das seltsame Wort *Laran* zu sein, das üblicherweise mit Kunst, Fertigkeit, Gabe oder Talent übersetzt wurde. Sie nahm an, eine *Leronis* sei eine Frau, die *Laran* benutzte, und die Übersetzungen »weise Frau« oder »Zauberin« träfen nicht den Kern. Jaelle bestätigte diese Vermutung und setzte hinzu, *Laran* bedeute angeborene Psi-Kraft. Sie selbst besitze ein bißchen davon, habe jedoch kein Interesse an einer Ausbildung gehabt. Als Magda ihr von Rohanas Bemerkung erzählte – sie scheine selbst *Laran* zu haben –, verstummte Jaelle und ließ sich kein Wort mehr entlocken.

Am Nachmittag brachte eine von Rohanas Frauen die versprochenen Festkleider. Magdas war ein rostfarbenes Gewand mit schmalem Zobelbesatz und mit goldener Seide gefütterten Schleppärmeln. Es war eins der hübschesten Kleider, die sie je gesehen hatte, und paßte ihr ausgezeichnet. Sie bürstete ihr glattes dunkles Haar und dachte bedauernd an die silberne Schmetterlingsspange, die sie nie wieder tragen würde.

Jaelle erkundigte sich: »Hält man kurzgeschnittenes Haar unter terranischen Frauen für eine Schande?«

»O nein. Die meisten Frauen im Dienst des Imperiums tragen ihr Haar nur wenig länger als die Männer.

Aber ich habe die meiste Zeit meines Lebens auf Darkover gelebt und meins wachsen lassen, damit ich mich unbemerkt unter die Frauen hier mischen konnte. Deshalb bin ich an langes Haar gewöhnt«, erklärte Magda. »Ich habe geglaubt, Amazonen dürften keine Frauenkleider tragen. Ist dies nur eine Höflichkeit gegenüber Dom Gabriel, Jaelle?«

Jaelle lachte fröhlich. Sie hatte das zartgrüne Gewand angezogen, das Rohana ihr geschickt hatte. Wie sie sagte, war es für ihre Cousine angefertigt worden, Rohanas siebzehnjährige Tochter. Ihr Name war Elorie, doch sie wurde für gewöhnlich Lori gerufen. Nachdem es in der Taille ein bißchen enger gemacht worden war, paßte es Jaelle sehr gut. Sie bürstete ihr Haar zu einem Kupferhelm und befestigte es mit zwei länglichen goldenen Spangen aus ihren Satteltaschen. »Hast du gedacht, wir seien gezwungen, Hosen zu tragen wie die Männer, du dummes Mädchen? Wir tragen sie beim Reiten oder bei Männerarbeit, aber im Gildenhaus oder bei Arbeiten unter Dach und Fach ziehen wir an, was uns bequem erscheint. Es wird nicht von uns *verlangt*, eine bestimmte Tracht anzulegen. Wir weigern uns nur, die gesellschaftliche Regel zu akzeptieren, nach der es Frauen *verboten* ist, sich zweckmäßig zu kleiden. Das einzige, was uns durch unsere Charta verboten ist zu tragen, ist ein Schwert.« Wieder lachte sie. »Kindra hat mich manchmal gescholten, daß ich von dem Geld, das ich verdiene, soviel für Putz ausgebe. Ich habe wahrscheinlich ebenso viele schöne Kleider wie Rohana, wenn nicht noch mehr, weil ich niemandem Rechenschaft darüber schuldig bin, was ich mit meinem Geld anfange.«

Magda atmete auf. Obwohl sie keinen besonderen Wert auf Staat legte, wäre es ihr nicht sehr angenehm gewesen, den Rest ihres Lebens in grober, reizloser Arbeitskleidung verbringen zu müssen.

Als sie fertig waren und hinuntergehen wollten, stellte Jaelle entzückt fest: »Ich hatte keine Ahnung, daß du so hübsch bist! Zuerst sahst du wie ein halberfrorenes Kaninchen aus, und später war ich nicht mehr imstande, darauf zu achten.«

Magda war Jaelles erstaunliche Schönheit auch in der derben Amazonentracht nicht entgangen; in dem grünen Gewand war sie atemberaubend. Dies Urteil wurde bestätigt, als Peter sich ihnen im Flur vor ihren Zimmern anschloß; er sah Jaelle hingerissen an. Sie lächelte ihm scheu zu und schlug die Augen nieder. Der Gedanke, wie sie sich in ihrem kranken und schwachen Zustand an ihn geklammert hatte, setzte sie in Verlegenheit. Sie reichte ihm die Hand nicht, wie sie es so bereitwillig während ihrer Krankheit getan hatte. Seltsamerweise schuf die Unterlassung eine größere Nähe als die ungezwungene Geste. *Damals reagierte sie auf ihn wie ein Kind. Jetzt ist sie sich sehr bewußt, daß er ein Mann ist und sie eine Frau*, dachte Magda.

Peter sagte leise: »Ich bin sehr glücklich, daß du dich erholt hast, Jaelle.« Fast so befangen wie sie wandte er sich Magda zu und bot ihr seinen Arm. Sie nahm ihn, hauptsächlich, weil sie seine Anspannung spürte und es eine alte Gewohnheit von ihr war, seine Unschlüssigkeit zu kaschieren.

»Hast du bemerkt, wie ähnlich unseren eigenen Festbräuchen dies alles ist? Die Hallen sind mit Grünzeug dekoriert, das große Feuer, der Austausch von Geschenken – sogar der Duft nach Gewürzbrot!«

Magda wußte, in seiner Verlegenheit sprach er über das erste Thema, das ihm in den Sinn kam. Ein altes Gefühl wurde in ihr wach, eine Mischung aus Zärtlichkeit und Gereiztheit, ihr so vertraut, daß sie innerlich zitterte.

»Du bist schön, Magda. Aber ich vermisse dein

prachtvolles langes Haar.« Er hob die Hand, um ihren bloßen Nacken zu berühren – eine intime Geste, die nur einem Liebhaber erlaubt war. Magda war es peinlich. Leise bat sie: »Nicht, Piedro.« Sie benutzte absichtlich seinen darkovanischen Namen, um ihn daran zu erinnern, wo sie sich befanden. Doch das rief genau die entgegengesetzte Wirkung hervor; es stellte die alte Intimität wieder her.

Er sagte: »Margali« und sprach ihren darkovanischen Namen wie ein Kosewort aus. Magda merkte, daß Jaelles Blick auf ihnen ruhte, und ließ seine Hand fallen, als habe sie sie verbrannt. So betraten sie die Große Halle Seite an Seite, aber nicht zusammen.

Das Mittwinterfeuer brannte in dem großen Kamin, und Dom Gabriel, Herr von Ardais, stand davor. Er war ein großer, soldatischer Mann mit ergrauendem rötlichem Haar, in Grün und Scharlach gekleidet. Jaelle verbeugte sich förmlich vor ihm; er umarmte sie kurz als Verwandte und berührte ihre Wange mit seinen Lippen.

»Ich freue mich, daß es dir gut genug geht, um dich uns anzuschließen, Jaelle. Ein gutes Jahr und viel Glück.«

»Ich danke dir für deine Gastfreundlichkeit, Onkel, in meinem und meiner Freunde Namen«, erwiderte Jaelle und ging weiter, um sich herzlich von Rohana drücken zu lassen und ihre Cousins und ihre Cousine zu begrüßen. Magda und Peter standen vor dem Ardais-Lord; er beugte sich über Magdas Hand und begegnete ihrem Blick mit einem verwirrten, freundlichen Lächeln. Magda fiel ein, was Jaelle gesagt hatte: »Er wird alles freundlich behandeln, was zu Rohana gehört – Schoßhunde, Freie Amazonen und sogar Terraner . . .!« Sie meinte, Jaelle habe ihn ungerecht beurteilt. Schon dem Druck seiner Hand war anzumerken, daß er ein anständiger und guter Mann war, wenn auch den Vorurteilen seiner Kaste etwas zu stark verhaftet und ohne viel

Phantasie. Jedenfalls, wenn Rohana ihn liebte und ihm gehorchte, mußte er mehr gute Eigenschaften haben, als Jaelle in ihm sah.

»Willkommen, *mestra*, als Freundin meiner Verwandten. Einen angenehmen Festtag und ein glückliches Jahr.«

Magda erinnerte sich an die Neujahrsgrüße ihrer Kindheit in Caer Donn und antwortete: »Mein Jahr wird erhellt sein durch die Erinnerung an Eure Gastfreundschaft. Möge das Feuer Eures Herdes niemals kalt werden, Lord Ardais.« Die Verwirrung in seinen Augen wuchs. *Offenbar weiß er, daß wir Terraner sind. Überrascht es ihn, daß wir uns mit normaler Höflichkeit benehmen können?* Sie fragte sich, ob der Herr von Ardais wirklich glaubte, eine Rasse, die fähig war, ein galaxisweites Imperium zu schaffen, bestehe aus lauter unwissenden Flegeln ohne Sinn für gute Manieren ...

Lady Alida, die an einem der langen Tische saß, hob den Kopf, sah Magda an und winkte. Magda fiel nichts ein, wie sie die Einladung auf höfliche Weise ablehnen konnte. Die Comyn-Dame trug ein Festgewand aus hellem Blau; ihr rotgoldenes Haar war tief im Nacken aufgesteckt. Sie bat Magda durch eine Handbewegung, sich neben sie zu setzen, und wieder fühlte Magda das Prikkeln einer »Ahnung«. Alida war eine Comyn-Dame, eine Leronis und mit Psi-Kraft begabt. Die Spur davon, die Jaelle besaß, hatte Magda entlarvt. Wie brachte sie es fertig, sich nicht zu verraten?

Eine Zeitlang beanspruchten die Delikatessen auf dem Tisch die Aufmerksamkeit aller: eine klare Suppe, in der goldene Stücke köstlicher Pilze schwammen, kleine warme Vorspeisen der verschiedensten Art, Gewürzbrot in allen möglichen ornamentalen Formen, vergoldet und dekoriert. Aber als sie abgeräumt wurden und die Diener – sie trugen ihre Feiertagskleidung und nahmen an dem Festschmaus teil – die Hauptgänge hereinbrachten, wandte Alida sich Magda zu. »Solange Eure geschworene Schwester krank war und Eure Fürsorge brauchte, wollte ich Euch nicht von ihrer Seite wegrufen, *mestra*. Nun geht es ihr jedoch wieder gut.« Sie sah zu Jaelle hin, die lachend zwischen Peter und ihrem Cousin saß und sie offensichtlich wegen ihrer Ähnlichkeit neckte. »Ich möchte gern ein Wort mit Euch reden. Seid Ihr niemals auf *Laran* getestet worden, Margali?«

»Nein. Nie.«

»Aber bestimmt wart Ihr Euch Eures angeborenen Talents bewußt, nicht wahr?«

»Nein«, antwortete Magda wiederum. Die hohe blasse Stirn der Dame furchte sich leicht.

»Aber bestimmt ... wie Ihr wißt, erwacht die Gabe normalerweise in der Pubertät. Hattet Ihr keine Ahnung von Eurem Talent? Oder wurdet Ihr so früh unter die Freien Amazonen gesteckt, daß Ihr keinen Test verlangt habt?«

Das wäre ein guter Ausweg gewesen, nur konnte die Lüge zu leicht entdeckt werden. Die Tatsache, daß sie erst vor kurzem zur Freien Amazone gemacht worden war, ließ sich nicht ableugnen. Magda klammerte sich an die buchstäbliche Wahrheit. »Bis vorgestern, meine Dame, hatte ich keine Ahnung, daß ich auch nur die schwächste Spur *Laran* besitze. Es war eine große Überraschung für mich.«

»Nun, wenn das Mittwinterfest vorüber ist, müssen wir Euch ordnungsgemäß testen.« Alida sprach, als sei die Sache damit geregelt. Wie sollte sie sich aus dieser Schlinge ziehen? fragte sich Magda. Zu ihrer Erleichterung fiel ihr etwas ein. Sie hätte nie geglaubt, echte Freude darüber empfinden zu können. »Nach Mittwinter, Lady, bin ich verpflichtet, das Gildenhaus aufzusuchen.«

Lady Alida wischte das beiseite. »Das läßt sich arrangieren. Eine unausgebildete Telepathin ist eine Gefahr für sich selbst und jeden Menschen ihrer Umgebung, und das würde auch für Eure Schwestern im Gildenhaus gelten.« Mehr sagte sie nicht. Höflich machte sie Magda auf die Musiker aufmerksam, die zur Unterhaltung der Gäste erschienen waren und später zum Tanz aufspielen sollten.

Es war jedoch genug gesagt worden, um Magda den Appetit zu verderben. Was sollte sie jetzt tun?

Nach Beendigung der Mahlzeit versammelten sich die älteren Gäste am Kamin, um zu plaudern und Erinnerungen auszutauschen. (Magda wußte, bei diesen Hausfesten, die abgehalten wurden, wenn das Wetter alle Arbeiten im Freien zum Stillstand brachte, kamen Freunde zusammen, die sich oft das ganze Jahr über nicht sahen.) Die jüngeren Leute stiegen zum Tanz in die untere Halle hinunter. Magda hatte als Kind tanzen gelernt und kannte die meisten Tänze. In Caer Donn konnte ein Mädchen nicht umhin, tanzen zu lernen, und zwar gut, bevor es acht Jahre alt war.

Mit Vergnügen ließ sie sich von Jaelle und Lori in einen Kreistanz mit einem Dutzend anderer Mädchen ziehen. Aber sie wußte nicht, was die Etikette der Amazonen für den Tanz mit Männern vorschrieb, und nach den Gruppentänzen kamen die Paartänze an die Reihe. Dann sah sie Jaelle mit jedem, der kam, lachen und flirten und tanzen und vergaß ihre Bedenken. Sie nahm die Aufforderungen an und genoß sie zweifach: Die terranische Agentin machte Studien (aber würde sie jemals wieder zu dieser Daseinsform zurückkehren?), und gleichzeitig war sie das junge Mädchen aus Caer Donn, das erstmals in die Gesellschaft junger Männer kam. Zum erstenmal seit ihrer Kindheit fühlte sie sich unter ihresgleichen.

Magda war sich bisher nie bewußt gewesen, wie sehr ihre seltsame Kindheit zwischen zwei Welten sie der Fähigkeit beraubt hatte, mit Menschen ihres eigenen Alters umzugehen. Die Zeit in Caer Donn hatte sie emotional und sozial darauf vorbereitet, junges Mädchen und Frau in der gleichen Welt zu werden. Statt dessen hatte man sie noch vor der Pubertät losgerissen und in der Terranischen Zone mit Kindern isoliert, deren Background einzig und allein der des Imperiums war. Und mit sechzehn war sie zur Ausbildung von Darkover weggeschickt worden. Im Imperium hatte sie mit den Mädchen und Jungen ihres Alters nichts anfangen können. Später, als sie bei ihrer Arbeit wieder mit Darkovanern zusammenkam, mußte sie Vorschriften beachten, die keinen persönlichen Kontakt erlaubten. Außerdem lernten Darkovanerinnen Männer nur in ihren Heimen und unter der Aufsicht ihrer Familien kennen.

Aber jetzt, als Rohanas Gast, konnte sie unbeschwert an der Geselligkeit teilnehmen. *Wenn ich so etwas erlebt hätte, als ich zwanzig war, hätte ich Peter nie geheiratet.* Aus irgendeinem Grund beunruhigte der Gedanke sie, und nur zu gern wandte sie sich einem jungen Mann aus Dom Gabriels Haushalt zu, der sie zum Tanz bat. Nach einer Weile fragte er: »Ist das Euer Name – Margali?«

»Ja, so nennt man mich.«

»Das dachte ich mir! Ihr hattet einen anderen Namen, aber niemand von uns konnte ihn aussprechen. Deshalb nannten wir Euch Margali. Ihr seid *Toroku* Lornes Tochter, nicht wahr?« Der Titel bedeutete »Gelehrter« oder »Professor« und war ihrem Vater von den darkovanischen Kindern verliehen worden. »Ich kannte Euch, als wir Kinder waren; Ihr hattet Tanzunterricht mit meinen Schwestern Tara und Renata. Ich bin Darrill, Sohn Daruaks.«

Jetzt erinnerte sie sich an Darrill und seine Schwestern. Sie hatte einmal die Mittwinternacht bei Renata verbracht, als sie noch ganz klein gewesen war, sie hatte mit den beiden Schwestern gespielt, sie in ihrem Haus besucht und sie in ihre Wohnung im HQ mitgebracht. Darrill war schon ein großer Junge und außer Reichweite gewesen.

Er sagte: »Ich hatte geglaubt, ihr Terraner wäret alle nach Thendara gegangen und würdet nicht in die Hellers zurückkehren. Was tut Ihr hier?«

»Ich bin Lady Rohanas Mittwintergast – oder vielmehr der Gast ihrer Verwandten Jaelle.«

Darrill fragte weiter: »Wissen sie, wer Ihr in Wirklichkeit seid? Ich bin Dom Gabriels geschworener Mann, und wenn Ihr Euch unter falschem Vorwand hier befindet, muß Lord Ardais es erfahren!«

Magda versuchte, ihr innerliches Zittern zu unterdrücken. »Mein richtiger Name und mein Vorhaben sind Lady Rohana bekannt; Ihr könnt sie fragen, wenn Ihr wollt. Und ich nehme an, da sie es weiß, weiß es Dom Gabriel ebenfalls.«

Mit leichtem Grinsen gab er zurück: »Das denke ich auch. Aber wenn die Lady es weiß, spielt es im Grunde keine Rolle, ob Dom Gabriel es weiß oder nicht. Denn von hier bis zum Kadarin ist bekannt, daß die Lady die Güter regiert, und Dom Gabriel hilft ihr dabei, wenn er gerade Lust dazu hat.«

Magda fragte ihn nach seinen Schwestern. Er nannte ihr die Namen ihrer Ehemänner und berichtete, wie es ihnen ging. Ob es richtig war, fragte sie sich, daß sie so viel Zeit mit jemandem verbrachte, der wußte, wer und was sie war? Doch es mochte schlimmer sein, wenn sie ihm auffällig aus dem Weg ging. Das wäre in der Tat ein verdächtiges Benehmen. Sobald seine Befürchtung, sie könne eine Spionin sein, überwunden war, schien er ihre Anwesenheit ganz normal zu finden.

Und sie sollte normal sein! Darkovaner und Terraner sollten eine Chance haben, zusammenzukommen! Dann entständen erst gar keine Barrieren aus Unwissenheit und Mißtrauen. Lorill Hastur hat unrecht, unrecht, unrecht.

Nachdem er sie – offensichtlich ungern – verlassen hatte, fand sich Magda neben Jaelle wieder, die nach einem schnellen Springtanz atemlos eine Pause machte.

»Ich glaube, Camilla hatte recht«, lachte Jaelle. »Es gibt Männer, die Narben bei einer Frau unwiderstehlich finden! Ich bin noch nie so populär gewesen.«

»Ich wußte nicht recht, ob es Amazonen erlaubt ist, Notiz von Männern zu nehmen – nachdem Camilla mir so streng befahl, sie nicht einmal anzusehen!« Jetzt konnte Magda über diese Erinnerung lachen.

»Oh, das gilt nur, wenn es Arbeit zu tun gibt oder die Männer solche sind, die einen Blick für eine – eine Einladung halten könnten«, antwortete Jaelle. »Ich habe schon mit Männern zusammengearbeitet, und sie haben mir nicht mehr Aufmerksamkeit gezollt als irgendeinem männlichen Gefährten. Wir lernen, keine gefährlichen Situationen zu erzeugen – das wirst auch du im Gildenhaus lernen –, so daß eine Amazone allein mit einem Dutzend Männern reisen kann und als einer von ihnen akzeptiert wird. Aber ich weiß auch, wie ich mich verhalten muß, wenn ich will, daß sie mich als Frau betrachten – zum Beispiel beim Mittwinterfest! Oder zu Mittsommer, wenn in Thendara die ganze Nacht getanzt wird und die Paare in den Gärten verschwinden. Du kennst ja das alte Sprichwort: ›An das, was unter den vier Monden geschieht, braucht man sich nicht zu erinnern, wenn sie untergegangen sind . . .‹ Ich für meinen Teil habe allerdings nie Lust gehabt, vierzig Tage lang in Unsicherheit zu sein, ob ich im Frühling ein Kind bekommen würde . . .« Sie brach ab und sagte leise: »Es tut mir leid – so geht es mir auch, wenn ich mit Rohana spreche. Dann vergesse ich manchmal, daß sie dazu erzogen ist, sich damenhaft und schicklich auszudrücken. Es war nicht meine Absicht, dich zu schockieren, Schwester.«

Natürlich war Magda nicht von den Worten schokkiert worden, aber es ging ihr auf, daß sie Jaelle in dieser ausgelassenen Stimmung überhaupt nicht kannte. Und sie selbst war dazu erzogen worden, die ziemlich spießigen sexuellen Tabus der Frauen aus dem Gebirge zu beachten. Das hatte sie während ihrer Ausbildung auf einem anderen Planeten in Verwirrung gebracht und mit dazu beigetragen, daß sie die Gesellschaft Peters suchte. Er respektierte ihre Vorstellungen, und bis zu einem gewissen Grad teilte er sie.

Jaelle fuhr fort: »Jedenfalls kümmert es niemanden sehr, was bei solchen Festen geschieht. Sogar Dom Gabriel wird blind dafür sein, was sich in den Gängen und dunklen Ecken oder auch hier, wenn das Feuer heruntergebrannt ist, abspielt ... Üblicherweise gehen die älteren Leute früh zu Bett und lassen die jungen tun, was sie wollen.« Sie rückte dicht an Magda heran und flüsterte mit schelmisch funkelnden Augen: »Es gibt eine Redensart, daß man eine Sprache erst dann voll beherrscht, wenn man gelernt hat, darin Liebe auszudrükken! Ich habe gemerkt, wie Darrill dich ansieht – sicher wäre er glücklich, es dich zu lehren.«

Magda fühlte, daß ihre Wangen flammten, und Jaelle klopfte ihr auf die Schulter. »Ich sollte dich nicht so aufziehen, Schwester. Eines Tages wirst du wissen, wie unsere Scherze aufzufassen sind. Da kommt Piedro und möchte endlich einmal mit dir tanzen!«

Das wollte er nicht. Er faßte leicht Magdas Ellenbogen und sagte: »Ich hätte dich gern für eine Minute gesprochen.« Damit führte er sie an den Tisch mit den Erfrischungen und schöpfte sich Wein aus der großen kristallenen Bowlenschüssel. Mit gedämpfter Stimme erkundigte er sich: »Was hat Darrill zu dir gesagt?«

»Nur daß er mich wiedererkennt. Dann hat er gefragt, ob Dom Gabriel wisse, wer ich bin.«

»Mich hat er dasselbe gefragt«, berichtete Peter. »Ich antwortete ihm, da Lady Rohana wisse, wer ich sei, werde es meiner Meinung nach Dom Gabriel auch wissen.« Er näherte den Schöpflöffel ihrem Glas.

»Nein danke, ich habe genug gehabt. Mir ist ein bißchen schwindelig.« Magda begann, an einem Stück Kuchen zu knabbern.

Peter bemerkte beinahe eifersüchtig: »Ich habe dich mit Darrill tanzen gesehen. Man kann wohl sagen, daß du dich amüsierst!«

»Das tue ich. Du nicht? Ich habe noch nie eine Chance gehabt, an einem solchen Fest teilzunehmen. Und wie ich das vermißt habe!«

»Ich bin nie auf den Gedanken gekommen, du hättest Lust dazu«, gestand Peter. »Ich habe in den letzten drei Jahren die Mittsommerfeste in Thendara besucht, und ich hätte dich gut mitnehmen können. Aber ...« – er zögerte – »... bei öffentlichen Festen – nicht bei den Privatgesellschaften in Häusern wie diesem, wo alles sehr anständig zugeht, aber bei den öffentlichen Tänzen, wo jeder mitmachen kann – wird es manchmal ein bißchen wild. Tanzen bis zum Morgengrauen, paarweises Verkrümeln in den Gärten und so weiter. Ich glaubte nicht, daß du gern dabeigewesen wärst.«

Magda ärgerte sich über ihn. Er hielt es für passend, selbst hinzugehen, auch wenn es ein bißchen ... *wild* wurde. Aber er hatte entschieden, ohne sie erst zu fragen, daß diese Art von Unterhaltung sich für sie nicht schickte! Trocken stellte sie fest: »Du hättest *mich* darüber entscheiden lassen können.«

Wieder hob er die Hand und berührte ihren Nacken. Es weckte Erinnerungen, die sie zu vergessen gesucht hatte. Er flüsterte: »Ich war eifersüchtig, Liebling.«

Magdas Zorn war fast völlig irrational. Wie konnte er es wagen, diese Entscheidung für sie zu treffen? Hatte er also nichts dabei gefunden, bei diesen Festen ein flüchtiges Abenteuer zu erleben – ein Vorrecht, das er ihr verweigert hatte, als nehme er die Stellung eines Vaters oder Vormunds ein?

Peter beugte sich immer noch dicht über sie und streichelte ihren Nacken; sie spürte seinen warmen Atem. Er war ein bißchen angetrunken. Wie sie hatte er gelernt, sehr vorsichtig mit Alkohol und anderen Drogen umzugehen, und er kannte seine Grenzen genau. Er war ein guter Agent, dachte Magda, ein begabter Agent. Die alte Zuneigung wurde von neuem wach, so daß sie nicht wegrückte, als er seinen Arm um sie legte und sie in den Schatten der Draperien auf der einen Seite zog. Er senkte den Kopf und flüsterte ihr ins Ohr.

Magda wurde steif in seinen Armen. Scharf verlangte sie: »Sprich *casta* – hast du vergessen, wo wir sind?«

Er küßte sie. »Wie schön ist es, am Leben zu sein!« stieß er heftig hervor. »Es ist Mittwinternacht – und ich war überzeugt, sterben zu müssen. Ich hatte keine Hoffnung auf Rettung mehr. O Magda, Magda, Magda ...« Die Stimme versagte ihm. Er küßte sie noch einmal, so hart, daß es weh tat. »Und ich lebe, und du bist hier, und wir sind wieder zusammen.«

Anfangs wehrte sie sich nicht, hielt es für ein bloßes Überfließen seiner Dankbarkeit, für die Lebensfreude des knapp dem Tode Entronnenen. Aber seine Umarmung wurde schnell fordernder, intimer.

»Hast du überhaupt eine Ahnung, wie sehr ich nach dir verlange, wie ich dich *brauche*, wie schrecklich du mir gefehlt hast?«

Sanft versuchte sie, sich ein Stückchen von seinen stürmischen Liebkosungen zurückzuziehen, aber er flüsterte an ihrem Hals: »Du empfindest ebenso wie ich, das merke ich doch! Du willst mich ebenso, wie ich dich will, sonst hättest du meinetwegen nie diesen weiten Weg gemacht.«

Gegen ihren Willen reagierte sie auf ihn, doch in ihrem Inneren sagte die kalte Stimme der Vernunft: *Willst du jetzt, da du frei von ihm bist, tatsächlich das ganze Elend von vorn anfangen?* Die Aufregung des Festes, ein paar Gläser Alkohol, die allgemeine Atmosphäre der Freiheit von den sonst so strengen Moralgesetzen, die Tatsache, daß er lange Zeit allein gewesen war und eine Frau brauchte – das war es und mehr nicht. Sie durfte sich nicht einbilden, daß es mehr war. Freundlich, aber unerbittlich löste sie seine Hände.

»Es tut mir leid, Peter.«

»Mag, Mag, ich brauche dich so. Weißt du nicht, daß wir zusammengehören?«

»Wirklich, es tut mir leid«, wiederholte sie seufzend. »Bis vor kurzem habe ich das auch geglaubt. Jetzt habe ich deinetwegen keine Schuldgefühle mehr. Jetzt bedauere ich nur, daß ich dir nicht geben kann, was du möchtest.«

»Ist da ein anderer? Dieser Darrill . . .«

»Nein, nein. Nichts dergleichen. Sei nicht dumm, Peter. Ich habe ihn nicht mehr gesehen, seit ich neun Jahre alt war!« Es hatte nie einen anderen gegeben. Bis heute hätte sie geschworen, daß es auch nie einen anderen geben würde.

»Mag, du weißt, daß es auf dieser Welt für keinen von uns beiden je einen anderen geben wird.«

Das, dachte sie, war teilweise wahr. Ihnen war ihre darkovanische Kindheit und die Isolierung von ihresgleichen gemeinsam, die sie daran gehindert hatte, anderswo passende Partner zu finden. Das Wissen, daß niemand sonst in Frage kam, hatte sie zueinander gezogen. Magda fand das heute bedauerlich, und noch mehr die Tatsache, daß er es für selbstverständlich hielt.

»Nein, Peter. Was du mich auch fragen willst – nein.«

»Ich will dich.« Er sprach, als litte er Schmerzen. »Ich will dich für immer. Ich will dich wieder heiraten. Und ich will dich jetzt. Magda, Magda, komm jetzt mit mir! Unsere Zimmer haben eine Verbindungstür, als sei das Absicht . . .«

Magda erklärte ruhig: »Du weißt, daß ich nicht frei bin zu heiraten. Nicht mehr.«

»Oh, das! Dies Amazonen-Spiel, auf das du dich kaprizierst . . .«

»Es ist kein Spiel.« Gerade die Ruhe, mit der sie sprach, machte ihre Worte endgültig.

»Hast du deine Weiblichkeit mit deinem Haar abgeschnitten?« fragte er bitter.

»Nein, das habe ich nicht. Abgesehen davon bedeutet Weiblichkeit meiner Meinung nach nicht, daß ich mit dir ins Bett gehen muß, nur weil du dich einsam fühlst . . .« – fast hätte sie einen rüderen Ausdruck benutzt – ». . . und eine Frau brauchst.«

Er berührte sie zärtlich, und Magda ärgerte sich, daß es sie erregte. Triumphierend stellte er fest: »Du willst mich auch. Das weißt du!«

»Wenn das so ist«, fuhr sie ihn an, »ist das *meine* Sache und nicht deine, solange ich mich nicht dazu *entschließe*! O Gott, Peter, warum verstehst du das nicht? Willst du, daß ich nur *freundlich* zu dir bin?«

Er versuchte, sie festzuhalten. »Damit würde ich mich zufriedengeben.«

Sie riß sich los. »Aber ich will nicht, und das ist mein letztes Wort! Peter, laß mich in Ruhe. Jaelle beobachtet uns!«

Sie rückte von ihm ab. Mit ein paar wenigen Zoll hatte sie sich so weit entfernt, daß sie ebensogut auf einem der Monde hätte sein können. Als sie das zornige Rot des verletzten Stolzes auf seinen Wangenknochen sah, tat es ihr beinahe leid. Wenn sie jedoch weniger schroff gewesen wäre, hätte er ihr nicht geglaubt. Er schluckte schwer und wandte sich ab. Sie sah, daß er zu Jaelle ging. Das Mädchen streckte ihm die Hand entgegen. Verschwunden war die Scheu, die sie zu Anfang des Abends gezeigt hatte. Peter ergriff die schlanke Hand. Zwar konnte Magda nicht hören, was sie redeten, aber sie sah sie zusammen weggehen.

Mit einer gewissen Traurigkeit sah Magda ihnen beim Tanzen zu. Sie war jetzt wirklich frei von Peter. Und plötzlich erkannte sie mit dieser ihrer neuen Wahrnehmungsfähigkeit, was sie getan hatte.

Sie hatte es gesehen, als sie Sain Scarp verließen. Vielleicht war es nur chemische Anziehungskraft gewesen, vielleicht etwas mehr, jedenfalls hatte es unmittelbar und unmißverständlich gewirkt. Jaelles Schwäche und ihr Zusammenbruch hatten Peters Reaktion in beschützende Freundlichkeit, in selbstlose Ritterlichkeit umgemünzt.

Die ganze Zeit war es dagewesen, hinter der Freundlichkeit und der Güte. Magda hatte es von neuem bemerkt, als Jaelle sich in ihrem Fieberwahn an Peter klammerte. Fast mit einem Gefühl der Demütigung wurde Magda bewußt, warum Peter heute abend zu ihr gekommen war – nicht etwa, weil er sie unwiderstehlich fand.

Peter war vor allem terranischer Agent, und er kannte die Regeln. Und eine von ihnen, eine sehr wichtige, lautete: Laß dich niemals, niemals – *niemals* ernsthaft mit einer Eingeborenen des Planeten ein, auf dem du arbeitest. Flüchtige Liebschaften wurden geduldet, wenn nicht gar gebilligt (jeder Raumhafen im Imperium hatte ein Viertel mit roten Lampen), aber alles, was tiefer ging, war verboten.

Und was das zwischen Peter und Jaelle auch sein mochte, es ging tief, und es war ernst. Peter hatte einen letzten verzweifelten Versuch gemacht, sich gegen diese Verwicklung zu schützen, die eine katastrophale Verletzung der Regeln darstellen würde, unter denen sie lebten. Magda war ungefährlich, Magda war von seiner eigenen Art. Und doch . . . nicht ganz.

Er ist wie ich; in sexueller Beziehung ist er Darkovaner. Auf andere Frauen reagiert er nicht. Und ich komme seinem Ideal nahe genug, daß er sich mit mir zufriedengeben würde. Wie ich es mit ihm getan habe. Eine Weile.

Wenn Magda heute abend mit ihm gegangen wäre, hätte er seinem heftigen und gefährlichen Verlangen nach Jaelle widerstehen können. Nun hatte Magda ihn auf eine Art abgewiesen, die ein Schlag für seinen männlichen Stolz war, und Peter war geradenwegs zu Jaelle gegangen, um Heilung für diese Wunde zu finden.

Magda bekam es plötzlich mit der Angst zu tun. Sie machte sich Sorgen um beide. Peter könnte seine Karriere für Jaelle aufs Spiel setzen. Und Jaelle – was riskierte sie? Sie war kein Mädchen aus den Raumhafen-Bars, sondern eine Comyn und, wenn Magda es richtig beurteilte, von tiefer Liebe zu Peter erfüllt.

Gereizt versuchte Magda, die ganze Sache aus ihren Gedanken zu verbannen. Es ging sie entschieden nichts an. Jaelle war kein Kind mehr. Sie war nur ein oder zwei Jahre jünger als Magda, und aus ihren Bemerkungen von vorhin war zu schließen, daß sie auch erfahren genug war, um auf sich aufzupassen. Und was die Gefahr für Peters Karriere betraf, so war Jaelle nicht frei zu heiraten.

Aber während Magda dastand und einer Gruppe von

Männern mit Fackeln zusah, die einen alten Schwerttanz vorführten, grübelte sie darüber nach, wohin Peter und Jaelle in der Dunkelheit verschwunden sein mochten ...

Irgendwie hatte der Abend seinen Zauber verloren. Um Mitternacht sagten Dom Gabriel, Rohana und Lady Alida sowie die meisten anderen älteren Leute gute Nacht und zogen sich zurück, nachdem sie ihre jüngeren Gäste aufgefordert hatten, zu bleiben und sich so lange zu amüsieren, wie sie mochten.

Darrill machte Magda wieder ausfindig und drängte sie, mit ihm in eine der langen Galerien zu kommen, wo sich, wie er sagte, ein paar sehr schöne alte Wandgemälde befänden. Die Art, wie er sie berührte und wie er sprach, ließ keinen Zweifel daran, daß er an den Wandgemälden nicht mehr Interesse hatte als Magda. Sie lehnte unter einem höflichen Vorwand ab, und als er gegangen war, fragte sie sich, warum sie die Herausforderung nicht angenommen hatte. Peter und Jaelle hatten sich vor langer Zeit entfernt und waren nicht zurückgekehrt. Welche Galerie mochten sie wohl erkunden? Jaelles Bemerkungen hatten Magda darüber aufgeklärt, daß eine Amazone in der Mittwinternacht mit einem Mann Küsse tauschen durfte – oder mehr, wenn sie wollte –, ohne deswegen getadelt zu werden.

Jetzt, da ich von Peter frei bin, muß ich früher oder später herausfinden, wie ich auf andere Männer reagiere ...

Dann schalt sie sich: *Verdammt noch mal, bevor ich mein Leben mit einem anderen Mann kompliziere, möchte ich mehr über mich selbst wissen! Ich möchte wissen, wer ich wirklich bin, und mich nicht ständig durch die Augen irgendeines Mannes betrachten!*

Ein fremder Mann forderte sie zum Tanz auf. Sie schützte völlige Erschöpfung vor, verließ die Große Halle und stieg zu dem Zimmer hinauf, das sie mit Jaelle teilte. Jaelle war nicht da. Magda zog ihr schönes Kleid aus, machte sich fürs Bett fertig und legte sich hin. Sie rechnete damit, wach zu liegen und sich Sorgen um Peter und Jaelle zu machen, doch statt dessen fiel sie sofort in tiefen Schlaf.

Stunden später wachte sie auf und sah Jaelle in der Tür stehen, barfuß, das Gesicht gerötet, das kurze Haar verwirrt. Ihre Augen glänzten stark. Sie kam durchs Zimmer und setzte sich auf Magdas Bettrand.

Magda meinte leichthin: »Ich habe dich erst später erwartet.«

Sie nahm Jaelles schweren süßen Atem wahr. Das Mädchen hatte getrunken und war noch nicht wieder nüchtern.

Jaelle sagte: »Oh, sei nicht böse auf mich, Schwester. Ich wollte nicht, daß das passierte, ich weiß, was du empfindest.«

»Böse?« Magda setzte sich hoch und schlang die Arme um Jaelle. »Liebling ...« – das Wort, das sie benutzte, war *breda* – »... welches Recht hätte ich, böse zu sein? Glaubst du ...« Plötzlich dämmerte ihr, was Jaelle meinte. »Glaubst du, ich sei *eifersüchtig*?«

Jaelle kicherte nervös. »So etwas ist zu Mittsommer leichter, wenn man in den Garten gehen kann. Wir haben den größten Teil der Nacht in den langen Galerien verbracht.« Ihre Zähne klapperten, ob vor Kälte oder vor Aufregung, konnte Magda nicht sagen. »Er ... er hat mich gebeten, mit in sein Zimmer zu kommen.« Ihr Blick streifte die Verbindungstür. »Aber ... aber ich wollte sicher sein, ich liebe es nicht, vorschnell Entscheidungen zu treffen. Und«, setzte sie nach einer kurzen Pause hinzu, wobei sie Magda bittend ansah, »ich wollte dir nicht – auf den Saum deines Kleides treten.«

Magda merkte, daß sie absurderweise immer noch Sprachstudien trieb und sich diese eigentümliche Redewendung merkte. Sie zog das zitternde Mädchen fest an sich. »Jaelle, alles, was zwischen Peter Haldane und mir war, ist lange, lange vorbei.« Während sie es aussprach, erkannte sie, daß es die reine Wahrheit war. »Liebst du ihn, *breda*?«

»Ich weiß es nicht«, antwortete Jaelle. »Ich bin mir nicht sicher. So ein Gefühl habe ich noch nie gehabt.«

Magda ertappte sich bei der Überlegung, ob Jaelle Jungfrau sei. Nach ihren leichtfertigen Scherzen und von Erfahrungen zeugenden Bemerkungen hatte sie es nicht angenommen. Wiederum paßte diese Unsicherheit nicht dazu. Vielleicht las Jaelle ihre Gedanken – mittlerweile glaubte Magda beinahe, daß das möglich war –, denn sie meinte mit leiser Stimme und niedergeschlagenen Augen: »Es ist dumm, nicht wahr? Ich bin viele Male nahe daran gewesen. Kindra, die gesehen hatte, daß ich gern – mit Männern lachte und flirtete, riet mir, bevor ich den Eid leiste und mich binde, solle ich mir einen Liebhaber nehmen und mich auf diese Weise prüfen. Sie sagte, eines Tages könne es mich schwer ankommen, daß ich mich verpflichtet hätte, niemals zu heiraten. Nur konnte ich irgendwie keinen finden, dem ich ... dem ich genug vertraute.«

Sich verteidigend, setzte sie hinzu: »So ist es nie zu mehr gekommen als Gelächter und Albernheiten. Auch habe ich nie einem Mann durch meine Neckereien das Herz gebrochen. Jetzt ...« – sie sah verloren ins Weite – »... lache ich nicht mehr. Ich glaube, ich fürchte mich. Früher schreckte mich schon der Gedanke, mich einem Mann hinzugeben, das kam mir wie eine offene Tür in die Sklaverei vor ... Doch mir scheint, meine Furcht davor, ihn ... zu lieben, zu begehren, ist größer als damals. Ich kenne mich selbst nicht mehr!« Ihre Stimme bebte, und sie war den Tränen nahe. »Ich weiß nicht, was ich will. O Margali, Margali – Schwester, was soll ich tun?«

Magda fühlte sich hilflos. *Was kann ich ihr sagen?* Sie verstand, daß es für Jaelle, aufgewachsen unter Frauen, die durch den gemeinsamen Eid aneinander gebunden waren, ganz natürlich war, sich um Trost und Rat an eine andere Frau zu wenden. *Ich bin verpflichtet, jede Frau wie meine Mutter, Schwester, Tochter zu behandeln ... aber ich habe ständig unter so ganz anderen Gesetzen gelebt ... Gott helfe mir, ich weiß nicht, was ich ihr sagen soll!* Wenn eine ihrer Freundinnen aus der Terranischen Zone – Bethany zum Beispiel – mit einer solchen Frage zu ihr gekommen wäre, hätte Magda ihr mit einem oberflächlichen oder sogar einem groben Witz ausweichen können. Jaelle durfte sie das nicht antun.

Was hätte Rohana ihr gesagt? Schließlich erklärte sie mit einer Stimme, die ebenso bebte wie die Jaelles: »Liebling, ich kann dir keinen Rat geben. Ich weiß nicht, ob dir überhaupt irgendwer einen Rat geben könnte. Du mußt tun, was deinem Gefühl nach das Richtige ist.« Zu ihrer eigenen Überraschung hörte sie sich die Worte des Amazonen-Eides flüstern: »Ich schwöre, daß ich mich einem Mann nur hingeben werde, wenn ich den Zeitpunkt bestimmen kann und es mein eigener freier Wille ist ...«

Einen Augenblick herrschte Schweigen, dann wiederholte Jaelle: »... wenn es mein eigener freier Wille ist ...« Sie lächelte und drückte Magda fest an sich. Und Magda erkannte, daß sie instinktiv die richtigen Worte gefunden hatte. Sie spürte Jaelles Lippen auf ihrer Wange. Dann drückte Jaelle ihr wortlos die Hand und ging zu der Verbindungstür, die sich einen Augenblick später hinter ihr schloß. Sie kehrte nicht zurück.

14

Tag für Tag fiel der Schnee. Es schüttete vom grauen Himmel, als habe er vergessen, wie er damit aufhören solle. Dann, zehn Tage nach Mittwinter, wurde Magda von Jaelle geweckt, die auf ihrer Bettkante saß.

»Wach auf, Schwester, die Sonne scheint!«

Magda rannte ans Fenster. Der Himmel war voll von dicken, niedrigen, wattigen Wolken, durch die hin und wieder ein Sonnenstrahl drang. Im Hof unten schippten vermummte Männer mit langen Schaufeln die Wege frei, und Pferde, deren Atem in der Kälte dampfte, wurden für abreisende Gäste vorgeführt.

Schnell fuhr Magda in ihre Reisekleider, und es tat ihr gar nicht leid, sie wieder anzuziehen. Jeder Tag, um den ihr Aufenthalt sich verlängerte, bedeutete eine neue Gefahr, daß man ihre wahre Identität entdeckte.

Jaelle zog sich langsam an. Seit Mittwinter hatte sie die Nächte bei Peter verbracht, obwohl sie darauf geachtet hatte, sich morgens nicht von Dom Gabriels Dienstboten in seinem Zimmer antreffen zu lassen. Als Magda sie wegen ihrer Heuchelei freundschaftlich neckte, hatte sie gesagt: »Ich gebe nicht einen *sekal* darum, was Dom Gabriel von mir denkt. Er ist nicht mein Vormund, und ich schulde keinem Mann Rechenschaft. Noch weniger interessiert es mich, was seine Dienstboten von mir denken. Natürlich wissen sie Bescheid; solche Dinge wissen sie immer. Aber wenn mich niemand dort sieht, fühlt sich auch niemand berufen, Dom Gabriel zu informieren. Und obwohl er es wahrscheinlich ebenfalls weiß – er ist kein Dummkopf, und er hat beobachtet, wie wir uns ansehen –, wenn ein Diener ihm offiziell davon Mitteilung machte, würde er sich verpflichtet fühlen, von Rohana zu verlangen, daß sie mir Vorwürfe macht, weil ich als Comyn-Frau das Bett eines nichtadligen Mannes teile. Und seines Seelenfriedens wegen würde Rohana kommen und mich schelten, obwohl sie und ich, als ich sechzehn war, übereinkamen, daß sie nicht mein Vormund und nicht länger die Bewahrerin meines Gewissens ist. Und sie würde versuchen, mich nicht zu beleidigen, weil sie weiß, daß ich eine erwachsene Frau bin und Herrin meiner Handlungen, und ich würde versuchen, nicht unhöflich zu werden, weil ich sie liebe. Und wenn wir alle uns gezwungen hätten, diese Dinge zu sagen, würde ich weiter mit Peter schlafen, wann immer ich will. Deshalb halte ich es für klüger, das alles gar nicht erst in Gang zu bringen.«

Magda schien das eine komplizierte Argumentation zu sein, aber sie mußte einräumen, daß es ihnen allen wahrscheinlich Verdruß ersparte. Es war sogar möglich, daß Dom Gabriel, wenn man ihm die Sache vortrug, sich gezwungen sehen würde, Peter zur Rechenschaft zu ziehen. Durch den Amazonen-Eid hatte Jaelle ihre Unabhängigkeit von seiner Vormundschaft erklärt, doch Magda hatte von Jaelle gehört, daß manche Männer sich immer noch weigerten, die Amazonen-Charta anzuerkennen.

Peter schloß sich ihnen im Flur an. Im Weitergehen ergriff er Jaelles Hand, und Magda dachte an die Rückreise nach Thendara – sie drei Tage lang allein zusammen mit Peter. In mehr als einer Beziehung war das peinlich. Sie mißgönnte Jaelle nicht einen einzigen Augenblick ihres Glücks – und daß sie glücklich waren, daran konnte niemand zweifeln, der sie sah –, aber peinlich würde es doch werden, und am unangenehmsten war dann die Situation für sie, Magda!

Die Familie von Ardais sowie eine Handvoll von Hausgästen und die Beamten des Gutes nahmen ihre Mahlzeiten für gewöhnlich in einem kleinen Frühstückszimmer abseits der Großen Halle ein. Als sie eintraten, hörten sie schallendes Gelächter. Dom Kyril erzählte eine lustige Geschichte. Das war ein beliebter Zeitvertreib im Winter, wenn alle Arbeiten im Freien eingestellt waren.

»... Und jeder mußte eine kleine Fackel bei sich tragen, um seine Rede aufzutauen, damit man ihn hören konnte. Dieser Mann nun verdiente sich ein bißchen Geld damit, daß er alle gefrorenen Reden in einer Schubkarre sammelte und sie bei ihren Eigentümern herumfuhr. Nur war er nicht so gewissenhaft, wie er hätte sein sollen, und prüfte nicht nach, ob er sie auch bei den richtigen Eigentümern ablieferte. Als dann die Frühjahrsschmelze kam und alle Reden wieder auftauten, gab es schrecklichen Ärger. Der Maultiertreiber taute auf, was er seinem Gespann zugebrüllt hatte, und mußte feststellen, daß er die Worte einer alten Dame hatte, die mit ihren Käfigvögelchen sprach, und die junge Mutter, die ihre Kinder schalt, hatte die Worte des Maultiertreibers bekommen, und die Kinder weinten den halben Tag, und die junge Frau, die ihrem Mann sagen wollte, daß sie seinen ersten Sohn erwarte, hatte die Worte bekommen, die die Freie Amazone zu dem Mann sprach, der ...« Er brach ab und wurde feuerrot, als Jaelle kicherte. »Ich bitte um Entschuldigung, Cousine!«

Jaelle erklärte trocken: »Verwandter, ich hatte alle Witze über Freie Amazonen schon gehört, bevor ich fünfzehn wurde, und die meisten im Gildenhaus von meinen Schwestern. Ich würde sie dir ja erzählen, aber sie könnten dein männliches Zartgefühl verletzen.« Nun waren die anderen an der Reihe zu lachen. »Beende deine Geschichte, Verwandter. Es ist eine, die ich noch nicht kenne.«

Kyril versuchte, den Faden wiederzufinden. »Die aristokratische Dame, die gerade Gäste hatte, bekam die Unterhaltung der Männer in der gewöhnlichsten Kneipe des Dorfes geliefert, während die Bewahrerin, als sie ihre jüngste Novizin instruieren wollte, ihr zuschrie, was der Trockenstädter seinem Lustknaben . . .«

»Genug!« befahl Dom Gabriel mit einem Blick zu Lady Alida. »Meiner Meinung nach ist das eine Geschichte für die Mannschaftsunterkünfte, Sohn, und nicht für den Frühstückstisch deiner Mutter.« Er wollte die Neuankömmlinge begrüßen und hob fragend die Augenbrauen, als er die Frauen in Amazonentracht sah.

Jaelle sagte: »Onkel, mit deiner Erlaubnis werden wir heute nach Thendara abreisen. Es ist zu dieser Jahreszeit ein langer Ritt, und meine Schwester hat Pflichten im Gildenhaus.«

»Unmöglich«, erwiderte Lord Gabriel. »Das ist nur eine Unterbrechung des Winterwetters, mein Mädchen, morgen um diese Stunde wird es heftiger schneien als zuvor. Dieser Sturm dauert noch mindestens zehn Tage; nur die Gäste, die nach Hause nicht mehr als ein paar Stunden zu reiten haben, reisen heute ab. Du wärest gut beraten, wenn du mindestens bis zur Frühjahrsschmelze bleiben würdest.«

»Ihr seid überaus freundlich, Lord Ardais«, fiel Peter ein, »aber wir dürfen Eure Gastlichkeit nicht so überbeanspruchen.«

»Ihr kommt nicht weiter als einen Tagesritt, bevor ihr im Schnee festsitzt«, warnte Dom Gabriel. »Ich finde, es ist Unsinn, den Blizzard in einem Zelt oder einer Reiseunterkunft abzuwarten, wenn ihr in aller Bequemlichkeit hier bleiben könntet.«

Magda und Peter sahen ein, daß er recht hatte. Und das Winterwetter in den Hellers war sprichwörtlich; von Mittwinter bis zur Frühjahrsschmelze wagten sich nur die Wahnsinnigen oder die Verzweifelten weiter als einen Stundenritt von ihren eigenen Feuerstellen fort.

Gegen Nachmittag bezog sich der Himmel wieder,

und am nächsten Morgen wirbelten Schneeflocken vor den Fenstern. Der Wind heulte um die Türme von Ardais wie ein Banshee, das seiner Beute dicht auf den Fersen ist. Beim Frühstück triumphierte Dom Gabriel: »Seht ihr wohl? Ihr bleibt alle besser bis zur Frühjahrsschmelze!«

Lady Alida zog Magda später auf die Seite. »Wir sollten Euch heute testen, *mestra*; das dürfen wir nicht zu lange aufschieben.«

Magda geriet in solche Panik, daß sie meinte, die Leronis müsse es wahrnehmen. Sobald sie Gelegenheit fand, sich zurückzuziehen, machte sie sich auf die Suche nach Lady Rohana und fand sie in ihrem eigenen Wohnzimmer, wo sie an den Rechnungsbüchern für das Gut arbeitete. Dieser Anblick überraschte Magda nicht mehr. Sie wußte jetzt, daß jeder Faden, an dem Ardais regiert wurde, durch die schlanken, sechsfingrigen Hände Lady Rohanas lief.

»Verzeiht mir, daß ich Euch störe, meine Dame. Darf ich Euch einen Augenblick allein sprechen?«

Rohana winkte sie herein und entließ die Gesellschafterin, ohne die sie anscheinend kein halbes Dutzend Schritte tun konnte. »Gewiß; das hier kann bis zur Frühjahrsschmelze warten, wenn es sein muß. Was hast du auf dem Herzen, Kind?«

Magda kam sich sehr vermessen vor. Da wollte sie sich bei einer Comyn-Lady über eine Angehörige ihrer eigenen Kaste beschweren! Zögernd sagte sie: »Lady Alida ist entschlossen, mich auf *Laran* zu testen, und ich fürchte, wenn sie meine Gedanken erforscht, wird das Schwierigkeiten für uns alle mit sich bringen.«

Rohana blickte ernst drein. *Das ist meine Schuld. Ich hätte die Terraner wegschicken sollen.* Sie antwortete: »Wir waren beide überrascht, dich in Rapport zu finden, als wir mit der Matrix arbeiteten. Bist du bei deinen eigenen Leuten in dieser Fähigkeit ausgebildet worden?«

Magda schüttelte den Kopf. »Bei uns gibt es nicht allzu viele, die auch nur an die Existenz dieser Kräfte glauben, Lady. Wer es tut oder behauptet, sie benutzen zu können, wird für unwissend, abergläubisch und einfältig gehalten.«

»Das habe ich gehört.« Rohana wußte, daß das einer von Lorill Hasturs Gründen dafür war, den Umgang mit den Terranern auf das Notwendigste zu beschränken. *Sie glauben nicht an diese Kräfte; einmal überzeugt, werden sie wie besessen danach streben, alles über sie zu erfahren und sie zu ihrem Vorteil einsetzen.*

Rohana sagte: »Ob sie es glauben oder nicht, du scheinst diese Art von *Laran* zu besitzen, Kind. Wie bist du dazu gekommen?«

»Ich weiß es nicht, Lady. Mein ganzes Leben lang habe ich mich nach Ahnungen gerichtet, doch ich hielt das nur für ein Talent, viele kleine Hinweise zusammenzufügen, die sich gerade unterhalb der Wahrnehmungsschwelle befinden. Und es ist vorgekommen, daß meine Träume nicht ... nicht unsinnig waren, sondern mir Dinge verrieten, die mir nicht bewußt gewesen waren. Da lernte ich, auf sie zu achten.«

Rohana stützte nachdenklich das Kinn in die Hände. Das hieß, die Comyn mußten ihre Annahmen über die Terraner kritisch überprüfen. »Lorill ist fest davon überzeugt, daß Terraner und Darkovaner verschiedene Rassen von Lebewesen darstellen und daß die Terraner eine mindere Rasse sind. Als Beweis pflegt er ihren Mangel an *Laran* anzuführen.«

Magda erklärte: »Meine Dame, ich soll außerhalb der Terranischen Zone nicht darüber sprechen, aber Lord Hastur irrt sich. Es ist kein Glaube, sondern eine Tatsache, die bewiesen werden kann, daß Terraner und Darkovaner einer einzigen Rasse angehören. Uns ist einwandfrei bekannt, daß Darkover vor langer Zeit von

Terranern besiedelt wurde, und zwar von einem sogenannten Verlorenen Schiff. Als wir noch keine Schiffe hatten, die schneller als das Licht reisten, wurden von Terra – damals gab es noch kein Imperium – Schiffe ausgesandt. Einige von ihnen gingen verloren, und man hörte nie wieder von ihnen. Eure Sprache ist ein Beweis dafür, daß Darkover von der Mannschaft eines Schiffes besiedelt wurde, dessen Namen ich Euch nennen könnte, und ebenso die Namen aller Menschen an Bord. Dies Wissen muß Euch vor Jahrhunderten verlorengegangen sein, Lady – wahrscheinlich war es eine gezielte Maßnahme, damit die Überlebenden nicht zu sehr unter Heimweh litten –, aber Eure Leute sind echte Terraner.«

»Dann habt ihr – die Psi-Kräfte auch?«

»Es wird erzählt, daß sie früher einmal häufiger waren als heute. Jetzt sind sie selten, und während einer bestimmten Periode unserer Geschichte haben Menschen sie mit raffinierten Geräten und Maschinen vorgetäuscht, so daß sie in Mißkredit gerieten und ihr Gebrauch als Scharlatanerie angesehen wurde. Trotzdem existieren Beweise, daß es sie gegeben hat.«

Rohana nickte. »In alter Zeit haben die Comyn Zuchtwahl betrieben, um diese Gaben in unserem rassischen Erbe zu fixieren. Es war eine Zeit großer Tyrannei und keine, an die wir uns mit Stolz erinnern. Sie führte zum Niedergang, und wir von den Comyn leiden heute noch unter den Folgen, nicht nur wegen des Argwohns, den das Volk uns gegenüber hegt, sondern auch, weil unsere Fruchtbarkeit durch die Inzucht geschädigt wurde und die Gaben sich an einige gefährliche rezessive Eigenschaften gebunden haben. Aber sie sind stark, und ihr Mißbrauch kann sehr gefährlich sein. Und das bringt mich zur dir, Kind. Normalerweise erwachen Psi-Gaben während der Pubertät. Treten sie später auf, verursachen sie oft ernste Schwierigkeiten. Hast du manchmal seltsame Empfindungen, nicht zu erklärende Krankheiten ohne körperliche Ursache, das Gefühl, außerhalb deines Körpers zu existieren und nicht in ihn zurückkehren zu können, irgendwelche wilden emotionalen Anfälle?«

»Nein, nichts dergleichen«, antwortete Magda. Dann erinnerte sie sich an den Augenblick während der Heilung von Jaelles Wunden, als sie alles aus einer völlig anderen Perspektive gesehen hatte. Das war jedoch schnell und von selbst wieder vergangen.

Rohana stellte ihr eine Reihe eindringlicher Fragen über ihre Träume und »Ahnungen«, und schließlich – Magda kam sich schon ganz ausgequetscht vor – sagte sie: »Mir scheint, daß deine Talente keine Gefahr für dich darstellen und daß du sie sehr gut kompensiert hast. Wahrscheinlich könntest du, wenn du wolltest, den Gebrauch von *Laran* mit Leichtigkeit erlernen, und es wäre interessant zu sehen, welchen Nutzen eine Terranerin aus dieser Ausbildung zieht. Ich würde den Unterricht gern übernehmen, obwohl das vermutlich mehr Aufregung stiftete, als die Sache wert ist. Du hast anderswo Pflichten, und handelte ich Lorills Willen noch mehr zuwider, wäre das unklug. Trotzdem«, setzte sie beinahe sehnsüchtig hinzu, »nach dem Gesetz dürfen weder deine Geburt noch deine Abstammung als Gründe benutzt werden, dir die Ausbildung zu verweigern, und ich wäre die letzte, sie dir vorzuenthalten, falls du sie wünschst.«

Magda erklärte fest: »Ich glaube, ich habe schon genug Probleme ohne das!«

Rohana legte ihre Finger mit dieser federleichten Berührung auf Magdas Handgelenk, die, wie Magda ahnte, eine Eigenart von Telepathen unter sich war. »So sei es, liebes Kind. Nur mußt du mir versprechen, daß du zu mir kommst, wenn du jemals Schwierigkeiten mit deinem *Laran* hast.«

Sie betrachtete Magda forschend. »Wenn Lorill unrecht hat – wenn es bewiesen werden kann, daß das, was er von deinem Volk glaubt, falsch ist –, dann brauche ich dir nicht auseinanderzusetzen, was es für deine und meine Welt bedeutet.«

Magda mit ihrer erhöhten Sensibilität, mit dieser Kraft, die sie immer »Ahnung« genannt hatte und die ihr Wahrnehmungsvermögen schärfte, schien es in diesem Augenblick, als empfange sie das Bild in Rohanas Geist: Eine große verbarrikadierte Tür, die sich langsam zwischen zwei voneinander abgeschnittenen Welten, zwei Völkern öffnete und den Blick auf eine helle, sonnenbeschienene Landschaft freigab. Magda dachte: *Wir sollten ein Volk sein, nicht zwei Völker ... dafür würde ich alles tun ...*

Rohana sagte langsam, eher, als denke sie laut, und doch wußte Magda, daß sie ihre Gedanken teilen sollte: »Hast du nicht auch den Eindruck, Margali, daß hinter dem allem ein Plan steckt? Daß es von allen Terranern auf unserer Welt gerade dein Freund ist, der leicht mit meinem Sohn verwechselt werden kann, so daß Rumal di Scarp ihn gefangennahm? Ich selbst lasse mich auf den ersten Blick immer noch täuschen und muß nach ihren Händen sehen, um mich zu vergewissern, bis einer von ihnen zu sprechen beginnt. Kommt es dir nicht phantastisch vor, daß du von allen Amazonen Darkovers ausgerechnet Jaelle in die Hände gefallen bist und daß ihr beiden durch Gefahren gehen mußtet, die euch zu geschworenen Freundinnen gemacht haben?«

Magda empfand Unbehagen. »Zufall, Lady.«

»Ein Zufall vielleicht. Zwei Zufälle sind auch noch möglich. Aber so viele wie Perlen auf einer Schnur? Nein, dies ist mehr als Zufall, meine Freundin, oder wenn doch, dann ist ›Zufall‹ nur ein anderes Wort für die Absichten der Macht, die die Geschicke der Menschheit lenkt.« Sie lächelte und wurde wieder praktisch. »Jetzt muß ich dich um etwas bitten, Kind. Willst du gegenüber deinen Freunden und deinen Vorgesetzten in der Terranischen Zone schweigen, wenigstens bis ich eine Chance gehabt habe, mit Lorill zu sprechen?«

»Das will ich.« Magda stellte sich vor, welch ein Gesicht Montray schneiden würde, sollte sie versuchen, ihm zu erklären, daß die Matrix-Operation Jaelles Wunde innerhalb von ein paar Minuten geheilt hatte oder daß sie selbst nach Lady Rohanas Meinung ebenfalls *Laran* besitze. Falls dies Thema jemals zwischen Darkovanern und Terranern zur Sprache gebracht wurde, war sie nur zu gern bereit, das jemand anderem zu überlassen – und sie hoffte, es würden sich dann aufgeschlossenere Zuhörer finden als Russell Montray!

Rohana erhob sich. »Geh nun, Margali. Ich muß darüber nachdenken und entscheiden, was zu tun ist.«

Magda zögerte. »Und was soll ich Lady Alida sagen?«

»Mach dir ihretwegen keine Gedanken. Ich werde ihr sagen, ich hätte dich selbst getestet.« Rohana lächelte verschmitzt. »Weißt du denn nicht, daß ich es eben getan habe?«

Der Blizzard dauerte noch einmal zehn Tage – genau wie Dom Gabriel es vorausgesagt hatte –, und als es sich endlich aufklärte, waren Wege und Pässe so von Schneewehen blockiert, daß sich die drei Gäste auf Ardais gern überreden ließen, noch ein paar Tage zu bleiben. Doch Magda bereitete sich seelisch auf ihre Abreise und ihre ungewisse Zukunft vor. Es war ihr unmöglich geworden, ihr altes Leben in der Terranischen Zone wiederaufzunehmen und sich nur in Verkleidung hinauszuwagen, denn die Verkleidung war ihr wahres Ich geworden. Nur was sie statt dessen tun sollte, das wußte sie auch nicht.

Immer wieder dachte sie darüber nach, was Rohana über den Plan hinter der Kette von Zufällen gesagt hatte, durch die sie zusammengeführt worden waren, und dazu gehörte auch die Liebe zwischen Peter und Jaelle. Wenn das Imperium für immer auf Darkover blieb, kam es mit der Zeit – wie auf allen Planeten, die von verschiedenen Menschengruppen bewohnt waren – zu Verwicklungen, Affären, Romanzen, schließlich auch zu Heiraten und Kindern, die beiden Welten angehörten. Und irgendwer war immer der erste.

Natürlich wurde Darkover eines Tages in das Imperium eingegliedert. Es war unvermeidlich. Das Imperium eroberte keinen Planeten, aber sobald dessen Bewohner Kenntnis von dem Galaktischen Imperium erhielten und sahen, was es bedeutete, dazuzugehören, beantragte jede Regierung die Aufnahme. Wenn diese Zeit auf Darkover kam, würden Terraner und Darkovaner alle Bürger des Imperiums sein, und Liebesgeschichten gingen niemanden mehr etwas an als die beiden Betroffenen und vielleicht ihre Familien. Im Augenblick konnten daraus jedoch nur Komplikationen entstehen.

Magda hoffte, ihre Abreise werde sich nicht zu lange hinauszögern. Jaelle und Peter verhielten sich allmählich ein bißchen weniger vorsichtig, und Magda fragte sich, wohin das führen sollte. Wieder und wieder empfand sie, wenn sie die beiden zusammen sah, das Prikkeln einer »Ahnung« – oder Vorausschau. *Früher oder später bedeutete das Gefahr* ... Doch wie sollte sie mit Jaelle reden, wie sie warnen, ohne den Eindruck zu erwecken, sie sei eifersüchtig oder mißgönne ihr das Glück, das sie mit ihrem Liebhaber gefunden hatte? Und Peter Vorhaltungen zu machen war ganz und gar unmöglich. So beobachtete sie sie nur mit wachsender Unruhe und Sorge.

Da sie mit ihrer baldigen Abreise rechnete, begann Magda, ihre Besitztümer durchzusehen und zusammenzulegen. Jaelle traf sie dabei an und schlug vor, sie könnten den Tag der nutzbringenden Beschäftigung widmen, ihre Reisekleidung auszubessern. Überrascht stellte Magda fest, daß Jaelle außerordentlich geschickt mit der Nadel umzugehen verstand; sie hatte geglaubt, das sei eine zu weibliche Kunst für eine Amazone. Magda selbst, gewöhnt an die leicht ersetzbaren, billigen Synthetiks der Terranischen Zone, war durchaus keine Meisterin im Nähen, ja, sie teilte die übliche Einstellung, das sei ein sinnloser Zeitvertreib für Frauen, die keine nützliche Arbeit zu tun hatten.

Als sie Jaelle das sagte, lachte diese. »Und sehr oft ist es auch so! Gestern abend in der Halle, als Rohana uns aufforderte, mit ihren Frauen an der Stickerei zu arbeiten, die sie für die Sesselkissen in der Halle machten, wäre ich fast wahnsinnig geworden! Ich sticke gern«, setzte sie hinzu, »aber wie Rohana das aushält, ist mir ein Rätsel! Ich könnte es nicht, Abend für Abend im Kreis dieser albernen Frauen sitzen . . . und ebenso eifrig wie die Nadel geht das Mundwerk. Rohana leitet den ganzen Besitz Ardais, und sie macht das besser, als Dom Gabriel es könnte, sie hat einen Sitz im Rat, und Hastur hört auf ihr Wort. Dessenungeachtet plaudert sie mit den Frauen, als habe sie nie einen ernsteren Gedanken gehabt als die Frage, ob das nächste Kissen mit einem Regenfisch oder einer Sternenblume bestickt werden soll! Macht es dem Hintern eines Menschen vielleicht etwas aus, welche Stickerei das Kissen zeigt, solange es gut gestopft ist?« Doch während sie sprach, setzte sie kleine, ordentliche Stiche in den zerrissenen Finger ihres Handschuhs.

Magda sah ihr zu und dachte, auf einer Welt wie Darkover, wo warme und dauerhafte Kleidung eine Lebensnotwendigkeit war, sei es schon gut, diese Kunst zu beherrschen. Sie betrachtete die Pruddelei, die sie mit ihrer zerrissenen Jacke angestellt hatte, und gestand kläglich: »Mit der Nadel bin ich noch ungeschickter als mit einem Schwert!«

Jaelle lachte. »Ob ich geschickt mit dem Dolch bin, ist Glückssache! Ich sagte dir, ich sei keine Kämpferin, aber in den ersten ein oder zwei Jahren, die ich bei den Amazonen war, habe ich mit Kindra gearbeitet. Sie war meine Pflegemutter und war Söldnerin gewesen. Und als Frieden in den Domänen herrschte, verdingte sie sich als Leibwächterin. Sie begleitete Reisende durch die Kilghardberge und die Hellers und schützte sie gegen Räuber, Katzenwesen und dergleichen, und ich zog mit ihr. Die Arbeit gefiel mir nicht recht, und nach und nach entdeckte ich meine wirkliche Begabung.«

»Was ist das, Jaelle?« Magda fiel ein, daß Rohana gesagt hatte, die Amazonen übten jeden ehrlichen Beruf aus. Nun war sie gespannt darauf, welchen Jaelle gewählt hatte.

»Ich bin Reiseorganisatorin«, erklärte Jaelle. »Leute, die in die Berge reisen wollen, kommen zu mir und holen sich Rat. Ich kann ihnen genau sagen, wie viele Packtiere sie für die Vorräte brauchen, wenn man die Anzahl der Leute und die Länge der Reise zugrunde legt, wo sie sie mieten oder kaufen können, wo sie Treiber für die Packtiere finden und welche Ausrüstung sie anschaffen müssen – oder ich kaufe für sie auf Kommission ein. Dann empfehle ich ihnen geeignete Nahrungsmittel, um die Männer bei guter Gesundheit zu erhalten, ich versorge sie mit Führern und Leibwächtern, sage ihnen, welche Straßen sie nehmen sollen, wie lange die Reise in der betreffenden Jahreszeit dauern wird, welche Pässe geschlossen sein oder welche Flüsse Hochwasser führen könnten, und alles andere, was sie wissen möchten. Es ist kein Geschäft, das einen reich macht, aber ich verdiene doch ganz gut dabei. Manche Leute konsultieren mich nur für eine oder zwei Stunden, und ich berechne ihnen dafür ein Honorar. Andere überlassen mir sämtliche Reisevorbereitungen, und ich erledige alles vom Einkauf der Packsättel bis zur Auswahl der Lebensmittel und Ausrüstungsgegenstände, die sie zu Mittwinter auf den hohen Pässen brauchen.«

»Sag mir doch«, bat Magda zögernd, »nach dem, was ich von Thendara gesehen habe – sind viele Männer bereit, einer Frau eine solche Verantwortung zu übertragen?«

»Mehr, als man glauben möchte«, antwortete Jaelle. »Rafaella, die mit diesem Geschäft angefangen hat, erzählte mir, daß sich ihre Tätigkeit in den ersten ein oder zwei Jahren fast darauf beschränkte, Eskorten für Damen zu stellen, deren männliche Verwandte keine Zeit, sie zu begleiten, und kein Vertrauen zu fremden Männern hatten. Amazonen-Leibwachen für Frauen waren sehr gefragt, weil dann sicher war, daß die Damen ihr Ziel erreichten, ohne vergewaltigt zu werden! Dann sprach sich herum, daß die von uns organisierten Karawanen schnellere Routen nahmen und ankamen, ohne daß ihnen das Futter für die Tiere ausgegangen war oder sie in den letzten vier oder fünf Tagen von Breipulver gelebt hatten, und die Damen bestanden darauf, daß wir auch die Geschäftsreisen ihrer Ehegatten planten. Jetzt haben wir so viel zu tun, wie wir gerade noch schaffen können.«

»Trotzdem finde ich, es ist eine seltsame Tätigkeit für eine Frau – hier«, sagte Magda. »Ich habe mich an die Vorstellung gewöhnt, daß das Leben einer Frau auf Darkover sehr eingeengt ist. O *verdammt!*« Sie saugte an dem Finger, in den sie sich gestochen hatte.

Jaelle lachte. »Laß doch, gib das einer von Rohanas Näherinnen. Sie sind froh, wenn sie etwas zu tun haben, und der Gedanke, daß sie etwas besser können als eine Freie Amazone, bereitet ihnen Vergnügen.«

Jaelle war ein Rätsel, dachte Magda. Sie hielt große Stücke auf ihre Schwestern in der Gilde Freier Amazonen – und doch konnte sie so verächtlich über andere Frauen sprechen! »Glaubst du wirklich, alle Frauen wären als Amazonen glücklicher, Jaelle?« erkundigte sich Magda.

Jaelle legte den ausgebesserten Handschuh zu seinem Partner und begann, ein paar kleine Dinge auf dem Boden ihrer Satteltasche durchzusehen. Ohne aufzublikken, antwortete sie: »Nein, das glaube ich nicht. Früher, als ich noch jünger war, dachte ich so. Und ich wünsche den Tag herbei, wo alle Frauen auf unserer Welt die Freiheit, die wir – die Gilde – uns genommen haben, durch das Gesetz erhalten statt durch Revolte und Entsagung. Aber ich weiß jetzt, daß viele Frauen in einem Leben, wie ich es führe, nicht glücklich wären.« Sie hockte auf dem Fenstersitz, die Knie unter das Kinn gezogen, das kurze Haar verwirrt, und sah wie ein halbwüchsiges Mädchen aus. Sie hielt ein Stück Band in der Hand und wickelte es, während sie sprach, geistesabwesend um ihre Handgelenke. »Rohanas Frauen – sie denken an nichts als Heirat. Der Gedanke an ein anderes Leben, als sie es führen, schockiert und beunruhigt sie. Sie finden es schrecklich, wie die Männer außerhalb des Hauses Arbeiten anzunehmen, für die sie die Kraft und die Fähigkeit hätten. Lieber dienen sie eine Zeitlang in einem Großen Haus. Und dann heiraten sie einen Mann, den ihre Familie ausgesucht hat, was Lanilla Ende des Winters tun wird. Ich fragte sie, wie ihr Zukünftiger sei. Sie antwortete, das wisse sie nicht, und meinte: ›Kommt es darauf an?‹ Ihr ist es genug, daß sie ein eigenes Heim und einen Ehemann bekommt. Möchtest du einmal heiraten, Margali?«

Magda erinnerte sie freundlich: »Ich *war* verheiratet.«

»Aber nur kurze Zeit . . .«

»Als ich heiratete, wußte ich nicht, daß es nur für kurze Zeit war.« Magda durchfuhr der alte Schmerz. Sie hatten so viele Pläne für eine gemeinsame Zukunft gemacht!

»Sag mir: Wenn du ein Kind gehabt hättest, wärest du dann bei ihm geblieben? Glaubst du, das könne ein unzerreißbares Band sein?«

»Meine Mutter war dieser Meinung«, antwortete Magda sinnend. »Sie folgte meinem Vater auf vier verschiedene Welten. Dann kamen wir hierher, und ich wurde geboren, und sie machte immer einen zufriedenen Eindruck.«

»Zufrieden allein damit, ihm ein Heim zu bereiten? Ist das eine Art im Imperium?«

»Sie war Musikerin«, berichtete Magda. »Sie spielte mehrere Instrumente und schrieb Lieder. Auch hat sie viele Berglieder in die Standardsprache des Imperiums übersetzt und Melodien für Gedichte auf *casta* komponiert. Aber mein Vater war immer der Mittelpunkt ihres Daseins. Nach seinem Tod verlor sie alle Lebensfreude und befaßte sich nur noch selten mit ihrer Musik. Sie lebte nicht mehr lange.«

»Als Rohana Dom Gabriel heiratete, hatte sie ihn erst zweimal gesehen«, sagte Jaelle nachdenklich. »Ich fand es fürchterlich, einem Mann überantwortet zu werden, den man kaum kennt, mit ihm zu schlafen, seine Kinder zu gebären. Das ist doch nichts Besseres als legitime Sklaverei oder Vergewaltigung! Aber als ich Rohana das sagte, lachte sie mich aus und behauptete, jeder Mann und jede Frau könnten, solange sie nur Gesundheit und den guten Willen mitbrächten, miteinander auskommen und sich das Leben angenehm machen. Sie pries sich glücklich, daß er anständig und freundlich und um sie bemüht sei, kein Trunkenbold oder Spieler oder Liebhaber von Männern, wie es so viele Ardais sind. Mir kam das so vor, als freue sich ein Mann, der Schläge mit einem Stock bekommen hat, darüber, daß es keine Pferdepeitsche war ...« Immer noch wickelte sie das Band abwechselnd um ihre Handgelenke. »Und nun ist er in Wahrheit der Mittelpunkt ihres Lebens. Ich verstehe das nicht, obwohl er mir mit den Jahren sympathischer wird. Andererseits glaube ich manchmal, daß Rohana ebensoviel Freiheit hat wie eine von uns, daß sie tut, was sie will, und auf wenig verzichtet hat ...«

Sie zog eine feste Schlinge um ein Handgelenk und begann, das lose Ende um den anderen Arm zu winden. »Margali, hast du dir ein Kind gewünscht? Warum hast du keins? Du bist doch nicht unfruchtbar, *breda?«*

»Ich wollte das Kind nicht gleich«, antwortete Magda. »Wir reisten zusammen; es sollte uns nichts trennen.« Es war Anlaß zu einem erbitterten Streit gewesen. Sie wandte das Gesicht ab. Daran konnte sie auch jetzt noch nicht ohne Qual zurückdenken.

Jaelle berührte leicht ihre Hand. »Ich wollte nicht neugierig sein.«

Magda schüttelte den Kopf. »Später, als wir übereinkamen, uns zu trennen, war ich froh, kein Kind zu haben, das mich erinnert hätte ...« *Aber hätten wir uns dann getrennt?* Die Berührung von Jaelles Hand verstärkte den Kontakt, und Magda ertappte sich bei dem Gedanken: *Ist sie schwanger? Glaubt sie, sie sei es, wünscht sie sich, es zu sein?* Doch alles, was sich von Jaelle auf sie übertrug, war ... Einsamkeit, Angst. *Ich dachte, Jaelle sei so glücklich.*

Magda wußte, daß sie mit ihrer erwachten übersinnlichen Wahrnehmungsfähigkeit – Rohana nannte sie *La-*

ran – die Berührung dazu benutzen konnte, herauszufinden, ob Jaelle schwanger war. Der Gedanke ängstigte sie. Sie wollte nicht auf diese Weise schnüffeln, sich aufdrängen. Schnell ließ sie Jaelles Hand los, als hätten die schlanken Finger sie verbrannt, und verfing sich in dem Band, das Jaelle abwechselnd um ihre Handgelenke geschlungen hatte. Überrascht fragte sie: »Was in aller Welt tust du denn da?«

Jaelle starrte erschrocken auf das Band. Sie löste es und warf es entsetzt und angewidert quer durchs Zimmer. Als habe sie entdeckt, dachte Magda, daß sich eine Giftschlange um ihre Handgelenke schlinge!

»Jaelle! Was ist, Schwester?« Der liebevolle Ausdruck kam ihr jetzt leicht über die Lippen, aber Jaelles augenblickliche Verwundbarkeit war schon wieder hinter einer Barrikade aus munteren Sprüchen verschwunden.

Sie sagte: »Eine dumme Spielerei! Ein Welpe, den man nicht erzieht, sobald er die Augen öffnet, macht als alter Hund immer noch den Fußboden naß. Ich habe das schon als kleines Mädchen getan. Kindra sagte mir, es sei nichts als eine nervöse Angewohnheit und ich würde darüber hinauswachsen. Aber das habe ich nicht getan.«

Magda konnte sich denken, daß mehr dahintersteckte, stellte jedoch keine weiteren Fragen. Das verbot ihr dies undefinierbare innere Wissen, dem sie zu vertrauen begann. Statt dessen erkundigte sie sich nach etwas, das ungefährlicher war.

»Jaelle, bist du schwanger?«

Jaelles grüne Augen blitzten auf, und dann sah sie weg. Ihre Antwort hatte etwas Trostloses an sich. »Ich weiß es nicht. Es ist zu früh, um sicher zu sein.« Sie sprang von dem Fenstersitz und flüchtete sich wieder in Fröhlichkeit. »Komm, treiben wir eine von Rohanas Schwatzliesen auf! Wir werden sie bitten, deine Kleider in Ordnung zu bringen, und sie glücklich machen mit dem Gedanken, daß sie einer Freien Amazone überlegen ist!«

Jaelle bündelte Magdas Sachen zusammen. Magda beobachtete sie und dachte: *Sie ist so jung und verletzlich! Wenn Peter ihr das Herz bricht, möchte ich ihn umbringen!*

Was sollte aus Jaelle werden? Und außerdem, wenn es sich hier um eine dauerhafte Verbindung handelte, was Magda immer wahrscheinlicher vorkam, was sollte aus Peter werden? Würde er seine Karriere tatsächlich für eine Frau opfern? Und dazu für eine, der ihr Eid die Heirat verbot?

Es war leicht, über die Unvermeidlichkeit von Liebesgeschichten, Verbindungen und sogar Heiraten zwischen Mitgliedern verschiedener Völkergruppen auf Imperiumswelten zu reden. Für Magda waren das bisher nur Statistiken gewesen. Aber es war anders, völlig anders, wenn man die betreffenden Personen kannte und eine Vorstellung von den rein menschlichen und persönlichen Dingen hatte. Keine Statistik gab darauf auch nur einen Hinweis.

Bin ich mit daran schuld? Habe ich das, indem ich mich Peter verweigerte, auf sie beide herabbeschworen?

15

Der Winter zog sich hin; Ardais war tief verschneit. Für Jaelle war es ein köstliches Zwischenspiel, eine von allem übrigen in ihrem Leben vorher und nachher abgetrennte Zeit. Zum erstenmal seit ihrem dreizehnten Jahr war sie von normalen Frauen umgeben, trug Frauenkleidung, nahm am Leben des Haushalts teil und verbrachte den Tag mit weiblichen Wesen, die weder die Entsagungen noch die Freiheit der Amazonen kannten.

Sie hatte mit fünfzehn, wenn auch kurz und unfreiwillig, eine Kostprobe von dieser Daseinsform bekommen. Rohana hatte darauf bestanden, daß sie das Leben kennenlernte, dem sie entsagen wollte, bevor die Entsagung unwiderruflich war.

Aber ich war zu jung, ich konnte es nicht klar erkennen.

Und nun ist es zu spät. Alle Schmiede in Zandrus Höllen können ein zerbrochenes Ei nicht flicken oder ein ausgeschlüpftes Küken in die Schale zurückschicken. Ich kann nie, nie mehr eine von ihnen werden.

Ich glaube auch nicht, daß ich das möchte. Doch ganz sicher bin ich mir jetzt nicht mehr . . .

Und dann war da der Terraner, ihr Liebhaber . . .

Wie jeder jungen Frau, die zum erstenmal wahrhaft liebt, war ihr, als fülle er ihren ganzen Himmel. Das Gildenhaus und das Leben dort schienen weit entfernt zu sein. Sie wußte, daß es nur ein Zwischenspiel war, daß es enden mußte. Deshalb versuchte sie, ganz in der Gegenwart zu leben, sich weder an die Vergangenheit zu erinnern noch an die Zukunft zu denken, sondern einfach jeden Augenblick zu genießen.

Dennoch kam es vor, daß sie nachts in den Armen ihres Liebsten erwachte und es sie quälte, daß sie nicht mehr wußte, was sie tat, wer sie war und was auf ihn und auf sie zukam. Keine der tausend Ungewißheiten konnte zu einer Frage formuliert oder gar beantwortet werden. Dann klammerte sie sich verzweifelt an ihn und verlangte das eine, dessen sie sicher war, die eine Gewißheit, die sie teilten. Sie hatte aufgehört, vorsichtig zu sein. Warum sollte sie verheimlichen, was zwischen ihnen war? Natürlich mußte das den Eintritt der Krise beschleunigen, aber sie hatte das Gefühl, selbst das wäre eine Erlösung aus der schrecklichen Ungewißheit.

Und dann hörte sie eines Nachts rings um die Türme

das leise Tropfen des Regens und das Fließen des abtauenden Schnees. Die Frühjahrsschmelze hatte begonnen. Jetzt brach die Realität von neuem in ihre verzauberte Isolierung ein, und Jaelle hatte nicht die leiseste Ahnung, ob etwas davon bestehenbleiben würde. Sie wagte nicht einmal zu weinen, um Peter nicht zu wekken. Er hatte ihr ja nur einen Trost zu bieten, und es war angesichts des Unvermeidlichen kein Trost mehr.

Als ich den Amazonen-Eid leistete, glaubte ich, kein Mann könne mich mehr versklaven. Und jetzt liege ich hier in Ketten, die ich selbst geschmiedet habe! Was kann ich tun? O gnädige Göttin, was soll ich tun?

Als die Sonne aufging, rot und tropfend hinter Nebelbänken, hatte sie ihre Unruhe bezwungen und war imstande, gleichmütig über ihre bevorstehende Abreise zu sprechen. »Ich muß mir die Haare schneiden. Sie sind hier zu lang geworden.«

Peter ließ die Hand durch die seidigen Strähnen gleiten, die ihr schon bis auf die Schulterblätter fielen. »Mußt du? Sie sind so schön.«

»Nichts in dem Eid zwingt mich dazu«, räumte sie ein. »Es ist ein Brauch, mehr nicht. Wenn wir mit Männern zusammen arbeiten, wollen wir zeigen, daß es nicht unsere Absicht ist, sie mit weiblichen Listen zu verführen.«

Er nahm sie in die Arme und drückte sie an sich. »Dann müssen wir uns trennen, mein Herz? Ich weiß, du hast gelobt, nicht zu heiraten, aber – gibt es keine, gar keine Möglichkeit, daß du bei mir bleiben kannst? Ich bringe es nicht über mich, dich gehen zu lassen. Willst du mich wirklich so bald schon verlassen?«

Mit hämmerndem Herzen erwiderte sie: »Ich kann eine Zeitlang als Freipartnerin mit dir leben, wenn du es möchtest.«

»Jaelle, Geliebte, brauchst du zu fragen, ob ich es

möchte?« Er drückte sie so fest an sich, daß es weh tat, und beinahe begrüßte sie den Schmerz.

Traurig dachte sie: *Ist es so weit mit mir gekommen?*

»Schneide dein Haar nicht«, bat er, ihren Nacken streichelnd, und sie lächelte und seufzte.

»Dann werde ich es nicht tun.«

Er wußte es nicht, und Jaelle dachte nicht daran, ihn aufzuklären, daß Freie Amazonen, die sich entschlossen, eine Zeitlang als Freipartnerin mit einem Mann zu leben, ihr Haar im allgemeinen nicht schnitten. Kurzes Haar war bei ihnen ein Symbol, daß sie sich der Einsamkeit ergeben hatten.

Jaelle war vor ihm fertig angezogen. Da sie immer darauf geachtet hatten, getrennt nach unten zu gehen, machte sie sich auf den Weg in das kleine Frühstückszimmer. Heller Sonnenschein flutete durch die Bogenfenster. Zu jeder anderen Zeit hätte Jaelle sich nach den vielen dunklen Tagen darüber gefreut. Jetzt bedeutete das gute Wetter nur das Ende einer Zeit, die nie wiederkommen würde. Auch wenn sie mit Peter zusammenblieb, waren sie nie mehr so völlig isoliert, so ganz auf sich selbst beschränkt. Die Außenwelt würde sich mit neuer Arbeit, neuen Aufgaben eindrängen, und sie trauerte über das Ende ihrer kurzen Flitterwochen.

Eine Hand faßte ihren Arm. Im ersten Augenblick dachte sie, Peter sei ihr nachgeeilt, und lächelte. Aber das Lächeln verschwand, als sie die sechs Finger an dieser Hand erkannte und gleichzeitig die Stimme ihres Cousins Kyril hörte. *So ähnlich und so verschieden ...*

»Allein, *chiya*? Hast du Streit mit dem gemeinen Mann, der dein Liebhaber ist? Wäre ich nicht ein annehmbarer Stellvertreter, um dich zu trösten? Oder hast du ihn genommen, weil du es bereust, mich verschmäht zu haben, als wir beide noch jünger waren?«

Sie pflückte seine Hand von ihrem Arm, als sei sie ein

kriechendes Insekt. »Cousin, wir alle werden bald von hier abreisen. Laß uns Rohanas wegen versuchen, in dieser kurzen Zeit Freunde zu bleiben. Es tut mir leid, daß wir in unserer Jugendzeit so oft gestritten haben. Quäle mich nicht, indem du jetzt, da wir erwachsen sind, von neuem damit anfängst.«

Kyril zog sie in einer Parodie auf die verwandtschaftliche Umarmung an sich und drückte seine Wange rauh gegen ihre. »Nichts liegt mir ferner, als mit dir zu streiten, Jaelle.«

Sie befreite sich aus seinen Armen. In einem beinahe bittenden Ton sagte sie: »Das ist deiner nicht würdig, Kyril. Ich bin deine Verwandte und der Gast deiner Mutter. Zwinge mich nicht, grob gegen dich zu werden!«

»Und ist *dein* Benehmen so würdig«, fragte er, »wenn du unsere ganze Familie mit diesem Bastard von Nirgendwo in Schande bringst?«

Jaelle bemühte sich, ruhig zu bleiben. »Wenn er wirklich ein Bastard von Ardais ist«, stellte sie fest, »dann liegt die Schande in dem schlechten Benehmen seiner Eltern; er trägt keine Schuld daran. Du bist als Comyn und legitim geboren, ohne daß du etwas dazu beigetragen hast. Und was *mein* Benehmen angeht – zum letztenmal, Kyril, ich schulde weder dir noch sonst einem Mann Rechenschaft!«

Er packte sie bei den Armen, und seine Finger gruben sich grausam in das weiche Fleisch. Jaelle konnte ihr unausgebildetes *Laran* nicht kontrollieren, aber bei heftigen Emotionen drängte es sich ihr auf. Durch die Berührung nahm sie jetzt Kyrils Frustration, Zorn und Verlangen wahr. Er begehrte sie auf primitive sexuelle Weise, in einer Mann-gegen-Frau-Feindschaft, die ihr irgendwie bekannt vorkam. Ungläubig identifizierte sie das Gefühl als etwas, das sie manchmal, ohne es zu verstehen, zwischen ihrem Vater und seinen Frauen gespürt hatte. Ihr wurde körperlich übel davon. Sie stieß ihn von sich, ohne ein Hehl aus ihrem Abscheu zu machen. Ihre Stimme bebte.

»Kyril, ich möchte dich unter deiner Mutter Dach, wo ich Gast bin, nicht verletzen. Aber du weißt, seit der Zeit, als ich fünfzehn Jahre alt war, daß keine in der Selbstverteidigung trainierte Freie Amazone vergewaltigt werden kann. Rühr mich nicht noch einmal an, Kyril, oder ... oder ich muß es dir ebenso beweisen wie damals.«

Zu ihrem Entsetzen merkte sie, daß sie weinte.

Als wir beide fünfzehn Jahre alt waren, hatte Kyril vielleicht nichts wirklich Böses im Sinn. Für ihn war es ein Spiel, der Stolz auf seine Männlichkeit: ein bißchen Küssen und Anfassen, nur um sich als mein Herr und Meister zu beweisen. Aber ich wollte nicht mitspielen und verwundete seinen Stolz so, daß er es bis heute nicht verkraftet hat. Ich habe ihn mir für alle Zeit zum Feind gemacht.

»Du Schlampe!« fuhr er sie an. Sein Gesicht war sehr häßlich, und am meisten grauste es Jaelle davor, daß es eine so bösartige Karikatur ihres Liebhabers war. »Mit welchem Recht machst du dich mit diesem Fremden zur Hure und wendest dich dann wie eine keusche Dame von mir ab? Mit welchem Recht verweigerst du mir, was du ihm so bedenkenlos gibst?«

»Du *wagst* es, von Rechten zu reden?« Flammender Zorn ließ ihre Tränen versiegen. »Rechte? Ich *wähle* mir meine Liebhaber, Kyril – und mit welchem Recht beschwerst du dich, daß ich nicht dich gewählt habe? Ich wollte dich nicht, als du ein eingebildeter Junge von fünfzehn warst, der versuchte, die Pflegetochter seiner Mutter einzuschüchtern, und ich will dich jetzt nicht, da du ...« – sie schluckte die Obszönität hinunter, die ihr auf der Zunge lag – »... zu ihrem unwürdigen Sohn herangewachsen bist!« Sie wandte ihm den Rücken und ging schnell in Richtung des Frühstücksraums davon. Vor Dom Gabriel traute er sich bestimmt nicht, eine Szene dieser Art zu machen. Jaelle mochte den Lord von Ardais nicht besonders gern, aber sie hielt ihn für einen aufrechten Mann, der es nicht zulassen würde, daß eine Frau, die hier Gast war, an seinem Tisch beleidigt wurde.

Kyril folgte ihr jedoch auf den Fersen. Er faßte sie von hinten und bohrte seine Finger so schmerzhaft in die bereits vorhandenen blauen Flecken auf ihren Armen, daß Jaelle aufschrie. »Was erdreistest du dich, von meiner Mutter und deiner Achtung für sie zu reden? Diese Achtung hat dich nicht daran gehindert, dich unter ihrem Dach wie eine Dirne aufzuführen! Weiß mein Vater, welchen Schimpf du unserer Familie antust, indem du dich im Bett dieses Fremden wälzt? Falls er es noch nicht weiß, soll er es sofort erfahren, und dann kann sich dein Geliebter vor dem Herrn von Ardais persönlich dafür verantworten, daß er sich an seiner Verwandten vergangen hat!«

»Ich bin nicht Dom Gabriels Mündel. Ich bin eine Freie Amazone und dem Gesetz nach Herrin meiner Handlungen.« Wieder spürte sie mit diesem erschrekkenden Wahrnehmungsvermögen ihres *Laran*, daß er Vergnügen daran hatte – ein aktives, *sexuelles* Vergnügen –, ihr mit seinen Händen Schmerz zuzufügen und sie schluchzen zu hören. Sie rang heftig um Selbstbeherrschung. Seiner krankhaften Veranlagung wollte sie nicht Vorschub leisten. Schwer atmend, aber mit ruhiger Stimme fragte sie: »Was hat Piedro dir getan, Kyril, daß du ihm auf diese Weise schaden willst? Warum tust du das? Ich habe dich für seinen Freund gehalten!«

»Das hat nichts mit Piedro zu tun.« Auch Kyrils Atem ging schwer. »Er ist ein Mann. Doch ihr verdammten Amazonenweiber bildet euch ein, von allen Vorschriften für Frauen frei zu sein, ihr meint, ihr könnt die keuschen Damen spielen, und verlangt, daß wir euch wie keusche Damen behandeln, und wenn es euch paßt, hurt ihr hemmungslos herum! Zandru peitsche mich mit Skorpionen, aber ich will dich lehren, daß du Männer nicht auf diese Weise behandeln kannst!«

Jaelle riß sich von ihm los und betrat schnell das Frühstückszimmer. Sie zitterte so heftig, daß sie sich für einen Augenblick am Türrahmen festhalten mußte. Ihr Herz hämmerte, und die Male an ihren Oberarmen, wo Kyril sie gepackt hatte, taten weh. Magda saß bereits auf ihrem Platz. Jaelle nahm den Stuhl neben ihr und glättete nervös ihr Haar. Magda, die sofort merkte, daß mit ihrer Freundin etwas nicht stimmte, faßte unter dem Tisch Jaelles Hand.

»Jaelle, was ist los?« flüsterte sie. »Du hast geweint . . .«

Jaelle drückte die Hand ihrer Freundin, hatte ihre Stimme jedoch nicht so unter Kontrolle, daß sie hätte antworten können. *Hassen uns alle Männer so? Ist es wirklich wahr, daß uns alle Männer so sehr hassen?*

Kyril war hinter ihr eingetreten. Mit einem herausfordernden Blick zu Jaelle begann er: »Vater . . .«

»Später, mein Sohn«, unterbrach ihn Rohana. »Dein Vater ist beschäftigt.«

Dom Gabriel starrte aufgebracht seinen Gutsverwalter an. »Nein, verdammt noch mal, Mann, ich will das nicht haben!«

»Lord Ardais, ein Dieb ist ein Dieb, ob er Kupfermünzen oder *Sarm*-Nüsse stiehlt!«

»Avarra erbarme sich, Mann«, erwiderte Dom Gabriel gereizt. »Wollt Ihr mir im Ernst nahelegen, einen hungrigen Mann zu hängen, der ein paar Scheffel Nüsse gestohlen hat, um seine Söhne zu füttern, damit sie zu meinen treuen Dienern heranwachsen können?«

»Wenn sie in dem einen Jahr die Nüsse stehlen, Dom Gabriel, werden sie im nächsten die Bäume nehmen!«

»Dann markiert die Bäume, die gefällt werden sollen, und gebt bekannt, daß jeder, der sich an einem markierten Baum vergreift, tüchtige Prügel bekommt. Drückt ein Auge zu, wenn die Leute sich mit dem Unterholz bedienen. Wenn sie es wegkarren, um damit ihre Herde zu heizen, kann es im Jahr darauf einem Waldbrand keine Nahrung mehr liefern! Der letzte Brand hat uns einen halben Jahresgewinn in Harz gekostet! Aber gehängt wird nicht mehr, hört Ihr? Sonst findet Ihr Euch neben ihnen hängen!«

Der Mann murrte: »Lord Ardais, ebensogut könntet Ihr ein Schild am Rand Eurer Wälder aufstellen: *Jeder Dieb in den Hellers wird hiermit eingeladen, zu kommen und zuzugreifen!*«

»Seid kein Dummkopf, Geremy«, sagte der Ardais-Lord. »Kein Mann kann einen Wald besitzen! Meine Vorfahren haben Harze und Farben hergestellt und Schwefel zur Herstellung von Buchpapier an die Trokkenstädte verkauft. So sind wir reich geworden an den Wäldern, die wir nicht gepflanzt haben, und mit Hilfe der Menschen, die hier leben. Sie haben ein Recht, sich von den Früchten der Bäume zu ernähren und ihre armseligen Heimstätten mit dem Holz der Bäume zu heizen! Die Götter hassen den Habgierigen, und wenn ich so habgierig werde, daß ich mir einbilde, Eigentümer der Bäume selbst und der Früchte der Bäume und sogar der Menschen, die im Wald leben, zu sein, dann ist es nur noch eine Frage der Zeit, bis diese Menschen das Gesetz in die eigenen Hände nehmen und mich lehren, wo die Grenzen für den Ehrgeiz eines Mannes liegen!«

»Ja. Aber, mein Lord . . .«

Jaelle betrachtete Dom Gabriel und erschauerte.

Sein Gesicht war dunkel vor Zorn, seine Hände zitterten. Zu ihrem Entsetzen erinnerte es sie schwach an das, was sie in Kyril gesehen hatte. Er brüllte den Verwalter an: »Kein Wort mehr, verdammt noch mal! Wenn Ihr für einen Räuber arbeiten und reich werden wollt, fragt bei Rumal di Scarp an, ob er einen *coridom* benötigt!«

»Gut gesprochen, Gabriel«, sagte Rohana sanft und berührte seinen Ärmel. »Aber beruhige dich. Niemand widerspricht dir; darin sind wir alle mit dir einer Meinung.« Sie fixierte den Verwalter. »Nicht wahr, Geremy?«

»Ja, meine Dame, gewiß!« Der Mann stotterte beinahe.

Jaelle dachte: *Warum gibt sich Rohana immer so große Mühe, ihn zu beschwichtigen? Wenn er an meinem Tisch so herumbrüllte, würde ich Gebrüll mit Gebrüll – ja, und Schlag mit Schlag erwidern!*

Währenddessen war Peter hereingekommen und hatte sich auf seinen Platz gesetzt. Seine und Magdas Blicke trafen sich, und sie sah, was er dachte. Wenige Terraner erhielten Gelegenheit, mit einem der Comyn-Lords an einem Tisch zu sitzen und zuzuhören, wie er seine Entscheidungen vortrug. Magda wußte, im Geist machte Peter sich Notizen für einen Bericht in Thendara; auf ihre Weise tat sie es auch. Aber würde sie diesen Bericht je abliefern?

Der Verwalter war zu dem Thema übergegangen, wie die zu fällenden Bäume markiert werden sollten, sobald das Tauwetter ein bißchen weiter fortgeschritten war, und die Knappheit an Äxten und Sägen in den letzten Jahren.

Gabriel wandte sich Peter zu. »Ihr habt in Thendara gelebt; was wißt Ihr über die *Terranan*?«

Peter erstarrte, und Lady Rohana sah ihren Mann alarmiert an. Aber die Frage war offenbar in aller Unschuld gestellt worden. Deshalb antwortete Peter: »Das, was der Mann auf der Straße so weiß.«

»Könnt Ihr mir sagen, was an einem bestimmten Gerücht dran ist? Als sie hier in den Hellers in der Nähe von Aldaran waren, hörte ich, sie trieben Handel mit Metallen von anderen Welten. Diese Metalle seien härter als unsere Legierungen und die Schneiden hielten mehr aus. Stimmt das, oder ist es eine Geschichte wie die von den Männern, die Flügel statt Händen und auf dem Kopf Töpfe zum Atmen tragen?«

»Ich habe noch nie Männer mit Flügeln anstelle der Hände oder mit Töpfen auf dem Kopf gesehen«, antwortete Peter wahrheitsgemäß, »aber ich habe als Kind in Caer Donn gelebt und kenne das Metall von den anderen Welten. Es ist gutes, solides Material und wird in Barren und in Form fertiger Werkzeuge verkauft. Die Werkzeuge sind wahrscheinlich besser als alles, was Eure Schmiede herstellen können.«

»Rohana, du sitzt im Rat. Kannst du mir vielleicht sagen, warum dieser Esel Lorill solchen Handel verboten hat?« fragte der Ardais-Lord zänkisch.

Rohana antwortete begütigend, sie sei überzeugt, dies Verbot sei nur vorübergehend. Der Hastur-Lord wolle dem Rat Gelegenheit geben, die Folgen zu untersuchen, die sich aus einer Abhängigkeit von außerweltlichen Rohstoffen ergeben könnten.

Kyril unterbrach sie. »Darf ich jetzt sprechen? Ich habe eine ernste Beschwerde vorzubringen über einen Bruch der Gastfreundschaft – und eine Verletzung des Anstands! Dieser Mann von Nirgendwo, dieser Niemand, hat unsere Gastfreundschaft mißbraucht . . .«

Rohanas Stimme klang scharf. »Kyril, ich will nicht, daß du deinen Vater mit solchen Albernheiten belästigst! Wenn du etwas zu sagen hast, kannst du . . .«

»Ich habe nicht mit dir gesprochen, Mutter.« Wütend

starrte Kyril sie an. »Mein Vater soll für sich selbst sprechen. Ich habe es satt, immer wieder zu erleben, daß du ihn in seinem eigenen Haushalt an die Wand drückst! Vater, herrschst du über diesen Haushalt, oder tut es meine Mutter?«

Dom Gabriel wandte sich ihnen zu, und sein Gesicht war rot vor einem Zorn, der Jaelle zittern ließ. »Ich will hören, was du zu sagen hast. Aber Unverschämtheiten gegen deine Mutter dulde ich nicht, mein Sohn!«

Kyril schob das Kinn vor. »Auch meine Mutter hat ihre Pflicht versäumt, da sie sich machtlos – oder unwillig – gezeigt hat, unter diesem Dach Ordnung und Anstand aufrechtzuerhalten! Oder weißt du nicht, daß Jaelle von diesem Niemand, der sich Piedro nennt, verführt worden ist und daß sie seit der Mittwinternacht sein Bett teilt?«

Jaelle ballte die Fäuste, halb zornig, halb verzweifelt. Magdas Hand schloß sich liebevoll um ihre, und sie spürte die Angst ihrer Freundin. Dom Gabriel wandte sein rotes Gesicht Jaelle zu, die Augen zugekniffen, der Mund verzerrt.

Er brüllte: »Ist das wahr? Jaelle, was hast du dazu zu sagen, Mädchen?«

»Onkel, ich bin nicht dein Mündel . . .«, begann Jaelle. Rohana fiel leise und gequält ein: »Jaelle, *bitte* . . .«

Die Not in Rohanas Stimme drang irgendwie bis zu Jaelle durch. Sanfter, als sie beabsichtigt hatte, erklärte sie: »Ich kann dazu nichts weiter sagen, als daß es mir leid tut, dir Ärger zu bereiten, Onkel. Mit Absicht habe ich es nicht getan.« Sie biß sich auf die Lippe und blickte auf ihren Teller nieder. Mit bebenden Händen strich sie sich Butter aufs Brot und verzichtete nach innerem Kampf auf jedes weitere Wort. Rohanas schneller, dankbarer Blick war Belohnung genug, doch Dom Gabriel beruhigen konnte er jetzt nicht mehr.

»Ist das wahr?« erregte er sich. »Hast du hier in meinem Haus mit deinen Liebesaffären einen Skandal hervorgerufen?«

Jaelle schluckte schwer, hob den Kopf und sah ihm in die Augen. Sie sagte mit klarer Stimme: »Es wird keinen Skandal geben, Onkel, falls du keinen machst!«

Gabriel stand auf und fuhr wütend auf Rohana los. »Was ist das, meine Dame? Habt Ihr davon gewußt und nichts gesagt? Habt Ihr Eurem schamlosen Mündel erlaubt, die Hure zu spielen, während sie sich in Eurer Obhut befand? Was habt Ihr dazu zu sagen, Lady? Antwortet mir! Antworte mir, Rohana!« schrie er.

Rohana war totenbleich geworden. Mit leiser Stimme gab sie zurück: »Gabriel, Jaelle ist kein Kind mehr. Sie hat den Eid der Freien Amazonen geleistet, und dem Gesetz nach tragen weder du noch ich irgendeine Verantwortung für das, was sie tut, sei es unter diesem Dach oder einem anderen. Ich bitte dich sehr, dich zu mäßigen. Setz dich hin und iß dein Frühstück.«

»Halte du mir dies schmutzige Gesetz nicht vor!« Dom Gabriels Gesicht war so dunkel und so wutverzerrt, daß Magda einen Schlaganfall befürchtete. »Jaelle ist eine Frau der Comyn! Gegen meinen Willen hast du ihr die Erlaubnis gegeben, sich diesen Weibern zuzugesellen! Siehst du ein, was du damit angerichtet hast? Eine Frau unseres Clans, verführt und betrogen . . .« Er hob tatsächlich den Arm, als wolle er Rohana schlagen.

Jaelle sprang entsetzt in die Höhe. »Onkel! Für nichts, was ich getan haben mag, trifft Rohana die Schuld! Wenn du unbedingt wie ein Verrückter herumtoben mußt, halte dich wenigstens an mich!« verlangte sie zornig. »Ich bin eine erwachsene Frau, dem Gesetz nach meine eigene Herrin und fähig, mein Leben selbst zu gestalten.«

»Gesetz, Gesetz, sprich du mir nicht von dem Gesetz!« Gabriel geriet außer sich. »Keine Frau ist fähig, ihr Leben selbst zu gestalten, und es spielt gar keine Rolle, was dein ... Gesetz ...« Es war, als ersticke er an seinem Zorn. Er brachte nur noch Gestammel heraus, dann ballte er die Fäuste, schwankte und fiel krachend über den Tisch. Das Porzellan klirrte, ein Kupfergefäß mit einem dampfend heißen Getränk kippte um und durchweichte das Tischtuch. Dom Gabriels Kopf prallte heftig von der Platte zurück. Er stürzte schwer, sein Körper krümmte sich rückwärts, seine Fersen trommelten in immer wiederkehrenden Anfällen auf den Fußboden.

Kyril, im ersten Augenblick vor Schrecken bewegungslos, lief hin, um ihm aufzuhelfen. Aber Rohana war bereits da und bettete den Kopf des Bewußtlosen auf ihren Schoß.

»Laß ihn liegen, bis es vorbei ist«, befahl sie mit leiser, zorniger Stimme. »Für einen Morgen hast du genug angerichtet. Geh und rufe seinen Mann, damit er hilft, ihn ins Bett zu bringen. Bist du zufrieden, Kyril? Weißt du jetzt, warum ich dich inständig gebeten habe, ihn nicht zu provozieren oder aufzuregen? Glaubst du im Ernst ...« – sie hob die flammenden grauen Augen –, ». . . unter diesem Dach gehe *irgend etwas* vor, von dem ich nicht weiß oder das ich nicht gestatte?«

Jaelle war die Kehle so eng, daß sie nicht sprechen konnte. Sie hatte schon epileptische Anfälle bei anderen gesehen, aber noch nie bei Dom Gabriel. Sie sah Rohana an, die auf dem Boden kniete und den Kopf ihres Mannes hielt, und begriff mit einemmal, warum Rohana so viel Zeit ihres Lebens darauf verwandte – Jaelle hatte oft gedacht, so handele eine Törin, eine Sklavin –, Dom Gabriel in ruhigem und zufriedenem Gemütszustand zu erhalten, ihn nicht aufzuregen und seinen Zorn zu beschwichtigen. Rohanas Bürde wog viel schwerer, als sie geglaubt hatte.

Könnte ich so viel für einen Mann tun, auch wenn ich ihn noch so sehr liebte? Und Rohana wurde ihm von ihrer Familie gegeben, sie kannte kaum seinen Namen. Und doch hat sie es in so vielen Jahren fertiggebracht, sein Leiden vor allen Außenstehenden zu verheimlichen! Sie muß die Warnzeichen gesehen und versucht haben, das Unheil abzuwenden . . .

»Mutter, verzeih«, flehte Kyril. »Ich war ehrlich überzeugt, er müsse es erfahren.«

Rohana streifte ihn mit einem Blick äußerster Verachtung. »Wirklich, mein Sohn? Du erträgst den Gedanken nicht, irgendeine Frau bringe es fertig, dir nicht wie einem Gott zu gehorchen! Und nun hast du geglaubt, sie sei dir auf Gnade und Ungnade ausgeliefert. Wie schäbig du denkst, Kyril! So wolltest du deinen verwundeten Stolz heilen und dich an Jaelle rächen. Durch deine Schuld hat dein Vater einen Anfall bekommen und wird tagelang krank sein.« Seine Entschuldigungen wollte sie nicht hören. »Geh und ruf seinen Leibdiener, hilf ihm, ihn ins Bett zu tragen, und spare dir weitere Worte. Du hast unsere Gäste beleidigt, und das werde ich dir lange nicht verzeihen.«

Kyril ging mit finsterem Gesicht, und Jaelle trat zu Rohana. »Rohana, es tut mir leid – ich hatte mir nicht klargemacht . . .«

Rohana seufzte und lächelte ihr zu. »Natürlich nicht, Kind; du glaubtest, es mit einem rational denkenden Mann zu tun zu haben. Du hast dir mehr Zurückhaltung auferlegt, als ich dir zugetraut hätte, und nichts gesagt, was nicht der Wahrheit entspräche. Und ich weiß, daß Kyril dich provoziert hatte.«

Ihr Blick blieb auf Jaelles Armen hängen, als könne sie die schmerzhaften Male dort sehen, und Jaelle fragte sich: *Ob sie jetzt meine Gedanken liest?*

Kyril und der Leibdiener trugen den bewußtlosen

Dom Gabriel hinaus, und Rohana erhob sich. Sie sah müde und mitgenommen aus.

»Ich weiß, ihr drei . . .« – ihr Blick schloß Peter und Magda mit ein – ». . . habt für heute eure Abreise geplant. Könnt ihr sie noch um einen Tag aufschieben? Heute muß ich hierbleiben und mich vergewissern, ob Gabriel sich erholt. Morgen kann ich mit euch nach Thendara reiten.«

»Du willst mit uns kommen? Warum?« fragte Jaelle.

Rohana sah zu Magda hin. »Weil ich eine sehr wichtige Entdeckung gemacht habe und mit Lorill Hastur sprechen muß. Er ist in einer falschen Vorstellung befangen, die die ernstesten Konsequenzen für unsere beiden Welten haben kann, wenn sie nicht sofort berichtigt wird. Wollt ihr euch also meine Gesellschaft auf der Straße nach Thendara gefallen lassen, brechen wir morgen früh zusammen auf.«

16

Es regnete, als sie die Reiseunterkunft in der Abenddämmerung erreichten. Sie stiegen ab, und Rohana sagte: »Ich hatte gehofft, heute noch nach Thendara zu kommen, aber ich habe keine große Lust, die halbe Nacht zu reiten. Morgen sind wir dann bestimmt da.«

»Dann werde ich froh sein«, bemerkte Magda. Gleich darauf fragte sie sich, was sie in Thendara erwarten mochte. Schon die Gnadenfrist dieser einen Nacht war ihr willkommen.

Sie sattelte ihr Pferd ab. Darrill, Sohn Darnaks, trat zu ihr und nahm ihr den schweren Sattel aus den Händen. Sie ließ ihn lächelnd gewähren und blieb neben ihm stehen, während er die Tiere fütterte. Darrill wartete, bis sich die Männer von Rohanas Leibgarde zurückgezogen hatten. (Die Frau des Lords von Ardais konnte natürlich nicht ohne ansehnliche Eskorte reisen!) Dann fragte er mit leiser Stimme: »Freust du dich, in deine eigene Welt zurückzukehren, Margali?«

Beunruhigt antwortete sie: »Ich bin mir nicht sicher, ob es noch meine Welt ist, Darrill. Ich habe mich den Freien Amazonen angelobt.«

»Aber ... Piedro erzählte mir, du habest dich nur verkleidet, um ungefährdet reisen zu können.«

»Piedro weiß überhaupt nichts darüber«, stellte Magda mit unerwarteter Schärfe fest.

»Das verstehe ich nicht.«

»Ich verstehe es selbst kaum«, gestand Magda. »Wahr ist, daß ich den Eid als Mittel zum Zweck geleistet habe und mir nicht wirklich klar darüber war, was es bedeutet. Später jedoch entschloß ich mich aus freiem Willen, ihn zu halten, und das werde ich weiterhin tun, einerlei, was geschieht.«

Darrill nickte bedächtig. »Das verstehe ich. Aber was werden die Terraner dazu sagen?«

Das ist die Frage, dachte Magda. *Werde ich bis ans Ende meines Lebens ein Flüchtling vor der Justiz des Imperiums sein?* »Ich versuche, Urlaub zu bekommen, damit ich meine Verpflichtung gegenüber dem Gildenhaus erfüllen kann«, antwortete sie. »Und ich glaube, daß ich danach imstande sein werde, effektiver für das Imperium zu arbeiten. Ich könnte dann vieles tun, was einer normalen Frau hier nicht möglich ist.«

Darrill sagte ganz leise: »Margali, als wir uns in der Mittwinternacht begegneten, war ich sehr beeindruckt von deinem Mut und deinem Unternehmungsgeist. Das hat keine Frau unseres Volkes, dachte ich, und ich sagte mir, es müsse daran liegen, daß du eine Fremde, eine Terranerin bist. Jetzt kommt es mir manchmal vor, als seiest du eher eine von uns. Jemanden wie dich habe ich noch nie kennengelernt.« Er sah ihr gerade in die Augen, und Magda dachte schon, er wolle sie küssen. Doch er schluckte, riß sich zusammen und trat ein Stück zurück. »Verzeih mir; ich muß meine Arbeit mit den Pferden beenden.«

Das tat er, und Magda ertappte sich bei dem Gedanken: *Wenn ich nicht aufpasse, wird er sich in mich verlieben. Und das darf ich im Augenblick nicht zulassen. Ich muß sehr vorsichtig sein.* Ein bißchen tat es ihr leid. *Zu Mittwinter habe ich entdeckt, daß ich eine neue Beziehung zu meiner Welt entwickeln muß. Aber bevor ich mein Leben mit einem anderen Mann kompliziere, will ich mehr über mich selbst herausfinden!*

Die Vorstellung, der junge Darrill könne sich in sie verlieben, mochte schmeichelhaft sein. Sie hielt es jedoch für grausam, ihre neue Einstellung zu den Männern dadurch zu erproben, daß sie sein Interesse und vielleicht sein Herz gefangennahm, wenn sie nicht frei war und mit niemandem eine dauerhafte oder ernste Verbindung eingehen durfte. Jaelle hatte ihr Flirten mit der Behauptung gerechtfertigt, ihre Neckereien hätten noch nie einem Mann das Herz gebrochen. *Auch das muß ich vermeiden*, dachte Magda.

In der Unterkunft, die zu den größten gehörte, hatten die Gardisten, Peter unter ihnen, an einem Ende ein Feuer angezündet, Rohana, ihre Damen, Magda und Jaelle ein zweites am anderen Ende. Wie immer ließ Rohana Peter sagen, er solle sich ihnen anschließen und an ihrer Mahlzeit teilnehmen. Nach dem Essen sah sie zu Peter und Jaelle hin, die dicht beieinander saßen und sich in den Schatten bei den Händen hielten, und sagte zu Magda: »Aus purer Menschlichkeit sollten wir sie ein paar Minuten allein lassen.« Sie hob die Stimme ein bißchen. »Kommt, meine Damen, besuchen wir einmal die Gardisten am anderen Feuer und fragen nach, ob sie mit ihren Rationen zufrieden sind und es bequem haben.«

Rohanas Zofe, eine dicke, sentimentale alte Frau, sah auf dem Weg zu dem zweiten Feuer zurück und bedachte Jaelle mit einem ermutigenden Lächeln. Jaelle merkte, wie sie errötete. Dann vergaß sie die Frau, denn Peter nahm sie zu einem langen, leidenschaftlichen Kuß in die Arme. Dankbar schmiegte sie sich an ihn und segnete Rohana für diese kurzen Augenblicke, die sie mit ihrem Liebsten allein sein konnte. Es würde nicht länger als ein paar Minuten dauern, aber solange es dauerte, gab es ihr Trost in ihrer Unsicherheit ...

Endlich ließ er sie los. »Mir ist schwindlig vor Verlangen nach dir. Wenigstens ist die Reise bald vorüber; morgen sind wir in Thendara. Liebst du mich noch, Jaelle?«

Sie sah in sein Gesicht hoch. »Kannst du daran zweifeln?«

»Du gehst mir aus dem Weg.«

»Ich dir? Bestimmt nicht, Liebster«, versicherte sie mit leisem Auflachen. »Du erwartest doch nicht, daß ich in Anwesenheit von einem halben Dutzend Gardisten und sämtlichen Frauen Rohanas mit dir schlafe!«

Ihre Direktheit war ihm peinlich, und er wandte den Blick ab. »Das meine ich nicht«, protestierte er. »Immerhin könnten wir unterwegs öfters zusammen sein. Du könntest neben mir reiten, mehr Zeit in meiner Gesellschaft verbringen! Während dieser ganzen Reise hast du mich behandelt wie jemanden, den du vielleicht beim Tanzunterricht kennengelernt hast, nicht wie deinen Liebhaber!« Er benutzte das Wort in der Form, die der Bedeutung »versprochener Gatte« am nächsten kam. Jaelle drückte ihm die Hand.

»Du bist mein Geliebter«, flüsterte sie, »und bald werden wir soviel zusammen sein, wie du möchtest. Aber ich bin eine Amazone, Piedro. Ich habe dir nur wenig über unsere Vorschriften und Sitten erzählt, aber unter anderem lehrt man uns, daß es nur eine Möglichkeit gibt, wie Frauen mit Männern reisen können, ohne Ärger und Streit hervorzurufen. Sie müssen sich wie menschliche Wesen verhalten, nicht wie Weibchen, deren wichtigste Funktion im Leben ist, Männer anzuziehen, um von ihnen beschützt und versorgt zu werden.«

»Oh, komm, Lady Rohana und ihre Begleiterinnen . . .«

»Rohana ist die Gattin ihres Lords, ein geheiligtes Pfand, das sie mit ihrem Leben schützen müssen. Und ihre Damen stehen unter ihrem – ihrem besonderen Charisma. Ich dagegen bin eine Amazone und habe auf meinen behüteten Status als *Comynara* verzichtet. Und ich arbeite mit ihnen; ich habe diese Reise organisiert. Deshalb darf ich vor ihnen nicht wie eine Frau auftreten, die – die frei ist, begehrt zu werden. Kannst du das nicht verstehen?« fragte sie bittend. »Wenn ich viel Zeit mit dir verbrächte, zur Schau trüge, daß ich deine Geliebte bin . . .« – auch sie benutzte das Wort in der Form, die »versprochene Gattin« bedeutete, und Peter drückte ihre Hand –, ». . . dann präsentiere ich mich ihnen als Frau. Und sie fangen an, von mir als einer Frau zu denken, und bald wetteifern sie in kleinen Dingen um meine Gunst und meine Aufmerksamkeit und spielen sich vor mir als Männer auf, und schon haben wir Uneinigkeit und schlechte Stimmung. Deshalb muß ich eine von ihnen, ein weiterer Gefährte sein. Sie müssen in meiner Gesellschaft ungezwungen sein, es nicht notwendig haben, ihre Reden auf die Ohren einer Dame abzustimmen, oder sich verpflichtet fühlen, mir die leichteste Arbeit zuzuschanzen.«

Ihre Erklärung enthielt nicht die leiseste Andeutung eines Vorwurfs. Peter erinnerte sich jedoch, daß sie ihn vor ein paar Tagen, als er ihr ungebeten mit einer schweren Last helfen wollte, mit einem Stirnrunzeln bedacht hatte.

Er fragte: »Willst du mir weismachen, es gäbe keine Arbeit, die über deine Kraft geht?«

»Und ob es die gibt!«

»Das kann ich mir vorstellen.« Peter musterte das schlanke Mädchen. »Und was tust du, du stolze Amazone, wenn du feststellst, daß etwas über deine Kraft geht?«

Lächelnd antwortete Jaelle: »Genau das, was ein Mann auch tun würde, wenn etwas zu schwer zu heben ist oder eine Aufgabe zwei Paar Hände erfordert. Ein besonders starker Mann bist du vermutlich auch nicht, und ich nehme an, du wirst dann sagen: ›Komm und hilf mir, dies Ding hochzuheben, bevor ich mir die Eingeweide verrenke!‹ So mache ich es auch. Wenn ich einmal bewiesen habe, daß ich mich vor keiner Arbeit scheue, die ich bewältigen kann, dann werden sie mir helfen wie einem anderen Mann und nicht wie einer Frau, die verwöhnt werden muß.«

»Ich hoffe, du hast nicht die Absicht, mich ständig auf diese Weise zu behandeln«, brummte er. Jaelle lachte und streichelte zärtlich seine Wange.

»Wenn wir alleine sind, Geliebter, werde ich so zart und anspruchsvoll sein, daß du mich mit Lady Rohana verwechseln wirst, die sich keinen Tagesritt weit entfernen darf, ohne ihre Zofe und ihre Damen und ein halbes Dutzend Gardisten mitzunehmen! Du darfst nur nicht von mir verlangen, daß ich anders bin, als ich bin, Lieber.« Sie stellte sich auf die Zehenspitzen, zog seinen Kopf zu sich herab und küßte ihn schnell.

»Genug für jetzt. Rohana und ihre Frauen kommen, und morgen erreichen wir Thendara.«

»Und morgen nacht . . .« Peter lächelte ihr zu, und Jaelle drückte sich kurz an ihn. Sie ließ ihn gern wissen, daß sie sein Verlangen teilte. Dann trennten sie sich seufzend, denn Rohana kehrte mit ihren Damen an das Feuer zurück.

Mittags ritten sie nach Thendara hinunter. Als sie die Tore passierten, fragte Rohana: »Was wollt ihr jetzt tun? Du, Jaelle, mußt ja mit Margali ins Gildenhaus gehen.«

Magda durchfuhr es wie ein Stich. *Der Augenblick ist da. Einen weiteren Aufschub gibt es nicht mehr. O Gott, habe ich Angst!*

Darkover wird bestimmt noch während meiner Lebenszeit Teil des Imperiums, und dann macht es nichts mehr aus. Die übliche Zeit vom ersten Kontakt bis zur Eingliederung beträgt etwa fünfzig Jahre, und davon ist die Hälfte beinahe vorbei. Aber wird es zu spät kommen, um mir noch etwas zu nützen? Muß ich auf eine andere Welt ins Exil gehen?

Sie wußte nicht, daß Darkover sich als einzigartig in der Geschichte des Imperiums erweisen sollte und ihr noch viele Generationen folgen würden, bevor sich Darkover und das Imperium miteinander aussöhnten. Trotzdem ließ ihr eine blitzartige Zukunftsvision das Blut in den Adern erstarren, und sie zog sich ihren pelzgefütterten Reitmantel – Rohanas Mittwintergeschenk – fester um die Schultern.

»Das ist idiotisch!« Mit einem Blick zurück vergewisserte Peter sich, daß Rohanas Frauen und die Gardisten außer Hörweite waren. »Das kannst du unmöglich tun, Magda! Irgendwie müssen wir es abbiegen, daß du ein halbes Jahr im Gildenhaus verbringst. Ich bin überzeugt, du würdest es interessant finden. Aber wir können es uns nicht leisten, unsere einzige hiesige Expertin zu verlieren. Komm jetzt mit mir ins HQ; die Leute dort werden sich etwas einfallen lassen, wie sie dich aus der Klemme ziehen.«

Magda geriet außer sich. »Peter, du begreifst das nicht! Ich habe einen Eid abgelegt und werde ihn halten. Danach werde ich versuchen, die Sache mit den Behörden des Imperiums in Ordnung zu bringen. Meine Verpflichtung muß ich auf jeden Fall erfüllen.«

»Oh, das«, meinte er verächtlich. »Du weißt ebensogut wie ich, daß ein erzwungener Eid keine Gültigkeit hat.«

Jaelle sah ihn entsetzt und bestürzt an, und Magda nahm mit dieser neuen, erschreckenden Sensitivität gegenüber Gedanken wahr, daß es Peter eben gelungen war, Jaelle sprachlos zu machen. *Ein Eid ist heilig. Was ist das für ein Mann, der sich darüber hinwegzusetzen vermag?* Und wenn er nicht erfaßte, wie wichtig der Eid für Magda war, wie konnte er wissen, was er für Jaelle bedeutete?

Wird ihm je klar sein, dachte Jaelle trostlos, *daß er die Quelle meines Seins ist?* Es dauerte nur einen Augenblick, dann begann ihre Liebe, Entschuldigungen für ihn zu suchen. Bald, bald würde er verstehen. Sie lächelte Peter fröhlich an und sagte zu Magda: »Wir werden ihn vom Gegenteil überzeugen, nicht wahr, Schwester?«

Rohana, die die Spannung spürte, unterbrach: »Für euch alle drei wird es das beste sein, wenn ihr heute als meine Gäste in der Comyn-Burg übernachtet. In der Ardais-Suite ist Platz für mehr als ein Dutzend, und Ihr, Piedro, könnt Eurem terranischen Vorgesetzten eine Nachricht schicken, daß wir uns morgen alle bei Lorill Hastur treffen wollen. Beide werden gespannt darauf sein, wie diese Geschichte ausgegangen ist.«

Sie stimmten dem Kompromiß zu, und eine Stunde später waren sie alle bequem in der Ardais-Suite untergebracht. Magda war müde von der langen Reise und legte sich hin, wußte jedoch, daß der Schlaf nur eine weitere Methode war, die unerträglichen Konflikte hinauszuschieben. Morgen mußte sie sich ihnen stellen, koste es, was es wolle.

Peter blieb für ein paar Augenblicke in der Tür des Zimmers stehen, das die Frauen teilten. Gekränkt sagte er: »Jaelle, du weichst mir schon wieder aus!«

»Nein, mein Lieber. In einem oder zwei Tagen werden wir uns vor Zeugen als Freipartner erklären«, versprach sie, hob sich auf die Zehenspitzen und küßte ihn mit solcher Leidenschaft, daß seine Zweifel verschwanden. »Jetzt bin ich Rohanas Gast in der Comyn-Burg, und ihres guten Namens wegen muß ich mich unter diesem Dach nach ihren Ansichten über schickliches Benehmen richten. Aber ich liebe dich. Zweifle nie daran, Piedro, versprich es mir.«

»Ich verspreche es.« Dann beugte er sich überrascht zu ihr nieder und wischte ihr die Tränen aus den Augen. »Mein Liebling, mein Schatz, warum weinst du?«

»Ich ... ich weiß es nicht«, stammelte sie, und er konnte nicht gut auf eine offene Antwort drängen. »Obwohl ich eine Freie Amazone bin, Piedro, mußt du mir manchmal zugestehen, daß ich einfach eine Frau und nicht immer rational bin ...«

Er ging. Magda war in den tiefen Schlaf der Erschöpfung gefallen, und Jaelle wanderte unruhig in der Ardais-Suite umher. Zu dieser Jahreszeit war sie verlassen. Es war, als klapperten Rohana und ihre Gäste in den leeren Räumen und Fluren wie ein paar Schoten an einem vom Sturm entblößten Baum. Dann kam Rohana zu ihr.

»Setz dich eine Weile zu mir, Jaelle. Es mag lange dauern, bevor wir wieder beisammen sein können. In der Zeit der Ratssitzungen habe ich wenig Muße, mich deiner Gesellschaft zu erfreuen, und es vergehen vielleicht viele Jahre, bis du mich wieder einmal in Ardais besuchst.«

Sie nahmen vor dem Feuer Platz, das in Rohanas Zimmer angezündet worden war. Anfangs sprachen sie nur wenig, aber endlich erhob sich Jaelle aus ihrem Sessel und setzte sich auf den Kaminvorleger neben ihre Verwandte. Sie legte ihren Kopf auf Rohanas Schoß; zögernd streichelte Rohana das weiche Haar. Als Kind hatte Jaelle sich keine Liebkosungen gefallen lassen, und Rohana hatte schnell gelernt, sie damit zu verschonen. Diesmal jedoch schien sie darum zu bitten.

Endlich sagte Jaelle: »Ich habe es dir nicht erzählt, aber wahrscheinlich hast du es erraten. Piedro hat mich gebeten, als seine Freipartnerin in Thendara zu bleiben, und ich habe zugestimmt.«

Traurig blickte Rohana auf Jaelle nieder. *Sie liebt ihn so sehr, und ich kann das nicht so ganz verstehen.* Rohana selbst war sehr jung verheiratet worden. Gehorsam hatte sie den Mann genommen, den ihre Familie ausgesucht hatte, und eine Leidenschaft dieser Art hatte sie nie erlebt. Mit zurückhaltender Zärtlichkeit fragte sie: »Hast du deinen Eid je bereut, Jaelle?«

»Bis dies geschah, nie auch nur für einen Augenblick«, antwortete Jaelle. Dann zwang sie die Worte hervor: »Trotzdem glaube ich, daß du damals recht hattest, als du sagtest, ich sei zu jung, eine solche Wahl zu treffen.«

Es traf Rohana mit einem fast körperlichen Schmerz ins Herz. *Gnädige Göttin, ich habe ihr die Freiheit gegeben, die mir versagt geblieben ist. War das ganz falsch?* Vergangenheit und Gegenwart verschmolzen, und Rohana schien es noch einmal der letzte Tag von Jaelles langem Besuch auf Burg Ardais zu sein. Rohana hatte gewußt, daß die fünfzehnjährige Jaelle sich dort nicht glücklich fühlte. Sie verabscheute Kyril und mochte auch Rohanas jüngeren Sohn und ihre Tochter nicht besonders. Gabriel hielt sie für einen engherzigen Tyrannen. Sie hatte sich wütend dagegen gewehrt, sogar beim Reiten Röcke zu tragen. Und am letzten Tag hatte sie Rohana trotzig erklärt, sie werde den Amazonen-Eid an dem gleichen Tag ablegen, an dem das Gesetz es ihr erlaube.

Rohana hatte es vorausgesehen, und doch betrübte es sie. Ihrer Meinung nach hatte Jaelle noch keine Ahnung von dem Leben, dem sie entsagen wollte.

Sie hatte gesagt: »Warte, bis du sicher, ganz sicher bist, Jaelle. Dies ist kein Spiel, es ist eine Entscheidung über dein ganzes Leben. Wirf es nicht auf diese Weise weg!« Und dann hatte sie gefleht: »Jaelle, willst du mir drei Jahre geben, die gleiche Zeit, die du Kindra gegeben hast, um dir zu beweisen, daß mein Leben nicht weniger glücklich ist als ihres?«

Auch Jaelle erinnerte sich daran (oder hatte das Mädchen mit seinem erwachenden *Laran* ihre Gedanken geteilt?), denn sie sagte leise: »Damals kamen mir drei Jahre wie ein ganzes Leben vor, länger, als ich es ertragen konnte zu warten. Und – verzeih mir, Rohana – du wolltest mir beweisen, dein Leben sei glücklich, und doch wußte ich, daß du nicht glücklich warst. Deshalb schien es mir – Heuchelei zu sein.«

Rohana senkte den Kopf. Nein, sie war damals nicht glücklich gewesen, aber sie hatte geglaubt, es vor Jaelle besser verborgen zu haben. Sie hatte sich nach der kleinen Kostprobe der Freiheit wie in der Falle gefühlt. Ihre heranwachsenden Kinder und der dreijährige Valentin, der im unruhigsten Alter war und viel Mühe machte, ließen ihr keinen Augenblick Ruhe. Und zu alldem war sie schwanger gewesen mit einem vierten Kind, das sie nicht wollte. Das war der Preis, den sie für Gabriels Verzeihung hatte bezahlen müssen. Und obwohl sie das Kind nicht wollte, war Rohana zu sehr Frau, um nicht tiefes Leid zu empfinden, als es tot geboren wurde. Aber in diesem Jahr hatte sie ihre Schwangerschaft in hilfloser Rebellion ertragen und oft gedacht, sie habe für den Frieden in ihrem Haus vielleicht einen zu hohen Preis bezahlt. Jetzt beugte sie vor der zur Frau herangewachsenen Jaelle den Kopf und flüsterte fast unhörbar: »Du hattest recht; ich war damals nicht glücklich. Und ich fühle mich schuldiger als je zuvor, weil mein Unglücklichsein dazu geführt hat, daß du den Amazonen-Eid übereilt ablegtest.«

Jaelle schmiegte ihre Wange an Rohanas Hand. »Mach dir keine Vorwürfe, ich glaube nicht, daß es einen Unterschied bedeutet hätte. Auch Kindra nannte mich stur und dickköpfig und drängte mich, noch ein bißchen zu warten. Vielleicht . . .« – ein flüchtiges Lächeln huschte über ihr Gesicht – ». . . bin ich meines Vaters Tochter, obwohl ich das nicht gern zugebe.«

Niemals hatte Jaelle vor diesem Tag Rohana gegenüber ihren Vater erwähnt, und Rohana konnte sich vorstellen, was es Jaelle gekostet hatte, das zu sagen. Lange Zeit schwieg sie, dann fragte sie: »Also willst du bei deinem terranischen Liebhaber bleiben?«

»Ich . . . ich glaube schon.«

Aber sie ist sich nicht sicher. »Ist es fair gegen einen Mann, Jaelle, ihm so wenig von dir selbst zu geben, wie eine Freipartnerin gibt?«

»Rohana, ich gebe ihm, was er von mir will! Die Terraner machen ihre Frauen nicht zu ihren Sklavinnen!«

»Trotzdem – sei nicht böse, Jaelle –, mir kommt es vor, als gebe eine Freipartnerin wenig mehr als eine Prostituierte.« Sie benutzte das grobe Wort *grezalis*, wohl wissend, es würde Jaelle aus ihrem Mund so schockieren, daß sie zuhörte. »Mir scheint, eine Ehe ist es nur, wenn du dich einem Mann für immer gelobst, in guten und schlechten Tagen, in Glück und Leid. Du weißt, als ich verheiratet wurde, war Gabriel für mich nur eine

Bürde, die ich tragen mußte, weil ich als Comyn-Tochter geboren war und die Gesetze meiner Kaste von mir verlangten, innerhalb meines Clans zu heiraten und Kinder mit *Laran* zu gebären.«

»Und du nennst *mich* eine Hure? Wo du des Adelsstolzes deiner Familie wegen wie eine Sklavin verkauft wurdest und ich mich freiwillig dem Mann hingebe, den ich liebe und begehre?«

Rohana hob die Hand und gebot ihr Einhalt. »Jaelle, liebes Kind, ich habe dich nicht eine Hure oder etwas in der Art genannt! Ich sagte: Das schien meine Ehe zu Anfang zu sein, eine schwere Last, die ich um meiner Familie willen zu tragen hatte. Doch nun ist Gabriel der Mittelpunkt der Welt, die wir uns zusammen aufgebaut haben. Eine Freipartnerin sagt zu ihrem Liebhaber: ›Unserer stürmischen Leidenschaft wegen will ich bei dir bleiben, solange es mir Vergnügen macht. Verlieren wir unser Glück, werde ich dich verlassen. Ich werde das Glück, das wir gehabt haben, und die guten Zeiten, die die Zukunft noch bringen mag, opfern, um nicht ein oder zwei Jahre lang unglücklich sein zu müssen.‹ Es gibt da keine Verpflichtung, zusammenzubleiben und daran zu arbeiten, die schlechten Zeiten wieder in gute zu verwandeln.«

»Wie bringst du das fertig? Empfindest du nicht ständig Bedauern über die Jahre des Unglücks, in denen du keine Möglichkeit des Entrinnens hattest?«

»Eigentlich nicht«, meinte Rohana. »Wir haben lange Zeit dazu gebraucht, das Unglücklichsein zu überwinden, und dabei haben wir ein Band geschmiedet, das bis zum Tod halten wird. Und darüber hinaus«, setzte sie lächelnd hinzu, »falls es etwas darüber hinaus gibt.«

»Du sagst das so tapfer. Ich denke dagegen . . . oh, Rohana, ich möchte dich nicht erzürnen.«

»Die Wahrheit kann mich nicht erzürnen, Jaelle. Nur

vergiß nicht, Liebling, daß *deine* Wahrheit nicht notwendigerweise *meine* Wahrheit sein muß.«

»Dann denke ich«, erklärte Jaelle, »daß du dir jetzt, da es zum Bedauern zu spät ist, einredest, du habest es nie bedauert. Ich denke, du wolltest deine Macht und Stellung als Ehefrau des Lords der Domäne einfach nicht aufgeben.«

»Vielleicht.« Rohana war nicht beleidigt. »Eine Ehe wird aus vielen dünnen Fäden gesponnen. Gabriel ist nur ein Teil meines Lebens, aber ein Teil, auf den ich freiwillig nicht mehr verzichten würde. Als wir verheiratet wurden, liebte ich ihn nicht, und heute risse es mein Herz in tausend Stücke, sollte ich von ihm getrennt werden.«

Jaelle erinnerte sich an Rohanas Gesicht, als sie neben ihrem bewußtlosen Mann kniete, und erkannte, daß sie die Wahrheit sprach. Aber sie dachte, das sei nichts als Versklavung unter ein Ideal und etwas ganz anderes als die überwältigende Leidenschaft, die sie fast gegen ihren Willen mit Peters Leben verquickt hatte. Zitternd sagte sie: »Das ist nicht, was ich Liebe nenne!«

»Das kann ich mir denken, Schatz.« Rohana ergriff die kalten kleinen Hände. »Und doch ist es real, und es hat sich als dauerhaft erwiesen.«

»Dann bedeutet deiner Ansicht nach Liebe – Liebe, wie ich sie kenne – gar nichts? Ich habe den Eindruck, du glaubst, eine Ehe könne von irgendwelchen zwei Personen geschlossen werden, ganz gleich, was sie füreinander empfinden, als ob ...« – zum erstenmal in einem Dutzend Jahren sprach Jaelle den Namen ihrer Mutter aus –, »... als ob Melora und Jalak, als ob meine Mutter, wenn auch gefangengenommen und vergewaltigt, ein dauerhaftes Glück hätte aufbauen können.«

»Sogar das wäre unter Umständen möglich, Liebling. Aber ich hatte meiner Heirat zugestimmt und hatte die

Unterstützung und den Segen meiner Familie. Melora wurde ihrer ganzen Verwandtschaft mit Gewalt entrissen. Trotzdem, hätten Jalak und Melora einander gewählt, wäre sie mit ihm aus eigenem Willen davongelaufen, oder hätte er sie nach der Entführung zu lieben und zu achten gelernt und nicht als Schachfigur für seinen bösen Stolz betrachtet und seinen Haß gegen die Leute der Domänen an ihr gestillt – dann hätte sie möglicherweise Frieden finden können, vielleicht kein Glück, aber Zufriedenheit.«

»In Ketten?«

»Ja, Liebling. Hätte Melora Jalak geliebt und den Willen gehabt, ihn zu erfreuen, wären ihr die Ketten als ein Spiel erschienen, das er seines Stolzes wegen vor den anderen Männern aufführte, und sie hätte es getragen und freiwillig mitgespielt... Jaelle, wenn ihr Amazonen eine Armee aufstelltet und gegen die Trockenstädte marschiertet, um die Frauen dort von ihren Ketten zu befreien, würden euch zweifellos einige als ihren Erlöserinnen zujubeln. Ich bin jedoch überzeugt, daß andere euch aufforderten, kehrtzumachen und nach Hause zu gehen und euch nicht in ihre Angelegenheiten einzumischen. Würdest du keine Ketten tragen, um deinen Liebhaber zu erfreuen, Jaelle?«

»Er würde es nie verlangen.« Jaelle schlug die Augen nieder und dachte an ihr Getändel mit dem Band, an die Spiele ihrer Kinderzeit in der Trockenstadt. Die Erinnerung machte sie zornig, und sie fragte: »Hattest du gar kein Mitleid mit meiner Mutter?«

»Nur die Götter wissen, wieviel«, erwiderte Rohana. »Ich riskierte den Zorn Hasturs und hätte fast das Glück zerstört, das ich mit Gabriel gefunden hatte, um deine Mutter wegzuholen, bevor sie Jalak einen Sohn gebar, und um dich zu befreien, weil sie sagte, sie werde dich eher töten als in Ketten in Jalaks Großem Haus lassen.

Erinnerst du dich nicht mehr daran?« Ihre Augen begannen zu lodern.

Jaelle nahm ihre Hand und küßte sie. Rohana stellte ruhig fest: »Jaelle, viele Frauen tragen ihre Ketten, wie ich die *catenas* trage.« Sie streckte den Arm aus und zeigte ihr zeremonielles Ehearmband, dessen Gegenstück Gabriel trug. »Ein Zeichen für etwas, das auf immer mein Herz umschließt, auch wenn ich mich geweigert hätte, wie du dich weigerst, das äußere Symbol anzulegen.«

Jaelle sagte leise: »Der Amazonen-Eid verbietet mir, *di catenas* zu heiraten. Ich hätte nie gedacht, daß ich es mir wünschen würde.« Ihr Kopf sank auf Rohanas Knie, die schmalen Schultern zuckten vor heftigem Schluchzen. »Und ich will es auch nicht, Rohana! Ich will nicht!«

Rohana dachte: *Und warum weinst du dann so?* Aber sie sprach es nicht aus, denn sie spürte den Schmerz in Jaelles Herzen. Sie streichelte nur sacht das weiche Haar. Endlich fragte sie: »Bist du schwanger, Liebling?«

»Nein ... nein. Das hat er mir erspart.«

»Und möchtest du wirklich, daß es dir erspart bleibt, mein Schatz?«

Jaelle war nicht fähig zu antworten. Da fragte Rohana sehr behutsam: »Willst du im Leid wie in der Freude mit ihm zusammenbleiben, Jaelle?«

Jaelle hob ihr gerötetes Gesicht. »Im Augenblick glaube ich, daß ich es täte«, stieß sie gequält hervor, »aber wie kann ich sicher sein? Wie kann ich wissen, ob er mich in schlechten Tagen, die zu jedem kommen, lieben wird? Wie kann ich auch nur wissen was *ich* dann tun werde? Und doch – es scheint mir sogar das wert zu sein. Hast du nie jemanden geliebt, Rohana? Hast du nie alles, alles aufgeben wollen, deinen Lebenskreis, deine Ehre *alles*, weil du die Trennung von . . . von . . .« Wieder ließ sie in verzweifeltem Weinen den Kopf auf Rohanas Knie sinken.

Rohana tat das Herz weh um sie. Auch hatten Jaelles Worte eine lange geheilte Wunde aufgerissen. *Ja, ich wollte einmal alles aufgeben, meine Kinder, das Leben, das ich mir selbst aufgebaut hatte, Gabriel – aber der Preis erschien mir zu hoch.* Stockend antwortete sie: »Es gibt nichts in der Welt, was nicht für einen bestimmten Preis gekauft werden könnte. Kindra zum Beispiel hat ihren Eid nie bereut, aber bis zum Tag ihres Todes um die Kinder getrauert, die sie im Stich gelassen hatte. Das ist das einzige, was mir an dem Amazonen-Eid nicht gefällt: Ihr Frauen, die ihn leistet, schirmt euch vor den Gefahren ab, die alle anderen Frauen bereitwillig auf sich nehmen. Aber vielleicht muß sich jede Frau entscheiden, welchen Gefahren sie sich aussetzen will.«

Jaelle hörte ihr zu, und die Worte fielen ihr schwer aufs Herz. *Ich war zu jung, als ich den Amazonen-Eid ablegte! Die meisten Frauen entsagen, wenn sie unglücklich sind, und wissen, auf was sie verzichten. Ich glaubte, daß ich mich nur von der Sklaverei lossagte und die Freiheit gewann. Ich habe nicht geweint, als ich den Eid sprach. Ich habe nie ganz verstanden, warum so viele Frauen den Eid unter Tränen leisten . . .*

»Du liebst Piedro. Willst du bei ihm bleiben?«

»Ich . . . ich muß, ich kann ihn jetzt nicht verlassen.«

»Willst du ihm Kinder schenken, Liebling?«

»Wenn er . . . wenn er welche möchte.«

»Aber dein Eid bindet dich, Kinder nur dann zu gebären, wenn du sie möchtest«, mahnte Rohana. »Du mußt entscheiden, und vielleicht ist es das, was für mein Gefühl so verkehrt ist, daß ihr Frauen das Recht der Entscheidung für euch beansprucht.«

»Das kannst du mir nicht einreden!« flammte Jaelle

auf. »Eine Frau, die sich nicht frei entscheiden kann, ist eine Sklavin.«

»Nur garantiert auch die Freiheit der Entscheidung nicht immer das Glück.« Von neuem ergriff Rohana die kalten Hände Jaelles und streichelte sie. »Ich habe alte Amazonen über ihre Kinderlosigkeit klagen hören, als es für sie zu spät war, ihre Meinung zu ändern. Und ich . . .« Sie schluckte, denn das hatte sie noch keinem Menschen gestanden, nicht Gabriel, nicht Melora, nicht Kindra, die so lange Zeit ihre geheimsten Gedanken geteilt hatte. »Ich wollte keine Kinder, Jaelle. Jedesmal, wenn ich merkte, daß ich schwanger war, weinte und tobte ich. Du weinst, weil du kein Kind erwartest, aber ich habe noch mehr geweint, wenn ich eins erwartete. Einmal warf ich mit einer Silberschüssel nach Gabriels Kopf und traf ihn auch, und ich kreischte ihn an, ich wollte, ich hätte ihn umgebracht und er könne mir das nicht wieder antun. Ich haßte es, schwanger zu sein, ich haßte es, kleine Kinder um mich zu haben, die mich störten, ich fürchtete mich vor dem Kindbett mehr, als du dich vor dem Schwert gefürchtet haben kannst, das dir diese Wunde schlug.« Mit leichten Fingern fuhr sie die immer noch rote Narbe auf Jaelles glatter Wange nach. »Wäre mir die Entscheidung überlassen geblieben, hätte ich nie ein Kind geboren. Und doch, jetzt, da die Kinder erwachsen sind und ich sehe, daß sie ein Teil von Gabriel und mir sind, das uns überleben wird; jetzt, da es für mich zu spät wäre, meine Meinung zu ändern, bin ich froh darüber, daß die Gesetze meiner Kaste mich gezwungen haben, sie zu gebären, und nach all diesen Jahren habe ich mein Unglücklichsein vergessen – oder vergeben.«

Jaelle wollte sich nicht anmerken lassen, wie sehr sie das bewegte. Ihre Stimme klang heiser. »Dazu kann ich wieder nur sagen, daß du weißt, für ein Bedauern ist es zu spät, und deshalb redest du dir ein, du bedauertest es nicht.«

»Ich habe nicht gesagt, daß mich nie ein Bedauern angekommen ist, Jaelle«, erwiderte Rohana sehr leise, »nur, daß alles in dieser Welt seinen Preis hat, sogar die Seelenruhe, die ich nach vielen Jahren des Leidens gefunden habe.«

»Du glaubst im Ernst, daß du einen Preis bezahlt hast? Ich dachte, du habest mir eben auseinandergesetzt, daß du alles gehabt hast, was eine Frau sich nur wünschen kann!«

Rohana schlug die Augen nieder. Sie erinnerte sich an einen Tag, als sie in Kindras graue Augen geblickt und erkannt hatte, welchen Preis sie würde bezahlen müssen. Sie sagte: »Alles, bis auf die Freiheit, Jaelle. Ich glaube, sie wäre zu teuer erkauft gewesen. Aber sicher bin ich mir nicht.« Ihre Stimme brach. »Nichts auf dieser Welt ist sicher außer dem Tod und dem Schnee des nächsten Winters. Vielleicht will ich mir gar nicht sicher sein. Der Preis, den ich bezahlt habe, war meine Freiheit. Du besitzt Freiheit; dein Eid bindet dich, sie sogar jetzt festzuhalten, da du sie nicht mehr haben willst. Aber um welchen Preis, Jaelle?«

17

Magda erwachte in der Abenddämmerung und sah Jaelle am Fußende ihres Bettes sitzen. Sie war blaß, als habe sie geweint, aber sie war ruhig.

»Schwester«, sagte sie, »ich weiß, daß du unsern Eid unfreiwillig geleistet hast; er ist dir aufgezwungen worden. Normalerweise würde das keine Rolle spielen. Aber du bist Terranerin, und du hast nicht gewußt, welche Folgen der Eid nach sich zieht. Möchtest du einen

Antrag auf Entbindung von deinem Eid stellen, Margali? Wenn ja, werde ich vor den Gildenmüttern für dich sprechen.«

Magda sagte sich, daß damit einige ihrer tiefen inneren Konflikte gelöst wären. Außerdem befreite es sie von der Angst vor terranischen Strafmaßnahmen, die sich nicht nur gegen sie, sondern auch gegen jene richten würden, die sie zur Verletzung ihrer Treuepflicht verleitet hatten. Sie dachte einen Augenblick darüber nach, doch dann wurde sie von Widerwillen gepackt. Zurückkehren zu ihrem Leben in der Terranischen Zone, in die enge, sterile Welt, zu den unwichtigen Aufgaben, die eine Frau hier übernehmen durfte? Jetzt wurde ihr klar, daß sie trotz ihrer Tränen und ihres Entsetzens bei der Eidesleistung eine wichtige Entscheidung über ihr Leben getroffen hatte, und zudem eine echte Entscheidung. *Hier ist ein Weg, dem ich folgen kann. Das ist es, was ich will, welchen Preis ich dafür auch bezahlen muß.*

Ich bin nicht gezwungen worden, Peter dem Tod zu überlassen. Jaelle hat mich davor gerettet, daß ich diesen Preis zahlen mußte. Aber ich wußte, früher oder später kommt der Tag der Abrechnung, und ich werde mich ihr stellen.

Sie benutzte die offizielle Anrede. »Eidesmutter, ich habe es dir gesagt: Aus freiem Willen habe ich mich entschlossen, meinen Eid zu halten, und ich werde ihn halten, bis der Tod mich wegrafft oder die Welt endet.«

»Selbst wenn deine eigenen Leute sich gegen dich wenden, Margali?«

Sie gab Jaelle die gleiche Antwort wie Darrill auf der Reise: »Ich bin mir nicht so sicher, daß es noch meine eigenen Leute sind.« Ihre Stimme war nicht ganz fest. »Ich habe alle Verpflichtungen aufgekündigt – *gegenüber Familie, Clan, Haushalt, Regent und Lehnsherr.*«

Jaelle ergriff Magdas Hände. Plötzlich beugte sie sich

vor und küßte sie, wie sie es getan hatte, als sie ihren Eid entgegennahm. »Treue um Treue, meine Schwester. Wir sind durch den Eid miteinander verbunden. Aber ich finde, du mußt – wir müssen gemeinsam der Tatsache ins Auge sehen, daß du dadurch in ernste Schwierigkeiten kommen kannst.«

»Das weiß ich.« Magda gelang es nicht, ein Erschauern zu unterdrücken. »Wäre Lady Rohana nicht gewesen, hätte Peter sicher darauf bestanden, mich ins Terranische Hauptquartier zu bringen, selbst wenn er hätte Gewalt anwenden und mich verhaften müssen.«

»Eine schöne Belohnung für deine Loyalität!« rief Jaelle zornig. »Ohne dich läge er in diesem Augenblick tot in Sain Scarp!«

Magda fühlte sich verpflichtet, Peters Gesichtspunkt zu verteidigen. »Er ist terranischer Agent. Für ihn steht die Loyalität gegenüber dem Imperium höher als die gegenüber jeder Einzelperson.«

»Das ist nicht richtig«, stellte Jaelle beunruhigt fest.

Magda dachte: *Es ist eine Einstellung, die kein Darkovaner verstehen kann. Deshalb ist Peter schlimmer dran als ich. Er ist in so vieler Beziehung Darkovaner, er wird innerhalb des Imperiums keinen Frieden finden. Andererseits ist er nicht imstande, sich von den Dingen zu lösen, die ihn daran hindern, auf Darkover völlig zu Hause zu sein ... So wird er sich immer zerrissen, immer im Exil fühlen ...*

»Jaelle«, sagte sie, »du hast mir einmal erzählt, es sei den Freien Amazonen erlaubt, jede gesetzmäßige Arbeit anzunehmen. Wenn die terranischen Behörden mir Urlaub geben würden, so daß ich meiner Verpflichtung nachkommen und zur Ausbildung ins Gildenhaus gehen könnte – erhielte ich dann später die Erlaubnis, die Arbeit fortzusetzen, die ich für die Terraner getan habe?«

»Du willst bei uns spionieren?«

»Nein, natürlich nicht!« Magda fand die bloße Vorstellung abstoßend. »Ich würde versuchen, eine Brücke zwischen unseren Welten zu schlagen, ich würde meinem Volk helfen, eure Gesellschaft besser zu verstehen, eure Sprache, eure Gesetze und Sitten – auch wenn ich nicht mehr täte als meine alte Arbeit, bei der ich unsere Übersetzer davor bewahrt habe, unwissentlich gegen eure Bräuche zu verstoßen. Und ich glaube, daß ich mehr, viel, viel mehr tun könnte.«

»Das wäre keine Verletzung deines Eides«, antwortete Jaelle. »Nach unserer Charta darfst du überall jede gesetzmäßige Arbeit annehmen. Das bedeutet, du kannst als geschworene Amazone für die Terraner arbeiten . . .« Sie brach ab, als habe sie ein helles Licht erblickt, und setzte fast flüsternd hinzu: »Und ich auch.«

»Wie würde das arrangiert, Jaelle?«

»Wie du möchtest. Nach unseren Gesetzen müssen wir einen Teil unseres Verdienstes an die Gilde abführen. Wir entsagen Familie und Heim; unsere Familie und unser Heim ist die Gilde, die uns ihren Schutz gibt. Wenn du krank, schwanger, arbeitsunfähig oder in einer fremden Stadt bist, kannst du dich immer an das Gildenhaus und die Amazonen wenden und ein Zuhause finden, in dem für dich gesorgt wird. Dein Beitrag wird zur Unterhaltung der Gildenhäuser verwendet, du hast dort stets Schwestern und Freundinnen und Heimatrechte. Du brauchst nicht in einem Gildenhaus zu leben, wenn du es nicht möchtest, aber wenn du dich dafür entscheidest, erwartet man von dir, daß du bei der Haus- und Gartenarbeit und was sonst so anfällt, mithilfst. In jedem Fall ist das Gildenhaus unsere wahre Heimat, die wir aufsuchen wie andere ihre Familien, wohin wir sonst auch reisen mögen.«

Magda hatte seit dem Tod ihres Vaters kein Familienleben mehr gekannt; sie und Peter hatten nie ernsthaft versucht, ein Heim zu gründen. Die Vorstellung, ein echtes Zuhause, ein darkovanisches Zuhause, zu haben, in das sie nicht als Fremde oder als Gast kam, sondern wo sie Heimatrechte hatte, erfüllte sie mit einer Wärme, die sie seit Jahren nicht gespürt hatte.

Jaelle fuhr fort: »Wir können dort wohnen, wenn wir alt und arbeitsunfähig geworden sind, und wir können unsere Kinder dort erziehen lassen.«

»Dann bekommt ihr Kinder?«

»Nur, wenn wir es wünschen.« Bei der Erinnerung an Rohanas Worte überzog ein trauriger Ausdruck Jaelles Gesicht. »Hast du geglaubt, wir legten die Gelübde einer Bewahrerin ab? Unsere Töchter bleiben im Gildenhaus, bis sie erwachsen sind, und treffen dann die Wahl, ob sie der Gilde beitreten oder heiraten wollen. Unsere Söhne werden im allgemeinen nach der Entwöhnung dem Vater übergeben, aber wenn der Vater deines Kindes nicht bereit ist oder du ihn für unfähig hältst, dein Kind aufzuziehen, oder wenn du nicht weißt, wer dein Kind gezeugt hat – dann triffst du nach eigenem Ermessen Anordnungen für seine Unterbringung und Erziehung. Jungen über fünf dürfen nicht im Gildenhaus leben.« Jaelle hatte laut gedacht; plötzlich kehrte sie in die Gegenwart zurück. »Nun, das alles wirst du während deiner Ausbildung im Gildenhaus lernen, Schwester.«

Ließ es sich ermöglichen, daß Jaelle ihre beiden Welten teilte? Magda kam das fast zu schön vor, um wahr zu sein. Zögernd sagte sie: »Du weißt, daß Lorill Hastur den Kontakt zwischen der Terranischen Zone und seinen Leuten verboten hat. Es ist leicht, sich ihm in den Hellers zu widersetzen, Jaelle – aber hier in Thendara?«

»Ja, das ist eine der größten Schwierigkeiten«, räumte Jaelle ein. »Aber Rohana wird mit Lorill sprechen. Auch ihr Herz weilt in zwei Welten, und meiner Meinung nach ist es größer als jede von ihnen. Und ich glaube, es ist an der Zeit, daß die Bewohner Darkovers, nicht allein die Comyn-Lords, erfahren, wer die Terraner sind und was sie für unsere Welt zu tun vermögen. Du hast gehört, wie Gabriel sich darüber ärgerte, daß Lorill den Handel untersagt hat. Hasturs Wille ist nicht die Stimme Gottes, nicht einmal für die Comyn! Wir werden schon in Erfahrung bringen, was einige von den anderen denken. Willst du jetzt mit mir ins Gildenhaus gehen, Schwester, damit wir soviel wie möglich geregelt haben, bevor wir morgen Lord Hastur sehen – und deine Terraner? Dann wissen wir, wo wir stehen.«

»Ja, ich will.«

Am nächsten Morgen saß Lady Rohana neben Lorill Hastur in der kleinen Ratskammer und wartete auf das Eintreffen des terranischen Koordinators. Peter Haldane saß ihnen gegenüber und sah aus, als sei er sowohl von bösen Vorahnungen als auch von Zorn geplagt. Rohana konnte seine Gedanken nicht lesen, aber das war gar nicht nötig. Magda und Jaelle waren in aller Frühe verschwunden, und sie war überzeugt, daß sie Zuflucht im Gildenhaus von Thendara gesucht hatten. Sie hatten eine Nachricht hinterlassen, sie kämen rechtzeitig zurück, und Rohana hielt es nicht für ihre Pflicht, zusätzliche Erklärungen zu geben, wenn sie es nicht getan hatten.

Hastur beugte sich vor und fragte sie mit gedämpfter Stimme: »Das ist der Mann, der von Sain Scarp gefangengenommen wurde? Ist er wirklich mit Kyril identisch? Die Ähnlichkeit ist ungeheuerlich; haben wir es hier mit Cherillys Gesetz zu tun?«

Rohana lachte. »An Cherillys Gesetz habe ich nicht mehr gedacht, seit ich mit dir und Melora und Leonie Psi-Überwacherin im Dalereuth-Turm war. Nein, das ist es nicht. Der Terraner hat nur fünf Finger an jeder Hand.«

»Trotzdem ist die Übereinstimmung bemerkenswert,

und es unterstreicht, was du über eine einzige Rasse gesagt hast. Allerdings finde ich die Vorstellung phantastisch, unser Volk sei von einem anderen Stern gekommen, und wenn doch, daß wir uns je gestattet haben, ein solches Erbe zu vergessen. Du sagtest auch, die Frau habe *Laran*. Darf ich fragen, wie du es herausgefunden hast? Ich hatte Befehl erteilt, daß kein Terraner Zeuge einer Matrix-Operation werden dürfe.«

»Jaelle lag im Sterben«, antwortete Rohana, »und ihre geschworene Schwester hatte das Recht, bei ihr zu bleiben. Ich kann mir nur vorstellen . . .« Stirnrunzelnd versuchte sie, es sich zurechtzulegen. »Alida hat die Ardais-Gabe; sie ist eine Katalysator-Telepathin, und der Kontakt mit ihr mag das latente *Laran* in dieser Frau erweckt haben. Doch wenn es nicht dagewesen wäre, hätte Alida es auch nicht erwecken können. Der Mann – Haldane – war ebenfalls anwesend, und bei ihm gab es nicht den geringsten Hinweis darauf, daß er sich bewußt war, was vor sich ging. Wie auch immer, diese Frau hat *Laran*, und das bedeutet, daß wir einige unserer Vorurteile über die Terraner revidieren müssen!« Rohana sagte »unserer Vorurteile«, meinte in Wirklichkeit jedoch »deiner«. Hastur wußte es, und sein Gesicht verfinsterte sich.

Er sagte: »Da kommen der terranische Funktionär und sein Dolmetscher.«

Montray hatte auf Rohana bei ihren früheren Begegnungen keinen großen Eindruck gemacht; sie fragte sich, ob sich Magdas Verachtung für den Mann auf sie übertragen habe. Diesmal wurde er von einem jungen Mann begleitet, der ebenso gut *casta* sprach wie Peter und Magda, also wie jeder gebürtige Darkovaner. Er stellte sich höflich bei jedem der Anwesenden als Wade Montray, den Sohn des Koordinators, vor, während sein Vater sofort zu Peter ging.

»Da sind Sie also, Haldane!« polterte er. »Haben Sie eine Ahnung, was für Ärger Sie uns bereitet haben? Und wo ist Miss Lorne? Sie müßte hiersein! Sie beide hätten sich schon gestern abend zum Befehlsempfang im HQ melden sollen!«

Peter erklärte ziemlich steif: »Man hat mich nicht informiert, daß irgendwelche Anklagen gegen uns erhoben worden sind. Es wäre unschicklich gewesen, Lady Rohanas Einladung in die Comyn-Burg abzulehnen. Ich bin überzeugt, daß Magda pünktlich erscheinen wird.« Er drehte sich der Tür zu und stieß einen hörbaren Seufzer der Erleichterung aus. »Tatsächlich kommt sie soeben. Und die junge Frau neben ihr hat wesentlich dazu beigetragen, mir das Leben zu retten, Montray, also seien Sie höflich zu ihr, verdammt noch mal!«

»Hübsches Mädchen«, kommentierte Montray, und Peter regte sich von neuem auf. »Wie lange sind Sie schon auf Darkover, Montray – zehn Jahre? Wenn Sie noch nicht gelernt haben, daß es unanständig ist, Bemerkungen über das Aussehen einer Frau zu machen, schlage ich vor, sich so schnell wie möglich versetzen zu lassen oder nie mehr die Nase aus der Terranischen Zone hinauszustecken!«

Magda hatte mit Jaelle und drei fremden Frauen den Raum betreten und nahm mit ihnen still an der vierten Seite Platz.

Hastur fragte streng: »Jaelle, was hat das zu bedeuten? Ich habe dir nicht erlaubt, Fremde zu dieser Konferenz einzuladen!«

»Ich habe nicht um Erlaubnis gebeten, mein Lord.« Jaelle sprach respektvoll, aber ohne die Furcht, die die meisten Außenseiter vor einem Comyn-Lord zeigten. »Lord Hastur, ich bin der Ansicht, daß unsere Gilde von den Angelegenheiten, die heute morgen besprochen werden sollen, stark betroffen ist. Deshalb bat ich diese

Vertreterinnen der Gilde, mitzukommen und Euch wie den Terranern unsere Position darzulegen.«

Montray fragte: »Was hat sie gesagt?« Und sein Sohn wiederholte leise Jaelles Worte, während Jaelle weitersprach.

»Mein Lord, meine Lady und geehrte Außenweltler«, setzte sie, an die Terraner gewandt, hinzu, »ich möchte Euch *mestra* Millea n'ha Camilla, Gildenmutter von Thendara-Haus, vorstellen.« Millea war eine große, korpulente Frau, konventionell gekleidet und so feminin wie Rohana selbst. »*Mestra* Lauria n'ha Andrea, Vorsitzende des unabhängigen Rates der Handwerkerinnen, und Domna Fiona n'ha Gorsali, Richterin des Städtischen Schiedsgerichts.«

Rohana dachte bewundernd: *Oh, Jaelle, du bist viel klüger, als ich je gedacht habe!* Die Frauen, die würdevoll in einer Reihe an der gegenüberliegenden Wand des Raums saßen, waren keine gewöhnlichen Amazonen; es waren drei der mächtigsten Frauen in der Stadt Thendara. Die Gilde der Handwerkerinnen hatte erfolgreich um Gleichberechtigung mit den Geschäftsleuten der Stadt gekämpft. Domna Fiona war als erste Frau in der Geschichte Thendaras zur Richterin ernannt worden. Hastur konnte sie nicht als unwichtig beiseite schieben.

Jaelle fragte: »Wollt Ihr uns das Recht gewähren, Eure Überlegungen anzuhören, edle Anwesende?«

Hastur sah ein bißchen verärgert aus, aber nichts konnte die Disziplin des langjährigen Diplomaten erschüttern. Er erhob sich und verbeugte sich höflich vor den drei Frauen. »Ich werde euch in diesem Rat nicht willkommen heißen, weil ihr uneingeladen gekommen seid«, erklärte er. »Doch ist dies kein geheimes Konklave zur Abfassung tyrannischer Beschlüsse; keinem Bürger, den das Thema angeht, darf das Recht verweigert werden, zu hören und gehört zu werden.«

Montray sagte, und sein Sohn übersetzte: »Wir begrüßen jede Gelegenheit, von Bürgern Thendaras gehört zu werden. Seien Sie willkommen, meine Damen.«

Hastur wandte sich an Montray. »Als Ihr das letzte Mal vor uns erschienen seid, gewährten wir Eurer Angestellten Magdalen Lorne . . .« – Magda, die zwischen den Amazonen saß, bemerkte, daß er ihren terranischen Namen aussprach, ohne zu zögern oder im geringsten zu stolpern – ». . . die Erlaubnis, in die Berge zu reisen und Verhandlungen über die Freilassung Eures Angestellten Peter Haldane zu führen, der zu Sain Scarp gefangensaß. Wie ich inzwischen erfahren habe, begegnete die Frau Lorne einer Schar Freier Amazonen unter dem Befehl von Jaelle n'ha Melora und wurde aufgefordert, durch einen Eid den Beitritt zu ihrer Gilde zu erklären, wie es ihrem Gesetz und der Charta entspricht. Habe ich den Vorgang exakt dargestellt?«

Die Gildenmutter Millea bestätigte: »Nach dem Bericht, den uns unsere Schwestern gaben, ist das wahr.«

Hastur fuhr fort: »Ich verstehe nicht ganz, was es da für Schwierigkeiten gibt. Mir scheint, der Fall kann durch private Abmachungen zwischen den Parteien oder schlimmstenfalls durch ein Schiedsgericht geregelt werden.«

Montray lauschte mit ärgerlichem Stirnrunzeln. Er sagte etwas; sein Sohn schüttelte den Kopf und weigerte sich, es zu übersetzen.

Hastur sprach nun Magda an. »Miss Lorne, habt Ihr diese Frauen zu dem Zweck mitgebracht, daß Ihr in Anwesenheit aller Betroffenen den Antrag auf Entbindung von Eurem Eid stellen könnt?«

Magda sprach leise, aber sehr deutlich. »Nein, mein Lord Hastur. Ich will den Eid, den ich geschworen habe, bis zum Tod halten. Ich weiß nur nicht, ob die terranischen Behörden es mir erlauben werden. Sie könnten vorbringen, mein Eid sei nicht gültig, oder ich hätte wegen einer vorrangigen Treuepflicht kein Recht gehabt, ihn zu leisten.«

Wieder murmelte Montray etwas, und der junge Dolmetscher bemerkte, gerade noch hörbar: »Das habe ich dir doch gleich gesagt.«

Rohana stellte bei sich fest, daß Magda einen sehr klugen Schachzug gemacht hatte. Privat mochte der terranische Gesandte erklären, ein darkovanischer Eid habe für ihn keine Gültigkeit. Doch wenn er das in Anwesenheit Hasturs und dreier Gildenmütter von Thendara vorbrachte, vernichtete er auf Jahrzehnte hinaus die Glaubwürdigkeit jedes Terraners auf Darkover. Und wenn er das nicht wüßte, und nach seinem Gesichtsausdruck zu schließen, hatte er es nicht gewußt, würde es ihm sowohl von dem jungen und fähigen Dolmetscher als auch von Peter Haldane überdeutlich klargemacht werden! Montray wirkte so frustriert, daß Rohana keine Spur von *Laran* brauchte, um zu erkennen, daß er sie alle, Magda zuerst, in das terranische Äquivalent von Zandrus kältester Hölle wünschte.

Domna Fiona ergriff das Wort. »Der edle Gast von Terra scheint Schwierigkeiten zu haben, die Entscheidung zu akzeptieren. Dürfen wir mit Lord Hasturs Erlaubnis seine Gründe hören?«

Montray erwiderte, ohne auf die Übersetzung seines Sohnes zu warten: »Die Schwierigkeit liegt in folgendem. Miss Lorne ist uns außerordentlich wertvoll. Sie ist die einzige Frau, die Expertin für darkovanische Sprachen ist und uns über die Sitten der Frauen und die sozialen Regeln auf Darkover beraten kann. Es ist uns zur Zeit unmöglich, sie für eine andere Arbeit freizustellen, so wichtig diese sein mag und sosehr wir jene Personen achten, die sie gern bei sich aufnehmen möchten.«

Rohana vermutete, daß die höflichen Phrasen von

dem Dolmetscher hinzugefügt worden waren. Montrays Originalrede war wohl heftiger und ungeschliffener gewesen. Nur verstand sie die terranische Sprache nicht gut genug, um sicher zu sein.

»Wenn das die einzige Schwierigkeit ist, kann sie leicht beigelegt werden«, erwiderte Domna Fiona. Die Stimme und der hagere Körper in der Richterrobe erweckten in Rohana den Verdacht, die Frau sei *emmasca.* »Wenn Euer Problem der Mangel an Experten über die Sitten der Frauen und die Sprachen ist, sind wir in der Lage, dem abzuhelfen. Schwester ...« Sie sah Jaelle an, die nervös aufstand.

Ihr Blick suchte quer durch den Raum den Peters. Sie bat ihn: »Teile dem terranischen Funktionär mit, daß ich mich anbiete, den Platz meiner Schwester bei euch einzunehmen, wenn er nichts dagegen hat. Ich spreche *casta* und *cahuenga* fließend, und ich kann diese Sprachen und die der Trockenstädte lesen und schreiben. Auch glaube ich, daß ich euch helfen kann, Lücken in eurem Wissen über die Sitten von Thendara zu füllen. Und wahrscheinlich werden andere meiner Schwestern bereit sein, das gleiche für euch zu tun. Uns ist erzählt worden ...« – wieder sah sie Peter kurz an –, »... daß ihr Terraner Mühe habt, Mitarbeiter für andere als einfache manuelle Tätigkeiten zu finden und daß ihr ohne Erfolg nach ihnen gesucht habt.«

Montray nickte. »In der Tat, das wäre uns sehr angenehm.« Er verbeugte sich höflich vor Jaelle. »Aber wir haben gehört, es sei der Wille Hasturs, daß die Einwohner Thendaras uns diese Art von Hilfe nicht leisten.«

Die Amazone Lauria, Vorsteherin der Handwerkerinnen-Gilde, bemerkte ruhig: »Lord Hastur spricht für die Comyn und deren geschworene Gefolgsleute und solche, die den Domänen Loyalität schulden. Doch der Wille oder die Laune Hasturs ist noch nicht Gesetz in diesem Land. Mit allem Respekt, Lord Hastur . . .« – sie machte dem Comyn-Lord eine tiefe Verbeugung –, ». . . wir gestehen den Comyn nicht das Recht zu, den freien Frauen von Thendara Vorschriften darüber zu machen, welche gesetzmäßige Arbeit sie annehmen oder in welche Beziehungen sie zu den Männern und Frauen des Sternen-Imperiums treten wollen. Nach dem Willen Hasturs sind die einzigen Frauen, denen erlaubt worden ist, die Männer des Imperiums kennenzulernen, die Frauen in den Bars und Bordellen um den Raumhafen. Wir glauben nicht, daß sie den *Terranan* ein wahres Bild über unsere Welt vermitteln. Deshalb sind wir heute hergekommen, um Euch solche Dienste anzubieten, die geeigneter zur Entwicklung einer sinnvollen Kommunikation zwischen unseren Welten sind: als Kartenzeichnerinnen, Führerinnen, Dolmetscherinnen und Fachkräfte auf anderen Bereichen, wo die Terraner Darkovanerinnen einzusetzen wünschen. Im Austausch dafür bitten wir darum, daß eine Gruppe unserer jungen Frauen als Lehrlinge in euren Gesundheitsdienst und andere wissenschaftliche Abteilungen aufgenommen wird. Seid Ihr damit einverstanden, Messire von Terra?«

Natürlich ist er einverstanden, dachte Magda, die Montrays Gesicht beobachtete. Auf so etwas hatten sie von Anfang an gehofft.

Natürlich war es keine totale Kooperation. So viele Freie Amazonen gab es gar nicht, und selten hatten sie solche Machtstellungen inne wie Domna Fiona. (Es war übrigens das erste Mal, daß Magda von dem Schiedsgericht hörte. *Was habe ich alles noch zu lernen*, dachte sie, *und welches Vergnügen wird mir das Lernen bereiten!*)

Und danach würde sie wieder für die Terraner arbeiten, eine der ersten sein, die zwischen zwei Welten kamen und gingen, und ihnen helfen, einen Weg zueinander zu finden. Zwei Welten, und sie gehörte zu beiden!

Sie sah zu Lady Rohana hin, und die Dame lächelte. Wieder hatte Magda die Vision einer großen, aufschwingenden Tür, einer Tür, die bisher zwischen den beiden Welten verschlossen gewesen war . . .

Jaelle beobachtete Lorill Hastur. Er schien nicht sehr erfreut zu sein, aber er kapitulierte mit Würde. *Sicher denkt er, die Freien Amazonen seien zu unwichtig, als daß er, ohne sich etwas zu vergeben, besondere Notiz von dem nehmen kann, was wir tun. Aber auf dem Weg, den wir gehen, werden andere uns aus ihren eigenen Gründen folgen.* Sie fing Peters Blick ein und lächelte, und als er ihr Lächeln erwiderte, setzte ihr das Herz aus.

Ich habe einen ehrenhaften Weg gefunden, wie wir in seiner Welt zusammensein können!

Montray beantwortete Hasturs gnädige Worte mit einer kleinen Ansprache über Freundschaft und Brüderlichkeit, in der es ihm gelang, sämtliche falschen Bedeutungen unterzubringen. Doch sein Sohn Wade korrigierte sie sorgfältig und ersetzte sie durch die richtigen.

Wie wird Montray zurechtkommen, wenn ich nicht mehr da bin, um ihm seine Ansprachen zu schreiben? Fröhlich sagte sich Magda, daß sie keinen Pfifferling darum gab. Sie hatte interessantere Dinge zu tun.

Als alles geregelt war und Hastur und Lady Rohana und Montray Liebenswürdigkeiten austauschten, standen Peter, Jaelle und Magda für einen Augenblick im Eingang der Ratskammer beieinander. Peter kannte die Sitten der Domänen zu gut, um Jaelle in der Öffentlichkeit zu berühren, aber sein kurzer Blick auf sie war wie eine Umarmung. Dann wandte er sich spöttisch an Magda.

»Da hast du also deinen Kopf durchgesetzt, Mag, und läßt uns Männer als Trottel erscheinen, indem du fertigbringst, was keinem Mann gelungen wäre. Empfindest du wirklich soviel Verachtung für uns alle?«

»Verachtung? Das eigentlich nicht«, erwiderte Magda, konnte sich aber einen Seitenblick zu Montray nicht verkneifen, und Peter fing ihn auf. »Zumindest er hat auf Darkover bisher nichts Besonderes geleistet.«

Peter gab zu: »Jeder weiß, daß in Wirklichkeit du die Arbeit des Koordinators getan hast, Magda. Nur konntest du, wie die Dinge hier einmal liegen, nicht auch den Titel bekommen. Vielleicht fällt dir der Job eines Tages doch noch zu.«

Magda lächelte ohne Bitterkeit. »Nein, danke. Warum bewirbst du dich nicht darum, Peter?« Das merkwürdige Prickeln einer Ahnung lief ihr das Rückgrat hinunter. »Du würdest einen guten Koordinator abgeben – oder den ersten Legaten. Ich habe etwas Besseres vor.«

»Du hast bereits Wunder gewirkt.« Peter ergriff mit herzlichem Druck ihre Hände. Magda schüttelte den Kopf.

»Nicht ich. Das waren Jaelle – und die Gildenmütter.«

Halblaut sagte Peter zu Jaelle: »Du bist wunderbar! Ich hätte nie geglaubt, daß du es schaffen würdest.«

Jaelle erklärte ruhig: »Du glaubst überhaupt nicht, daß Frauen viel erreichen können, Piedro, trotz allem, was Margali für uns beide getan hat. Vielleicht siehst du es irgendwann ein. Eine Zeitlang habe ich geglaubt, in deinem Volk seien die Frauen freier als in meinem. Jetzt weiß ich, daß es eigentlich nicht viel Unterschied zwischen Terra und Darkover gibt. Meine Pflegemutter sagte mir einmal, es sei besser, Ketten zu tragen, als sich einzubilden, man sei frei, und sich selbst mit unsichtbaren Ketten zu belasten.« Dann schenkte sie ihm ein strahlendes Lächeln. »Doch Hoffnung ist immer, und ich warte auf den Tag, wenn wir Teil des Sternen-Imperiums sind, keine Fremden mehr, sondern alle . . . alle . . .« Sie zögerte, suchte nach dem treffenden Wort, und Peter fiel ein: »Wenn alle Menschen Brüder sind?«

Jaelle lächelte, sah zu Magda hin und ergänzte: »Und Schwestern.«

»Nun, die Politik kann warten. Du und ich haben heute an anderes zu denken!« rief Peter. »Magda, kommst du mit uns, wenn wir uns vor Zeugen als Freipartner erklären?«

»Ich kann nicht.« Ihr Blick wanderte zu den Gildenmüttern. »Ich darf das Gildenhaus für ein halbes Jahr nach Ablegung des Eides eigentlich nicht verlassen.« Plötzlich reichte sie ihm die Hände.

»Oh, Peter, wünsche mir Glück! Nimm es mir nicht übel!«

Er umarmte sie kurz, fast brüderlich, und küßte sie auf die Wange. »Viel Glück, Mag. Du wirst es bei diesen alten Schlachtrössern brauchen! Aber es ist das, was du dir wünschst, also werde glücklich, Liebes.«

»Jaelle . . .«, begann Magda. Impulsiv zog Jaelle sie an sich. Magda flüsterte: »Und werde auch du glücklich.«

»Ich besuche dich«, versprach Jaelle. »Thendara-Haus ist auch mein Heim.«

Peter verlangte: »Nur versprich mir, Magda, mich nicht bei ihr schlechtzumachen! Muß ich es mit all diesen Schwiegermüttern aufnehmen?«

Jaelle lachte. »Niemand kann dich bei mir schlechtmachen. Nur mußt du lernen, nicht so häßlich von meinen Müttern und Schwestern zu reden!«

Sie ist erwachsen, dachte Magda. *Ich habe sie immer als junges Mädchen angesehen. Das ist sie nicht. Sie ist eine Frau. Und sie schwärmt nicht mehr für Peter. Sie weiß, wie er ist, und liebt ihn, wie er ist.*

Peter würde nie verstehen, daß es eine Treue gab – und gar eine Treue zwischen Frauen –, die tiefer ging als Liebe. Dessenungeachtet tat er sein Bestes für die Welt, die sie alle liebten, und sein Bestes war in der Tat sehr gut. Und dafür, wenn für nichts anderes, wollte Magda ihn immer liebbehalten.

Die Gildenmutter Millea drehte sich um und winkte Magda, sich ihnen anzuschließen. Magda küßte Jaelle noch einmal und sagte: »Seid gut zueinander.« Dann ging sie langsam, aber ohne zurückzublicken, durch den Raum zu den drei Frauen.

Jaelle sah ihr nach und empfing aus ihren Gedanken das Bild einer großen, aufschwingenden Tür, die sich auf eine sonnenbeschienene Welt und eine helle Zukunft öffnete.

MARION
ZIMMER BRADLEY
MERCEDES LACKEY

AN DEN FEUERN VON HASTUR

ROMAN

Zum ersten Mal in deutscher Sprache

Eine schöne und intelligente junge Frau kämpft in einer feudalistischen Gesellschaft für das Überleben ihres Volkes. Leonie Hastur spielt ein gefährliches Spiel im Geflecht von Macht und Leidenschaft.